Elke Schwab

TICKENDE ZEITBOMBE

Ein Baccus-Borg-Krimi

SOLIBRO Verlag Münster

SUBKUTAN

THRILLER DIE UNTER DIE HAUT GEHEN

1. Sprado, Hans-Hermann: *Risse im Ruhm.*
   Münster: Solibro Verlag 1. Aufl. 2005
   ISBN 978-3-932927-26-5 • eISBN 978-3-932927-67-6 (E-Book)
2. Sprado, Hans-Hermann: *Tod auf der Fashion Week*
   Münster: Solibro Verlag 1. Aufl. 2007
   ISBN 978-3-932927-39-3 • eISBN 978-3-932927-68-3 (E-Book)
3. Elke Schwab: *Mörderisches Puzzle*
   Münster: Solibro Verlag 1. Aufl. 2011
   ISBN 978-3-932927-37-9 • eISBN 978-3-932927-64-5 (E-Book)
4. Elke Schwab: *Eisige Rache*
   Münster: Solibro Verlag 1. Aufl. 2013
   ISBN 978-3-932927-54-6 (TB) • eISBN 978-3-932927-72-0 (E-Book)
5. Elke Schwab: *Blutige Mondscheinsonate*
   Münster: Solibro Verlag 1. Aufl. 2014
   ISBN 978-3-932927-85-0 (TB) • eISBN 978-3-932927-86-7 (E-Book)
6. Elke Schwab: *Tödliche Besessenheit*
   Münster: Solibro Verlag 1. Aufl. 2015
   ISBN 978-3-932927-95-9 (TB) • eISBN 978-3-932927-96-6 (E-Book)
7. Elke Schwab: *Gewagter Einsatz*
   Münster: Solibro Verlag 2. Aufl. 2017
   ISBN 978-3-96079-020-4 • eISBN 978-3-96079-021-1 (eBook)
8. Elke Schwab: *Tickende Zeitbombe*
   Münster: Solibro Verlag 1. Aufl. 2017
   ISBN 978-3-96079-029-7 • eISBN 978-3-96079-030-3 (eBook)

ISBN 978-3-96079-029-7
1. Auflage 2017

Umschlaggestaltung: *Michael Rühle*
Coverfoto: © *Katyandgeorge/CCO Public Domain*
Foto der Autorin: *Alida Scharf, Köln*
Druck und Bindung: CIP *Books GmbH, Leck*
Printed in Germany

FSC
www.fsc.org
MIX
Papier aus verantwortungsvollen Quellen
FSC® C083411

www.solibro.de verlegt. gefunden. gelesen.

Ich bedanke mich bei Frank Vogelgesang und Mike Schommer, den beiden Geschäftsführern des Fitnessstudios *Motivitas Fitness GmbH* in Rilchingen-Hanweiler/Saar, für die freundliche Unterstützung bei der Entstehung dieses Krimis.

Die beiden Geschäftsführer haben sich damit einverstanden erklärt, dass ich den Originalnamen ihres Fitnessstudios für den Krimi verwenden darf.

Bis auf den Namen „Motivitas" und den Standort sind die Handlung und alle handelnden Personen frei erfunden. Jegliche Ähnlichkeiten mit lebenden oder realen Personen wären rein zufällig.

Elke Schwab

Prolog

Der Weg war geebnet. Wann, wenn nicht jetzt?

Günstiger konnte der Zeitpunkt nicht mehr sein.

Je eher, desto besser. Die Nerven lagen blank.

Von nun an lag der Schwerpunkt der Übung auf positivem Verhalten und dem Vermeiden missverständlicher Situationen. Besser gesagt: Gute Miene zum bösen Spiel!

Ein niederträchtiges Spiel und doch so berauschend und zielführend.

Der Arbeitsalltag ermöglichte neue Höchstleistungen. Jedes Wort, jede Handlung, jeder Schritt musste genau durchdacht sein, um nicht zu viel zu verraten. Auch die Mimik war wichtig. Gesichtszüge konnten mehr verraten, als man sich selbst bewusst war.

Eine teuflische Falle und gleichzeitig ein erhebendes Gefühl, endlich an diesem Punkt angekommen zu sein.

Das Ziel rückte in rasanter Geschwindigkeit immer näher. Das Leben sollte eine entscheidende Wendung erfahren: etwas, auf das man nicht verzichten durfte.

Am Ende dieses Weges wurde die Befreiung von allen Beschränkungen erreicht.

Die Ungeduld während der Zeit des Abwartens stellte eine verdammt harte Probe dar. Noch galt es, den Weg des Älteren zu gehen. Noch!

Aber nicht mehr lange und alle Einschränkungen gehörten der Vergangenheit an. Das Leben selbst in die Hand nehmen, so lautete die Devise. Hindernisse aus dem Weg räumen – alles Unangenehme verbannen – notfalls über Leichen gehen.

Und Leichen würde es geben, soviel stand schon fest. Je mehr, desto bes-

ser. Das Ausmaß der Grausamkeit war entscheidend für die erfolgreiche Durchführung des Plans.

Leben und Tod standen so nah beieinander, dass viele es einfach hinnahmen. Das sollte sich bald ändern.

Schmerzen, Leiden und Elend sollten hervorgerufen werden.

So war der Plan.

Die letzten Wochen bzw. Monate durften nicht umsonst gewesen sein.

Jeden Augenblick konnte es losgehen.

Teil I

Kapitel 1

Die Musik dröhnte laut durch das Studio. Sämtliche Lampen waren eingeschaltet, um das trübe Tageslicht auszusperren, das den Oktobertag beherrschte. Alle Geräte in der Ecke, die „Functional-Area“ genannt wurde, waren besetzt. Die Teilnehmer warteten auf seinen Pfiff zum Start, um mit ihrer Übung beginnen zu können. Das Synrgie360-Trainingsprogramm gefiel Dierk von Westernhagen am besten. Dort konnte er mit wenig Aufwand seine Sportler in den Wahnsinn treiben. Egal wie einfach die Übungen aussahen – sobald er das Tempo vorgab, wurden sie höllisch anstrengend. „Synrgie“ bedeutete ein „sich gegenseitiges Anspornen“, was damit erzielt wurde, dass die unterschiedlichen Geräte dicht beieinanderstanden. Jeder konnte während seiner eigenen Übung dem Nebenmann oder der Nebenfrau dabei zusehen, was als Nächstes auf ihn zukam. Wie üblich wirkte dabei niemand wirklich angespornt, sondern viel mehr gequält. Eine Freude, diese müden Geister in Schwung zu bringen.

Dierk von Westernhagen hatte schon immer ein Ziel vor Augen gehabt. Er wollte den heutigen Opfern des Wohlstandes die Bequemlichkeit aus den Körpern treiben. Von wegen nach Feierabend auf dem Sofa liegen und der Faulheit frönen. Das konnte der Mensch noch früh genug tun, nämlich dann, wenn er auf den Tod wartete. Aber in jungen Jahren seine körperlichen Ressourcen zugunsten von Bier oder Chips oder Schokolade verschenken? Das war Frevel.

Also drillte er seine Gruppe, die aus Männern und Frauen im Alter zwischen 30 und 60 bestand, bis sie hochrote Köpfe bekam und um Gnade winselte.

Dierks zufriedenes Grinsen wurde jedoch von plötzlich eintretender Dunkelheit unterbrochen. Auch die laute Musik verstummte.

„Was ist jetzt schon wieder los?“, rief er empört. Ich dachte, der Hausmeister hätte den Schaden repariert.“

„Das hat er auch“, kam die Antwort prompt.

Dierk schaute sich verwirrt um und entdeckte jemanden in einem Blaumann, der Arbeitskluft des Hausmeisters, im schwachen Schein der Notbeleuchtung.

„Und warum funktioniert es nicht?“

„Ich weiß es nicht. Muss erst mal nachschauen.“

„Vielleicht sollte ich das mal machen“, spottete Dierk. „Könnte sein, dass ich es besser hinkriege.“

„Nee, lass mal lieber! Du würdest dort oben nichts finden. Ich habe den Beruf des Elektrikers nicht umsonst gelernt.“

„Hoffentlich.“

Hinter sich hörte Dierk seine Synrgie-Gruppe erleichtert verschnaufen. Sie alle hatten keine Sekunde gezögert und die Störung zu ihren Gunsten ausgenutzt. Erschöpft legten sie sich auf die Matten, die auf dem Boden verteilt waren und tuschelten.

Der Fitnesstrainer verließ zusammen mit dem Hausmeister die Functional-Area. Sie traten hinaus ins Treppenhaus, das ebenfalls nur durch Sicherheitsleuchten notdürftig erhellt wurde. Die Decke zierten quadratische Gipsplatten. Dierk reckte sich und versuchte, mit der Hand eine dieser Platten zu erreichen. Trotz seiner Größe von einsfünfundneunzig gelangte er nicht heran. Mit einem schiefen Grinsen sperrte der Hausmeister seine Kammer hinter einer verspiegelten Tür auf, entnahm eine Leiter und stellte sie auf. „Du bist vielleicht größer als ich“, murmelte er, „aber so groß nun auch wieder nicht.“

Dierk lachte nur über diese Anspielung.

Oben angekommen klappte der Mann im Blaumann eine der Gipsplatten nach unten. Vor ihm offenbarte sich ein Meer aus Kabeln, Drähten, Leitungen, Litzen, Schraubklemmen, Ösen und vielem mehr, was Dierk nicht durchblickte.

„Wenn ich das so sehe, muss ich dir recht geben. Von dem Chaos lasse ich lieber die Finger.“

Vom Hausmeister war nur ein Murmeln zu hören, weil er in den Kabelsalat hineinsprach. Mit beiden Armen versank er darin. Eine Weile war nur Rascheln zu hören. Dann schalteten sich Licht und Musik wieder ein.

Plötzlich knallte es so laut, als sei ein Schuss gefallen.

Wieder war alles dunkel, die laute Musik verstummt und die Klimaanlage abgeschaltet.

Dierk drehte seinen Kopf in Richtung Fitnessraum. Durch die Glastür zum Treppenhaus konnte er nur verwirrte Sportsfreunde im schwachen, grünen Licht der Piktogramme herumirren sehen. Lewin Poppa, der Mitinhaber des Studios, rannte gerade an der Tür vorbei, um hinter die Theke zu gelangen. Im gleichen Moment hörte Dierk etwas aufschlagen. Er drehte sich um und sah den Hausmeister auf dem Boden liegen. Trotz Dunkelheit erkannte er, dass der Mann die Augen weit aufgerissen hatte, Arme und Beine angewinkelt waren und alles an ihm zitterte.

„Hey, Anton! Was ist los?“, rief Dierk.

Keine Antwort.

Die Tür zum Treppenhaus ging auf. Lewin trat zu ihm und rief: „Fass ihn nicht an! Er hat vermutlich einen Stromschlag erlitten. Ich rufe sofort den Krankenwagen.“

Dierk nickte, behielt dabei weiterhin den am Boden Liegenden im Auge, der immer noch zitterte, aber kein Wort sprach.

Es dauerte eine Weile, bis sich einige Lampen einschalteten. Das Notaggregat war aktiviert worden. Jetzt konnte Dierk genauer hinschauen. Das Zittern hatte aufgehört. Der Mann lag regungslos am Boden, die Augen geöffnet, die Hände auf seinen Rumpf gesunken. Strommarken waren deutlich an den Fingern zu erkennen.

Dierk suchte nach einem Puls an der Halsschlagader. Nichts.

Der Hausmeister war tot.

Oberkommissar Lukas Baccus saß seinem Kollegen und Freund Theo Borg gegenüber, während er unter Aufbringung all seiner Energie die langweiligen Daten auf seinem Bildschirm las. In ruhigeren Zeiten wie diesen blieb ihnen nichts anderes übrig, denn auch Schreibtischtätigkeiten gehörten zur Polizeiarbeit. Mit einem Auge schaute er am Bildschirm vorbei auf sein Gegenüber und stellte fest, dass Theo auch nicht gerade voll motiviert aussah. Zum wiederholten Male raufte der sich seine schwarzen Haare und trank inzwischen seinen vierten Kaffee.

„Scheiße!“, stieß der Kollege plötzlich aus.

Erschrocken schaute Lukas auf Theo, um zu sehen, was ihn so aus der Fassung gebracht hatte. Den Blick hielt er auf etwas in seinen Händen gerichtet, das Lukas von seinem Standpunkt aus nicht erkennen konnte.

„Was ist passiert?“

„Ich werde grau.“

„Und dafür erschreckst du mich so?“

„Schau mal hier: Mehr graue Haare als schwarze sind zwischen meinen Fingern hängengeblieben.“

„Der Jüngste bist du nicht mehr. Da kommt sowas schon mal vor.“

„Du hast gut reden. Deine Haare sind so rot wie am ersten Tag, seit ich dich kennengelernt habe.“

„Vielleicht ist das der Vorteil roter Haare.“ Lukas zuckte mit den Schultern. „Dann hätte das also doch was Gutes.“

Jeder verkroch sich wieder hinter seinem Bildschirm und setzte seine Arbeit fort.

„Hier habe ich was“, ertönte es nach einer gefühlten Ewigkeit.

Lukas schaute wieder hinter seinem Monitor hervor und fragte: „Was?"

„Der Hausmeister eines Fitnessstudios ist an einem elektrischen Schlag gestorben."

„Was ist daran für uns interessant?"

„Er war von Beruf Elektriker."

„Berufsrisiko", erwiderte Lukas und verschwand wieder hinter seinem Bildschirm.

„Wenn wir daraus keinen Fall machen, müssen wir uns auf eine weitere Übung gefasst machen", hielt Theo dagegen. „Das letzte Mal hast du nicht gerade durch Leistung geglänzt, weshalb wir bei der nächsten mit Sicherheit dabei sein müssen."

Lukas murrte: „Wieso habe ich nicht durch Leistung geglänzt? Ich war so gut wie alle anderen auch."

„Eben nicht! Fast hättest du einen unserer Leute erschossen."

„Es war doch nur eine Übung. Außerdem haben alle gleich ausgesehen. Wie hätte ich da einen Unterschied erkennen können?"

„In der Wirklichkeit tragen die Bösen auch keine leuchtenden Mützen, damit wir wissen, auf wen wir schießen sollen."

„Sollte man der Verbrechenswelt mal vorschlagen ..."

„Heutzutage, wo überall die Hütte brennt, nimmt die Hausspitze sowas verdammt ernst", ließ sich Theo nicht von Lukas ablenken. „Es kann jederzeit zum Einsatz kommen. Dafür müssen wir vorbereitet sein."

„Nur, weil du keine Lust auf eine weitere Übung hast, machen wir aus dem toten Hausmeister einen Mordfall?"

„Die Weisen halten Wissen zurück; aber der Toren Mund führt schnell zum Verderben", ertönte die monotone Stimme des Kollegen Dieter Marx.

Erschrocken schauten Baccus und Borg auf und sahen in ein eingefallenes, blasses Gesicht mit tiefliegenden Augen. Der Kollege aus der Drogenabteilung wirkte krank.

„Stimmt!", gab Theo zu. „Wie du das sagst, klingt es richtig verwerflich."

„Toll! Führe ich dich jetzt schon ins Verderben?“ Lukas stöhnte.

„Blödsinn. Aber dein Einwand gibt mir zu denken. Also konzentrieren wir uns auf das Wesentliche, ob dieser Todesfall wirklich ein Fall für uns ist.“

„Vergiss darüber nicht, dass heute Freitag ist“, erinnerte Lukas grinsend. „Wenn du den Fall annimmst, ist das Wochenende hin.“

„Sehr komisch.“

„Wer hat den Toten obduziert?“, fragte Lukas.

„Unser guter Dr. Stemm.“

„Toll! Sagst du mir auch, was er herausgefunden hat? Oder muss ich dir das auch noch aus der Nase ziehen?“

„Er hat *Tod durch Stromschlag* herausgefunden – oh Wunder.“ Theo griente. „Trotzdem ist es seltsam, dass Dr. Stemm die Leiche obduziert hat. Also hat die Staatsanwaltschaft mehr hinter diesem angeblichen Unfall gesehen.“

Lukas beugte sich über seinen Schreibtisch und drehte Theos Bildschirm so, dass er den Bericht des Gerichtsmediziners lesen konnte. Anschließend stellte er fest: „Dr. Stemms Ergebnis besagt, dass er lediglich an einem Stromschlag gestorben ist, den man bekommt, wenn man die falschen Drähte anfasst. Es gab Strommarken an der linken Hand. Der Mann war Linkshänder. Über eine metallene Leiter, auf der er gestanden hat, fand die Erdung statt. Dabei kann es schon mal passieren, dass man stirbt.“

Theo nickte, als gäbe er sich geschlagen. Er drehte seinen Bildschirm wieder in seine Richtung und las weiter.

„Es gibt einen Zeugen“, meldete er sich kurze Zeit später wieder zu diesem Thema.

„Und wer ist dieser Zeuge?“

„Dierk von Westernhagen. Ihm gehört das Fitnessstudio, in dem es passiert ist.“

„Dierk von Westernhagen“, wiederholte Lukas. „Das ist ja ein Ding. Den Burschen kenne ich. Ein eigenes Fitnessstudio hat er jetzt? Wo?“

„In Rilchingen-Hanweiler, direkt neben der Saarland-Therme. Heißt *Motivitas*."

„Das wäre ja schon fast ein Grund, dorthin zu fahren. Ich habe ihn schon ewig nicht mehr gesehen."

„Heißt das, dass wir diesen Fall übernehmen?"

„Nein, das heißt nur, dass ich Dierk schon lange nicht mehr gesehen habe."

„Ist er glaubwürdig?"

„Auf jeden Fall." Lukas nickte.

„Also kein Fall für uns." Theos Gesicht wurde lang.

„*Das ist des Klugen Weisheit: Er gibt acht auf seinen Weg*", beendete Dieter Marx seinen kurzen Vortrag und verließ das Büro.

„Sieht krank aus – unser Hausprediger", stellte Theo fest.

„Die Tatsache, dass er uns als klug bezeichnet, halte ich auch für bedenklich. Hoffentlich hat er nichts Ernstes."

Kapitel 2

Sonja Jastreb räumte Eimer, Schrubber, Besen und Putzmittel in den dafür vorgesehenen Raum, löschte das Licht und schloss ab. Sie war glücklich, diesen Arbeitsplatz gefunden zu haben. Seit sie aus Polen nach Deutschland gekommen war, hatte sie viele Jobs annehmen müssen, um etwas Geld zu verdienen. Aber stets hatte es Ärger mit den Chefs gegeben. Entweder sie bezahlten zu wenig, oder sie hatten sich ihr gegenüber respektlos verhalten. Das ließ sich Sonja nicht gefallen. Auch wenn sie als Putzkraft arbeitete, so war sie eine stolze Frau.

Eine Frau mit zwei Kindern, die zu Hause auf sie warteten. Sie schaute auf die Uhr: achtzehn Uhr. Ein Blick durch die Fensterscheiben verriet, dass es schon dunkel war. So ein Mist. Dieser Oktober war trüb und grau. Kein einziges Mal war es ihr in diesem Monat gelungen, bei Tageslicht zu Hause zu sein. Und heute Nacht sollten die Uhren umgestellt werden. Somit würden die Tage noch eine Stunde kürzer werden.

Sie seufzte.

Ihre Chefs hatten sie darum gebeten, an diesem Abend alles abzusperren, bevor sie in den Feierabend ging. Das kam nicht oft vor, weshalb sie zugestimmt hatte. Doch jetzt ärgerte sie sich darüber. Ihre Kinder im Dunkeln alleinzulassen, gefiel ihr nicht. Also beeilte sie sich und fuhr mit dem Fahrstuhl nach unten in den Keller, wo es mehrere Türen gab, die es zu verriegeln galt.

Ein *Bing* war das Zeichen, dass sie unten angekommen war. Die beiden Türblätter der Schiebetür öffneten sich. Vor ihren Augen lag alles in Dunkelheit. Sofort fühlte sich Sonja unsicher. Gänsehaut zog über ihren Körper. Sie verließ die Kabine und nutzte das Licht des Fahrstuhlinnenraums, um den Lichtschalter für die Kellerräume zu finden. Doch plötzlich ging die Schiebetür wieder zu. Der Fahrstuhl setzte sich in Bewegung.

Stockfinster war es um sie herum. Sie konnte ihre Hand nicht vor Augen sehen.

Was hatte das zu bedeuten? Es sollte doch niemand mehr im Haus sein.

Sonja bewegte sich einige Schritte, um sich zu orientieren. Mit der ausgestreckten Hand berührte sie die Steinwand. Nun wusste sie ungefähr, wie sie von dieser Stelle aus weitergehen musste. Also setzte sie sich in Bewegung, um zum Lichtschalter zu gelangen. Anschließend musste sie unbedingt nachsehen, wer noch im Gebäude war. Jemanden einzuschließen wäre nicht gut. Das könnte sie den Job kosten und das wollte sie bestimmt nicht riskieren.

Endlich! Der Lichtschalter.

Sie kippte ihn um. Das Licht schaltete sich ein. Erleichtert atmete sie auf. Hastig eilte sie auf die Treppe zu, die nur noch wenige Meter von ihr entfernt war. Plötzlich ging das Licht aus.

Sie erschrak, stieß einen kurzen Schrei aus.

Was hatte das zu bedeuten?

Wieder hatte sie Mühe, sich zu orientieren. Die Finsternis kam ihr jetzt noch schwärzer vor, als zuvor. Außerdem zitterten ihre Knie, während sie langsam weiterging, in der Hoffnung, zufällig auf die Treppe nach oben zu stoßen.

Nach und nach gewöhnten sich ihre Augen an die Dunkelheit. Umrisse zeichneten sich ab. Ihr stockte der Atem. Es sah so aus, als stünde ein Mensch vor ihr.

Sie verharrte mitten in der Bewegung und wartete ab. Je genauer sie hinschaute, umso deutlicher erkannte sie, dass tatsächlich jemand vor ihr stand.

Aber warum sagte er nichts zu ihr?

Sie wollte gerade den Mund aufmachen, um ihn anzusprechen, da schoss er auf sie zu, packte sie mit äußerster Brutalität und hielt ihr den Mund zu.

Sonja zappelte, versuchte dem Mann in die Hand zu beißen, doch ihre Kraft reichte nicht aus. Mit weit aufgerissenen Augen konnte sie erkennen, wie er sie durch den Flur in einen kleinen, schmalen Kellerraum zerrte. Sonja wusste nicht mehr, wo sie war. Sie hatte die Orientierung verloren. Trotzdem strampelte sie wie eine Wilde. Aber gegen diesen Gegner hatte sie keine Chance. Ein Rumpeln ertönte. Sie ahnte Schreckliches.

Dann spürte sie, dass sie fiel und kurz darauf in eiskaltem Wasser landete.

Sie schluckte Unmengen bevor sie an die Oberfläche gelang und nach Luft schnappen wollte. Doch ein harter Gegenstand traf sie und drückte sie wieder nach unten. Die Kälte des Wassers lähmte sie. Sie schaffte es nicht mehr, sich zu wehren. Langsam sank sie tiefer, bis sie in eine erlösende Bewusstlosigkeit fiel.

Lukas betrat am Mittwochmorgen ein leeres Büro. Er wunderte sich, dass er der Erste war. Das kam nicht so oft vor. Sofort eroberte er den Kaffeeautomaten, der einwandfrei funktionierte, kehrte an seinen Schreibtisch zurück und staunte nicht schlecht, als er sah, dass sich auch sein PC problemlos hochfahren ließ. Er sank auf seinen Stuhl und rief zu allererst einige private Seiten im Internet auf. Solange er allein war, konnte ihm nichts passieren.

Doch kaum hatte er sich auf Ebay nach einem neuen Motorradhelm umgesehen, betrat Jasmin Hafner das Büro. Ihr blasses Gesicht, eingerahmt von schwarzen, glänzenden Haaren, sah umwerfend aus. Doch Lukas hatte sich wohl alle Chancen bei dieser Frau verdorben. Ihr erstes Rendezvous am vergangenen Montag war wohl auch das letzte.

Schade, dachte er, als er ihr zuschaute, wie sie die Jacke auszog, auf den Garderobenhaken hängte und ihren Platz ansteuerte. Die Ebay-Seite hatte er schnell wieder geschlossen. Wer wusste schon, ob er Jasmin in solchen Dingen noch trauen konnte. So ganz war er sich nämlich nicht mehr im Klaren darüber, wie sie zueinanderstanden. Also tat er das Einzige, was ihm in dieser Situation richtig erschien: Er wartete ab und schwieg.

„Bist du unter die Frühaufsteher gegangen?“, fragte sie nach einer Weile mit ihrem charmanten Lächeln.

Prompt wurde Lukas warm ums Herz. Vielleicht ... Ach was! Er dachte lieber nicht weiter.

„Seit der Uhrenumstellung bin ich tatsächlich immer eine Stunde zu früh wach.“

Jasmin lachte und meinte: „Das legt sich wieder. Glaub mir.“

„Schade! Gefällt mir nämlich, als erster hier einzutreffen.“

Wieder ging die Tür auf. Theo trat herein. Er sah so verschlafen aus, als hätte er die Nacht durchgemacht.

„Scheiße, Mann!“, brummelte er. „Dich schon vor mir am Schreibtisch zu sehen, lässt mich Schlimmes ahnen.“

„Was soll das heißen?“, fragte Lukas zurück.

„Dass du wieder was verbockt hast und mit Pünktlichkeit versuchst, den Chef zu beeindrucken.“

Jetzt musste Lukas lauthals loslachen.

Sofort zog Theo seinen Kopf ein und hielt sich die Ohren zu.

„Was hast du gestern getrieben?“, fragte Lukas. „An Allerheiligen säuft man sich doch nicht die Birne bis zum Anschlag zu.“

„Ich habe nicht gesoffen. Ich fühle mich krank.“

„Blödsinn. So sieht nur ein verkaterter Dickschädel aus.“

„Das musst du ja wissen.“ Theo zog eine Grimasse, fuhr seinen PC hoch und verließ das Büro. Mit einem Kaffeebecher kehrte er zurück und ließ sich gegenüber seines Kollegen und Freundes nieder.

„Wo hast du gefeiert? Und vor allem: Warum hast du mich nicht mitgenommen?“, feuerte Lukas ihm seine zwei Fragen entgegen, die ihn beschäftigten.

„Ich habe wirklich nicht gefeiert. Ich bin heute Nacht in so einem Chat gelandet, in dem man Frauen aufreißen kann. Da bin ich an einer hängengeblieben, die mich bis in die Morgenstunden aufgehalten hat. Am Ende hat sich alles als Verarsche herausgestellt."

„Wieso? War sie in Wirklichkeit ein Mann?"

„So ähnlich." Theo wuschelte durch seine schwarzen Haare, hielt inne und stellte fest: „Kein Wunder, dass man dabei graue Haare kriegt." Er zupfte eins heraus und ließ es zu Boden fallen.

„Was treibt dich dazu, in Chatrooms nach einer Frau zu suchen? Glaubst du, dass du in Saarbrücken keine mehr findest?"

„Du hast gut reden", murrte Theo. „Nach Marianne hattest du Susanne. Und dann noch dein Date mit Jasmin ..."

„Psst! Sie könnte uns hören", fiel ihm Lukas ins Wort.

„Nein! Sie ist gerade in den Korridor zum Kaffeeautomat gegangen", beruhigte Theo.

„Dann ist gut! Ich kann dir versichern, dass mein Date mit Jasmin eine total Pleite war."

„Warum?" Ein Grinsen schlich sich auf Theos Gesicht. „Lief es nicht so gut?"

Lukas schüttelte den Kopf, zog eine Grimasse und berichtete: „Ich habe sie in einen Laden geführt, der bekannt für seine leckeren halben Hähnchen ist. Als wir bestellen wollten, sprach sie nur davon, Salat zu essen, was mich bei Frauen nicht wundert. Die achten ja auf die Figur und so. Doch als mein Hähnchen vor mir stand und ich ihr die Vorzüge ausführlich erklärt habe, meinte sie, dass sie Veganerin sei."

„Das ging ja voll in die Hose." Theo zwinkerte.

„Vielleicht ganz gut so. Was sollte ich mit einer Veganerin in meiner Bude? Die essen nur Grünzeugs, womit man mich jagen kann."

Theo, der gerade von seinem Kaffee trinken wollte, prustete in den Becher und verschüttete die Hälfte auf seinem Schreibtisch.

„Das hat mir gerade noch gefehlt. Das Zeug brauche ich, um wach zu werden."

Lukas lachte hämisch.

„Kann es sein, dass ihr unterfordert seid?" Mit dieser Frage stand plötzlich Dienststellenleiter Wendalinus Allensbacher vor den Schreibtischen der beiden Kommissare.

„Nein! Auf keinen Fall“, sprach Theo hastig und hielt seinen rechten Arm über die Kaffeepfütze.

„Das will ich Ihnen auch geraten haben.“ Er überreichte Theo einen USB-Stick und fügte hinzu: „Hier sind Akten, die Sie durchgehen müssen. Ich will, dass alles bis heute Abend abgearbeitet ist.“

Der schwerfällige Mann watschelte davon.

„Was war das denn?“, fragte Lukas und schaute dem Mann hinterher.

„Das war der wahre Allensbacher“, sprach Theo mit verstellter Stimme. „Im Kern der ganzen Speckmassen steckt nämlich ein Herrscher, ein Despot, ein Tyrann. All die Jahre hat er uns glauben lassen, ein harmloses Walrösschen zu sein. Doch damit ist jetzt Schluss.“

„Allensbachers Auftritt hat dich jedenfalls wieder zum Leben erweckt. Jetzt wird kein Kaffee mehr nötig sein.“

Theo erhob sich von seinem Platz und wischte den Schreibtisch sauber. Dann speicherte er die Daten des Sticks auf seinem PC und schickte einen Teil davon auf den Rechner seines Kollegen.

„Okay, fangen wir an.“ Lukas stöhnte und öffnete einen Ordner auf seinem PC.

Die Aussicht auf einen weiteren Tag im Büro spornte ihn nicht gerade zu Höchstleistungen an. Doch kaum hatte er die erste Datei geöffnet, sprang ihm eine Information ins Auge, die er sofort laut vorlesen musste: „Die Putzfrau des Fitnessstudios Motivitas wurde am Sonntagmorgen als vermisst gemeldet. Von ihr gibt es bis heute keine Spur.“

„Vermisstenmeldungen gehören nicht in unseren Zuständigkeitsbereich.“

„Hast du mir nicht richtig zugehört?“, murrte Lukas. „Diese Frau hat in dem gleichen Studio gearbeitet, in dem auch der Hausmeister an einem Stromschlag gestorben ist. Zwei Fälle in etwas mehr als einer Woche, die auf unserem Tisch landen? Sollte das wirklich ein Zufall sein?“

Theo schaute auf Lukas und meinte: „Du hast Recht. Da sollten wir mal genauer hinschauen, nicht, dass wir etwas übersehen.“

„So habe ich endlich die Gelegenheit, meinen alten Kumpel Dierk wieder zu sehen. Mal schauen, was für einen Laden er sich aufgebaut hat.“

Im Nu hatten Lukas und Theo ihre Jacken geschnappt und das Büro verlassen.

Kriminalkommissarin Jasmin Hafner stellte sich an das große Bürofenster, das zum Fuhrpark der Dienstwagen zeigte. Ein Audi A6 stand dort und wartete auf seinen Einsatz. Es dauerte nicht lange, schon tauchten Lukas und Theo in ihrem Blickfeld auf. Sie steuerten das Auto an und stießen sich dabei gegenseitig an und alberten herum. Ein Lächeln schlich sich auf ihr Gesicht. Die Erinnerung an den Abend mit Lukas an Halloween machte ihr Schmunzeln breiter. Da hielten sich die beiden für die Superbullen schlechthin, dabei war Lukas entgangen, dass Jasmin niemals Fleischgerichte aß, wenn sie mal zusammen in der Kantine saßen. Seine Verlegenheit hatte aus dem Fauxpas ein lustiges Ereignis gemacht – auch wenn Lukas diesen Abend vermutlich anders in Erinnerung behalten würde. Ihr hatte gefallen, ihn herumzappeln zu sehen in der Hoffnung, dass seine Ungeschicklichkeit nicht auffiel.

Hinter ihr hörte sie, wie die Tür zum Großraumbüro geöffnet wurde. Sie drehte sich um und sah ihre Kollegin Monika Blech hereinkommen. Ihr Gesichtsausdruck spiegelte Zufriedenheit wider.

„Wo kommst du her?“, fragte Jasmin und kehrte an ihren Schreibtisch zurück.

„Aus der Ballistik.“ Monikas Grinsen wurden breiter. Ihr blasses Gesicht wies rote Flecken auf, ein Zeichen, dass sie erregt war. „Der Fall David Clement kann eindeutig als Selbstmord abgeschlossen werden. Er hat sich die Waffe in den Mund gehalten. Einschusswinkel, Eintrittswunde, Austrittswunde, Patrone und Waffe, alles deutet darauf hin.“

„Und der gerichtsmedizinische Befund?“, hakte Jasmin nach. „Nicht, dass ihm etwas verabreicht wurde, das ihn beeinflussbar oder willenlos gemacht hat.“

„Nichts dergleichen. Er hatte einen Alkoholspiegel von 0,5. Das reicht nicht für Bewusstseinsstörungen. Wieder eine Akte weniger auf dem Schreibtisch.“

„Was hat dich an der Selbstmordtheorie zweifeln lassen?“, bohrte Jasmin weiter.

„Die Waffe. Er hat sich mit einer Makarow erschossen. Die sind in Deutschland nicht gerade handelsüblich. Die kommen aus Russland. David Clement ist kein Russe ... oder war.“

„Gute Arbeit“, lobte Jasmin. „Ich wollte, ich hätte heute so viel Motivation wie du.“

„Was ist los? War eurer Treffen am Montag nicht gelungen?“

Lachend erzählte sie ihrer Kollegin, was passiert war. Eine Weile schaute Monika nur auf das blasse Gesicht ihrer Kollegin, bevor sie leise meinte: „Manchmal glaube ich, dass Lukas nicht von dieser Welt ist.“

„Wie meinst du das?“

„Ihm fällt alles einfach so zu, ohne viel dafür zu tun. Er stolpert in jede Falle und findet am Ende die Lösung. Er treibt jeden Vorgesetzten in den Wahnsinn und wird befördert. Er benimmt sich bei den Frauen total daneben und hat immer die besten Chancen.“

„Jetzt übertreibst du aber.“ Jasmin lachte. „Ist das der Grund, warum meine Vorgängerin Andrea Peperding einen derart großen Hass auf Lukas hatte?“

Bei der Erwähnung dieses Namens verlor Monikas Gesicht die roten Flecken, die sich vor wenigen Minuten noch auf ihren Wangen gebildet hatte. Blass nickte sie, sagte aber kein Wort dazu.

„Du wirkst, als hätte ich den Teufel persönlich erwähnt."

„Im Grunde genommen hast du das auch. Andrea war im Laufe der Zeit für alle hier zur Belastung geworden. Sie hat es mit ihrem Männerhass einfach übertrieben."

„Dafür kam sie aber gut weg", staunte Jasmin. „Heute sitzt sie in der Abteilung für Wirtschafts- und Vermögenskriminalität. Das ist kein schlechter Job."

„Ich weiß. Nur tun mir ihre neuen Kollegen leid."

Das Treppenhaus des Motivitas-Studios war in hellen, freundlichen Farben gehalten. Hellgraue Stufen, naturweiße Wände, das Geländer aus Gusseisen und mit Chrom verziert. Im Zwischenraum hingen Stricke in Naturfarben, die vom obersten Stockwerk bis zum Erdgeschoss reichten. Doch die beiden Kriminalbeamten beachteten ihr Umfeld nicht. Etwas anderes beschäftigte sie weitaus mehr.

„Scheiße man", stöhnte Lukas. „Muss das Studio auch im zweiten Stock liegen? Nach den Treppen bleibt mir schon die Luft weg. Wie soll ein Normalsterblicher da noch trainieren?"

Theo lachte und meinte: „Das Prinzip des Trainings ist wohl, dass man diese Stufen bewältigt, ohne ins Schnaufen zu geraten."

„Blödsinn! Schuld an unserer schlechten Kondition ist die Currywurst, die wir eben gegessen haben."

Theo nickte nur, weil auch ihm die letzten Stufen das Atmen immer schwerer machten. Dann meinte er: „Aber irgendwas muss man doch essen."

„Klar! An der Wurst kann es nicht liegen. Bestimmt war die Soße zu scharf."

„Genau!"

Theo und Lukas sahen sich in einem Spiegel am oberen Ende der zweiten Etage. Lachend schlugen sie ihre Fäusten gegeneinander, während sie sich dabei beobachteten.

„Keiner sieht uns an, wie schlapp wir sind", griente Lukas.

„Wenn wir jetzt auch noch aufhören zu schnaufen wie Walrösser, könnte die Tarnung funktionieren."

Sie öffneten die gläserne Tür und betraten einen überdimensional großen Raum, der voller Sportgeräte stand, an denen vereinzelt Männer und Frauen in jedem Alter trainierten. Laute Musik schallte ihnen entgegen. Der Song „Scared to be lonely" von Martin Garrix & Dua Lipa schallte ihnen entgegen. Zu ihrer Rechten erblickten sie eine Theke, die Eiweißriegel, Eiweißshakes und Sonstiges anbot. Dahinter stand eine junge Frau mit hellblonden Haaren, die ihr bis ans Kinn reichten.

„Kann ich euch helfen?", fragte sie mit einer Stimme, die an Glockenklang erinnerte. An ihrem T-Shirt mit dem „Motivitas-Emblem" stand der Name „Birte". Die beiden Männer hatten Mühe, nicht in ihren grünen Augen zu versinken.

„Hallo Birte, ich bin Lukas."

Sie gaben sich über die Theke hinweg die Hand.

„Wir wollen zu Dierk von Westernhagen. Ist er da?"

„Ja, er ist in seinem Büro. Ich gehe ihn rufen."

Die blonde Frau verließ ihren Platz hinter der Theke. Erst jetzt konnten Lukas und Theo erkennen, dass sie sehr groß und hager war.

„*Ich bin Lukas*", äffte Theo seinen Freund nach. „Du gehst immer gleich voll auf Angriff oder was?"

„Wer verpennt ist selber schuld."

„Die ist nichts für dich. Die ist ja größer als ich."

„Wie groß bist du denn?", hakte Lukas nach.

„Eins fünfundachtzig."

„Manometer!" Lukas pfiff leise durch die Zähne und fügte

grinsend hinzu: „Also doch meine Kragenweite."

„Angeber! Du bist auf keinen Fall größer als ich."

Die große Blonde verschwand hinter einer Tür direkt neben einer Sitzgruppe bestehend aus acht viereckigen Sesseln und zwei Tischen.

„Woher kennst du Dierk von Westernhagen?", fragte Theo, als sich das Warten einige Minuten hinauszögerte.

„Ich habe dir doch irgendwann mal von der Eignungsprüfung für die Aufnahme an der Sporthochschule erzählt", erinnerte Lukas. Theo nickte. „Dort habe ich ihn kennengelernt. Während ich durchgerasselt bin, hat er die Prüfung mit Leichtigkeit geschafft. Obwohl wir danach getrennte Wege gegangen sind, haben wir uns nicht mehr aus den Augen verloren."

Die Tür öffnete sich. Die große Frau trat gefolgt von zwei Männern heraus, die beide nur wenige Zentimeter größer waren als sie. Unschwer war zu erkennen, dass es sich um Vater und Sohn handeln musste. Der Jüngere von beiden trug seine mittelblonden, gelockten Haare kurz geschnitten, was sein markantes Gesicht betonte. Blaue Augen leuchteten Lukas und Theo entgegen. Es dauerte nur einige Sekunden, bis der Mann erfasst hatte, wer dort auf ihn wartete. Mit ausgestreckten Armen trat er auf Lukas zu. Wie ein Riese wirkte der Fitnessstudiobesitzer neben Lukas.

„Hey, Lukas! Hast du dich endlich dazu entschieden, Sport zu treiben? Kann dir nicht schaden, du bestehst ja nur aus Knochen."

Der ältere Herr, Dierks Ebenbild mit grauen Haaren und ein paar Falten mehr im Gesicht, lachte über den Spruch. Theo reichte ihm die Hand und stellte sich als Lukas' Kollege und Freund vor.

Dierk sprach wie ein Wasserfall, sodass selbst Lukas nicht zu Wort kam. Ein bislang ungewöhnliches Ereignis. So hatte Theo seinen Freund noch nicht erlebt.

Als die beiden endlich voneinander losließen, atmete Lukas tief durch und meinte: „Ich bin eigentlich dienstlich hier."

Verwirrt schaute Dierk auf den rothaarigen Polizeibeamten.

„Wir sind dienstlich hier“, fügte Theo an.

Nun erst gelang es dem älteren Herrn, sich als Kurt von Westernhagen vorzustellen. Der Vater war es, der die Situation schnell erfasste. Er bat die beiden, sich in der Sitzecke niederzulassen, während Vater und Sohn Kaffee für alle besorgten.

Lukas und Theo steuerten die roten und gelben viereckigen Sessel aus Kunstleder an, ließen sich darin nieder und warteten. Von dem Platz aus konnten sie einen Teil des Studios überblicken und zwar Geräte wie Crosstrainer, Radergometer oder Laufbänder. Einige mühten sich darauf ab und sahen aus, als stünden sie kurz vorm Herzinfarkt, während andere ihre Übungen mit Leichtigkeit absolvierten.

Zwei große Bildschirme waren über den Fenstern angebracht und strahlten den Sender *n-tv* ohne Ton aus. Doch an den Untertiteln war genug abzulesen, um zu verstehen was gesendet wurde. Hauptthema war gerade die bevorstehende Wahl des 45. Präsidenten der USA. Donald Trumps Gesicht dominierte das Bild.

Es dauerte nicht lange, da trat Dierk mit drei dampfenden Kaffeetassen zu ihnen. Mit der Bemerkung „Auf Kosten des Hauses“ und einem schiefen Grinsen stellte er die Tassen auf dem roten Holztisch in der Mitte ab und ließ sich in einen Sessel sinken.

„Und dein Vater?“, fragte Lukas.

„Der muss sich weiter um die Buchhaltung kümmern. Gespräche mit potenziellen Neukunden sind die Aufgabe von Lewin Poppa und mir.“

„Lewin Poppa?“

„Der Mitinhaber des Studios.“

Lukas fragte nicht weiter.

Eine Weile rührten alle drei gedankenverloren in ihren Kaffeetassen, bis Dierk mit gepresster Stimme hervorbrachte: „Macht bitte nicht hier publik, dass ihr von der Polizei seid, sonst kann ich meinen Laden schließen.“

„So schlimm sind wir auch wieder nicht", protestierte Theo.

„Das meine ich ja nicht. Aber die Tatsache, dass erst vor kurzem hier ein Mann gestorben ist, lässt euren Besuch nicht gerade in strahlendem Licht erscheinen."

„Du sprichst vom Hausmeister Anton Molitor?"

Dierk nickte.

„Deshalb sind wir hier. Und wegen einer Frau namens Sonja Jastreb."

„Unsere Putzfrau?" Dierk riss die Augen weit auf.

„Genau die. Oder ist es üblich, dass eure Angestellten oder Mitarbeiter – wie ihr das nennt – entweder sterben oder spurlos verschwinden?", fragte nun Lukas.

„Blödsinn! Der Hausmeister ist verunglückt, das hat mir die Polizei sogar schriftlich bestätigt", erklärte Dierk. „Deshalb verstehe ich nicht, was euch hierher treibt. Und was Sonja betrifft, so kann ich nur sagen, dass sie öfter davon gesprochen hat, wieder in ihre Heimat zurückzukehren. Deutschland gefiel ihr nicht so gut, wie sie es sich erhofft hatte."

„Wo kam sie her?"

„Aus Polen."

„Also ist es möglich, dass sie ihre beiden minderjährigen Kinder hier zurücklässt und nach Polen zurückkehrt?" Lukas stellte die Frage so, dass seine Verwunderung nicht zu überhören war.

„Wenn du das so sagst ..." Dierk schaute von Theo zu Lukas, „...klingt es wirklich ein bisschen komisch."

„Sind diese beiden Posten wieder neu besetzt?"

„Ja. Pascal Bonnet heißt der neue Hausmeister. Er trainiert schon seit einiger Zeit hier, also kennt er sich aus. Eine gute Besetzung." Dierk nickte, als wollte er seine Entscheidung damit bekräftigen. „Er ist sogar gerade hier und trainiert am Multifunktionsturm." Dierk stand auf, passierte die Theke, um in die Mitte des Raumes zu gelangen. Von dort hatte man freie Sicht auf ein Gerät, das aus Stangen, Seilen, Gewichten und sonstigen Apparaten bestand, was für Lukas und Theo nur befremdlich aussah. In der Mitte stand ein Mann und zog an Stahlseilen, die mit Gewichten behangen waren. Der Mann sah durchtrainiert aus. Jedes Mal, wenn er die angewinkelten Arme nach vorn bewegte, kamen Muskelpakete an Bizeps, Trizeps, Brustmuskulatur und ein bemuskelter Nacken zum Vorschein. Das Gesicht des Mannes wirkte dabei rot angelaufen. Seine dunklen, fast schwarzen Haare glänzten vom Schweiß. Die Augen hatte er zu schmalen Schlitzen zusammengezogen.

„Kräftiger Hausmeister", staunte Theo.

Sie kehrten in ihre Sitzecke zurück, tranken von ihrem Kaffee, als Dierk hinzufügte: „Und eine neue Putzfrau haben wir auch. Sie heißt Emma Martin und macht ebenfalls einen guten Job. Deshalb habe ich wirklich nicht mehr an diese beiden Ereignisse gedacht."

„Sieht so aus, als könnten wir unseren Einsatz als Freundschaftsbesuch abhaken", stellte Lukas fest.

„Wenn du schon mal hier bist, könntest du mal darüber nachdenken, zu trainieren", fügte Dierk an. „Du bist noch genauso knochig wie damals, als du auf die Sportschule wolltest."

Lukas schaute an sich herunter und murrte: „Ich fühle mich wohl, wie ich aussehe."

„'allo Dierk", hauchte plötzlich eine junge Brünette ins Ohr des Studiobesitzers und setzte ihren Weg fort. Sie passierte die Crosstrainer und die Laufbänder, sodass Lukas und Theo einen freien Blick auf ihre Rückseite hatten. Die Haare reichten ihr bis zum Po, der in einer engen Leggins steckte. Die Rundungen wurden durch einen String-Tanga, der durch den dünnen Stoff hindurch schimmerte, besonders betont. Ein leichter Hüftschwung hielt die Kurven in sanften Schwingungen, sodass es weder Lukas noch Theo gelang, sich von dem Anblick zu lösen. Nach einigen Metern blickte die Schönheit zu den beiden zurück, als wollte sie sich davon überzeugen, dass sie ihr auch nachschauten. Dabei klimperte sie mit ihren überlangen Wimpern, sodass kein Zweifel aufkam, mit wem sie flirtete.

„Ich glaube, ich sollte hier mal trainieren", stellte Theo fest.

„Nicht nur du. Wie Dierk gesagt hat, könnte ich was auf meine Knochen vertragen", stimmte Lukas zu.

Dierk lachte laut auf und meinte: „Das freut mich. Soll ich euch das Studio zeigen?"

„Geht nicht, wir sind im Dienst", bedauerte Lukas. „Aber wir kommen wieder."

Silvia Tenner saß in Allensbachers Büro und fühlte sich nicht wohl. Zu genau erinnerte sie sich an ihr Arbeitsverhältnis mit dem Dienststellenleiter, als sie noch als Kriminalpsychologin gearbeitet und nach traumatischen Arbeitseinsätzen mit den betreffenden Polizeibeamten Therapiestunden absolviert hatte. Seine Überheblichkeit ihr gegenüber war verletzend gewesen. Inzwischen hatte sie sich weitergebildet, hatte promoviert und arbeitete als Fallanalytikerin für die gesamte Direktion LPP2, die die Kriminalitätsbekämpfung beinhaltete – kurz gesagt das Landeskriminalamt innerhalb des Landespolizeipräsidiums in Saarbrücken.

Nach den jüngsten Ereignissen, dem Selbstmordanschlag mit Rucksackbombe in Ansbach im Juli 2016, dem Amoklauf in München ebenfalls im Juli, der Messerattacke in einem Regionalzug in Würzburg im Juli, dem Sprengstoffanschlag in Dresden im September und dann dem vereitelten Anschlag in Chemnitz im Oktober, der durch den Suizid des gescheiterten Selbstmordattentäters im Gefängnis wohl am besten in den Köpfen der Menschen haftete, sah sie sich genötigt, mehr Übungen der hiesigen Polizeibeamten anzuregen. Die Tatsache, dass Lukas Baccus beim letzten Mal gescheitert war, ließ ihr keine Ruhe. Alle Beamten, die täglich im Einsatz waren, mussten ihrer Meinung nach bestens auf den Ernstfall vorbereitet sein.

Da konnte eine derartige Ungeschicklichkeit nicht übersehen werden. Hinzu kam die bevorstehende Weihnachtszeit – eine äußerst sensible Angelegenheit für große Gruppen der Einwanderer, die sich mit den hiesigen Traditionen nicht identifizieren konnten. Die Luft brannte an allen Ecken und Enden. Da musste sie den Dienststellenleiter Allensbacher, von dem sie noch nie viel gehalten hatte, aus seinem Dornröschenschlaf wecken und ihm die Gefahr der Lage klarmachen.

Doch während sie ihn dabei beobachtete, wie er seine Banane aß – ein untrügliches Zeichen dafür, dass er wieder einmal eine Diät machte – ahnte sie, dass dieses Gespräch nicht den erwünschten Verlauf nehmen würde. Sie hätte Helmut Renskes Vorschlag, sie zu dem Gespräch zu begleiten, doch nicht abschlagen sollen. Mit dem Staatsanwalt im Nacken hatten alle Argumente mehr Nachdruck. Aber sie hatte es im Alleingang durchziehen wollen. Das Gefühl, dass sich Helmut mehr und mehr als ihr Beschützer, Retter oder gar Bevollmächtigter entwickelte, rief Abwehrreaktionen in ihr hervor. Sie war autark und wollte das auch bleiben. Also riss sie sich zusammen und begann zu sprechen, nachdem Allensbacher demonstrativ die Bananenschale in den Mülleimer geworfen hatte.

„Durch die Einwanderungspolitik ist die Terrorgefahr in Deutschland inzwischen genau so groß wie in Frankreich und Belgien. Klar ist, dass der Islamische Staat auch bei uns Anschläge plant, sobald er die Möglichkeit dazu hat. Die Gefahrenlage ist ernst. Sie hat innerhalb sehr kurzer Zeit in ganz Westeuropa stark zugenommen.“ Sie atmete tief durch. Allensbacher fiel ihr nicht ins Wort, also sprach sie weiter: „Die Anschläge der letzten Monate haben bewiesen, dass Gewalt Gegengewalt erzeugt. Gegen die Flüchtlinge hat sich inzwischen eine starke Allianz gebildet, was neben der Willkommenskultur in Deutschland ein untrügliches Zeichen dafür ist, dass sich Deutschland aufspaltet. Die Situation wird bedrohlich, denn es bilden sich Gruppen, Interessengruppen oder wie man das nennen will, deren Dynamik ungeahnte Ausmaße annehmen kann.

Aggressives Verhalten wird durch die Anonymität einer Gruppe immer wahrscheinlicher. Diese Personen lassen sich leichter dazu animieren, nicht auf die eigene soziale Bewertung durch andere zu achten. Sie spalten sich von ihrem *Ich* ab, sodass es bis zur Unberechenbarkeit kommen kann."

„Was wollen Sie mir mit Ihrem Psychofachjargon sagen?", fiel ihr Allensbacher nun doch ins Wort.

„Dass die Situation, in der wir uns befinden, einem Pulverfass gleicht. Da ist es nicht hinnehmbar, dass eine Übung, bei der ein Beamter total versagt hat, als ausreichend angesehen wird. Wir müssen besser vorbereitet sein, denn es kann jeden Augenblick passieren."

„Wir sind vorbereitet."

„Das sind wir nicht. Zumindest Lukas Baccus nicht. Er hat den Ernst der Übungen vermutlich noch nicht einmal verstanden, weil er über seinen Fauxpas Witze reißt."

„Und wegen diesem einem Mann wiederholen wir eine ganze Übung? Haben Sie eine Vorstellung, was das kostet?"

„Ist es denn sinnvoller, dass Ihre Beamten sich die Zeit damit vertreiben, einer Vermisstensache nachzugehen, die noch nicht einmal in ihren Zuständigkeitsbereich gehört?"

Endlich war es an Allensbacher zu staunen.

„Von welcher Vermisstensache sprechen Sie?"

„Die war unter den Akten, die Sie den beiden zum Bearbeiten gegeben haben."

Allensbacher kratzte sich nachdenklich an einem Doppelkinn und meinte dazu: „Eine Antiterrorübung zusammen mit der Bundeswehr ist für März 2017 geplant."

„Bis dahin kann viel passieren. Denken Sie bitte daran, dass Weihnachten und Silvester unmittelbar bevorstehen."

„Trotzdem bin ich nicht bereit, weitere Übungen zu veranlassen, nur weil Ihnen der Sinn danach steht. Es gibt keine akute Terrorwarnung. Und sollte doch etwas passieren, sind wir vorbereitet. Das Spezialeinsatzkommando, das Mobile Einsatzkommando, der Staatsschutz, das Führungs- und Lagezentrum – kurz gesagt: Alle Stellen von LPP1 und LPP2 sind bestens befähigt und trainieren ständig für den Ernstfall. Sogar der Kampfmittelbeseitigungsdienst hat sich unseren Vorbereitungen angeschlossen. Glauben Sie da wirklich, dass unsere Sicherheit von einer einzigen Person abhängt?" Silvia Tenner staunte über die Ausführlichkeit, in der Allensbacher ihr alles erklärte. So wortgewandt kannte sie ihn nicht. „Dass Sie und Lukas Baccus keine besonders gute Arbeitsbeziehung pflegen, ist allen hier im Haus bekannt. Das nötigt mich aber nicht dazu, das Versagen des Beamten Baccus zum Anlass zu nehmen und eine teure Polizeiübung wiederholen zu lassen. Also betrachte ich das Gespräch für beendet."

Dierk von Westernhagen stand am Trainerpult und versuchte, einen Trainingsplan für Lukas Baccus zu entwerfen. Besonders sportlich hatte er den „Fuchs" nicht in Erinnerung. Lukas war bisher viel zu raffiniert gewesen und hatte es immer geschafft, jedweder körperlichen Ertüchtigung aus dem Weg zu gehen. Die Tatsache, dass er sich nun freiwillig in seinem Studio angemeldet hatte, ließ Dierk doch zweifeln. Ging es Lukas dabei wirklich um den Sport, oder hegte er insgeheim die Absicht, hier zu ermitteln, oder wollte er Frauen anbaggern? Dierk blickte da nicht so ganz durch. Lukas hatte ein Pokerface wie kein anderer. Dessen Freund und Kollege Theo Borg wirkte dagegen unkomplizierter. Dass ihm die Frauen – insbesondere Estelle Fournier – gefallen haben, war nicht zu übersehen gewesen.

Dierk schmunzelte.

Seine Sicht auf das Papier verdunkelte sich. Überrascht schaute Dierk auf und sah seinen Vater auf der anderen Seite des Trainerpultes stehen. Im Sportdress wirkte der alte Herr mit seinen

Fünfundsiebzig immer noch sehr jugendlich. Die grauen Haare akkurat zurückgekämmt sah er wie ein in Würde gealterter Playboy aus. Kein Wunder, dass er erst vor kurzem wieder geheiratet hatte. Er hatte immer noch Chancen bei den Frauen. Lediglich zwei Zentimeter kleiner als sein Sohn, standen sich die beiden Männer Auge in Auge gegenüber.

„Was beschäftigt dich so sehr an diesem Trainingsplan?", fragte Kurt von Westernhagen. „Bisher war das doch immer eine deiner leichtesten Übungen."

„Die Tatsache, dass Lukas ein Bulle ist. Wir kennen uns zwar, aber sein Hauptgrund hier aufzutauchen, war die Tatsache, dass der Hausmeister tödlich verunglückt ist und die Putzfrau die Fliege gemacht hat. Sollte Lukas dahinter etwas Kriminelles vermuten, kann es sein, dass er zum Ermitteln kommt und uns damit schadet."

„So ein Blödsinn. Wer wird zum Ermitteln einen monatlichen Beitrag für das Fitnessstudio freiwillig bezahlen?", erwiderte der Vater.

„Das ist es ja. Polizisten haben für gewöhnlich eigene Möglichkeiten zu trainieren", führte Dierk seine Bedenken weiter aus.

„Aber du weißt, dass wir zurzeit jeden Vertrag brauchen. Wir haben uns noch nicht soweit etabliert, dass wir uns unsere Kundschaft aussuchen können."

Dierk nickte und stieß einen Seufzer aus.

„Wenn ich das richtig beobachtet habe, kennst du Lukas schon länger", überlegte Kurt von Westernhagen laut.

„Warum?"

„Mach seinen Trainingsplan so anstrengend, dass er gar keine Gelegenheit bekommt, über sich und seine Arbeit zu sprechen."

„Paps, du bist klasse!" Endlich konnte Dierk wieder lachen. „Genauso machen wir es."

„Ich sehe, wir verstehen uns."

Vater und Sohn klatschten in die Hände. Doch bevor Kurt

sein nächstes Trainingsgerät ansteuerte, meinte er: „Bald können wir uns ganz beruhigt zurücklehnen und die Lorbeeren unserer harten Arbeit genießen, Junior! Denn es dauert nicht mehr lange, dann haben wir unseren Laden im Trockenen und können uns die Kundschaft aussuchen. Glaub mir."

Verblüfft schaute Dierk seinem alten Herrn hinterher.

„Hast du deine Sportsachen dabei?", fragte Lukas, während er mühsam an dem Bericht über die vermisste Polin namens Sonja Jastreb arbeitete. Dabei behielt er ständig die Uhr im Auge. Freitagnachmittag, kurz vor Feierabend, mit der Aussicht auf das erste Training bei Motivitas in Kleinblittersdorf – da wäre es fatal, wenn noch ein Fall dazwischen käme ...

„Klar. Ich kann den Feierabend kaum noch erwarten", brummte Theo, der weiterhin die Fälle auf dem PC studierte, die Allensbacher ihnen zur Bearbeitung gegeben hatte. „Diese Büroarbeit macht mich ganz fickerig. Da passt es super, dass wir in ein paar Stunden unsere überschüssige Energie an den Geräten auslassen können."

Lukas grinste und fügte hinzu: „Und nebenbei den süßen Schnecken imponieren. Hab' schon verstanden."

„Gib doch zu, dass dich das auch antörnt."

„Klar! Nach meinem verpatzten Date mit unserer Kollegin könnte ein Trostpflaster nicht schaden."

„Vielleicht ist es auch ganz gut, dass es so gekommen ist. Oder glaubst du, dass eine Beziehung auf dem Arbeitsplatz eine Chance hat?"

Lukas konnte darauf keine Antwort geben. Er überlegte, nickte, schüttelte gleichzeitig den Kopf und widmete sich wieder dem Bericht, auf den der Dienststellenleiter Allensbacher wartete.

„Jasmin hat es dir also angetan“, resümierte Theo.

„Ich gebe jetzt mal den Bericht ab, damit ich den Mist hinter mir habe“, überging Lukas die Bemerkung und hieb heftig auf eine bestimmte Taste seiner Tastatur. Fast gleichzeitig brummte der große Drucker los, der neben dem Eingang zum Großraumbüro stand. Lukas erhob sich, entnahm das Ausgedruckte und steuerte damit auf Allensbachers Büro zu.

„Viel Erfolg“, rief ihm Theo hinterher, was Lukas nur mit einem Stinkefinger hinter seinem Rücken kommentierte.

Theos Lachen verstummte erst, als Lukas die Tür zum Büro des Ersten Hauptkommissars Allensbacher hinter sich ins Schloss fallen ließ. Der dicke, schwitzende Mann schaute herausfordernd auf den Oberkommissar, was Lukas dazu veranlasste, besonders langsam auf den Stuhl vor dem Schreibtisch zuzugehen und sich dort niederzulassen. Anschließend überreichte er den ausgedruckten Bericht.

Allensbacher las ihn – oder tat so – und meinte dann: „Ich hatte heute Morgen eine interessante Unterredung. Vermutlich war diese Vermisstenmeldung der Anlass dazu.“

Lukas sagte nichts dazu.

„Es stellt sich nämlich die Frage, seit wann wir Vermisstenangelegenheiten bearbeiten.“

„Sie haben uns doch die Fälle gegeben, damit wir sie abarbeiten. Deshalb haben wir uns damit befasst.“

„Sie sind um keine Ausrede verlegen.“ Allensbacher wischte sich den Schweiß von der Stirn. „Ich weiß nicht, ob Ihre privaten Interessen im Vordergrund standen oder Ihr Pflichtbewusstsein. Oder glauben Sie, ich weiß nicht, dass Sie mit dem Betreiber des Fitnessstudios in Kleinblittersdorf befreundet sind?“

Lukas schluckte. Für so clever hätte er das schnaufende Walross nicht gehalten.

„Ihr Patzer bei der letzten Polizeiübung steht in Ihrer Akte – neben vielen anderen Einträgen auch. Hinzu kommt, dass ich erst heute Morgen erkannt habe, dass ich nicht der einzige bin, der Sie nicht mag. Also liege ich mit meiner Menschenkenntnis doch nicht daneben. Ich dulde Sie hier nur, weil Kriminalrat Hugo Ehrling das will. Also sehen Sie zu, dass Hugo Ehrling den Posten noch lange hat, sonst kann ich für nichts mehr garantieren."

Lukas war sprachlos. Mit großen Augen starrte er auf den dicken Mann und gab sich alle Mühe, jetzt keine Gefühlsregung zuzulassen. Eine Weile verging, in der kein Wort gesagt wurde. Als wollte Allensbacher sein Gegenüber herausfordern. Doch dieses Spiel verlor er. Das schwor sich Lukas.

Endlich kam die Erlösung: „Sie können jetzt gehen."

Behutsam erhob sich Lukas und ging mit langsamen Schritten, obwohl ihm nach Laufen war, zur Tür und verabschiedete sich. Als er sich an seinem Schreibtisch niederließ, fragte Theo: „Was ist da drin passiert?"

„Nichts!"

„So siehst du aber nicht aus."

„Lass es einfach gut sein", bat Lukas.

„Ich dachte, wir sind Freunde."

„Sind wir ja auch."

„Freunde vertrauen sich alles an."

„Gib mir bitte etwas Zeit. Es gibt Dinge, die muss man erst verdauen."

„Das muss ja verdammt übel gewesen sein." Theos Gesicht wurde ebenfalls blass.

Helmut Renske staunte über die Akten, die von Lukas Baccus und Theo Borg aus der Abteilung für „Straftaten gegen das Leben und die sexuelle Selbstbestimmung" ihm zur Prüfung geschickt worden waren. Es war Freitag – wieder eine ganze

Woche vergangen, ohne dass ein Kapitalverbrechen auf seinem Tisch gelandet wäre. Auf seinem Tisch landeten zurzeit lediglich Akten über Fälle, die Lukas und Theo normalerweise nicht zugeteilt wurden. Hinzu kam die prekäre Lage in Deutschland durch die Zuwanderung. Wie war es möglich, dass ausgerechnet in dieser Zeit alles ruhig blieb? Da stimmte etwas nicht.

Sollte sich irgendetwas Seltsames im Kopf des Ersten Kriminalhauptkommissars Allensbacher abspielen?

Der Staatsanwalt mochte den ewig schwitzenden Dienststellenleiter nicht. Schon von Anbeginn an war es ihm ein Rätsel, wie ein Mann mit dessen minderen Qualitäten auf einen derart hoch dotierten Posten gelangen konnte. Inzwischen war aus dem Kriminalhauptkommissar sogar ein Erster Kriminalhauptkommissar geworden. Die Beförderungen nach oben waren für manche Beamte durch nichts aufzuhalten.

Die Spannungen zwischen Allensbacher und Baccus und Borg waren im Landeskriminalamt kein Geheimnis mehr. Doch war es wirklich sinnvoll, den beiden Oberkommissaren nur noch Aktenarbeit aufs Auge zu drücken? Und das in Zeiten, in denen es ständig und überall Terrorwarnungen gab. Dass die beiden im Außendienst gute Arbeit leisteten, war ebenfalls bekannt. Leider aber auch deren Methoden, die manchmal zu wünschen übrigen ließen.

Renske schmunzelte, lockerte sich seine Krawatte und spürte, dass sein Hosenbund kniff. Er musste unbedingt mal wieder eine Diät machen. Silvia war gertenschlank und er ging immer weiter in die Breite. Das musste ein Ende haben.

Nur wie?

Die Abende zusammen mit der schönsten Frau im südwestlichen Raum in den renommiertesten Lokalen im Saarland zu verbringen, machte einfach zu viel Spaß. Auch wenn das Saarland klein war, so hatte es doch eine beachtliche Anzahl an kulinarischen Highlights. Und sollte mal die Auswahl knapp werden, so würde er bestimmt im angrenzenden Frankreich fündig werden. Die Franzosen waren weltweit bekannt für ihre gute

Küche. Auf solche Genüsse wollte er nicht verzichten.

Auf die Pfunde aber schon.

Weiter widmete er sich der Arbeit auf dem Schreibtisch, bis es ihm zu bunt wurde. Schon wieder hielt er ein derartiges Aktenstück in den Händen. Das ging eindeutig zu weit. Er beschloss, die beiden aufzusuchen und mit ihnen bei einem Bier über diese Situation zu reden.

Das war außerdem eine gute Möglichkeit, mit Lukas und Theo wieder ins Gespräch zu kommen. Die Sexualverbrechen waren zurückgegangen, was ihn überraschte. So auch die Tötungsdelikte, was ein Grund zur Freude sein sollte. Aber davon konnte für ihn keine Rede sein. Das Gegenteil war der Fall. Er fühlte sich umso mehr getrieben, als schwelte etwas Gefährliches unter der Oberfläche und nur er war derjenige, der nicht wusste, wann der Vulkan ausbrechen würde – und warum.

„Du hast deine Tasche wohl auch schon den ganzen Tag im Auto liegen?", fragte Lukas, während sie das Bürogebäude verließen. Draußen angekommen mussten sie ihre Jackenkragen hochschlagen. Kalter Wind wehte ihnen entgegen. Der Himmel wechselte seine Farbe inzwischen von Grau in Dunkelgrau. Vereinzelte Regentropfen peitschten ihnen ins Gesicht.

„Klar, was denkst du denn."

„Das wird bestimmt lustig, in die kalten Klamotten zu steigen. Brrrrr! Vielleicht hätte ich mir das mit dem Sport doch noch mal überlegen sollen."

„Stell dich mal nicht so an", schimpfte Theo. „Das wird bestimmt klasse. Wie dein Kumpel Dierk schon festgestellt hast, bestehst du nur noch aus Haut und Knochen. Da können ein paar Muskeln bestimmt nicht schaden."

„Und du bestehst aus Fettmasse."

„Blödmann! Ich bin genau richtig. Ich begleite dich nur, damit du nicht so allein in dem großen Studio bist."

Darüber konnte Lukas nur verächtlich schnauben.

Sie überquerten die Straße, die zum Behördenparkplatz führte. Da erblickten sie eine bekannte Gestalt, die sich ihnen zielstrebig näherte.

„Da ist ja unser Staatsanwalt", staunte Lukas. „Der könnte auch ein bisschen Sport vertragen."

„Stimmt, sein Timing könnte nicht besser sein." Theo grinste.

Heftig atmend blieb der beleibte Mann vor den beiden Kommissaren stehen und fragte: „Lust auf ein Bier, um das Wochenende einzuläuten?"

„Nee, du! Körperliche Ertüchtigung ist angesagt", erwiderte Lukas und verzog sein Gesicht zu einer Grimasse.

„Wie bitte? Höre ich richtig?" Helmut Renske riss die Augen weit auf.

„Du hörst richtig. Mit Bier ist jetzt Schluss. Das macht dick. Und falsches Essen wird ebenfalls gestrichen. Und wenn ich mir dich so anschaue, würde ich sagen, dass dir eine Veränderung auch nicht schaden könnte."

„Ja, sagt es nur: Ich bin zu dick." Renske trat von einem Bein auf das andere. „Aber Sport muss es nun wirklich nicht sein. Sowas habe ich in meinem ganzen Leben noch nicht gemacht und fange jetzt auch nicht damit an."

„Schau dir mal Silvia an", meldete sich nun Theo zu Wort. „Sie hat eine tolle Figur. Und du?"

„Ist ja schon gut. Ich gehe mein Bier allein trinken."

„So war das nicht gemeint."

„Ach!" Renske lachte. „Also doch ein Bier zum Feierabend?"

„Nein, es war so gemeint, dass wir deine Botschaft verstehen. Die Tatsache, dass du genau jetzt zu uns kommst, sagt mir, dass du in deinem Unterbewusstsein auch etwas tun willst. Deshalb nehmen wir dich mit."

„Wohin?"

„Zum Fitnessstudio. Den Laden betreibt übrigens ein Bekannter von Lukas."

„Ich gehe doch in kein Fitnessstudio. Was soll ich dort: Gewichte stemmen?"

„Keine Ahnung. Der Trainer wird schon wissen, was gut für dich ist."

„Ich denke, ich gehe jetzt mein Bier trinken, dann fahre ich nach Hause. Mit euch kommuniziere ich erst dann, wenn ihr wieder normal seid."

„Aber nicht doch." Lukas gesellte sich auf die linke Seite des Staatsanwalts und Theo auf die rechte. Jeder hakte sich bei ihm ein, damit er sich nicht mehr frei bewegen konnte. „Jetzt bist du schon mal hier, jetzt gehst du mit. Glaub mir, es wird deiner Figur, deiner Gesundheit und deiner großen Liebe zu Silvia guttun, wenn du Sport machst."

„Was soll das? Wollt ihr mich wohl loslassen?"

„Du kannst dir das Studio wenigstens mal ansehen", erklärte Lukas, ohne seinen Griff um Renskes Arm zu lockern.

„Wir wollen nur dein Bestes", schnurrte Theo.

Lukas lachte laut los.

„Ich fasse es nicht. Hat Allensbacher mit euch eine Gehirnwäsche gemacht?"

„Was hat Allensbacher damit zu tun?"

„Der war es doch, der euch wegen der vermissten Putzfrau dorthin geschickt hat", antwortete Renske.

„Das haben wir aus Eigeninteresse gemacht, weil wir dachten, in dem Fitnessstudio wäre etwas faul. Aber dem ist nicht so."

„Als Entschuldigung habt ihr euch gleich dort angemeldet?"

„Nein, aus Überzeugung."

Die Fahrstuhltür öffnete sich im zweiten Stock. Vor ihnen tauchte eine Theke voller junger Menschen auf. Rechts davon standen ein Schreibtisch, ein Regal voller Prospekte und künstliche Grünpflanzen, links undefinierbare Skulpturen, ein Ständer voller Müsliriegel. Dahinter verteilten sich Fitnessgeräte, soweit das Auge reichte.

„Meine Güte", murmelte Renske. „Das sieht viel zu anstrengend für mich aus."

Die Fahrstuhltür ging wieder zu.

„Was war das denn?", fragte Lukas. „Dort hätten wir aussteigen müssen."

„Ich nicht", bekannte Renske.

Die Kabine setzte sich in Bewegung und fuhr weiter nach oben. Wieder öffnete sich die Tür. Dieses Mal stand ein Mann im Sportdress vor ihnen, stieg ein und drückte auf den Knopf um eine Etage tieferzukommen.

Renske rümpfte die Nase, als sich die Kabine wieder in Bewegung setzte. Der Neuzugang warf einen prüfenden Blick auf den Mann im dreiteiligen Anzug und konnte sich erst wieder von dem Anblick lösen, als sie im zweiten Stock ankamen und die Türen sich öffneten.

„Dieses Mal steigen wir aus", bestimmte Theo und verließ die Kabine. Helmut Renske und Lukas folgten ihm.

„Habt ihr es euch nochmal überlegt?", fragte Dierk mit einem schiefen Grinsen im Gesicht.

„Ja!" „Nein!" „Ja!" kam es wie aus einem Mund, wobei das „nein" von Renske stammte.

Dierks Grinsen ging in ein Lachen über.

„Unser Freund hier war so begeistert von den vielen Sportgeräten, dass er sich bei dem überwältigenden Anblick nicht mehr bewegen konnte", kommentierte Lukas.

Dierk trat auf den dritten Mann im Bunde zu: „Dann wollen wir doch hoffen, dass du deine Entscheidung nicht bereust. Mein Name ist Dierk von Westernhagen. Mir gehört das Studio zusammen mit Lewin Poppa, der auch hier irgendwo unterwegs ist."

„Westernhagen?", brummte Renske. „Wenn du *Johnny Walker* hier hast, sehe ich das Fitnessstudio gleich mit anderen Augen."

„Klar habe ich den hier! Was meinst du, wie oft ich den Song schon trällern musste?"

„Ab dem dritten Glas stimme ich mit ein."

„Hey, Kumpel", funkte Theo dazwischen. „Du sollst hier trainieren und für deine Gesundheit sorgen und nicht Whisky trinken bis zur Bewusstlosigkeit."

„Wer spricht von Bewusstlosigkeit?"

„Wenn du anfängst zu singen, bist du knapp davor."

Renske schüttelte den Kopf.

„Außerdem", wandte sich Lukas an Dierk. „Duzt du hier jeden gleich?"

„Warum diese Frage? Ich gehe doch davon aus, wer euer Freund ist, ist auch meiner."

„Naja, Helmut Renske ist der Staatsanwalt, mit dem wir zusammenarbeiten."

Erschrocken riss Dierk die Augen auf. Doch Renske wehrte sofort ab mit den Worten: „Muss nicht jeder wissen. Hier bin ich einfach nur Helmut."

„Du gefällst mir wirklich, Helmut." Dierk atmete erleichtert durch. „Ich wollte euch sowieso bitten, mal fürs Erste zu verschweigen, wo ihr arbeitet."

„Hast du schon getan", erinnerte Lukas.

„Bisher habe ich nur mit dir darüber gesprochen. Das gilt aber für euch alle."

„Warum?"

„Als der Hausmeister gestorben ist, war Hochbetrieb im Laden. Jeder hat den Unfall mitbekommen. Wenn dann herauskommt, dass unmittelbar danach Polizei und Staatsanwalt hierher trainieren kommen, könnte es passieren, dass die Leute vom Schlimmsten ausgehen und kündigen. Das wäre fatal."

„Seid ihr verschuldet?"

Dierk nickte.

„Habt ihr hoffentlich einen zuverlässigen Buchhalter?", fragte Renske.

„Den haben wir. Mein alter Herr macht diese Arbeit."

„Besser geht es nicht."

„Wir sind hier so etwas wie ein Familienbetrieb", erklärte Dierk. Ein kleiner, stämmiger Mann, der sich vor lauter Muskeln kaum bewegen konnte, trat auf die Gruppe zu und fragte: „Wird das eine Männerrunde oder ein Trainingsplan?"

„Darf ich vorstellen", antwortete Dierk darauf. „Das ist Lewin Poppa, mein kleiner Bruder."

„Hallo großer Bruder", erwiderte Lewin.

„Du hast keinen Bruder", platzte es aus Lukas heraus.

„Doch!"

„Okay, dann sind *Dick und Doof* Zwillinge."

„Glaub mir doch: Mein Vater und Lewins Mutter haben geheiratet. Also sind wir Brüder."

„Dann müsste dein Bruder Lewin von Westernhagen heißen."

„Ich war so frei, meinen Namen zu behalten", erklärte Lewin augenzwinkernd. „Poppa erinnert so schön an Popeye. Das wollte ich nicht aufgeben – schon gar nicht in diesem Job hier."

„Jetzt ist die Männerrunde noch größer geworden", stellte Renske fest. „Wenn das mal kein Grund für einen *Johnny Walker* ist."

„Oder für eine Runde Spinat", spottete Lukas. „Popeye hat bestimmt welchen dabei."

„Popeye geht gleich nach oben, dort findet jetzt der Kurs *BodyPump* statt."

„Aber zuerst gibt es eine Runde Johnny Walker", beschloss

Dierk kurzerhand. „Ich lasse mir nicht nachsagen, dass ich geizig wäre."

„Dito", schloss sich Lewin an.

Mir schnellen Schritten verschwand der große Mann hinter der Theke. Das Tablett, auf dem Dierk die Whisky-Flasche und die fünf Gläser balancierte, wackelte bedrohlich, als er sich dem Tisch näherte. Die Spannung wuchs, ob alles heil ankommen würde.

„Du hattest deinen Schluck für heute wohl noch nicht", stellte Lukas hämisch fest. „Deine zitternde Hand verrät dich."

„Du siehst auch alles!"

Endlich stellte er das Tablett ab und schenkte jedem von dem edlen Tropfen ein. Sie stießen an und tranken. Es dauerte nicht lange, schon begann Dierk zu singen: „*Johnny Walker, jetzt bist du wieder da.*"

Die anderen stimmten ein: „*Johnny Walker, ich zahl dich gleich in bar. Johnny Walker, Du hast mich nie enttäuscht! Johnny, Du bist mein bester Freund!*"

Die Lautstärke ging beim Refrain in die Höhe: „*Ich hab's versucht, ich komme ohne dich nicht aus. Wozu auch? Du gefällst mir ja. Kein Mensch hört mir so zu wie du. Johnny! Du lachst mich auch nie aus!*"

Plötzlich stand ein großer Mann mit grauen Haaren und sportlichem Dress vor ihnen und räusperte sich.

„Muss das so laut sein? Ihr stört die anderen beim Training."

„Darf ich vorstellen", erwiderte Dierk, „mein alter Herr, Kurt von Westernhagen."

Renske erhob sich und gab Dierks Vater die Hand mit der Bemerkung: „Gestatten, Renske ... Helmut Renske."

„Das ist der Part von James Bond", korrigierte Lukas, „nicht vom Staatsanwalt."

„Staatsanwalt?" Kurt von Westernhagen bekam große Augen. „Ich hoffe, Sie sind nur zum Training hier."

„Entwarnung, Paps", rief Dierk dazwischen. „Herr Renske will nur etwas für seine Gesundheit tun, damit er noch lange für Gerechtigkeit sorgen kann."

„Wie viel Whisky habt ihr schon getrunken?"

„Einen!"

„Dann vertragt ihr das Zeug aber schlecht. Ihr seid ja schon betrunken." Verärgert fügte Kurt an: „Die Buchhaltung ist für heute fertig. Ich mache jetzt noch ein bisschen Training." Dann steuerte er das Spinningrad auf der anderen Seite des Studios an.

„Und ich gehe jetzt meine BodyPump-Gruppe ein bisschen drangsalieren", beschloss Lewin Poppa, erhob sich, stieg in den Fahrstuhl und verschwand.

Dierk klatschte aufmunternd in die Hände und rief: „Also, wollen wir?"

„Unbedingt!" „Keinesfalls!" „Unbedingt!", kam es wieder wie aus einem Mund.

Dierk lachte herzhaft los und meinte unter Keuchen: „Ihr seid mal eine Truppe."

„Ich gestehe, gegen meinen Willen hierher verschleppt worden zu sein", brachte Renske hervor.

„Und wir bekennen uns schuldig", gab Theo zu.

Im Eiltempo sausten die beiden Kommissare davon und eroberten die Geräte, mit denen sie ihr Training beginnen wollten.

„Was schwebt dir vor, Helmut? Reines Cardiotraining, oder ein Ernährungsplan oder ein volles Trainingsprogramm für den ganzen Körper?" Mit dieser Frage richtete sich Dierk an den übergewichtigen Mann.

Renske schaute Lukas und Theo nach, wie sie die Crosstrainer zur rechten Seite des Studios ansteuerten. Diese Geräte waren so ausgerichtet, dass jeder, der daran trainierte, aus den großen Fenstern zum Eingang der Saarland-Therme und zu dem großen Parkplatz schaute. Während der rechte Fuß nach vorne geschoben wurde, bewegte sich der Griff der rechten Hand nach hinten und umgekehrt, sodass eine diagonale Bewegung entstand. Allein der Anblick verursachte bei Helmut einen Schweißausbruch.

„Heißt das, dass ich nicht mit den Jungs zusammen trainieren muss?"

„Am Anfang ja, denn du brauchst etwas ganz anderes als die beiden.“

„Ein Grund mehr, hierzubleiben.“ Renske lachte. „In meinem Anzug werde ich heute wohl vom Training verschont bleiben, oder?“

„Klar. Heute kümmern wir uns nur um deine Vorstellungen, was du vom Training erwartest, und um deinen Vertrag.“

Es wurden immer mehr. Immer mehr. Immer mehr.

Ein Meer an Menschen, als wollte der Zustrom niemals enden. Je mehr betroffen waren, desto größer der Erfolg. Nur mit Katastrophen war Eindruck zu schinden.

Und der war wichtig.

Jedes Leben hatte sein Maß an Leid. Hier galt es, genau dieses Maß zu erkunden und dann zu überschreiten.

Nur so konnte die Zeit des Erwachens beginnen.

Doch zu allererst galt es, auf alles vorbereitet zu sein. Das funktionierte reibungslos – solange niemand seine Aufgabe vergaß.

Zur Durchsetzung des Plans auf andere angewiesen zu sein, machte es nicht leichter.

Doch leider war es unvermeidbar, eigene Ziele mit und durch andere Menschen anzustreben. Ohne sie ging es nicht. Aber auch nicht mit ihnen. Der zuverlässigste Mensch war man doch selbst.

Umso schärfer musste der eigene Verstand funktionieren, das Beobachtungsmodul auf Höchstleistung laufen, die Sensoren auf jede noch so geringe Unstimmigkeit eingestellt sein. Es gab nichts, wozu man nicht fähig wäre – lange genug war dafür trainiert worden. Der Ernstfall gesellte den Taten einen besonderen Kick hinzu, ein intensives Gefühl, als würde ein ganzer Adrenalinstrom in die Blutbahnen geschossen.

Die derzeitige Aufgabe lautete, alle Neuzugänge besonders im Auge zu behalten. Jeder, der infrage käme, den Plan zu vereiteln, musste verschwinden. Egal auf welche Art und Weise.

Je brutaler, desto wirkungsvoller. Was das betraf, waren alle erfinderisch.

Abschied und Tod waren nur andere Worte für Neuanfang und Leben. Wer gewinnen will, muss so etwas in Kauf nehmen. Und dazu waren alle bereit.

Nichts übertreiben – nichts übersehen – nichts überschätzen! Keine leichte Devise.

Alle Nerven waren zum Zerreißen gespannt.

Es fühlte sich an wie der Tanz auf dem Vulkan.

Blieb nur noch die Frage, wann der Feuerberg endlich ausbrach ...

Kapitel 3

„Wie konnte ich mich nur dazu überreden lassen?", murmelte Renske, während er zusammen mit Lukas und Theo die Stufen zum zweiten Stock nahm, in dem sich das Fitnessstudio befand. Von Stufe zu Stufe wurde sein Schnaufen lauter.

„Hör auf zu jammern. Silvia fand die Idee gut", schimpfte Theo. Renske war der Ohnmacht nahe, als er oben ankam.

„Und den Lift lassen wir einfach mal links liegen", hechelte er noch mürrischer.

„Hier geht es um körperliche Ertüchtigung und nicht um Bequemlichkeit. Für dich wird es wirklich höchste Eisenbahn, dass du was für deine Kondition machst."

„Für die Gerichtsverhandlungen war ich bisher noch immer fit genug."

„Wenn du dort bald als sportlich durchtrainierter Adonis ankommst, gibt die Gegenseite freiwillig auf, bevor du zu deinem Plädoyer kommst", meinte Lukas lachend.

„Macht euch nur lustig."

„Ist es wirklich nötig, so laut über unsere Jobs zu sprechen?", schimpfte Theo dazwischen. „Wir haben Dierk zugesichert, dass wir darüber die Klappe halten."

„Wir sind doch allein", rechtfertigte sich Lukas.

„Woher willst du das wissen? Das Treppenhaus geht noch einen Stock höher."

„Okay, du hast ja recht", lenkte Lukas ein.

Renske brachte außer lautem Keuchen nur ein Nicken und das V-Zeichen mit Zeige- und Mittelfinger zustande, was ebenfalls Zustimmung signalisierte.

Sie öffneten die Glastür und traten ein. Laute Musik drang an ihre Ohren – der Song „Heart Won't Forget" von Matoma & Gia. An der Theke stand Birte und lächelte den drei Männern entgegen.

Theo bekam ein Glänzen in die Augen, während Renske versuchte, seine heftige Atmung zu unterdrücken. Doch das gelang ihm offensichtlich nicht, denn die blonde Frau meinte verständnisvoll: „Keine Sorge! Die Treppen fallen anderen auch schwer."

„Sehr tröstlich."

Sie zogen ihre Bänder mit den Chips zum An- bzw. Abmelden hervor und hielten sie an den entsprechenden Sensor. Mit jeweils einem lauten Bing, das durch das ganze Studio schallte, wurde die Anmeldung bestätigt. Birte schaute auf den Bildschirm, der vor dem Sensor stand, nickte und meinte: „Du bist also Helmut?"

„Ja, in voller Größe", hechelte Renske.

„Und Breite", fügte Theo an.

Birte lachte.

Nachdem sich alle drei eingeloggt hatten, ging es eine Etage höher zur Herrenumkleide. Der Raum wirkte hell und freundlich. Die Wände waren weiß gestrichen, die Kleiderspinde bestanden aus hellem Holz, der Boden war mit hellen Fliesen bedeckt. Jeder suchte sich einen Spind und begann sich umzuziehen. Anschließend wurden die Spinde durch den Chip, den jeder inzwischen als Armband trug, gesichert. Als sie sich im sportlichen Dress gegenüberstanden, musterten sie sich, was nicht ohne Gelächter ausfiel. An Lukas hingen Sporthose und T-Shirt wie an einem Kleiderhaken. Renske trug ein T-Shirt, das, obwohl es schwarz war, seine Unförmigkeit betonte. Hastig zog er eine ebenfalls schwarze Sweatjacke darüber, um so den Kommentaren der beiden zu entkommen.

Theo machte von allen die beste Figur. Zufrieden grinsend ging er voraus in Richtung Korridor, um das Studio und die Fitnessgeräte anzusteuern.

Der Song „Back To Beautiful" von Sofia Carson schallte ihnen entgegen. Ein Sportler auf einem Laufband, das eine merkwürdige, halbrunde Form aufwies, verursachte mit jedem Schritt einen Höllenlärm. Daneben stand eine Frau und schlug wie wild mit langen Seilen auf den Boden, was die Geräuschkulisse noch weiter verstärkte.

„Wenn ich hier fertig bin, habe ich eine gute Figur aber einen Hörsturz“, stellte Renske fest.

„Das mit der guten Figur würde ich bezweifeln“, kam es von Lukas zurück.

„Lass das mal nicht deinen Freund Westernhagen hören. Solange ich auf meinen Trainer warte, gehe ich zum *Liegerad* und mache mich warm.“

„Liegerad?“, fragten Lukas und Theo wie aus einem Mund. „Das passt zu dir“, fügte Lukas an.

„Nur kein Neid“, winkte Renske, während er die andere Seite des Studios ansteuerte, die zur Saarland-Therme zeigte. Zwei Flachbildschirme hingen oben an der Wand, auf denen permanent die Nachrichten des Senders *n-tv* zu sehen waren – ohne Ton. Genau vor einem solchen ließ sich der Staatsanwalt auf einem dieser sogenannten Liegeräder nieder und begann gemütlich in die Pedale zu treten.

Lukas und Theo begaben sich zu den Crosstrainern und strampelten im Takt des Songs „Stressed Out“ von „Twenty one Pilots“.

Silvio Donati steuerte seinen schwarzen Alfa Romeo Giulia durch den Sonntagnachmittagsverkehr, der ausgerechnet an diesem Tag durch einen Unfall zähflüssig vonstattenging. Im Stop and Go bewegte er sich vorwärts. Dabei behielt er ständig die Uhr im Auge. Er hatte von Dierk den Auftrag bekommen, den Neuzugang Helmut Renske zu trainieren und zu beraten, eine Aufgabe, die er gern erfüllte. Der Mann war eindeutig übergewichtig, was also einen präzisen Trainingsplan erforderte und lange Gespräche über Ernährungsumstellung. Wie Silvio wusste, waren solche Menschen nicht gern bereit, von ihren alten Gewohnheiten Abstand zu gewinnen. Das waren Genussmenschen und wollten es auch bleiben. Aber Silvio hatte mit dieser Art von Klientel bisher die größten Erfolge als Trainer bei Motivitas erzielt, weshalb Dierk oder Lewin auch immer ihn mit solchen Aufgaben betrauten.

Doch ausgerechnet heute hatte er seine Schwester ins Winterbergkrankenhaus fahren müssen. Sie hatte sich den Fuß verstaucht – zum Glück nicht gebrochen – und musste ärztlich versorgt werden. Jetzt befand sich Silvio auf dem Rückweg zum Fitnessstudio und kam nur im Schneckentempo vom Fleck. Er könnte verzweifeln. Er stand auf der Autobahn A 620, musste bei Güdingen auf die B 51 abfahren, um von dort über Kleinblittersdorf nach Rilchingen zu gelangen. Das Fitnessstudio befand sich direkt neben der Saarland-Therme, was unter normalen Bedingungen eine zwanzigminütige Autofahrt bedeutete. Dann wäre er auch rechtzeitig für den neuen Trainingskandidaten da. Doch so sah es schlecht aus. Zwar konnte er keinen Unfall sehen, davon wusste er nur durch die Meldung im Radio. Aber die Autos bewegten sich lediglich meterweise vorwärts. Das konnte ja heiter werden.

Gerade wollte er nach seinem Handy greifen und den beiden Chefs Bescheid sagen, dass er es nicht mehr schaffe, da löste sich der Stau vor seinen Augen in nichts auf. Nach einem Kilometer konnte er die Stauursache sehen. Zwei Unfallautos waren zur Seite geschoben worden, weshalb der Verkehr flüssig weiterging.

Nun trat er auf das Gaspedal, überschritt sämtliche Geschwindigkeitsbegrenzungen und gelangte mit fünf Minuten Verspätung auf den Parkplatz des Studios. Im Laufschritt eroberte er die untere Tür – die sogenannte „Rauchertür“ – um ins Gebäude zu gelangen. Er hatte so viel Schwung, dass er zu spät bemerkte, dass sie abgeschlossen war. Mit einem Knall donnerte er gegen die Scheibe.

Er trat zurück, rieb sich die Stirn und staunte. Es war erst fünfzehn Uhr. Warum war abgeschlossen? Als er sich von dem Schlag erholt hatte, steuerte er die andere Eingangstür an, die als Haupteingang deklariert war. Die war offen.

Seine Verspätung und seine langsam wachsende Beule auf der Stirn waren für ihn Entschuldigung genug, den Fahrstuhl nach oben zu nehmen. Zumal die Kabine bei geöffneter Tür auf ihn zu warten schien. Also stieg er ein, drückte auf die „zwei“ und ließ sich mit einem leisen Surren nach oben bringen. Als sich die Tür öffnete, blickten ihn zwei Augenpaare vorwurfsvoll an. Dierk und Lewin waren gerade im Begriff, die Theke zu verlassen, als sie ihren Mitarbeiter erblicken.

„Du kommst spät“, meinte Dierk. „Ich wollte mich schon mit Helmut Renske befassen, damit Lewin sich um die anderen beiden kümmern kann.“

„Tut mir leid.“ Silvio, der kleine Italiener, der vor dem großen Dierk von Westernhagen noch kleiner wirkte, schaute zerknirscht drein.

„Wie siehst du überhaupt aus?“

„Die Rauchertür war zu. Ich bin in der Eile dagegen geknallt.“

„Komisch, warum ist die Tür zu?“ Dierk wunderte sich. „Aber jetzt kümmere ich mich um Lukas und Theo. Der Dicke sitzt inzwischen seit zwanzig Minuten auf dem Liegefahrrad. Ob du aus dem noch irgendwelche sportlichen Aktivitäten herauslocken kannst, ist fraglich.“

„Lass mich nur machen.“ Silvio fuhr sich durch seine kurz geschorenen, schwarzen Haare und grinste. „Das dürfte für mich kein Problem sein.“

„Hey, Popeye“, rief ein Sportler, der sich von der anderen Seite der Theke genähert hatte. „Ich brauche meinen Spinat!“

Lewin eilte hinter die Theke und antwortete: „Heute haben wir Amaretto-Geschmack als Tagesgetränk. Kann ich nur empfehlen.“

„Spinat mit Amaretto-Geschmack?“ Renske war gerade vom

Liegerad abgestiegen und hatte sich der Theke genähert. Bei diesem Dialog bekam er ganz große Augen. „Hier lerne ich neue Sachen kennen."

„Bei uns ist mit *Spinat* ein Milchshake gemeint", erklärte Dierk. „Mein kleiner Bruder ist in Insiderkreisen nur noch als Popeye bekannt, was ihm gut in den Kram passt. Also treibt er den Spaß gerne weiter."

„Klasse! Das gefällt mir."

Lukas und Theo standen mit verschwitzten T-Shirts an einem Gerät, dessen Form ihnen Rätsel aufgab. Ein kleiner Sitz, eine lange Rückenlehne in hellem Kunstleder, darüber ein stählernes Gebilde in Weiß, das Greifern ähnlichsah, mit grauen Griffen rechts und links. Abwechselnd setzten sie sich auf das Gerät und versuchten, die Griffe, die mit einer komplizierten Apparatur mit Stangen und Zahlen verbunden waren, zu bewegen. Aber das gelang nicht. Keinen Millimeter schafften sie.

Dierk trat extra langsam auf die beiden zu und lachte. „Wenn ihr das geschafft hättet, hätte ich meinen Laden schließen können."

„Warum?"

„Das Gerät ist auf das Höchstgewicht von 145 Kilogramm eingestellt. Das schafft man nur nach jahrelangem Training – wenn überhaupt."

„Und was sollen wir dann hier?", fragte Lukas. „Du hast uns doch hierhergeschickt."

„Das Gewicht kann man verstellen."

Überrascht schauten die beiden Beamten dem Trainer dabei zu, wie er an der linken Seite des Geräts einen Metallstift aus dem Loch der untersten Ebene herauszog. Erst jetzt erkannten sie, dass mehrere schwarze Platten übereinandergestapelt waren, die Gewichte darstellten. Alles zusammen ergab ein Gewicht von 145 kg. Sie waren an einem Strang aus Stahl befestigt, sodass sie beweglich blieben. Dierk steckte den Stift in eine Platte im oberen Bereich, auf der das Gewicht von 20 kg stand.

„Jetzt zeige ich euch, wie ihr diese Übung machen müsst. Das erfordert Konzentration, damit die Muskelbildung auch an der richtigen Stelle ansetzt und nicht irgendwo. Diese Übung hier nennt man Brustdrücken und wie der Begriff schon sagt, geht es dabei um die Brustmuskulatur. Damit fange ich an, weil du, lieber Lukas, mit deinem Hühnerbrüstchen diese Übung am nötigsten brauchst."

Theo grinste hämisch. Lukas reagierte nicht darauf.

Nachdem Dierk einige Bewegungen an dem Gerät demonstriert hatte, wechselten sich Lukas und Theo damit ab. Schnell erkannten sie das Prinzip des Krafttrainings. Schon nach der ersten Anwendung konnten sie das Gewicht von 20 kg auf 40 steigern, was ihre Laune anhob. Dierk blieb bei ihnen, um sie sofort korrigieren zu können, sollte es nötig sein.

Während Theo darauf wartete, dass Lukas die Übung absolvierte, ließ er seine Blicke durch das Studio schweifen. Es war Sonntagnachmittag und doch waren fast alle Geräte besetzt. Der große Betrieb verursachte eine laute Geräuschkulisse, die lediglich von der Musik übertönt wurde, die durch die Lautsprecher schallte. Gerade schmetterte Cascadas Song „Run" aus den Boxen. Alles in allem ergaben diese vielen Geräusche eine angenehme Atmosphäre. Junge sowie ältere Menschen mühten sich an den Geräten ab. Einige strampelten auf den Crosstrainern, andere standen an der Theke und tranken Milchshakes. Inmitten der vielen Leute erkannte er Kurt von Westernhagen, Dierks Vater. Er trainierte zusammen mit einer älteren Dame, die bestimmt zwei Köpfe kleiner war als er. „Wer ist die Frau bei deinem Vater?", fragte er.

Dierks Blick wanderte zu dem ungleichen Paar und antwortete: „Das ist seine neue Frau Jolanda, Lewins Mutter."

Je länger Theo die beiden beobachtete, umso deutlicher stellte sich heraus, dass die Frau das Sagen in dieser Beziehung hatte, während Kurt sich dieser Tatsache noch nicht bewusst war. Der Anblick der beiden brachte Theo zum Schmunzeln.

„Okay, Jungs. Jetzt wisst ihr, wie diese Übung zu machen ist. Gehen wir an das nächste Gerät."

Der Weg dorthin war nicht weit, denn es stand direkt daneben. Es sah wie eine Streckbank aus. Die Griffe waren weit oben, das Gestänge nahm viel Platz ein, weil es in einem weiten Bogen nach oben führte. Der Sitz hingegen war klein mit Polstern anstelle einer Rückenlehne.

„Sieht nach Foltergerät aus." Lukas wurde blass um die Nase.

„Hey, Alter!" Theo schubste seinen Freund an. „Das hier ist keine Folterkammer, sondern ein Fitnessstudio, in dem man neben Sport auch ein bisschen Spaß haben kann."

„Was ist los mit dir, Lukas?" Dierk wunderte sich über die Reaktion seines Freundes. „Bisher hat noch keiner Angst vor den Geräten gehabt, weil es da nichts zu befürchten gibt."

„Ich habe ja auch keine Angst", wehrte sich Lukas. „Wer sagt denn sowas?"

„Deine blasse Gesichtsfarbe", kommentierte Dierk.

„Ich bin immer blass. Sogar im Sommer."

„Okay, wenn das so ist, können wir weitermachen." Dierk ließ sich rücklings auf dem kleinen Sitz nieder, sodass er mit dem Rücken zu den beiden saß. Dann streckte er sich, griff nach den beiden Handgriffen und zog sie nach unten. „Dieses Gerät nennt man Lat-Zug. Es ist für den Latissimus, den breitesten Rückenmuskel bestimmt. Hier müsst ihr darauf achten, dass ihr gerade sitzt und die beiden Griffe seitlich am Körper vorbei nach unten zieht."

Er machte die Übung einige Male, bevor er Lukas und Theo das Gerät überließ.

Wieder nutzte Theo die Pausen, um sich umzusehen. Was ihn erschreckte, war die Tatsache, dass innerhalb kurzer Zeit viele Sportler das Studio verlassen hatten. Ein Blick auf die Uhr sagte ihm, dass es inzwischen vier Uhr am Nachmittag war. Und das an einem Sonntag. Vermutlich zog es die Leute nach wie vor sonntags an den gedeckten Kaffeetisch zu Hause.

Er schmunzelte, als er den Dicken erblickte. Staatsanwalt Renske mühte sich gerade an einem Gerät ab, das ihrem sehr ähnlich sah. Mit hochgereckten Armen zog er an den Griffen, wobei es ihm nicht leichtfiel, die Arme nach unten zu bekommen. Am Rücken war ein riesiger Schweißfleck auf dem T-Shirt zu sehen.

„Warum grinst du so?“, fragte Lukas. „Sehe ich so unsportlich aus, oder was?“

„Nee! Schau mal dort, unser Dicker.“ Theo zeigte auf Renske, der gerade auf dem Sportgerät in sich zusammensank. „Erinnert mich an einen *sterbenden Wal*.“

Silvio Donati sah eine große Herausforderung auf sich zukommen. Der beleibte Herr hatte in seinem Leben tatsächlich noch nie Sport betrieben. So viel Ungeschicklichkeit an den Geräten konnte man nicht vortäuschen. Der Grundgedanke, jede Übung dreimal zu wiederholen, sollte hier nicht gelten. Zweimal war mehr als genug, wenn das nicht schon zu viel war. Helmut Renske zerfloss in seinem Schweiß ohne wirklich viel dafür zu tun.

„Ich glaube, die Sauna kannst du dir sparen“, meinte der kleine Italiener. „Noch mehr schwitzen geht nicht.“

Renske wollte lachen, doch es kam nur ein Keuchen zustande. Mit dem Handtuch wischte er sich das Gesicht ab und fragte: „Geht es noch weiter, oder kann ich eine Pause einlegen?“

„Normalerweise richten sich die Trainingszeiten nach dem Rhythmus der *Fitness-Ampel*“, dabei zeigte Silvio auf die Lichtersäule an der Decke, die in verschiedene Felder unterteilt war und in den Farben Grün und Rot leuchtete, „wovon ich heute noch Abstand nehme, weil du dafür noch nicht fit genug bist. Hinzu kommt, dass wir vom Zirkeltraining gerade mal die erste Übung halbwegs geschafft haben.“ Renske riss die Augen weit auf. „Aber keine Sorge. Eine Pause kann nicht schaden. Du solltest etwas Isotonisches trinken. Birte weiß, was für dich jetzt genau das Richtige ist.“

Renske erhob sich von dem für ihn viel zu kleinen Sitz des Trainingsgerätes und geriet ins Schwanken. Erschrocken schaute er auf den kleinen Italiener und fragte: „Kann es sein, dass Sport nicht das Richtige für mich ist?“

Silvio antwortete lachend: „Sport ist für jeden Menschen das Richtige. Du musst nur etwas Geduld haben.“

„Geduld? Wofür?“ Renskes Gesicht wirkte zerknirscht.

„Bis du Kondition aufgebaut hast. Spätestens dann wird dir der Sport gefallen und du wirst merken, wie gut er dir tut.“

„Wer's glaubt ...“

Renske wischte sich den neugebildeten Schweiß aus dem Gesicht und näherte sich der Theke. „Jetzt einen guten Pinot Noir zu einem leckeren Boeuf Bourguignon. Ich hoffe, ihr habt so was zu bieten.“

Silvio schüttelte den Kopf. „So was rotzt dir nur die Blutgefäße zu und im Nu hast du einen Herzinfarkt oder einen Hirnschlag und sitzt im Rollstuhl. Deshalb ist deine Entscheidung Sport zu machen, das Beste, was dir einfallen konnte.“

An der Theke angekommen, bestellte Silvio für den Staatsanwalt einen Carnitin-Drink. Birte schaute Silvio an, hörte aber nicht auf ihn.

„Hallo! Jemand zu Hause?“, rief der Italiener in Richtung der großen, blonden Frau.

Birte schüttelte den Kopf, setzte spontan ein Lächeln auf und fragte: „Hast du was gesagt?“

„Ja! Gib dem Herrn bitte einen Carnitin-Drink, damit er sich stärken kann. Wo warst du denn gerade?“

„Nirgends."

Birte wirkte immer noch etwas zerstreut. Sie öffnete mehrere Schränke hinter der Theke, bis sie das Richtige gefunden hatte.

„Welche Geschmacksrichtung möchtest du? Kirsche, Grapefruit oder Ananas?"

„Kirsche", antwortete Renske.

Birte gab ihm das Gewünschte. Der Staatsanwalt schaute ihr dabei ins Gesicht und meinte grinsend: „Nicht dein Tag heute, was?"

Birte lächelte ihn an und entgegnete: „Wir hatten letzte Woche Prüfungen. Ich dachte, mein Prof käme mit meinem Ergebnis."

„Was studierst du?"

„Immobilienmanagement."

„Hier? In Saarbrücken?" Renske staunte.

„Nein, in Wiesbaden." Birte lachte.

„Und dein Prof trainiert auch hier?"

„Nein, er wohnt nur in der Nähe. Deshalb kommt er manchmal vorbei. Das ist alles."

„Und was willst du mal beruflich machen?"

„Ich will Immobilienmaklerin werden. Ein Praktikum habe ich schon hier im Saarland gemacht. Der Job macht mir Spaß."

„Das ist eine gute Berufswahl." Renske hob seinen Carnitin-Drink in die Höhe, als wollte er ihr zuprosten. „Ich wünsche dir viel Erfolg."

Als er zum Trinken ansetzte, staunte er, wie gut ihm das Zeug schmeckte. So war es kein Wunder, dass die Dose innerhalb kurzer Zeit leergetrunken war.

Einige Besucher traten von der gegenüberliegenden Seite an die Theke heran, hielten ihre Chips nacheinander an das Lesegerät, das auf der Theke stand. Ein lautes Bing schallte bei jedem durch das Studio.

Nachdem Renske ausgetrunken hatte, nahm Birte sein Armband, um den Chip auf den Sensor zu legen. Das Geräusch, das jetzt ertönte, erinnerte an quietschende Autoreifen mit einem anschließenden Crash, bei dem Metall auf Metall kracht.

„Was wird das?“, fragte der Staatsanwalt mit erschrockenem Gesicht. „Bin ich jetzt fristlos entlassen?“

„Nein, damit registriere ich nur dein Getränk. Es kann sein, dass nachher jemand anderes an der Theke arbeitet. Da ist es besser, wenn wir das gleich richtig einchecken, damit es kein Chaos bei der Abrechnung gibt.“

„Das klang zwar nicht so – aber dann bin ich wieder beruhigt.“

Renske verließ die Theke, folgte dem Italiener zurück in den sogenannten Zirkel, in dem die Geräte in einem Halbkreis standen und ließ sich die nächste sportliche Übung erklären.

Wieder stolzierte die langhaarige Brünette an Lukas und Theo vorbei. Dieses Mal trug sie graue Leggins und ein buntes Top mit Spaghetti-Trägern. Aufreizend wackelte sie mit dem Po, sodass Theo die Griffe des Rudergerätes, an dem sie gerade trainierten, aus den Händen glitten und die daran befestigten Gewichte laut scheppernd in ihre Ausgangsposition zurückfielen. Plötzlich waren alle Augen auf die beiden Beamten gerichtet.

Dierk rannte herbei und rief: „Alles in Ordnung?“

„Ja! Nur kein Stress.“ Theos Gesicht lief rot an. Lukas schaute in eine andere Richtung, weil er sich ein Lachen verkneifen musste.

„Ich darf euch keine Sekunde aus den Augen lassen“, stellte Dierk fest. „Die Geräte waren teuer. Da wäre es nett von euch, wenn ihr ein bisschen darauf aufpasst.“

„Geht klar.“ Theo salutierte und verließ das Rudergerät.

Ein kräftiger Mann mit hochrotem Gesicht ging an ihnen vorbei und rief: „Ich habe es für heute geschafft. Ich dusche jetzt und dann siehst du mich so schnell nicht wieder, Dierk."

„Das ist keine gute Idee, Berthold", meinte der Fitnesstrainer. „Du weißt, dass du dir keinen Gefallen damit tust, wenn du ständig das Training aussetzt."

„Ich bin nicht sportlich und werde es auch nie sein. Deshalb habe ich ernste Zweifel, ob mir das Ganze überhaupt hilft."

Dazu konnte Dierk nur mit den Schultern zucken. Als der Mann den Raum verlassen hatte, meinte er: „Manchen ist nicht zu helfen."

Sein Vater kam zusammen mit der kleinen, rothaarigen Frau auf Dierk zu und meinte leise: „Solange Bertram seinen Beitrag bezahlt, kommt er auch wieder. Also lass ihn ruhig reden."

„Seid ihr schon fertig?", fragte Dierk.

„Ja, wir setzen uns jetzt ins Auto und fahren für ein paar Tage weg", erklärte Kurt und warf seiner Frau einen liebevollen Blick zu.

„Wie? Was soll das heißen?" Dierk riss die Augen weit auf vor Erstaunen.

„Das heißt, dass wir einfach mal wegfahren wollen."

„Wohin?"

„Einfach fort."

„In Urlaub oder was?"

„Ja, was denn sonst? Wir wollen mal Zeit für uns haben."

„So plötzlich?"

„So plötzlich!", bestätigte Kurt von Westernhagen.

„Welches Hotel und welcher Ort?", fragte Dierk resigniert. „Falls ich dich erreichen muss."

„Eben das sagen wir dir nicht." Kurt lachte verschmitzt. „Jolanda und ich wollen nur unsere Ruhe haben."

Lewin stellte sich dazu, schaute auf seine Mutter und fragte: „Was hat das zu bedeuten? Wollt ihr auswandern?"

Jolanda lachte schrill, packte ihren Sohn und schloss ihn in die Arme. Dazu meinte sie: „Nein, wir wollen nur ausspannen. Seit wir beide Rentner sind und euch hier mit dem Studio helfen, haben wir mehr Arbeit und Stress als vorher. Und jetzt ist eine gute Zeit, dass wir uns einfach aus dem Staub machen."

Das Ehepaar nahm sich an den Händen und verließ das Studio.

„So gut möchte ich es auch mal haben", brummte Lewin und kehrte zur Theke zurück.

„Du hast es noch viel besser", kommentierte Dierk. „Du könntest jedes Jahr mit einer anderen Frau eine Auszeit machen."

„Dito", kam es von Lewin zurück.

„Was willst du damit sagen?"

„Dass du inzwischen die halbe Weiblichkeit unseres Studios zur Auszeit mitnehmen könntest."

Lukas und Theo hatten dem Dialog gelauscht und lachten.

„Euch werde ich das Lachen noch austreiben", schimpfte Dierk, was die beiden Kommissare allerdings nicht beeindruckte.

„Dann viel Erfolg", kommentierte Theo.

Lukas bediente nun das Rudergerät, während Theo danebenstand und ihm zusah. Anschließend tippte Theo seinem Freund an die Schulter und zeigte auf Renskes Rücken, der inzwischen noch größere Schweißspuren aufzeigte. Der Staatsanwalt saß an einem Gerät, an dem er die Beine anwinkeln musste. Es wollte Renske nicht gelingen, das Gewicht nach unten zu drücken. Ständig musste der Trainer etwas an dem Fitnessgerät neu einstellen. Silvios Geduld war bewundernswert.

Lukas und Theo klatschten Beifall, was Renske nur mit einem undefinierbaren Brummen erwiderte. Dierk schüttelte verständnislos den Kopf.

„Okay, kommen wir zu eurer nächsten Übung." Der Trainer setzte ein Grinsen auf, das Lukas und Theo sofort in Alarmbereitschaft versetzte.

„Was führst du im Schilde?", fragte Lukas.

„Nichts! Hier zeige ich euch das Adduktoren-Gerät. Damit trainiert man die Innenseiten der Oberschenkel."

„Was sollen wir damit?", fragte Theo. „Zeig uns lieber vernünftige Übungen für den Brustkorb oder so."

„Nicht so ungeduldig", bremste Dierk. „Wenn, dann soll bitte der ganze Körper trainiert werden."

Plötzlich tauchte Renske zusammen mit seinem Trainer Silvio bei den dreien auf. „Hey, Platz da", brummte der Dicke. „Jetzt bin ich dran."

„Diese *Muschipresse* überlasse ich dir gern." Theo lachte.

„*Muschipresse*?" Renske riss die Augen auf. „Ich glaube, dass ich sowas auch nicht brauche."

„Das gehört zu deinem Plan dazu", meldete sich Silvio zu Wort. „Wenn du deinen ganzen Körper trainieren willst, müssen auch die Beine dran glauben."

„Aber doch nicht mit einer *Muschipresse*!"

„Das ist keine *Muschipresse*, das ist das Adduktoren-Gerät", klärte Silvio ungeduldig auf. „Damit wird die Beinmuskulatur auf der Innenseite der Oberschenkel trainiert."

„Also doch *Muschipresse*", erkannte Theo. „Jeder Frau, die hier das Höchstgewicht packt, sollten wir aus dem Weg gehen. Die könnte für uns verdammt gefährlich werden."

„Gott sei Dank bin ich nicht auf der Suche." Renske grinste.

Eine Frau in Bademantel mit einem Handtuch um den Kopf trat zu Dierk und fragte: „Warum ist die Sauna abgeschlossen?"

„Liebe Maria, die Sauna ist doch nicht abgeschlossen", stritt Dierk sofort ab.

„Doch! Ober glaubst du, ich laufe gerne so hier herum?"

„Frag doch bitte meinen kleinen Bruder, was da los ist. Du siehst doch, dass ich hier beschäftigt bin. Das kann nur ein Missverständnis sein."

Die Frau drehte sich um und steuerte den zweiten Geschäftsinhaber Lewin Poppa an, der gerade dabei war, Milchshakes zu mixen und dabei rief: „Spinat à la Popeye mit Erdbeergeschmack. Wer hat den bestellt?"

Ein durchtrainierter Mann mit stoppelkurzen Haaren, weißer Haut und überproportionalen Muskeln trat an die Theke und nahm den Shake entgegen.

„Seltsam!“ Silvio verzog nachdenklich sein Gesicht. „Zuerst die abgeschlossene Eingangstür, gegen die ich gerannt bin. Und jetzt die Sauna. Haben wir automatische Schließmechanismen, die zurzeit durchdrehen?“

„Nein, so luxuriös sind wir nicht ausgestattet“, gab Dierk zu. „Vielleicht hat sich jemand in der Sauna einen Scherz erlaubt. Lewin wird sich darum kümmern.“ Dann klatschte Dierk in die Hände und rief: „Also auf, Jungs! Setzen wir unser Training am sogenannten *Unterstützten Dip-Klimmzug* fort. Ich hoffe, dass euch diese Übung genehm ist.“

Dierk ging in die hinterste Ecke des Studios, die kaum einsehbar war. Sie erreichten eine Metalltür mit einem runden Fenster in Augenhöhe, das an ein Bullauge erinnerte.

„Wo geht es dort hin?“, fragte Lukas.

„Das ist unser Notausgang“, erklärte Dierk. „Wenn man runtergeht, führt er zu einer Tür, die nur von innen geöffnet werden kann. Von außen ist sie verriegelt. Wenn man in den dritten Stock hochgeht, gelangt man in einen weiteren Trainingsraum.“

Er trat auf die Klinke zu, drückte sie runter, um sie zu öffnen. Doch nichts tat sich.

„Wieso ist die Tür abgesperrt?“, fragte er murrend. „Das darf nicht sein. Der Fluchtweg darf nicht versperrt sein.“

Auf Lukas’ und Theos Schweigen hin, murmelte er: „Seltsam! Heute Abend stimmt hier einiges nicht.“

Er griff in seine Jackentasche, nahm einen Schlüssel heraus und sperrte auf. Dann gingen sie weiter. Ihr Blick fiel auf eine Spanholzplatte, die anstelle einer Fensterscheibe an der Wand angebracht war. Dadurch wirkte die Ecke düsterer, als der Rest des Studios.

„Was ist hier passiert?“, fragte Theo.

„Gestern Abend, nachdem wir geschlossen hatten, wollte der Hausmeister hier noch einige Geräte umstellen, dabei ist ihm ein Gewicht ausgerutscht und in die Scheibe gekracht. Leider ausgerechnet am Samstagabend. Übers Wochenende gibt es bei der Scheibenfirma nur Notdienst. Deshalb diese Holzplatte. Morgen kommt die Firma raus und macht eine neue Scheibe rein."

„Wir sind ja nicht hier, um die Umgebung zu bewundern", hielt Lukas fest und rammte Theo unsanft in die Seite. „Oder doch?"

„Wenn ihr soweit seid, kann ich euch die nächste Übung erklären", meinte Dierk ungeduldig dazu. Er hangelte sich an einem Gerät hoch, kniete sich auf eine gepolsterte Bank, griff mit den Händen nach Halterungen, die ganz oben angebracht waren und fuhr mit der Bank so weit hinunter, wie seine Arme reichten. Dann zog er hoch und wiederholte das Ganz noch mal.

„Das ist der ‚unterstützte Klimmzug', das heißt, dass ihr euch mit dieser Bank am Anfang noch eine Erleichterung verschaffen könnt, damit ihr nicht euer gesamtes Körpergewicht hochziehen müsst. Okay, wer fängt an?"

Lukas schob seinen Kollegen vor, der auch gleich beschwingt an dem Gerät hochkletterte, sich auf die Bank kniete und mit der Übung begann.

Plötzlich verstummte die Musik. Die Beleuchtung ging aus und tauchte den Raum in ein fahles Licht. Die Gespräche der wenigen noch anwesenden Sportler verebbten nach und nach. Blieb nur das Rauschen der Klimaanlage, das den Raum erfüllte.

Die Fahrstuhltür öffnete sich. Im Lichtschein der Kabine war Pascal Bonnet, der neue Hausmeister zu erkennen. Er war in Begleitung der Frau im Morgenmantel und Lewin Poppa, dessen Gesicht verkrampfte Züge angenommen hatte.

„Das sieht gar nicht gut aus", stellte Dierk von Westernhagen tonlos fest.

Teil II

Endlich!

Das war der langersehnte Startschuss.

Es ging los.

Adrenalin entfaltete ungeahnte Kraft. Angst vermischte sich mit Vorfreude.

Kaum zu glauben, aber es passierte tatsächlich.

Die lange Zeit des Wartens hatte die Vorstellung verzerrt – die Distanz vergrößert – die Aussicht auf Erfolg verwischt.

Doch jetzt war alles wieder da.

Eine einzige Sekunde konnte das menschliche Gehirn zu einer Wahnsinnsleistung aufputschen, der man sich selbst nicht bewusst war. Die Zukunft stand so klar vor Augen, als hätte es die Zwischenzeit nicht gegeben. Die Aufgaben waren so präsent im Kopf, dass nichts infrage gestellt werden konnte.

Alle Zweifel, alle Gefahren, alle Unwägbarkeiten hatten sich gelohnt.

Jetzt konnte nichts mehr schiefgehen.

Der Zug war ins Rollen gekommen und alle waren aufgesprungen.

Lachen war jetzt nicht erlaubt. Weinen ebenso. Keine Extreme, einfach nur den Weg durch die Mitte finden.

Die Augen mussten alles gleichzeitig erfassen, das war jetzt gefordert. Nichts durfte übersehen werden, nichts verkannt oder falsch eingeschätzt.

Jede Bewegung, jede Regung, jedes gesprochene Wort und jede noch so geringe Handlung musste strengstens analysiert werden.

Die einzige Unwägbarkeit waren und blieben die Menschen, die ohne ihr Wissen in diesen perfiden Plan mit einbezogen wurden.

Es durfte nicht passieren, sie zu unterschätzen.

Doch darauf waren alle programmiert worden. Wochenlanges Training hatte sie vorbereitet. Und nicht zuletzt auch darauf, sich niemals in Sicherheit zu wiegen, solange das Ziel nicht erreicht war.

Das Hirn stand unter Dauerstarkstrom.

Das erste Hindernis war beseitigt. Nun gab es kein Halten mehr.

Also, auf in den Kampf!

Kapitel 4

„Alle Anwesenden des Fitnessstudios Motivitas sollen sofort in den Trainingsbereich im zweiten Obergeschoss kommen. Wer versucht wegzulaufen, wird getötet!“, schallte plötzlich eine tiefe Stimme über sämtliche Lautsprecher.

Schreie ertönten. Lautes Rufen. Einige Sportler rannten in Richtung Ausgang. Doch dort wurden sie von einem unbekannten Mann aufgehalten und wieder zurückgeschickt.

Lukas schaute sich erschrocken um. Theo fasste sich mit der Hand an die Taille, da bemerkte er, dass er einen Trainingsanzug trug. Seine Waffe lag zu Hause. Ohne ein Wort der Verständigung eilten sie beide sofort zum Staatsanwalt, der mit kreidebleichem Gesicht vor dem Abduktorengerät stand.

Dierk fand nach wenigen Schrecksekunden seine Stimme wieder und rief, während er die Theke ansteuerte: „Hör auf mit dem Quatsch. Du machst meinen Leuten ja Angst.“

Pascal stand am Mikrofon und reagierte nicht auf Dierk. Im Gegenteil. Er wiederholte seine Rede.

Die Panik in dem großen Fitnessraum stieg an. Weinen und Jammern mischte sich nun dazwischen.

„Hey, Pascal, was soll das?“, brüllte Dierk jetzt. „Mach das Licht wieder an und die Musik. Für solche Spielchen haben wir nichts übrig.“

Mit hastigen Schritten verließ Pascal die Theke und steuerte mit vorgehaltener Waffe, die Lukas sofort als Kalaschnikow identifizierte, auf den Fitnessstudio-Besitzer zu.

Nun hob sich die Lautstärke der Schreie zu einem wahren Crescendo an.

Dicht neben Lukas und Theo blieb Dierk stehen. Lukas erkannte mit Schrecken, dass mit dieser Waffe nicht zu spaßen war. Sie war echt, daran hatte er keinen Zweifel. Es handelte sich um eine AK-74, die mit 30 Patronen geladen wurde und auch alle fast gleichzeitig abgefeuert werden konnten.

„Halt' die Klappe! Du darfst erst reden, wenn ich dich dazu auffordere", brüllte der angebliche Hausmeister.

„Huchs", „Ahs" und „Ohs" begleiteten Dierks mutige Widerworte, der trotzig blieb und nicht aufgeben wollte: „Was soll das? Du bist der Hausmeister und nicht der Chef. Apropos Chef: Wo ist Lewin? Er war doch gerade noch bei dir."

„Hast du nicht verstanden, was ich gesagt habe?" Pascal machte eine hastige Bewegung, der ein Knacken der Waffe folgte.

„Der hat die Kalaschnikow entsichert", flüsterte Lukas in Dierks Richtung. „Das ist kein Spaß mehr."

Endlich schwieg Dierk.

Die Tür zum Korridor öffnete sich. Drei jungen Frauen, die vor wenigen Minuten erst das Studio verlassen hatten, um sich zu duschen, kehrten zurück. Hinter ihnen ging eine kleine, rundliche Frau, die Lukas und Theo nicht kannten. Auch sie hielt eine AK-74 in beiden Händen, womit sie die Sportlerinnen zu den anderen vorantrieb.

„Das ist die neue Putzfrau", brachte Dierk tonlos heraus.

„Und Pascal ist der neue Hausmeister?", fragte Lukas.

Dierk nickte und fügte an: „Ihr hattet von Anfang an Recht. Die haben mich ganz schön übers Ohr gehauen."

Estelle war eine der jungen Frauen, die von der falschen Putzfrau ins Studio zurückgetrieben worden war. Sie kam auf Dierk zu und zischte: „Que s'est-il passé? Was ist passiert?"

„Wenn ich das wüsste?", flüsterte Dierk.

Nun wurde ihr blasses Gesicht noch blasser und ihre ohnehin großen Augen noch größer.

„Klappe halten!", ertönte die unfreundliche Stimme von Pascal. „Ihr sammelt euch alle dort hinten in der Ecke, in der das Klimmzug-Gerät steht!"

„Pascal, was soll der Quatsch?", versuchte Dierk es erneut.

„Was verstehst du an *Klappe halten* nicht? Nimm deine komischen Freunde und verschwinde in der Ecke!"

Ein dunkelhäutiger, riesengroßer, breiter Mann steuerte auf

Pascal zu und raunte: „So ein alter Sack ist uns entkommen."

„Wie denn?"

„Er muss über den Balkon geflüchtet sein."

„Dann ist er noch irgendwo da oben. Oder glaubst du, der springt vom dritten Stock in die Tiefe?"

„Nein, wir haben alles abgesucht."

„Scheiße Mann!" Pascal stampfte wütend auf den Boden, fuchtelte mit der Waffe herum, was alle dazu veranlasste, sich zu ducken und schrie: „Wie konnte das passieren?"

Der breite Mann, dessen schwarze Haare auf dem Kopf zu einem Dutt gebunden waren, zuckte mit seinen fleischigen Schultern, sagte aber kein Wort dazu.

„Das heißt für uns, dass wir in kurzer Zeit mit den Bullen rechnen müssen."

Mit hassverzerrtem Gesicht zeigte Pascal mit seiner Kalaschnikow auf die Geiseln. „Ihr seid ja immer noch hier! Ihr sollt in die hinterste Ecke verschwinden!"

Lukas richtete sich auf und wollte etwas sagen. An seinem hochroten Gesicht konnte Theo erkennen, dass der Kollege drauf und dran war, einen Fehler zu machen. Sofort tippte er seinen Freund an und gab ihm ein Zeichen. „Nicht", raunte er ihm zu. „Es könnte fatal für uns werden, wenn die rauskriegen, wer wir sind."

Lukas stieß den angehaltenen Atem aus, nickte und folgte seinem Freund in die Ecke, in der bereits zwei Frauen, ein älterer Herr und zwei junge Bodybuilder auf sie warteten. Renske bildete den Abschluss.

Sie ließen sich neben den anderen auf dem Boden nieder. Leise flüsterte Lukas: „Sie haben ihre Gesichter nicht verdeckt. Das ist ein schlechtes Zeichen."

„Halt die Klappe", zischte Theo. „Du musst hier keine Panik verbreiten, sonst haben wir alle verloren."

„Ist ja schon gut."

Mit der Waffe winkte Pascal den großen Mann herbei.

„Arthur, du weißt, was zu tun ist", sagte Pascal.

Besagter Arthur nickte, griff in eine der großen Taschen, die an seinem Gürtel befestigt waren, zog Klebeband und Stoffe hervor und begann ohne ein Wort den Geiseln die Hände auf den Rücken zusammenzukleben und sie mit Stoff und Klebeband zu knebeln.

Ein weiterer bewaffneter Mann war plötzlich aufgetaucht und stand mit vorgehaltener Waffe vor ihnen. Auch der trug keine Maske. Er trug seine blonden, glatten Haare zu einem spießigen Seitenscheitel gekämmt. Auf seinem pausbackigen Gesicht hatten sich Schweißtropfen gebildet. Seine grünen Augen schauten unsicher von einem zum anderen, als könnte er sich nicht entscheiden, auf wen er die Waffe richten sollte. Lukas spürte, dass dieser Mann die größte Gefahr darstellte, weil er der Situation nicht gewachsen war. Die Unsicherheit und die schwachen Nerven machten ihn zu einem Pulverfass. Ob die anderen Geiselnehmer diesen Gefahrenpunkt wahrgenommen hatten? Denn wer wusste schon, gegen wen dieser Typ am Ende die Waffe richten würde.

Doch leider war Lukas nicht in der Lage, mit Theo darüber zu sprechen. Der Versuch, seinem Kollegen und Freund einen Blick zuzuwerfen scheiterte daran, dass er gerade unter die Fittiche des Kolosses geraten war, der ihm Fesseln und Knebel anlegte.

Dann kam Lukas an die Reihe. Es wurde schlimmer als erwartet. Den Knebel drückte er ihm so tief in den Mund, dass er fast im Hals landete. Lukas hatte Mühe nicht zu würgen. Um ihn zu fesseln, riss der Geiselnehmer unsanft seine Arme nach hinten und klebte sie so fest zusammen, dass es Lukas fast die Blutzirkulation abschnürte.

Wieder schaute er in Richtung Theo, wieder vergebens. Er konnte beobachten, wie Theo versuchte, eine bequeme Haltung mit den am Rücken gefesselten Händen und dem Knebel im Mund zu finden.

Das sollte Lukas jetzt auch tun. Etwas anderes blieb ihm nicht übrig. Solange sie in dieser aussichtslosen Situation waren, konnten sie nur abwarten und hoffen.

Plötzlich stolperten Birte und Lewin herbei. Ihre Gesichter waren hochrot, Birtes Augen verweint. Sie ließen sich auf den Boden nieder, hielten ihre Köpfe gesenkt und sprachen kein Wort.

„Brav so!“ Mit den Worten war ihnen ein grauhaariger Mann gefolgt, dessen faltiges Gesicht aussah, als könnte es nur eine düstere Miene ziehen. Mit seinen schwarzen Glubschaugen starrte er auf die beiden Geiseln und sagte zu dem Blonden: „Okay, Gabriel. Du fesselst und knebelst die beiden. Ab dann übernehme ich.“

Der blonde Mann tat wie geheißen, wobei er Birte die Fesseln so rücksichtsvoll anlegte, dass der Grauhaarige ihm wütend das Klebeband aus den Händen riss und selbst die Arbeit übernahm. Schon fast erleichtert erhob sich Gabriel und verschwand so schnell er konnte.

Eine bedrohliche Ruhe kehrte ein.

Jeder richtete seinen Blick auf einen Punkt am Boden, um Blickkontakt zu den anderen zu vermeiden. Das Rauschen der Klimaanlage wurde immer lauter. Zeitweilig schimmerte alles grün in dem großen Raum, dann rot, bis das Farbenspiel erlosch und dann von neuem begann. Von außen zeichneten sich die Lichter der Saarland-Therme durch die großen Fenster ab, die in Richtung Rilchingen-Hanweiler zeigten. Stimmen von Menschen waren zu hören. Schimpfen, Schreien, Weinen und Lachen. Ein ungewohnter Geräuschpegel, da von dort sonst nur ausgelassene und fröhliche Stimmen zu vernehmen waren.

In die Stille hinein platzte Silvio Donati, angetrieben von der Putzfrau Emma Martin, die ihm genüsslich den Lauf der Waffe in den Rücken stieß. Silvio ließ sich direkt neben Dierk auf den Boden fallen, womit das Treiben beendet war.

„Glaub ja nicht, dass du das wiederholten solltest. Dann bist du der Erste, der dran glaubt.“ Mit diesen Worten fixierte sie den Italiener und knebelte ihn, bevor sie in der Dunkelheit verschwand.

Wieder wurde alles ruhig.

So konnten die Geisel die Geräuschkulisse von nebenan wieder deutlich vernehmen. Jemand stieß Töne aus, als litt er Schmerzen. Begleitet wurden sie von Stimmen in unterschiedlichen Tonlagen. Das Spektakel wurde immer leiser und leiser, bis nichts mehr davon zu hören war. Nur das Rauschen der Klimaanlage blieb zurück.

Die Sitzhaltung auf dem Boden war unbequem. Lukas spürte Schmerzen in seinem Hintern und wollte sich umpositionieren. Doch sofort wurde die Waffe des grauhaarigen Geiselnehmers auf ihn gerichtet. „Stillhalten! Oder es knallt. Ich mache keine Witze – ich meine immer, was ich sage."

Lukas verharrte in seiner Haltung. Er versuchte, die Schmerzen zu ignorieren, was ihm jedoch Schweiß auf die Stirn trieb, der langsam hinab in seine Augen tropfte. Er stöhnte, was mit dem viel zu engen Knebel sich wie ein leises „mmpf" anhörte.

Alle Beamten hatten sich innerhalb kürzester Zeit in der Führungs- und Lagezentrale in Saarbrücken eingefunden. Der Anlass war eine *Besondere Aufbauorganisation* zur Gefahrenabwehr, weshalb die Befehlsgeber der Direktionen LPP1/Gefahrenabwehr und LPP2/Kriminalitätsbekämpfung gleichzeitig anwesend waren. Zum Polizeiführer wurde Hugo Ehrling ernannt, der die meisten Erfahrungen mit solchen Einsätzen besaß.

Die Bundeswehr befand sich in Rufbereitschaft. Ebenso das BKA.

Die erste Frage, die Hugo Ehrling stellte, lautete: „Wo ist Staatsanwalt Helmut Renske?"

Silvia Tenner, die Profilerin antwortete: „Ich weiß es nicht.

Weder auf seinem Diensthandy noch privat konnte ich ihn erreichen."

„Das ist schlecht. Versuchen Sie es weiter. Hier muss ein Staatsanwalt zugegen sein."

Silvia bediente sofort ihr Handy, während Ehrling die Besprechung fortsetzte: „Wissen wir, ob es sich um einen Terroranschlag oder um eine Geiselnahme ohne terroristischen Hintergrund handelt?"

„Ein Zeuge konnte das Fitnessstudio verlassen, in dem er über die Balkonbrüstung im dritten Stock auf die obere Terrasse der Saarland-Therme gesprungen ist. Das ist ein Höhenunterschied von 3 Metern, weshalb er sich dabei das Bein gebrochen hat. Er bekam leichte Schmerzmittel, damit er klare Angaben machen konnte. Und seine Aussage lautet, dass jemand durch ein Mikrofon gesprochen habe, was in allen Räumen – auch in den Duschen – gehört werden konnte. Der Sprecher sprach ein normales Deutsch. Ihm ist kein Dialekt aufgefallen", antwortete ein Mitarbeiter der Führungs- und Lagezentrale.

„Kein *Allahu Akbar*?"

„Nein! Nichts dergleichen. Der Aufruf wurde sogar im gleichen Wortlaut wiederholt. Doch in der Zwischenzeit war unser Zeuge aus der Dusche und im Bademantel und hat die Flucht ergriffen."

„Wissen wir, wie viele Menschen in der Gewalt der Geiselnehmer sind?"

„Nein!"

„Wissen wir, mit wie vielen Geiselnehmern wir es zu tun haben?"

„Nein!"

„Wissen wir, wer die Geisel sind?"

„Nein, noch nicht. Aber die Autos können uns etwas über die Halter verraten. Doch leider befindet sich der Parkplatz hinter dem Gebäude, weshalb wir uns einen Plan zurechtlegen müssen, wie wir unbemerkt an die Autos herankommen."

„Wissen wir, was die Geiselnehmer wollen?"

„Nein!“

„Eine äußerst ungünstige Situation.“ Ehrling runzelte die Stirn. „Da wir einen terroristischen Anschlag noch nicht ganz ausschließen können, hält sich die Abteilung Staatsschutz zu unserer Verfügung. Ist jemand vom Staatsschutz hier?“

„Nein!“

„Wer ist zuständig?“

„KHK Udo Kelkel.“

„Okay! Nehmen Sie Kontakt mit ihm auf.“

Der Mitarbeiter nickte und bediente eines der vielen Telefone.

Christian Gehl, Leiter des Mobilen Einsatzkommandos berichtete: „Meine Truppe ist schon auf dem Weg dorthin und wartet auf Anweisungen.“

Der Leiter des SEK nickte und fügte an: „Meine Leute ebenso.“

„Auch die Verkehrspolizei ist unterwegs“, sprach Bernd Fechter mit seiner gepressten Stimme, während er sich an seinem Vollbart rieb. „Wir können sofort mit einer großflächigen Räumung beginnen.“

Ein Mitarbeiter der Technischen Einsatzgruppe meldete sich zu Wort: „Wir haben ein mobiles Equipment, damit Sie über Bildschirme die Situation vor Ort beobachten können.“

„Das ist gut. Sie fahren mit und sehen zu, dass Sie Ihre Kameras an strategisch günstigen Plätzen anbringen.“

Der Techniker nickte.

„Passen Sie auf, dass Sie nicht gesehen werden!“

„Geht klar.“

Silvia Tenner hob ihre Hand und verkündete: „Mir ist gerade wieder eingefallen, dass Staatsanwalt Renske heute in ein Fitnessstudio gehen wollte, um sich einen Trainingsplan erstellen zu lassen.“

Alle zogen erschrocken die Luft ein. Ein Raunen entstand im Raum.

„Wissen Sie wo?“

„Nein!“ Silvia schaute zerknirscht drein.

An die Polizeikollegen gewandt sprach Ehrling weiter: „Das

ändert nichts an unserem Vorgehen: Sie werden alle Maßnahmen zur Gefahrenabwehr treffen. Die Saarland-Therme muss zuerst geräumt werden. Gibt es Ausgänge, die vom Fitnessstudio aus nicht eingesehen werden können?"

„Das müssen wir vor Ort klären."

„Ziehen Sie einen Sperrgürtel um das Gebiet, damit sich niemand unbemerkt dem Gebäude nähern kann."

„Wir sind dran!"

„Alle Zufahrtswege hermetisch abriegeln."

Bernd Fechter, Leiter der Verkehrspolizei nickte.

„Wie nah ist der nächste Wohnort?"

„Nur wenige hundert Meter entfernt stehen die ersten Häuser. Eine Gärtnerei liegt direkt auf dem gefährdeten Gelände."

„Dort fangen Sie an", wies Hugo Ehrling an. „Karl Groß von der Bereitschaftspolizei wird Sie begleiten."

Der Angesprochene salutierte.

„Wissen wir, welche Waffen im Studio im Einsatz sind?"

„Nein!"

„Das Spezialeinsatzkommando hält sich bereit für den Fall, dass sofortiges Eingreifen nötig ist."

Der SEK-Leiter Norbert Pflüger strich sich über seine Glatze und nickte.

„Die Sicherheit der Geisel hat für uns oberste Priorität. Egal, wer dort oben ist. Ist das klar?"

Zustimmendes Gemurmel ertönte.

Bilder des Gebäudes, in dem sich das Fitnessstudio befindet, tauchten auf den Monitoren auf. Deutlich konnten sie ein dreigeschossiges Haus erkennen, das einseitig an die Saarland-Therme angebaut war und diese um eine Etage überragte.

„Wo kommen diese Bilder her?", fragte Ehrling.

„Das sind ältere Aufnahmen", erklärte der Techniker. „Von uns ist noch niemand dort, weshalb es noch keine aktuellen Bilder zur Lage vor Ort gibt."

„In welchem Stock befinden sich die Geisel?"

„Nach dem Aufruf, der über das Mikrofon erfolgt ist, mussten sich alle im 2. Stock versammeln."

„Heißt das, dass der Rest des Gebäudes leer steht?"

„Das wissen wir nicht."

Ehrling stöhnte. „Meine Güte! Was wissen wir denn?"

„Das Fitnessstudio befindet sich im 2. und 3. Stockwerk. Im Erdgeschoss ist ein Modegeschäft, das heute geschlossen sein müsste, weil Sonntag ist. Im 1. Stock ist ein Beautysalon oder sowas ähnliches – ebenfalls geschlossen. Das Erdgeschoss steht ansonsten leer. Die erste Etage befindet sich außer dem Treppenhaus, dem Beautysalon und dem Fluchtweg im Rohbau."

„Das macht alles noch komplizierter." Ehrling atmete tief durch. „Haben die Geiselnehmer das gesamte Gebäude vereinnahmt oder nur die oberen, beiden Etagen?"

„Meine Leute könnten sich ins Gebäude schleichen und Kameras anbringen", schlug der Leiter des Mobilen Einsatzkommandos vor.

„Auf keinen Fall! Viel zu gefährlich. Sie werden zunächst dabei helfen, alles von außen abzusichern, damit sich niemand mehr in der Nähe aufhält und in Gefahr geraten könnte."

Der SEK-Leiter, der MEK-Leiter, Karl Groß von der Bereitschaftspolizei und der Leiter der Verkehrspolizei Bernd Fechter verließen zusammen mit ihren Beamten das Büro. Zurück blieben Wendalinus Allensbacher, Dienststellenleiter des Landeskriminalamtes, Emil Huth, Leiter der Fahndungsabteilung, Dr. Silvia Tenner, die Profilanalytikerin, und ihr Kollege Dr. Viktor Grewens, der ebenfalls an dieser Besprechung teilgenommen hatte.

„Allensbacher, Sie werden Ihre Leute zusammenrufen, damit Sie mit den Ermittlungen beginnen können."

„Was sollen wir denn ermitteln?"

„Suchen Sie alles über das Fitnessstudio heraus, angefangen vom Besitzer, über Mietverträge, Architektur des Gebäudes und eventuell die Kunden."

Der dicke, schwitzende Mann erhob sich und verließ ebenfalls den Raum.

„Emil Huth, Sie werden sich um Ihre Fahndungsfälle der letzten Monate kümmern. Vielleicht ist über den Weg mehr über die Entführer zu erfahren."

Der blasse Mann mit den hellgrauen Haaren und den farblosen Augen nickte, erhob sich und ging davon.

„Und was tun wir?", fragte Silvia Tenner.

„Sie finden zuerst heraus, wo sich Staatsanwalt Renske zum Training angemeldet hat."

„Okay. Leider muss ich dazu erwähnen, dass Renske nicht allein ist."

„Was geht uns das an?"

„Er ist zusammen mit Lukas Baccus und Theo Borg zum Training gefahren."

Damit gelang es der Profilerin, den Kriminalrat für kurze Zeit aus der Fassung zu bringen. Doch schnell hatte sich Hugo Ehrling wieder im Griff und sagte: „Also könnte es sein, dass drei unserer Leute unter den Geiseln sind. Das wird immer brisanter. Sobald die Geiselnehmer erfahren, wen sie dort gefangen genommen haben, könnte die Situation eskalieren."

„Keiner von den dreien ist so dumm und outet sich", stellte Silvia klar.

Ehrling nickte und sagte: „Finden Sie heraus, wo Helmut Renske sich fürs Fitnesstraining angemeldet hat. Und bleiben Sie mit mir in Verbindung."

Es wurde immer dunkler. Lediglich die „Fitness-Ampel" schaltete die Lichter stoisch in ihrer Reihenfolge von Grün auf Rot auf Grün auf Rot, wobei die Grün-Phasen am längsten dauerten. Die Klimaanlage hatte sich abgeschaltet. Von der Saarland-Therme nebenan war kein Geräusch mehr zu hören. Nur das Schnaufen der Geisel, die in ihrem geknebelten Zustand schlecht Luft bekamen.

Der bewaffnete Grauhaarige ging wortlos davon. Von den Geiseln war nichts zu befürchten. Sie saßen oder lagen hilflos auf dem Boden. Niemand wagte sich zu bewegen.

Theo saß mit angewinkelten Beinen da und stützte seinen Kopf auf den Knien ab. Lukas verschob sein Gewicht von einer Seite zur anderen. Renske legte sich lang auf den Boden und seufzte fast erleichtert. Von den anderen gab es lediglich mal ein leises Grummeln oder Schniefen. Alle verhielten sich ungewöhnlich still, obwohl ihre Situation extrem war.

Nach einer Weile kroch Lukas auf den Knien an der hinteren Wand entlang zu der Fensterseite, die zur Saarland-Therme zeigte. Theo versuchte ihn abzuhalten, aber außer einem warnenden Blick und Kopfschütteln brachte er nichts zustande. Lukas tat so, als bemerkte er diese Gesten nicht.

In der Dunkelheit konnte er nur ein kleines Licht hinter der Theke ausmachen. Der Vorratsraum war hell erleuchtet, was er an dem schmalen Türspalt erkannte, durch den ebenfalls Licht ins Studio fiel. Weder Stimmen waren zu hören, noch ein Mensch zu sehen. Eine Weile verharrte er an seinem Platz, bis er sich ganz sicher war, dass keiner von den Geiselnehmern auf dieser Etage weilte. Dann kroch er weiter.

An der Fensterseite angekommen erhob er sich und schaute hinaus. Keine einzige Laterne brannte. Auch die Saarland-Therme war stockdunkel, wie er sie noch nie gesehen hatte. Nur in der Ferne konnte er wenige Lichter ausmachen. Es waren die letzten Autos der Therme-Besucher, die den Parkplatz verließen. Alles wirkte stockduster und leergefegt. Sogar in den Häusern, die dem Fitnessstudio am nächsten standen, war kein Licht zu sehen, was wohl bedeutete, dass die Menschen von dort weggeschickt worden waren.

Lukas staunte. Welche Ausmaße hatte das hier? Wo waren sie da hineingeraten?

Plötzlich wurden die Jalousien heruntergefahren.

Nach und nach tauchten Bilder aus den Kameras auf, die der Techniker in der Nähe des Fitnessstudios aufstellte. So konnte sich Hugo Ehrling einen Eindruck von der Situation vor Ort verschaffen.

Und das war kein guter.

Von einem Tatort war nichts zu erkennen. Keine Bewegungen, kein Licht, kein Lebenszeichen. Nichts.

Es war nicht festzustellen, in welcher Etage sich die Geiseln befanden. Und wo die Geiselnehmer.

Einen Hubschrauber mit Wärmebildkamera wollte er nicht in der Nacht losschicken. Hinzu kam, dass er das Equipment in der benachbarten Pfalz beantragen musste, weshalb Ehrling damit noch warten wollte. Er fragte sich außerdem, ob die Bilder der Wärmebildkamera Aufschluss darüber gaben, wo die Menschen sich aufhielten bzw. in welcher Etage.

Und wer was war – Geisel oder Geiselnehmer.

„Die Straßen sind gesperrt“, drang die gepresste Stimme von Bernd Fechter, dem Leiter der Verkehrspolizei durch den Äther. „Die beiden Feldwege, die hinter dem Gebäude verlaufen, ebenfalls.“

„Die Therme ist geräumt“, kam eine weitere Meldung von Karl Groß, dem Leiter der Bereitschaftspolizei. „An der Gärtnerei haben wir niemanden angetroffen. Sollen wir das Gebäude als Beobachtungsstützpunkt besetzen?“

„Ist die Lage so günstig?“

Eine Kamera schwenkte über eine finstere Einöde, bis ein Gebäude von der Dunkelheit abstach.

„Die Entfernung ist ideal. Wir könnten uns dort einrichten, ohne gesehen zu werden.“

„Okay, dann machen Sie das und sagen Sie mir Bescheid, wenn Sie alles vorbereitet haben", wies Ehrling an. „Die richterliche Genehmigung beantrage ich und reiche sie nach."

„Die Kollegen bereiten alles vor. Sie können sofort damit beginnen, sich hier einzuquartieren."

Einige Beamte waren auf dem Bildschirm zu erkennen, die aufbrachen, um den Stützpunkt unterhalb der Therme zu verlassen.

„Wo genau ist Ihr Standpunkt, KHK Groß?"

Auf einem der Monitore wurde die Karte des Geländes abgebildet, auf der Saarland-Therme und Motivitas von oben zu sehen waren. Der Cursor bewegte sich und zeigte auf die Ecke zur Saarland-Therme, von der aus man teilweise auf das Gebäude nebenan schauen konnte. „Hier!"

„Können Sie das Erdgeschoss sehen?"

„Nein, dafür stehen wir zu tief. Aber das MEK hat bereits alle Türen überprüft. Sie sind verschlossen."

„Gibt es Anzeichen, dass die Geiselnehmer noch dort sind?", fragte Ehrling weiter.

„Nein, aber wir haben das Gebäude komplett umstellt. Wenn es keine unterirdischen Gänge gibt, müssen sie noch dort sein."

Ehrling lehnte sich in seinem Stuhl zurück und atmete laut hörbar aus.

Silvia war erst vor wenigen Minuten zurückgekehrt und hatte still den Gesprächen gelauscht. Jetzt trat sie auf den Kriminalrat zu und sagte: „Dieses Verbrechen wirkt gut vorbereitet und organisiert. Das bedeutet, dass die Geiselnehmer auf jeden Fall dort sind. Sie werden ihre Forderungen stellen, denn umsonst haben sie diesen Aufwand nicht betrieben."

„Schön, dass Sie wieder zurück sind." Ehrling nickte. „Wir ziehen jetzt um in die Gärtnerei Krämer vor Ort."

„Warum das denn?"

„Sie liegt dicht am Tatort. Das kann nur von Vorteil für uns sein."

Silvia nickte.

„Haben Sie herausgefunden, wo Staatsanwalt Renske steckt?", fragte Ehrling.

„Ja! Das ist aber nicht das, was Sie hören wollen."

„Trotzdem werden Sie es mir jetzt sagen."

„Staatsanwalt Renske ist genau dort – im Motivitas-Fitnessstudio. Zusammen mit Lukas Baccus und Theo Borg."

Ehrling zog seine Stirn in Falten, sagte kein Wort dazu.

„Ich kann ein Gesicht sehen", ertönte plötzlich die aufgeregte Stimme von Karl Groß.

„Wo?"

„Im zweiten Stock ganz rechts am Fenster."

„Können Sie erkennen, wer es ist?", fragte Ehrling.

„Wie sollte ich ihn oder sie erkennen können?", fragte Groß zurück.

„Weil drei unserer Leute unter den Geiseln sind: Baccus, Borg und Renske."

„Das darf doch nicht wahr sein", entfuhr es Groß. „Trotzdem erkenne ich die Person nicht."

Gemurmel entstand in der Führungszentrale.

„Jetzt werden die Jalousien im zweiten Stock runtergefahren", ertönte wieder Karl Groß' verzweifelte Stimme. „Wenn das am Fenster einer von uns war, können wir nur hoffen, dass er nicht erwischt worden ist."

Hastig versuchte Lukas zu der Gruppe von Geiseln zurückzukehren. Doch Arthur war schneller. Mit einer Langwaffe in der Hand stürmte er auf Lukas zu, der gerade die Gruppe erreicht hatte, und schlug ihm den Lauf der Waffe an die Schläfe. Lukas kippte zur Seite, direkt auf Theos Schoß und gab keinen Ton mehr von sich. Arthur bückte sich und fesselte nun auch

Lukas' Beine, damit er keinerlei Bewegungsfreiheit mehr hatte.

„So ergeht es jedem von euch, der meint, hier den Helden spielen zu müssen", lautete seine Ansage dazu.

Antworten kamen keine, die Knebel hinderten die Geiseln daran. Nur Gemurmel, Stöhnen, Seufzen und ein leises Wimmern waren zu hören.

Der massige Mann ging davon.

Theo versuchte nachzusehen, wie es Lukas erging. Doch seine verschränkte Haltung hinderte ihn daran. Immer wieder zuckte er mit den Beinen, in der Hoffnung, dass sein Kumpel eine Reaktion zeigte. Aber nichts dergleichen geschah. Lukas lag still da. Die Augen geschlossen und mit einer blutenden Wunde an der Schläfe.

Staatsanwalt Renske hatte sich in die sitzende Position hochgearbeitet. Auch er schaute verzweifelt auf Lukas' Gesicht. Schweißtropfen liefen von seiner Stirn herunter, die beim Anblick des leblosen Kommissars zu Sturzbächen mutierten. Erschöpft, als hätte er einen Marathon hinter sich gebracht, lehnte er sich mit dem Rücken an die Wand und versuchte ruhiger zu atmen.

Theo verharrte in seiner unbequemen Haltung, um es Lukas so angenehm wie möglich zu machen. Immer wieder schaute er auf das Gesicht in der Hoffnung, eine Regung zu erkennen. Aber nichts geschah. Stattdessen verlor er jegliches Gefühl in den Beinen. Die verkrampfte Haltung und das Gewicht, das darauf lag, fielen ihm schwerer und schwerer, je mehr Zeit verging. Aber sich jetzt bewegen und dabei riskieren, dass Lukas' Kopf auf den Boden fallen würde, das wollte er auch nicht. Also harrte er aus in der Hoffnung, dass es bald eine Veränderung geben würde.

Die Zeit schlich zäh dahin. Gelegentlich hörten sie die Geiselnehmer diskutieren, manchmal auch zanken. Verstehen konnten sie sie nicht. Die stillen Phasen dazwischen waren die reinste Hölle. Was wollten diese Männer? Wann wollten sie endlich ihre Forderungen stellen? An wen würden sie sich richten, wenn es losging?

Tausend Fragen schwirrten durch Theos Kopf. Die Situation, in der sich die Geisel befanden, ähnelte einer Folterqual. Die Ungewissheit, was auf sie zukommen würde, machte die Situation unerträglich. Das Einzige, was ihnen inzwischen verdeutlicht worden war, war die Tatsache, dass sie gewaltbereit waren.

Lukas' Kopf lag weiterhin reglos auf Theos Beinen, die einem Krampf immer näherkamen.

Jasmin Hafner verließ nur ungern ihre gemütliche Wohnung, hastete durch den starken Wind zu ihrem neuen VW Beetle, dessen Weiß in der Dunkelheit hervorstach, stieg ein und fuhr zum Landespolizeipräsidium in Saarbrücken. Der Anruf des Dienststellenleiters Allensbacher hatte an der Dringlichkeit keinen Zweifel gelassen. Also musste sie zum Dienst, obwohl sie keine Bereitschaft hatte. Ihre Vorstellung von einem gemütlichen Abend vor der Glotze, während „Tatort" lief, war dahin. Jetzt musste sie anstelle eines fiktiven Tatorts einen echten erleben. Eigentlich das, was ihr Leben bestimmte, seit sie sich für den Job als Kriminalkommissarin entschieden hatte.

Unregelmäßigkeiten wie diese hatte es bei ihr noch nicht oft gegeben. Deshalb wollte sie auch nicht klagen. Das Gegenteil war der Fall: Sie war im höchsten Maße aufgeregt, was sie wohl erwarten würde.

Sie schaltete das Autoradio ein, um sich mit Musik abzulenken. Doch der Plan ging schief. Stattdessen lief eine Sondersendung. Sie ahnte schon, um was es ging und drehte lauter: „*Die Lage am Motivitas-Fitnesscenter bleibt unverändert. Alle Straßen im Umkreis von zehn Kilometern wurden gesperrt, die Saarland-Therme ist inzwischen leergeräumt worden. Ebenso einige Wohnhäuser in der näheren Umgebung. Die Polizei ist in höchster Alarmbereitschaft. Niemand weiß, was sich in dem Gebäude ereignet hat. Es gibt bisher noch keinen Hinweis, was die Geiselnehmer verlangen. Auch konnte der Verdacht, dass es sich um einen islamistischen Anschlag handelt, immer noch nicht ausgeschlossen werden. Das Saarland steht im Mittelpunkt von ganz Deutschland – ach was: der ganzen westlichen Welt. Wer hätte damit gerechnet, dass der IS ausgerechnet in dem kleinen Bundesland einen Anschlag in dieser Größenordnung ausführen würde? Dazu noch in einem Fitnesscenter, das für Gesundheit, Wohlbefinden und Freude am Leben steht.*"

Jasmin bekam Gänsehaut. Sie schaltete das Radio wieder aus. Bei Facebook hatte sie sich auch nicht umschauen können. Überall las sie von der Geiselnahme in einem Fitnessstudio im Saarland. Der Gedanke, dass der IS so nah heranrückte, machte sie unruhig. Das wollte sie nicht wahrhaben.

Sie gelangte auf den Parkplatz des Präsidiums und sah gerade ihre Kollegin Monika Dick aus ihrem Auto aussteigen.

Gemeinsam betraten sie das leere Großraumbüro. Dienststellenleiter Allensbacher erwartete sie bereits. Er stand zwischen den Schreibtischen und murmelte: „Endlich! Jetzt muss nur noch Dieter Marx eintreffen, dann können wir beginnen."

„Was ist passiert?", fragte Monika.

„Hat es etwas mit der Geiselnahme in Kleinblittersdorf zu tun?", präzisierte Jasmin die Frage. „Es kommt nämlich im Radio, im Fernsehen, Facebook ist voll davon. Man hört sonst nichts mehr."

„Genau darum geht es."

„Was haben wir damit zu tun? Es heißt, das wäre ein Anschlag des IS."

„Wer sagt denn sowas?" Allensbachers Gesicht wurde hochrot. Speichel spritzte aus seinem Mund, während er sprach, sodass sich Jasmin und Monika ducken mussten, um nicht getroffen zu werden. „Bisher spricht nichts für einen Terroranschlag. Nichts! Unsere Kollegen arbeiten auf Hochtouren vor Ort."

„Ich habe doch nur wiederholt, was die Medien sagen", rechtfertigte sich Jasmin.

Allensbacher wischte sich den Schweiß von der Stirn und murmelte: „Entschuldigung! Mein Ausbruch galt nicht Ihnen, sondern diesen schrecklichen Medien. Aber um auf Ihre Frage zurückzukommen: Wir haben deshalb mit dem Fall zu tun, weil Lukas Baccus und Theo Borg sich unter den Geiseln befinden."

„Das ist wieder typisch", murrte Monika. „Wo eine Katastrophe ist, sind die beiden nicht weit."

„Hey, was soll das?" Jasmin stieß ihrer Kollegin mit dem Ellenbogen in die Seite.

„Du bist noch nicht lange genug hier, um das zu durchschauen."

„Das ist Blödsinn! Was können Lukas und Theo dafür, dass ausgerechnet das Fitnessstudio überfallen wird, in dem sie trainieren? Zufällig weiß ich, dass Lukas den Studiobesitzer kennt und deshalb auf diese Idee gekommen ist."

„Rufen Sie den Besitzer an und verbinden ihn mit mir. Wie heißt er?", meinte Allensbacher dazu.

Jasmin schluckte und meinte kleinlaut: „Seinen Namen hat er nicht gesagt, aber das wird auch nicht nötig sein. Wer von dieser Geiselnahme noch nichts gehört hat, ist entweder auf dem Mond oder tot."

„Malen Sie nicht den Teufel an die Wand!"

Erschrocken über den schroffen Tonfall des Dienststellenleiters schaute Jasmin den großen, kräftigen Mann mit weit aufgerissenen Augen an. „Okay! Ich schaue im Internet nach seinem Namen."

Genau in dem Augenblick ging die Tür auf und Dieter Marx trat ein. Sein Gesicht wirkte noch blasser und eingefallener als am Freitag, als sie sich alle ins Wochenende verabschiedet hatten. Seine Augen waren trüb, seine Bewegungen fahrig.

„Sind Sie arbeitsfähig?", fragte Allensbacher besorgt.

„Ja! Sie können auf mich zählen. *Und rufe mich an in der Not, so will ich dich erretten und du sollst mich preisen.*"

„Sie wissen sicherlich, worum es geht?", fragte Allensbacher weiter.

„*Leichtsinnige Leute stecken die Stadt in Brand; die Weisen aber dämpfen den Zorn.* Lukas und Theo sind in Not geraten und ich bin hier, um ihnen zu helfen."

„Gut so! Dann verteile ich mal die Aufgaben. Kollegin Hafner, Sie geben mir als erstes den Namen des Studiobesitzers und stellen eine Telefonverbindung zu ihm her. Ich muss ihn sofort mit dem Führungs- und Lagezentrum verbinden."

Jasmin nickte und wartete, dass ihr PC hochfuhr.

„Anschließend kümmern Sie sich um die Namen der Fahrzeughalter, deren Autos zurzeit vor dem Fitnessstudio geparkt sind. Hier ist die Liste der Fahrzeuge. Überprüfen Sie diese Leute, um herauszufinden, wer hinter dieser Geiselnahme stecken könnte."

„Wir wissen wirklich nicht, wer die Geiselnehmer sind?", fragte sie – inzwischen kleinlaut. „Im Internet steht sowas, aber ich wollte es nicht glauben."

„Das wiederum können Sie glauben. Leider! Deshalb ist es wichtig, dass wir so schnell wie möglich herausfinden, wer die Geiselnehmer sind und was sie wollen."

An Monika gerichtet, wies Allensbacher an: „Kümmern Sie sich darum, wer der Architekt des Motivitas-Gebäudes ist und stellen Sie einen Kontakt zu ihm her. Wir brauchen unbedingt die Baupläne des Gebäudes."

Monika eilte an ihren eigenen PC.

„Und Sie überprüfen alle Geiselnahmen der letzten zehn Jahre – wenn möglich auch grenzüberschreitend – und suchen nach Parallelen. Was wir hier haben, ist mehr als ungewöhnlich. Sollte es einen ähnlichen Fall gegeben haben, melden Sie mir das sofort." Diese Anweisung gab der Dienststellenleiter an Dieter Marx, der daraufhin nickte und das Büro verließ.

Lukas' Kopf schmerzte höllisch. Er wollte stöhnen und sich den Schädel festhalten, aber nichts davon war möglich. Erschrocken riss er die Augen auf. Er sah nur Beine und hörte Murmeln und sonstige unverständliche Laute.

Mühsam gelang es ihm, sich aufzusetzen. Doch der Anblick, der sich ihm bot, machte seine Situation nicht besser. Die gefesselten und geknebelten menschlichen Bündel, die in Reih und Glied an der Wand lehnten, erinnerten ihn wieder daran, in welcher ausweglosen Situation sie sich befanden.

Auch die Tatsache, dass er mit seinem Kopf auf Theos Schoß gelegen haben musste, förderte nicht gerade sein Wohlbefinden. Vor Verlegenheit wusste er nicht, wo er hinschauen sollte. Sich verbal auszudrücken, fiel flach. Also setzte er sich neben Theo in die Reihe, lehnte seinen Rücken gegen die Wand und ließ seinen Blick durch das düstere Studio wandern.

Nichts geschah, was nach und nach die Angst und Anspannung unter den Geiseln immer weiter anstachelte. Je mehr Zeit verging, desto mehr Unruhe entstand. Renske streckte sich erneut lang auf dem Boden aus und schnaufte wie ein Walross. Dabei schloss er die Augen. Doch lange hielt er es in dieser Stellung nicht aus, sondern arbeitete sich wieder in die sitzende Position zurück. Auch der ältere Herr, der unter ihnen weilte, hatte immer größere Not, genügend Luft zu bekommen. Sein Blick wirkte panisch. Sein Kopf wackelte immer hin und her. Sein Körper zitterte. Die Dame im weißen Bademantel weinte still vor sich hin. Der Stoff, der sie umhüllen sollte, hatte sich ein wenig geöffnet und legte ihr Beine frei. Wie gern hätte Lukas ihr geholfen. Doch er war zugeklebt wie ein Paket.

Die beiden jungen Männer, deren Muskelpakete ihre Lage mit den nach hinten gefesselten Händen besonders unbequem machten, saßen nur apathisch da und starrten ins Leere. Fast wirkte es so, als kämen sie mit der Situation von allen hier am besten zurecht.

Die drei jungen Frauen saßen dicht aneinandergedrängt. Keine von ihnen schaute auf, sodass er einen ihrer Blicke hätte treffen können.

Die Geräusche, die der ältere Herr nach einer Weile ausstieß, klangen beängstigend. Auch Theo blickte auf. Ihre Blicke trafen sich. Ohne ein Wort verstanden sie sich sofort.

Mühsam näherten sie sich dem Mann, dem die Panik deutlich an den Augen abzulesen war. Während Lukas ihn sanft zu Boden drückte, begann Theo mit seinen nach hinten verschränkten Armen nach dem Klebeband auf dem Gesicht des Alten zu suchen. Wie eine Ewigkeit kam es ihnen vor, bis er es endlich ertastet hatte. Langsam zog er daran. Sofort ertönte ein lautes Hecheln, als hätten sie einen Ertrinkenden gerettet.

Schnell kehrten sie wieder in ihre Ausgangspositionen zurück, um nicht schon wieder den Zorn der Geiselnehmer auf sich zu ziehen.

Doch das Schnaufen des Alten wurde immer lauter. Es dauerte nicht lange, schon sahen den massigen Kerl mit dem Dutt auf sie zukommen. Die Waffe vor sich gehalten, als näherte er sich gefährlichen Kreaturen, wirkte er so furchteinflößend, dass plötzlich kein einziger Laut mehr zu hören war.

„Was ist hier los?“, brüllte er.

Wie zu erwarten, kam keine Antwort.

Der Reihe nach ging er alle Geiseln ab und betrachtete sie sich aus der Nähe. Lukas brach der Schweiß aus. Hoffentlich würde er in der Dunkelheit nicht sehen, dass der Knebel des alten Herrn gelockert war.

Die Schritte klangen bedrohlich, waren sie doch das einzige, was zu hören war. Dann stand er vor dem Alten. Eine Weile starrte er auf ihn hinab. Lukas und Theo wagten sich nicht zu atmen. Sie schlossen beide die Augen, um nicht sehen zu müssen, was jetzt passierte.

Zu ihrer Überraschung ging der Koloss nach wenigen Sekunden weiter zur nächsten Geisel. Am liebsten hätte Lukas gejubelt. Ruckartig richtete sich Arthur auf, schwenkte die Waffe, als suchte er nach einem Opfer, auf das er schießen wollte und sagte dann mit rauer Stimme: „Gleich werdet ihr erfahren, warum wir hier sind. Bis dahin rate ich euch, ruhig zu bleiben, sonst wird die Luft bleihaltig."

Trotz Dunkelheit und immer stärker werdendem Wind war es dem Polizeiführer und seinem Team gelungen, fast geräuschlos mit dem gesamten Equipment in die Gärtnerei Krämer umzuziehen. Was sie dort vorfanden, war nicht das, was sie erwartet hatten. Karge, kalte Räume mit großen Fenstern, die alle zum Motivitas-Zentrum zeigten, lagen vor ihnen. Landwirtschaftliche Geräte waren an der Seite abgestellt und mit Planen zugedeckt. Ein kleiner Durchgang, dessen Funktion sich niemandem erschloss, führte in einen Lagerraum, der bestückt war mit Utensilien für Teiche, Springbrunnen und Sonstigem, was mit Wasser zu tun hatte. In den Durchgang hatten sie eine provisorische Küche eingerichtet mit einem Kaffeeautomaten. Am Rauschen und Poltern war erkennbar, dass gerade Kaffee durchlief. Einige Kollegen standen davor, starrten auf das Fenster und beratschlagten sich.

Große Heizstrahler wärmten die beiden Räume rechts und links der provisorischen Küche. Tische und Bänke wurden aufgestellt und mit Monitoren, Telefonen, Faxgeräten und Druckern ausgestattet. Der Kabelsalat, der sich über den Boden schlängelte, wurde immer unübersichtlicher.

„Alles klar", begrüßte Karl Groß den Kriminalrat Hugo Ehrling. „Wir haben hoffentlich an alles gedacht."

„Ich habe die Telefonleitung gekappt“, fügte der Mitarbeiter der TEK an. „Sobald die Entführer telefonieren wollen, landet das Gespräch bei uns – genau auf diesem Apparat.“ Er zeigte auf das Telefon, das vor Ehrling auf dem provisorischen Schreibtisch stand.

„Hältst du es nicht für möglich, dass die Jungs ihre eigenen Handys dabeihaben?“, fragte Groß. „Ich jedenfalls habe meins immer dabei.“

„Dagegen bin ich machtlos“, gestand der Techniker.

„Was ist mit Störsendern?“

„Damit unterbinde ich auch unsere eigenen Handys. Deshalb darf ich diese Technik nicht einsetzen.“

„Aber wir haben doch Funk.“

„Ich habe diese Anweisung bekommen und daran halte ich mich auch.“

„Ich halte es für taktisch sinnvoller zu warten, bis die Geiselnehmer anrufen“, riet Silvia. „Dadurch geben wir ihnen das Gefühl, die Situation unter Kontrolle zu haben.“

„Welche Taktik schlagen Sie vor?“ Diese Frage richtete der Kriminalrat an Dr. Grewens, der ebenfalls hinter den Monitoren stand und versuchte, sich ein Bild von der Lage zu verschaffen.

„Die Gleiche“, gab der rundliche Mann mit den roten Haaren und dem Vollbart zu, „Dr. Silvia Tenners Kompetenz möchte ich nicht anzweifeln.“

„Gut. Zunächst warten wir ab“, befahl der Kriminalrat.

„Machen wir.“

„Was pfeift hier so? Sind das die Heizstrahler?“

„Nein. Draußen heult der Wind. Es soll sogar Sturmböen geben. Hier sind wir den Naturgewalten direkt ausgeliefert“, antwortete Groß.

„Haben Sie inzwischen herausfinden können, wie viele Geisel dort oben sind?“

„Wir haben die Nummernschilder der Autos durchgegeben und warten auf die Halterangaben. Nach der Anzahl der Autos müssen mindestens fünfzehn Leute dort oben sein."

Hugo Ehrling stöhnte, eine Reaktion, die Silvia überrascht aufblicken ließ. So hatte sie den Kriminalrat noch nie erlebt.

„Und wie viele Geiselnehmer?"

„Keine Ahnung. Wir können bisher nur von insgesamt fünfzehn Leuten dort oben ausgehen. Sobald wir die Halter der Fahrzeuge kennen, haben wir ein genaueres Bild."

„Wo ist Kollege Bernd Fechter?", fragte Ehrling. „Er soll Druck machen, dass wir die Angaben so schnell wie möglich bekommen."

„Hier ist Fechter! Ich bin dran", meldete sich die gepresste Stimme durch eines der Funkgeräte.

„Die Jalousien sind immer noch geschlossen", stellte Ehrling frustriert fest. „Wer sagt uns, dass sie noch dort sind?"

„Es gibt keine geheimen Ausgänge, keine unterirdischen Gänge. Der einzige Ort, wo sie noch sein könnten, ist der Keller. Dort ist viel Platz. Alle anderen Etagen sind leer, soweit wir das von hier aus einsehen können. Dort gibt es nämlich keine Rollos, also haben wir gute Sicht. Außerdem sind unsere Leute um das ganze Haus verteilt. Niemand kann unbemerkt verschwinden", erklärte Groß.

„Gibt es Orte, an denen die Scharfschützen Stellung beziehen können?"

„Wir sind noch auf der Suche. Der zweite Stock des Fitnessstudios liegt höher als alles andere. Sogar die Dachterrasse der Saarland-Therme ist zu niedrig. Von dort kann man nicht ins Studio hineinsehen. Aber die Geiselnehmer könnten unsere Leute sehen."

„Dann kommt es auf unsere Verhandlungen an."

„Wir geben Bescheid, wann wir bereit sind", versicherte Groß. Rascheln ertönte, begleitet von ständigem Rauschen. „Der Wind macht mir Sorgen. Sollte es einen Schusswechsel auf größere Distanz geben, kann der Wind die Treffsicherheit beeinflussen."

„Wir tun alles, um Schusswechsel zu vermeiden", stellte der

Kriminalrat klar.

„Verstanden!“ Groß verstummte kurz und fragte dann: „Wer ist der Halter des Studios?“

„Es sind zwei Geschäftsführer eingetragen: Dierk von Westernhagen und Lewin Poppa. Beide wohnhaft in Saarbrücken“, antwortete Ehrling.

„Sind sie schon informiert?“

„Der Erste Kriminalhauptkommissar Allensbacher versucht zurzeit Kontakt zu ihnen aufnehmen. Bisher leider erfolglos.“

„Kann es sein, dass sie ebenfalls im Studio sind?“

„Natürlich ist das möglich“, gab Ehrling zurück.

Ein Rumpeln ertönte. Fragend schauten sich der Kriminalrat und Silvia Tenner an. „War das ein Donner?“

„Nein. Das ist der Wind. Ich sagte doch, dass wir hier viel näher dran sind – an allem, auch am Wetter. Zum Glück regnet es nicht. Das würde den Einsatz für unsere Leute da draußen noch schwieriger machen.“

„Solange die Telefonleitung und die Sicht zum Gebäude freibleiben, ist der Einsatz nicht gefährdet“, stellte Ehrling klar. „Schusswechsel nur im äußersten Notfall!“

„Was ist jetzt los?“, zischte Karl Groß, als hätte Ehrling nichts gesagt. „An alle Einheiten! Die Jalousien werden gerade hochgefahren. Haltet euch in Bereitschaft.“

Ein Ruck ertönte und die Jalousien öffneten sich. Gleichzeitig wurden die Stimmen im Vorratsraum immer lauter. Unter den Geiseln entstand eine beängstigende Unruhe. Niemand wusste, was das zu bedeuten hatte.

Plötzlich stürmte der Hausmeister auf die verschnürte Gruppe von Menschen zu und schrie: „Verdammt, was ist hier los?

Die Jalousien haben unten zu bleiben."

Dierk von Westernhagen versuchte, etwas zu sagen, aber außer unterschiedlichen „mmhs" und „mmpfs" brachte er nichts zustande.

Mit einem Satz war Pascal Bonnet vor ihm, riss ihm mit Schwung den Knebel ab und brüllte: „Was?"

„Du weißt doch, dass bei Sturm diese Dinger aus Sicherheitsgründen hochfahren."

„Was soll das heißen?"

„Dass wir nichts dagegen machen können. Solange es draußen stürmt, fahren die Jalousien auch nicht mehr runter."

„Scheiße! Scheiße! Scheiße! Scheiße! Scheiße! Scheiße!", brüllte der Mann ohne Unterlass und sprang wild im Dreieck. Seine Nervosität übertrug sich auf die Geiseln, die immer unruhiger wurden. Einige der Frauen begannen zu weinen, der alte Mann, dessen Knebel immer noch locker saß, damit er besser Luft bekam, zitterte wie Espenlaub, Helmut Renske floss der Schweiß in Strömen.

Lukas und Theo schauten sich an, mehr konnten sie nicht tun. Was ihnen blieb war die Hoffnung, dass der Hausmeister seinen Tobsuchtsanfall endlich beendete.

„Pascal!", tauchte plötzlich Arthur aus der Dunkelheit auf.

Abrupt hielt der Hausmeister still. „Was ist?"

„Wir konnten Bewegungen auf der anderen Seite ausmachen." Dabei zeigte Arthur auf die Fensterreihe, die die Sicht auf die Rückseite des Gebäudes freigab.

Mit wütendem Gesichtsausdruck zerrte Pascal den anderen Geiselnehmer zur Seite und redete leise auf ihn ein. Arthur nickte nur und brummte etwas zurück. Doch die Gesten der Beiden verrieten sofort, wer das Sagen hatte. Das Streitgespräch zog sich eine Weile hin, was die Unruhe unter den Geiseln verstärkte. Wieder schwoll das Murmeln und Stöhnen an.

„Wer meint, er hätte hier ein Mitspracherecht, der wird mich noch kennenlernen", lautete Pascals Drohung, die er mit seiner Waffe unterstrich.

Abrupt wurde es totenstill.

Zufrieden wandte sich der Anführer wieder an Arthur und befahl: „Los! Bereite alles vor!"

„Und Gabriel?", murrte Arthur. „Bekommt der mal wieder eine Sonderbehandlung oder was?"

„Red' keinen Scheiß! Schick Gabriel hierher, damit er solange die Geiseln bewacht."

Arthur nickte. In gebückter Haltung lief er zurück zum Vorratsraum. Es dauerte eine gefühlte Ewigkeit, bis sich der blonde Mann mit seiner Waffe unter den Fenstern hindurch zum anderen Ende des Fitnessraums vorkämpfte. Mit einem Nicken gab er zu verstehen, dass er ab sofort Wache beziehen würde. Pascal warf noch einen prüfenden Blick auf die verängstigten Männer und Frauen, bevor er – ebenfalls in gebückter Haltung – in der Dunkelheit verschwand.

Lukas hatte das ganze Schauspiel mit großem Interesse beobachtet. Alles sah danach aus, als seien sich die Geiselnehmer untereinander nicht einig. Das war eine verdammt gute Voraussetzung, die Truppe zu knacken. Und das schwächste Glied war Gabriel, der nun im Schutz der Tür zum Notausgang vor ihnen stand und mit fahrigen Bewegungen nicht wusste, auf wen er seine Waffe richten sollte.

Plötzlich spürte Lukas eine Berührung an seinen Händen. Überrascht schaute er sich um. Theo warf ihm einen Blick zu, der alles sagte. Sofort schaltete Lukas um auf „Unauffälligkeitsmodus", während er und Theo in ihrem geringen Bewegungsradius versuchten, sich gegenseitig das Klebeband an den Handgelenken zu öffnen.

„Wir sind auf der gegenüberliegenden Seite angekommen und haben dort einen Standpunkt gefunden, der uns Einsicht in die zweite Etage des Gebäudes ermöglicht“, lautete die Durchsage des SEK-Leiters Norbert Pflüger.

„Heißt das, dass du alter Mann dich höchstselbst auf die Lauer legst?“, fragte der Gesprächsführer Dr. Viktor Grewens, der zusammen mit Silvia Tenner im Führungs- und Lagezentrum ausharrte, bis sie zu ihrem Einsatz kamen.

„Hey, Pummelchen! Das *alter Mann* will ich nicht gehört haben“, kam es murrend zurück. „Mit fünfundfünfzig ist man nicht alt. Nur erfahren.“

„Pass bloß auf, dass du dich nicht erkältest – ist windig draußen.“

„Mein Toupet kann nicht wegfliegen, keine Sorge. Ich trage einen Helm.“

Die Männer lachten. Silvia schmunzelte. Vor allem der Begriff „Pummelchen“ gefiel ihr. Dr. Grewens war von kugelrunder Gestalt. Mit seinen roten Haaren, die nur noch einen Kranz an seinem Hinterkopf bildeten, dem roten Vollbart und einem ewigen Lachen im Gesicht, war er eine schillernde Persönlichkeit. Dass ausgerechnet ein Mann wie er im Team der Verhandlungsgruppe der Polizei mitarbeitete, war ein echter Zugewinn. Durch seine positive Art und seine ständig gute Laune konnte er viel bewirken. Nur bei Hugo Ehrling nicht, wie es aussah. Das Gesicht des Kriminalrates wirkte unverändert griesgrämig, während er von Bildschirm zu Bildschirm schaute und nach einer neuen Perspektive suchte.

„Wo sind die Kameras?“, fragte er unfreundlich.

„Unser Techniker ist dabei, welche aufzustellen. Das ist wegen des starken Windes nicht einfach. Wir suchen einen windgeschützten Platz, der gleichzeitig eine gute Sicht bietet."

„Dann tun Sie das! Wo genau befinden Sie sich?"

„Wir sind auf einem kleinen Wall direkt hinter dem Wohnmobil-Park, den die Saarland-Therme für Camper zur Verfügung stellt."

„Stehen dort Fahrzeuge?"

„Nein, dort ist alles leer."

„Können Sie etwas im Fitnessraum erkennen?", fragte Ehrling weiter.

„Nicht viel. Trotz Nachtsichtgeräten sind keinerlei Bewegungen auszumachen."

„Und die anderen Etagen?"

„Der erste Stock ist besser einsehbar. Dort ist alles menschenleer. Im dritten Stock ist auch keine Bewegung auszumachen – bis dorthin sehen wir nicht. Es gibt keinerlei Anhaltspunkte dafür, dass sich die Geiseln oder die Geiselnehmer im zweiten Stock aufhalten."

„Ist es sinnvoll, Scharfschützen an Ihrem Standpunkt zu postieren?", fragte Ehrling weiter.

„Auf jeden Fall. Sie sind schon auf dem Weg hierher."

„Gut!"

Der SEK-Leiter verstummte. Lediglich ein ominöses Rauschen war in der Führungszentrale zu vernehmen, was wohl dem Sturm vor Ort zu verdanken war.

„Ich sehe Bewegungen!", ertönte plötzlich Norbert Pflügers aufgeregte Stimme durch den Äther.

„Wo?"

„Ganz links im zweiten Stock – nein – halt, im ersten Stock. Jetzt wieder im zweiten. Verdammt, da ist was los!"

„Was können Sie erkennen?"

„Nur einige Köpfe ... jetzt ist alles wieder schwarz."

Lukas und Theo hatten es geschafft. Ihre Hände waren frei. Der blonde Wächter mit dem Namen Gabriel führte Selbstgespräche, während er mit seiner Waffe spielte. Die Geiseln hatte er darüber fast vergessen.

Ohne Worte begann Theo die anderen Geiseln zu befreien. Lediglich ein leises Aufseufzen war zu hören. Währenddessen befreite Lukas seine Beine vom Klebeband und suchte sich eine geeignete Waffe. Sein Blick fiel auf die Kurzhanteln, die in Reih und Glied hinter ihnen in einer Nische in der Wand gelagert waren. Die reichten von klein bis groß, wobei er vermutete, dass die Größe ausschlaggebend für das Gewicht war. Also entschied er sich für eine Hantel aus der Mitte, griff danach und staunte, wie schwer das Metallstück in seiner Hand wog. Das musste reichen.

Geduckt schlich er auf den Wachposten zu. Der hob den Kopf und gleichzeitig die Waffe. Lukas spürte, wie sein Adrenalin in ungeahnte Höhen schoss. Mit einem Ruck schlug er dem Mann die Hantel auf den Kopf. Gabriel fiel wie ein Sack zur Seite. Bevor seine Waffe scheppernd auf dem Boden aufschlagen konnte, hatte Lukas sie aufgefangen. Die Hantel rollte ungeachtet in die Mitte des Raums.

Theo hatte alle inzwischen von ihren Klebebändern und Knebeln befreit. Im Gänsemarsch folgten sie den beiden Männern, die ihnen die blaue Metall-Tür zum Notausgang aufhielten. Es dauerte keine zehn Sekunden, schon waren sie im Treppenhaus und die Tür war leise zugefallen.

Plötzlich ging ein mörderischer Tumult los. Die Geiselnehmer hatten ihre Flucht bemerkt.

„Scheiße! Das ging viel zu schnell“, knurrte Theo. Er zog

sein Handy aus der Tasche der Trainingshose und begann zu wählen.

„Du hast dein Handy dabei?“, fragte Lukas wie vom Donner gerührt.

„Das habe ich immer dabei.“

Ein Blick aus dem Fenster, das zur Rückseite des Hauses zeigte, offenbarte ihnen nur Schwärze. Kein Mondlicht, keine Sterne, nichts, was auch nur einen Schimmer auf die Landschaft werfen könnte.

„Ist dort jemand, der uns in Empfang nimmt?“, fragte eine der Geisel und winkte einfach ziellos am Fenster.

„Weg da! Wir wissen nicht, wer dort ist. Sicherheitshalber konzentrieren wir uns lieber auf unsere Flucht“, zischte Lukas.

So schnell sie konnten, rannten sie die Stufen hinunter, die kein Ende nehmen wollten. Kurz bevor die das Erdgeschoss erreicht hatten, öffnete sich dort eine Seitentür und die falsche Putzfrau Emma Martin nahm sie mit ihrer Kalaschnikow in Empfang. Während die kleine Frau die automatische Waffe auf die Gruppe verstörter Menschen richtete, hielt Lukas seine auf sie.

„Wenn du roter Wichser glaubst, du könntest hier was erreichen, bist du gleich durchlöchert wie ein Sieb“, ertönte von oben die Stimme des Hausmeisters. Dem folgte ein verräterisches Rattern, das Entsichern der Waffe. Lukas schaute nach oben und konnte sehen, wie der Mann seine Waffe auf ihn richtete. Die Putzfrau stand wie angewurzelt da und wirkte nicht so, als scheute sie, ebenfalls zu schießen.

Lukas blieb keine Wahl, wenn er kein Blutbad anrichten wollte.

Er legte die Waffe auf den Boden, hob die Hände und wartete, was nun passieren würde.

„Jetzt gehen wir alle wieder schön nach oben“, befahl Pascal, winkte mit seiner Waffe, um seinen Befehl zu unterstreichen. Die Gruppe von verschüchterten Menschen setzte sich in Bewegung. Im Gänsemarsch passierten sie den bewaffneten Mann, während Emma Martin von hinten die Geisel anschob. Als Lukas an Pascal vorbeigehen wollte, brummte er: „Wenn du es liebst, die Extrawurst zu spielen, kannst du das gerne haben."

Lukas tat so, als hörte er nichts. Doch das war die falsche Reaktion. Wütend rammte Pascal ihm den Lauf seiner Waffe in die Seite, sodass Lukas zu Boden ging. Dann richtete er sie auf ihn und brüllte: „Ich rede mit dir!"

„Pascal, bitte lass es", rief die Putzfrau von hinten. „Der ist es nicht wert, dass wir unsere Aktion gefährden."

Zur Überraschung aller hörte der Hausmeister auf die Worte der kleinen Frau. Er zog die Waffe zurück, sicherte sie und schaute Lukas dabei zu, wie er sich mühsam erhob und den anderen nach oben folgte. Im zweiten Stock angekommen, wollten sich die Geiseln auf ihren Plätzen an der hinteren Wand niederlassen. Doch Pascal hinderte sie daran.

„Ihr geht jetzt auf die Knie und krabbelt auf allen vieren vor mir her auf die andere Seite des Studios.

Die ersten ratlosen Blicke wurden sofort mit unsanftem Anstoßen durch die Waffe kommentiert.

„Wer glaubt, ich scherze, der erlebt mich mal, wenn ich wirklich meinen Spaß haben will." Diese Drohung genügte. Die Geisel gingen in die Knie, stützten ihre Hände auf dem glatten Boden ab und bewegten sich in die Richtung, die die Putzfrau ihnen vorgab. Renske spürte, dass ihm diese Art der Fortbewegung nicht gelingen wollte. Nur unter Ächzen und Stöhnen gelang es ihm, den anderen zu folgen. Plötzlich brüllte Pascal: „Vorwärts du Fettsack! Was hat einer wie du überhaupt in einem Sportstudio verloren?"

Lukas drehte sich um und wollte etwas entgegnen, doch Dierk von Westernhagen brummte nur: „Das ist kein guter Moment, den Helden zu spielen. Du hast deinen Versuch gehabt – hat nicht geklappt. Also gleite einfach weiter über unseren gesunden, weichen und flexiblen Polyurethan-Boden, da hast du mehr davon."

„Machst du jetzt Werbung für Polyurethan-Böden?"

„Nein! Nur für mein Studio."

„Kommt aber reichlich unpassend."

„Wer weiß, ob ich jemals wieder einen passenden Moment dafür kriege."

Sie passierten die Theke und erreichten die Tür, die zum sogenannten „Check-Up-Raum" führte.

„Dort rein!", lautete die Anweisung der Putzfrau. „Jetzt dürft ihr wieder aufstehen."

„Zu gütig", murmelte Renske, dem nach dieser Tortur sogar das Aufrichten schwerfiel.

Der Raum erwies sich als dreieckig und sehr klein. Nachdem alle Geiseln sich darin versammelt hatten, blieb ihnen kaum noch die Gelegenheit, umzufallen. Eine Liege nahm in der linken Ecke viel Platz weg. Ein Gerät mit der Aufschrift „Back-Check" in der rechten. Auf dem Boden lagerten Kisten und Kästen in unterschiedlichen Formen und Farben.

Die ersten unter den Geiseln hatten die Gelegenheit schnell erfasst und sich auf der Liege niedergelassen. Die anderen mussten es sich auf dem Boden bequem machen.

„Jetzt rückt mal schön alle eure Handys raus", befahl Pascal. „Ich hätte ja nicht gedacht, dass das trotz Fessel und Knebel nötig sein würde. Aber ich habe einige von euch offenbar unterschätzt." Dabei fiel sein Blick wieder auf Lukas. „Wo hast du diesen roten Vogel überhaupt aufgegabelt, Dierk? Hättest du stattdessen nicht besser Leute unter Vertrag genommen, die in so ein Studio passen?"

„Lukas ist mein Freund", erwiderte Dierk. „Also ist die Frage wohl überflüssig."

„Welche Frage hier überflüssig ist, entscheide ich." Drohend ging Pascal auf den großen Mann zu, hielt ihm die Waffe vors Gesicht und fügte an: „Wo ist überhaupt dein alter Herr?"

„Mein Vater?"

„Ja, wen meine ich sonst damit?"

„Der ist im Urlaub."

„Das kann nicht sein. Der Alte ist jeden Sonntag hier bis zum

Feierabend. Warum ausgerechnet heute nicht?“

„Weil er für heute andere Pläne hatte. Ich war selbst total überrascht“, gab Dierk zu.

„Scheiße Mann!“ Wie ein Verrückter sprang Pascal zwischen den Geiseln auf und ab, die sich immer ängstlicher an die Wände pressten. Dann wandte er sich an den Geiselnehmer mit den vielen Falten und Runzeln im Gesicht und befahl: „Uwe! Sammle die Handys ein und fixiere die Leute! Ich muss jetzt nachdenken.“ Damit verschwand er und überließ es dem Grauhaarigen, die Geiseln an Händen und Füßen zu fesseln. Dieses Mal nahm er Plastikfesseln, die er bei jedem extrem fest arretierte und dabei murmelte: „Die kriegt keiner mehr auf.“ Dafür wurden ihnen die Knebel erspart. „Und schreien könnt ihr hier, so viel ihr wollt. Hier hört euch keiner.“

Mit den Worten verließ er die keine Kammer und sperrte die Tür von außen zu.

Das musste die Hölle sein!

Jedenfalls fühlte es sich so an.

Der Wahnsinn drang bis in die tiefsten Winkel des Gehirns vor und setzte dort Keime für die unsinnigsten Gedanken frei. Gedanken, die die Besessenheit in Raserei verwandelten, womit alles zunichtegemacht werden konnte.

Nun galt es, diese Raserei in die richtige Richtung zu lenken. Jeden zu vernichten, der dem Plan in die Quere kam. Jeden ausschalten, zerstören oder unschädlich machen, der Zweifel säte.

Davon gab es mehr als genug.

Der Unsicherheitsfaktor Mensch hatte wieder zugeschlagen.

Doch das sollte niemanden aufhalten.

Alles war zu einem Zusammenspiel mit dem Grauen geworden.

Die Anspannung, die das Adrenalin auf Höchststand im Körper hielt, war notwendiger denn je. Eine einzige Unkonzentriertheit hätte fast eine Katastrophe heraufbeschworen.

Doch besaßen nicht gerade die negativen Elemente eine besondere Anziehungskraft?

Ja! Genau das war es, was dem Ganzen den besonderen Reiz verlieh. Was dem Körper signalisierte, worauf es ankam.

Es war ein weiterer Schritt auf den seelischen Abgrund zu, ohne den das Ziel niemals erreicht werden konnte.

Blut, Knochen, Zerstörung und Verwesung sollten das Todesspiel zu einem Akt der Befreiung machen.

Nur das sollte der ultimative Kick sein, der keinen Zweifel übrigließ. Der gleichbedeutend mit dem Ziel war. Der den Weg ebnete.

Darauf arbeiteten sie alle hin.

Das durfte niemand infrage stellen.

Doch wer waren diese beiden Männer, die es fast geschafft hätten, alles aufs Spiel zu setzen?

Ihnen galt ab sofort eine besondere Aufmerksamkeit.

Kapitel 5

„Ich habe die Halter der Autokennzeichen.“ Mit den Worten betrat Jasmin Hafner das Büro des Dienststellenleiters. „Hier ist ein Ausdruck.“ Sie legte dem dicken, schwitzenden Mann ein Blatt Papier auf den Schreibtisch.

„Lesen Sie mir die Namen vor!“, befahl Allensbacher. „Das werden Sie doch wohl noch schaffen.“

Brüskiert über den schroffen Ton nahm Jasmin das Blatt wieder an sich und begann vorzulesen: „Also ... dass Lukas Baccus, Theo Borg und Staatsanwalt Renske dabei sind, wissen wir inzwischen.“

Allensbacher winkte ab, als wollte er eine lästige Fliege vertreiben.

„Dann habe ich folgende Namen ermittelt: Elena Gerkens, von Beruf Controller, lebt in Saarbrücken, Altneugasse 14.“

Allensbacher nickte.

„Dann ist eine Frau Maria Schenk unter den Geiseln. Sie ist Rentnerin, und wohnt in Saarbrücken-Auersmacher, Kapellenstraße 47. Estelle Fournier, lebt in Frankreich in Grosbliederstroff, Rue de l’ecole 6. Beruf ist nicht feststellbar, dafür muss ich bis morgen früh waren, wenn ich jemanden in Grosbliederstroff erreichen kann. Tabea Malter, Arzthelferin, wohnt in Saarbrücken-Brebach, Bliesransbacher Straße 37.“

„Das sind ja nur Frauen.“ Allensbacher wischte sich mit einem Taschentuch durch sein Gesicht.

„Jetzt kommen die Männernamen“, beruhigte Jasmin sofort. „Thomas Nordmann, Rentner, wohnt in Sitterswald, Elwiesergarten 3. Samuel Becker, Feinwerkmechaniker bei der Dillinger Hütte, wohnt in Völklingen, Hofstattstraße 7. Raphael Dumont, lebt in Frankreich in Spichern, Rue de Lavoir 9, mehr wissen wir nicht über ihn – bis morgen früh, wenn ich drüben in Frankreich anrufen kann.“

„Das klingt alles harmlos." Allensbacher verzog mürrisch sein Gesicht. „Das klingt nicht so, als sei einer unter ihnen der Entführer oder das eigentliche Ziel der Entführung. Natürlich müssen wir morgen bei Dienstbeginn noch weitere Einzelheiten über diese Menschen in Erfahrung bringen."

„Das Beste habe ich mir bis zum Schluss aufgehoben", gab Jasmin zu und grinste frech.

„Was soll das heißen?"

„Dass einer unter den Personen ist, der Rätsel aufgibt. Nämlich Pascal Bonnet. Wenn ich das richtig in Erfahrung gebracht habe, arbeitet er seit dem Unfalltod von Anton Molitor bei Motivitas als Hausmeister. Dieser Unfalltod war der fragwürdige Fall, der Lukas und Theo auf den Plan gerufen hat."

„Soll das heißen, dass der frühere Hausmeister nicht einem Unfall erlegen ist, sondern ermordet wurde?"

„Das ist das Rätsel, das es zu lösen gilt. Wenn Pascal Bonnet hinter der Geiselnahme steckt, wäre das nicht auszuschließen", gab Jasmin vorsichtig von sich.

„Das klingt wirklich interessant. Versuchen Sie so viel wie möglich über diesen Pascal Bonnet herauszufinden. Vermutlich haben wir damit den ersten Namen der Geiselnehmer."

Monika Dick betrat das Büro und sagte: „Ich habe Ihnen die Baupläne des Gebäudes auf Ihren Rechner geschickt, damit Sie sie an das Führungs- und Lagezentrum weiterschicken können. Das Gebäude steht zum größten Teil leer. Das kann entweder gut für uns oder gut für die anderen sein, weil es verdammt viele leere Räume gibt."

„Danke. Dann besorgen Sie mir jetzt die Finanzunterlagen von Motivitas. Es muss doch einen Grund dafür geben, warum sich die Entführer gerade dieses Fitnessstudio ausgesucht haben."

Obwohl sie keine Knebel mehr trugen, erfüllte eine Stille den kleinen, engen Raum, die bedrückend wirkte. Es war Theo, der den ersten Satz sprach, um endlich etwas Leben in die Menschen zu bringen, mit denen er schon seit mehreren Stunden ausgeliefert war: „Hat einer von euch eine Vorstellung, was die wollen?“

Alle Blicke richteten sich auf Dierk. Mit großen Augen zog der seine Schultern hoch und entgegnete: „Keine Ahnung! Ich verstehe nicht, was hier abgeht. Auch die Frage nach meinem Vater ist mir rätselhaft.“

„Sehr seltsam, sie rufen niemanden an, um ihre Forderungen zu stellen. Außerdem sind sie nicht maskiert.“ Theo schüttelte den Kopf. „Die Polizei ruft auch nicht hier an.“

„Vielleicht weiß mein kleiner Bruder etwas“, meinte Dierk und richtete sich an Lewin: „Was wollten die Typen von dir?“

„Von mir?“ Lewin erschrak.

„Du warst anfangs zusammen mit Birte bei den Typen. Ihr seid erst später zu uns dazu gestoßen. Was war da los?“

Birte zuckte die Schultern und antwortete: „Ich musste diese anderen drei Typen einchecken, damit sie in alle Räume kommen können.“

„Und du, Lewin?“

„Von mir wollten sie sämtliche Buchhaltungsunterlagen – die ausgedruckten und das, was wir im Rechner gespeichert haben.“

„Die hast du ihnen doch hoffentlich nicht gegeben?“

„Was würdest du tun, wenn man dir eine Waffe an den Kopf hält?“, fragte Lewin ungehalten zurück. „Natürlich habe ich ihnen alles gegeben, was sie wollten.“

„Scheiße! Haben sie wenigstens gesagt, warum sie das wollen?“

„Nein! Aber ich würde fast vermuten, dass es um Geld geht." Lewin grunzte missmutig.

„Von uns?" Dierk lachte leise auf. „Dann haben sie aber die Falschen erwischt. Von uns ist nichts zu holen."

„Gibt es sonst irgendetwas, das für die Typen interessant sein könnte?", fragte Theo.

„Was sollte das sein? Unsere tollen Geräte? Oder was?"

„Vielleicht ist hier jemand unter uns, der aus reichem Haus kommt und es geht nur um denjenigen", überlegte Lukas laut.

Allgemeines Kopfschütteln war die Reaktion darauf.

„Das wird ja immer rätselhafter." Theo grummelte.

„Hoffentlich wissen die Geiselnehmer selbst, was sie wollen", kommentierte Lukas. „Denn so gut organisiert wirken sie nicht. Die Tatsache, dass sie keine Masken tragen ist verdammt merkwürdig."

„Mich würde interessieren, wann die Bullen endlich etwas unternehmen wollen", brummte die dunkle Stimme von Elena. „Oder haben die noch gar nicht mitbekommen, was hier läuft?"

„Weiß einer, wie viel Uhr es ist?", fragte Lukas. „Mir kommt es nämlich vor, als seien schon zehn Stunden vergangen."

„Woher soll einer von uns wissen, wie spät es ist", murrte Elena. „Oder siehst du hier einen, der nicht gefesselt ist?"

Lukas wollte etwas entgegnen, was Dierk verhinderte, indem er hastig sagte: „Dann müssen wir uns überraschen lassen, wann die hier aufkreuzen."

„Und vor allem, was sie dann machen wollen", fügte Lewin an. „Mit Sonderkommandos hier rein marschieren? Das gibt Tote! Vor allem werden wir dabei schlecht wegkommen."

Eine der jungen Frauen fing an zu weinen.

„Tabea, reiß dich mal zusammen, du Heulsuse", murrte Elena. „Wenn wir alle die Nerven verlieren, wird es bestimmt nicht besser."

Dierk rempelte seinen Stiefbruder an und murmelte: „Hör auf, Panik zu verbreiten."

„Dito!"

„Was soll dein verdammtes *dito* schon wieder heißen?"

„Du verbreitest hier Panik. Nicht ich."

„So ein Blödsinn. Wenn die Polizei hier eintrifft, ist sie doch nicht so doof und riskiert, dass die Geisel sterben. Dann wäre es ja keine Rettungsaktion."

Lewin nickte nur, winkelte seine Beine an und legte die Stirn auf die Knie. In dieser Haltung blieb er sitzen und sprach kein Wort mehr.

„Vielleicht ist der Grund für diese Geiselnahme auch viel einfacher", sinnierte Lukas.

„Wie meinst du das?", fragte Dierk.

„Es könnte doch sein, dass du dem Hausmeister die Frau ausgespannt hast. Und jetzt ist er sauer."

Dierk lachte leise und antwortete: „Pascal hat keine Frau. Jedenfalls, soviel ich weiß. Also kann ich ihm keine ausspannen."

„Bei der Menge, die du schon vernascht hast, kannst du gar nicht wissen, wer alles dabei war."

„Jetzt mach' mich nicht schlechter als ich bin", protestierte Dierk.

„Es liegt noch gar nicht lange zurück, als dein kleiner Bruder über dich gesagt hat: *Dass du inzwischen die halbe Weiblichkeit unseres Studios zur Auszeit mitnehmen könntest.*" Lukas grinste.

„Meine Güte! Habt ihr keine anderen Probleme?", schimpfte Elena Gerkens dazwischen. Dabei rollte sie ihre Augen, was in ihrem dunklen Gesicht zum Fürchten aussah.

„Nein! Oder sollen wir über unsere Situation jammern und das Schlimmste befürchten?", konterte Lukas schroff.

Theo rempelte seinen Freund an und flüsterte ihm ins Ohr: „Bleib entspannt! Wir müssen jetzt mit den Leuten auskommen, die hier sind. Da wäre ein Streit nicht ratsam."

Lukas nickte.

„Ich möchte mich bei Ihnen beiden bedanken", meldete sich überraschend der ältere Herr zu Wort, der in Straßenkleidung zwischen den Sportlern saß. „Durch das Lockern des Knebels habt ihr mir das Leben gerettet."

„Klar doch.“ „Keine Sache“, entgegneten Lukas und Theo verlegen.

„Aber war der Befreiungsversuch wirklich nötig gewesen?“, fragte die Dame im Bademantel. „Jetzt sitzen meine Fesseln an den Handgelenken so fest, dass ich meine Hände nicht mehr spüre. Außerdem habe ich das Gefühl, dass sie mir in die Haut schneiden und dass ich bereits blute.“

„Es hätte doch sein können, dass wir entkommen“, entgegnete Dierk darauf.

„Sind wir aber nicht.“

„Wäre jetzt nicht der geeignete Augenblick, dass wir uns vorstellen?“ Mit dieser Frage lenkte der ältere Herr von den entmutigenden Gesprächen ab. „Ich heiße Thomas Nordmann. Falls es mal wichtig sein sollte, dass wir unsere Namen kennen.“

„Das ist eine gute Idee“, stimmte Theo zu. „Wir stellen uns gegenseitig vor, damit wir wissen, wer mit wem zu tun hat.“

„Und warum?“, fauchte Elena dazwischen. „Damit ihr euch wichtigmachen könnt?“

„Dass du Elena heißt, wissen wir“, stellte Theo fest. „Also geht die Vorstellungsrunde an den nächsten weiter.“ Er schaute auf die kleine, dünne Frau, die neben Elena saß und immer noch verweint aussah.

„Tabea Malter“, sagte sie mit zittriger Stimme.

„Estelle Fournier“, kam es von der Brünetten, die sich stets an Theos Seite aufhielt.

Als Birte an die Reihe kam, riss sie die Augen weiß auf und fragte: „Ihr kennt mich doch.“

„Dass du Birte heißt, wissen wir“, meinte Lukas. „Wie noch?“

„Klein.“

„Sehr passend. Wie groß bist du?“

„Eins siebenundachtzig.“

„Bist du mit Adele Klein verwandt?“, fragte Thomas Nordmann. „Die Dame sitzt im saarländischen Landtag, ist ebenfalls sehr, sehr groß und will sich nächstes Jahr zur Wahl des Ministerpräsidenten des Saarlandes aufstellen lassen.“

„Das ist zufällig meine Mutter."

„Wow!"

„Maria Schenk." Damit setzte die ältere Dame die Vorstellungsrunde fort. „Für mich ist der größte Albtraum, dass ich hier im Bademantel sitze. Hätte ich auf die Sauna verzichtet, wäre ich zumindest vollständig angezogen – oder vielleicht sogar schon fort gewesen, als diese Banditen zugeschlagen haben."

„Samuel Becker", stellte sich ein blonder Bodybuilder vor, dessen Weste, die er über sein Shirt gezogen hatte, so eng saß, dass sie jeden Moment auseinanderkrachen konnte.

„Raphael Dupont." Der kleine, breite, rothaarige Mann mit den auffälligen Sommersprossen im Gesicht nuschelte seinen Namen nur unwillig heraus, als gäbe er ein Staatsgeheimnis breit.

„Franzose?", fragte Theo.

„Ja."

„Verstehst du Deutsch?"

„Ja."

„Isch bin auch Französin", meldete sich Estelle zu Wort.

„Jetzt 'ast du misch aber überrascht", gab Theo mit französischem Dialekt zur Antwort.

Estelle kicherte.

„Was wird das hier? Eine Hormonparty?", zischte Elena dazwischen. „Außerdem seid ihr Schlaumeier jetzt dran, euch vorzustellen. Oder geht ihr davon aus, dass wir das wissen müssen."

„Ich heiße Theo Borg", antwortete Theo hastig, bevor Lukas etwas erwidern konnte.

Lukas und Renske nannten ebenfalls ihre Namen.

Dann wurde es für lange Zeit still. In diese Stille hinein drang das Klingeln des Studio-Telefons. Der melodische Ton wiederholte sich und wiederholte sich und wiederholte sich. Aber niemand ging an den Apparat.

„Was hat das nun wieder zu bedeuten?", flüsterte Lukas, nachdem das Läuten verstummt war.

„Konnten Sie erkennen, ob es sich um die Geiseln oder um die Geiselnehmer handelt?", fragte Ehrling den SEK-Leiter.

„Vermutlich die Geisel, denn es waren sehr viele."

„Wie viel?"

„Zum Zählen kam ich nicht, da war der Spuk schon vorbei. Und jetzt ist alles ruhig, als hätte es den Zwischenfall nie gegeben."

„Also können wir davon ausgehen, dass Geisel und Geiselnehmer noch in dem Gebäude sind", stellte Ehrling fest.

„Wo sollten sie sonst sein?"

„Können wir außerdem davon ausgehen, dass sich alle Personen im zweiten Stock aufhalten?", fragte Ehrling weiter.

„Zurzeit ja!"

„Gut. Ich halte den Zeitpunkt für geeignet, aktiv zu werden. Alle sind auf ihren Posten und in Bereitschaft. Unser Gesprächsführer Dr. Grewens ruft jetzt dort an."

Die Zeit schien stillzustehen. Jeder, der mit dem Führungs- und Lagezentrum in Verbindung stand, hörte deutlich das Freizeichen des Telefons.

Auch hörten sie, dass niemand abhob.

„Versuchen wir es zu einem späteren Zeitpunkt noch einmal", befahl der Kriminalrat.

„Hier spricht Allensbacher vom Landeskriminalamt", meldete sich der Erste Kriminalhauptkommissar über Funk im Führungs- und Lagezentrum. „Wir haben eine Vermutung, wer hinter der Geiselnahme stecken könnte."

„Wer?"

„Pascal Bonnet. Er ist als Hausmeister im Fitnessstudio beschäftigt."

„Das erklärt, warum die sich so gut auskennen", murmelte Ehrling.

„Bonnet ist erst vor zwei Wochen eingestellt worden, nachdem der vorherige Hausmeister Anton Molitor an einem Stromschlag während der Arbeit gestorben ist", berichtete Allensbacher weiter.

„Also von langer Hand geplant", erkannte Ehrling.

„So sieht es aus."

„Was wissen wir über Pascal Bonnet?"

„Bisher nichts. Jasmin Hafner und Monika Dick bleiben dran, damit wir so schnell wie möglich mehr Informationen über ihn bekommen."

„Was ist daran so schwierig?"

„Das ist uns auch ein Rätsel", gestand Allensbacher.

„Pascal Bonnet ist ein Name, der deutsch und französisch ausgesprochen werden kann", überlegte Ehrling laut und murmelte dabei „*Passkal Bonnett – Pascall Bonnee*" bevor er weitersprach: „Also nehmen Sie Kontakt mit der gemeinsamen Stelle der grenzüberschreitenden Polizeiarbeit dem *Centre commun de Coopération Policière et Douanière – CCPD* in Kehl auf."

„Da sind wir schon dran."

„Sollte es dort ebenfalls keine Informationen über diesen Mann geben, schalten wir Interpol ein."

„Alles klar", schnaufte Allensbacher.

„Gibt es Fotos von diesem Mann?"

„Nicht, dass wir wüssten."

„Es gibt doch Internetseiten über das Fitnessstudio. Sind die auf dem aktuellsten Stand?"

„Ja, das sind sie. Aber wir können Pascal Bonnet nicht erkennen, sollte er auf einem der Fotos sein", gab Allensbacher zu bedenken. „Wir wissen nicht, nach wem wir Ausschau halten sollen."

„Dann veranlassen Sie, dass jemand mit den Fotos ins Krankenhaus zu dem Mann, fährt, dem es gelungen ist, über die Balkonbrüstung zur Saarland-Therme zu fliehen."

„Der Mann wurde gerade operiert."

„Am Bein – und nicht am Kopf", stellte Ehrling klar. „Also wird er doch wohl eine Aussage machen können."

„Gut! Ich schicke Jasmin Hafner ins Krankenhaus", gab Allensbacher nach. „Außerdem haben wir die Baupläne des Gebäudes. Die ergeben keine Überraschungen, nur dass sich große Teile des Gebäudes noch im Rohbau befinden. Das Treppenhaus, in dem der SEK-Leiter die Bewegungen beobachtet hat, ist der Notausgang."

„Das könnte also ein Fluchtversuch gewesen sein", stellte Ehrling fest.

„Das klingt nach Lukas und Theo."

„Wir können nur hoffen, dass nicht herauskommt, wer sie sind", meinte Ehrling dazu.

„Ich befürchte das Schlimmste", gab Allensbacher zu.

„Nun malen Sie mal nicht den Teufel an die Wand", mahnte Ehrling.

„Wir suchen noch nach ähnlich gelagerten Geiselnahmen. Sobald wir etwas gefunden haben, melden wir uns." Mit diesem Kommentar beendete Allensbacher die Verbindung.

Der Schlüssel wurde von außen ins Schloss gesteckt. Sekunden später schlug sie mit Wucht auf und prallte gegen Birte, die direkt neben dem Eingang saß. Pascal Bonnet trat mit vorgehaltener Waffe in den überfüllten Raum.

„Also Dierk, was soll das Geschwafel, dein Vater sei in Urlaub? Willst du den alten Gauner schonen? Das kommt reichlich spät. Jetzt ist der Moment der Abrechnung gekommen. Wenn dein Alter tatsächlich geglaubt hat, dass sein Betrug nicht auffällt, ist der dummer, als ich gedacht hätte."

„Ich weiß nicht, wovon du redest“, gab Dierk mit zittriger Stimme zu. „Mein Vater hat zig Jahre bei Ricci-Immobilien in Saarbrücken als Buchhalter gearbeitet. Von dort hat es nie Beschwerden gegeben. Also kann es doch nur sein, dass wir von unterschiedlichen Leuten reden.“

„Hör auf, mich zuzulabern. Du rufst jetzt den alten Herrn an und bestellst ihn hierher!“

Pascal trat auf Dierk zu und schnitt die Plastikkabel an seinen Händen auf. Sofort rieb sich Dierk über die Handgelenke, die rot leuchteten, nahm das Handy entgegen und wählte die Nummer seines Vaters. Da das Gerät auf Lauthören eingestellt war, konnte jeder den Spruch „Der Teilnehmer ist zurzeit nicht erreichbar. Versuchen Sie es später noch einmal“ deutlich vernehmen.

„Ich habe befürchtet, dass er sein Handy nicht mitgenommen hat.“ Dierks Gesicht wurde eine Nuance blasser. „Er wollte ungestört sein.“

„Kommt dir das nicht merkwürdig vor?“, fragte Pascal. „Immer ist er anwesend – seit ich hier bin, hat er jeden Sonntagabend bis zum Feierabend trainiert.“

„Da sagst du mir nichts Neues. Anschließend sind wir essen gegangen. Familientag nennen wir das“, gab Dierk zu. „Mit seinen Urlaubsplänen hat er uns heute total überrascht. Nicht nur mich, sondern auch Lewin. Gell Bruder, du hast auch nichts davon gewusst.“

Der Angesprochene nickte und meinte: „Vielleicht hat meine Mutter ihr Handy dabei. Ich kann sie mir nämlich nicht ohne vorstellen.“

„Okay! Dann wähl die Nummer von seiner Alten!“

„Die weiß ich nicht auswendig.“

Mit einem Schlag ins Gesicht kommentierte Pascal diese Bemerkung. Dierk fiel zur Seite. Ein roter Striemen bildete sich auf seiner linken Wange.

„Hör mir zu! Wir spielen hier keine Spielchen. Du rufst die Alte jetzt an, oder ihr alle bekommt eine Demonstration, zu was ich fähig bin.“

Lukas rührte sich, wollte etwas sagen, woran Theo ihn hinderte. Doch Pascal hatte es gesehen, steuerte auf den Polizeibeamten zu und brüllte: „Und mit dir mache ich den Anfang, wenn es soweit kommt, dass wir euch nacheinander erschießen müssen."

Wimmern, Jammern und Heulen ertönte.

Theo lehnte sich gegen seinen Kollegen und Freund und schaute ihn nur eindringlich an.

Lukas schwieg.

„Ich weiß nicht, was du willst", mischte sich Dierk ein. „Aber ich glaube, du hast mit uns die Falschen erwischt. Hier gibt es kein Geld zu holen."

„Klappe! Ruf die Alte an."

Pascal reichte Dierk das Handy. Dierk wählte die Nummer, die Lewin ihm durchgab. Doch kaum war die Verbindung hergestellt, ertönte „Der Teilnehmer ist zurzeit nicht zu erreichen. Bitte versuchen Sie es später noch einmal."

Der Mut aller Geisel in dem kleinen, dreieckigen Raum sank auf den Nullpunkt. Niemand wagte mehr, aufzublicken – aus Angst, den Blick des Geiselnehmers zu treffen.

„Und jetzt?", fragte Dierk, der diese Anspannung nicht mehr ertrug.

„Jetzt bleibt uns nichts anderes übrig, als zu Plan B überzugehen."

„Was bedeutet das?"

„Ich werde jemanden von euch mitnehmen, damit er mit der Polizei telefoniert. Der Anruf, der hier eben reinkam, kann doch nur von den Bullen gewesen sein. Also warten sie schon darauf, dass wir Kontakt aufnehmen."

„Warum brauchst du dafür einen von uns?"

„Weil ich es euch nicht zu gemütlich machen will. Wir werden unseren Plan durchsetzen – koste es, was es wolle."

„Aber was willst du denn?" Dierk brüllte diese Frage in seiner Verzweiflung heraus.

„Eine Million Euro!"

Der Raum in der Gärtnerei Krämer, der als Führungs- und Lagezentrum herhalten musste, füllte sich mit immer mehr Leuten, die sich an den technischen Geräten zu schaffen machten, oder Papiere mit Informationen zusammentrugen, oder die PCs mit Daten fütterten. Weitere Monitore wurden anmontiert und angeschlossen, um Videokonferenzen durchzuführen.

Kaffeautomaten aufgestellt und in Betrieb genommen. Telefone mit Headsets ausgestattet.

Ehrling schaute dem Treiben schweigend zu und wartete auf neue Entwicklungen im Fall der Geiselnahme. Vom SEK-Leiter, der auf der gegenüberliegenden Seite des Motivitas-Studios Stellung bezogen hatte, gab es kein Lebenszeichen mehr. Der Wind hatte deutlich zugenommen. Auch in diesem Raum waren die Sturmböen deutlich zu hören und zu spüren. Die Situation wurde immer brenzliger.

„Ich sehe Licht im zweiten Stock", lautete eine Durchsage.

„Endlich kommt Bewegung in die Sache", murmelte Ehrling. „Die müssen doch irgendetwas wollen."

Ein Foto landete auf dem Monitor, der direkt vor dem Kriminalrat stand. Darauf waren einige Leute beim Gerätetraining zu sehen. Ein Pfeil wies auf einen Mann weiter hinten auf dem Bild. Darunter stand: Pascal Bonnet.

Ehrling schaute sich das Gesicht genau an. Was er sah, war ein Mann mit dunklen, schmalen Augen, langem Gesicht, schwarzen, glatten Haaren und einer durchtrainierten Figur. Nichts an ihm verriet etwas über seine Herkunft. Er könnte Deutscher, Franzose, Engländer, Spanier sein. Das machte es nicht leichter, diesen Mann zu finden.

Sofort rief er in Allensbachers Büro an und befahl: „Schicken

Sie das Foto an alle Stellen. Auch an Interpol. Der Mann arbeitet so gut organisiert, dass wir davon ausgehen können, dass er nicht zum ersten Mal aktiv geworden ist."

„Wir sind dran. Doch bis jetzt gibt es keinerlei Auskünfte", gab Allensbacher zu verstehen. „Über die Geiseln gibt es leider auch nichts herauszufinden, was eine Geiselnahme in diesem Ausmaß auslösen könnte. Elena Gerkens ist von Beruf Controller, 34 Jahre alt, lebt zusammen mit ihrer kranken Mutter in Saarbrücken. Ein häuslicher Pflegedienst ist auf dem Weg dorthin. Maria Schenk ist Rentnerin, hat früher als Schreibkraft im Ministerium gearbeitet und lebt allein."

„In welchem Ministerium?"

„Im Ministerium für Wirtschaft."

„Nichts Verdächtiges also. Okay, weiter."

„Weiterhin ist Estelle Fournier unter den Geiseln. Sie lebt in Frankreich in Grosbliederstroff, weshalb wir über diese Dame noch nicht allzu viel wissen. Nur dass ihr die antiquarische Ente gehört, die unter den parkenden Autos hinter dem Studio steht. Tabea Malter ist Arzthelferin von Beruf und lebt ebenfalls allein. Sie ist 28 Jahre alt.

Weiter haben wir Thomas Nordmann unter den Geiseln. Er ist etwas interessanter, denn er war früher Anwalt für Strafrecht in Mainz. Wir gehen seine Fälle durch, falls dort ein Motiv zu finden ist. Samuel Becker, Feinwerkmechaniker bei der Dillinger Hütte, 32 Jahre alt, verheiratet und ein Kind. Raphael Dumont, lebt in Frankreich in Spichern, Rue de Lavoir 9, mehr wissen wir nicht über ihn – bis morgen früh, wenn ich drüben in Frankreich anrufen kann."

„Gut! Das hört sich an, als gäbe es nur wenige Angehörige", erkannte Ehrling.

Allensbacher schnaufte in den Hörer, weil ihm das viele Reden immer schwerer fiel: „Neben der kranken Mutter von Elena Gerkens wissen wir noch von Samuel Beckers Familie. Ein Psychologe ist unterwegs dorthin."

„Er soll auf strengste Geheimhaltung bestehen. Wer weiß,

was sonst mit den Geiseln geschieht“, beharrte Ehrling.

„Haben wir ihm mit auf den Weg gegeben.“

„Gute Arbeit.“

Plötzlich klingelte das verkabelte Telefon auf Ehrlings Schreibtisch.

„Es geht los!“

Das Schweigen, das von gelegentlichem Schluchzen der Frau im Bademantel unterbrochen wurde, nutzte der Geiselnehmer aus und richtete seine Waffe auf das Gesicht von Birte Klein. Die Frau lag auf dem Boden, rollte sich ein wie ein Fötus, wimmerte und schüttelte den Kopf mit den Worten: „Nicht ich! Bitte nicht ich!“

„Tut mir leid. Hier gibt es kein Mitspracherecht.“

Er zerschnitt ihre Hand- und Fußfesseln und riss sie unsanft auf die Beine.

„Los, du kommst jetzt mit. Und wenn du alles richtigmachst, darfst du wieder zurück zu deinen Freunden.“

„Was soll ich machen?“

„Du wirst mit der Polizei telefonieren.“

„Aber ich weiß doch gar nicht, was ich sagen soll.“ Birtes Stimme klang flehentlich.

„Das wirst du von mir erfahren.“

Mit hochrotem Kopf ließ sich die große, blonde Frau von dem Geiselnehmer vor sich hertreiben, als sei sie nicht in der Lage, selbst einen Schritt zu unternehmen. Als sie draußen waren, schlug die Tür mit Wucht zu und der Schlüssel wurde umgedreht.

„Wie kommt der auf die Idee, eine Million Euro von euch zu verlangen?“, fragte Lukas.

„Keine Ahnung", antwortete Dierk.

„Aber es kann doch kein Zufall sein, dass sie hier aufkreuzen. Der ganze Aufwand, die Gefahr erwischt zu werden – all das macht man doch nicht, wenn man sich nicht genauestens informiert hat."

„Willst du jetzt meinem Vater unterstellen, dass er eine Million Euro unterschlagen hat." Dierk funkelte Lukas böse an.

„Hört auf zu streiten", mischte sich Theo ein. „Sinnvoller ist es zu überlegen, wie wir hier lebend rauskommen. Wenn dein Vater dieses Geld nicht unterschlagen hat und die Geiselnehmer auf dem Holzweg sind, sieht es für uns verdammt schlecht aus."

Wieder heulte Maria Schenk laut auf, dass es den übrigen Geiseln an den Nerven zerrte.

„Ach was", ertönte die Stimme des Staatsanwalts. „Sie haben sich doch schon für eine Alternative entschieden. Sie verlangen das Geld einfach von der Polizei. Als Lösegeld für vierzehn Geisel – diese Rechnung könnte sogar aufgehen, denn die Summe ist nicht hoch."

„Willst du damit sagen, dass diese Typen sich einfach nur per Zufall dieses Studio herausgesucht haben?" Dierk bekam große Augen.

„Ursprünglich nicht", gab Renske zu bedenken. „Es sieht so aus, als müssten sie jetzt, da der Mann nicht da ist, auf den sie gezählt haben, das Beste aus ihrer Situation machen."

„Sie glauben, die Polizei besorgt so viel Geld?", fragte nun der ältere Herr, der sich als Thomas Nordmann vorgestellt hatte.

„Ich hoffe es."

„Das würde dazu führen, dass diese Geiselnahme zum Präzedenzfall wird und andere es nachmachen."

Renske schaute auf den alten Herrn, runzelte die Stirn und fragte. „Sind Sie Anwalt?"

„Gewesen", gab Nordmann zu. „Schon seit einigen Jahren bin ich in Rente."

„Lassen Sie die Verbrechenswelt bitte nicht hören, welche genialen Ideen Sie haben", meinte Renske dazu. „Sie könnten die bösen Jungs zu völlig neuen Verbrechen animieren."

„Ich frage mich nur, wie die Polizei das Problem lösen will", sprach Nordmann weiter. „Wenn sie das Gebäude stürmen, gehen sie ein zu großes Risiko ein, dass wir das nicht überleben. Und soweit ich informiert bin, gilt das Überleben der Geisel als oberstes Ziel."

„Haben Sie im Strafrecht gearbeitet?", fragte Renske weiter.

„Ja."

„Wo?"

„In Mainz. Seit ich in Rente bin, bin ich wieder ins Saarland zurückgekehrt. So ein echter Saarländer hängt an seiner Heimat, egal wie erfolgreich man auf seinem Arbeitsplatz im großen Reich ist." Nordmann schmunzelte.

Renske nickte, sagte nichts weiter dazu.

Lukas versuchte auf seine Armbanduhr zu schauen, doch er hatte die nach hinten gefesselten Hände vergessen. Der Ruck schnitt ihm in die Handgelenke, die mit scharfkantigem Plastikkabel zusammengebunden waren. Der Schmerz fuhr ihm durch die Arme. Er verzog das Gesicht.

„Was ist?", fragte Theo.

„Ich wollte nur auf die Uhr gucken, weil ich das Gefühl habe, dass Birte schon ewig lang weg ist."

„Okay, schau auf meine. Ich strecke dir meine Arme entgegen."

Die anderen schauten den beiden zu und mussten tatsächlich schmunzeln. Lukas und Theo verrenkten sich auf merkwürdigste Weise, bis es Lukas gelang, die Uhrzeit abzulesen.

„Einundzwanzig Uhr. Kann das sein?"

„Wenn du lesen kannst, ist es möglich", gab Theo zurück.

„Ich kann es nicht glauben. Von vier Uhr in der Frühe bin ich ausgegangen."

„Uns kommt es wohl wie eine Ewigkeit vor. Aber wie Sie sehen, kann das täuschen", meinte Nordmann leise.

Krachend schlug die Tür auf und Birte stolperte mit hochrotem Gesicht und zerzausten Haaren herein. Ihr folgte Pascal, der ihr die Hände unsanft fesselte. Dann verließ er wortlos den Raum, schlug die Tür hinter sich zu und sperrte ab.

„Was war los?"

„Was ist passiert?"

„Wie siehst du aus?"

Viele Fragen prasselten auf einmal auf Birte ein. Doch die junge Frau setzte sich auf den Boden und ließ stumm ihren Tränen freien Lauf.

Sofort war Grewens zur Stelle, um das Gespräch anzunehmen. Ehrling gab ihm das Telefon frei.

„Hier spricht die Polizei, mein Name ist Viktor Grewens."

„Hier spricht Birte Klein. Ich bin eine der Geiseln im Motivitas", hauchte eine leise Stimme zurück.

„Hallo Birte", entgegnete der Gesprächsführer. „Ich gehe davon aus, dass Sie uns die Bedingungen des Geiselnehmers nennen sollen?"

„Ja!"

„Vermutlich hört der Geiselnehmer das Gespräch mit?"

„Ja!"

„Gut. Dann wollen wir genau das machen, was er von uns verlangt. Sagen Sie mir bitte, was."

„Der Geiselnehmer verlangt folgendes: Sorgen Sie dafür, dass Kurt von Westernhagen hier auftaucht und das Geld mitbringt, das er unterschlagen hat. Wir verlangen eine Million Euro, das ist genau das, was uns zusteht."

„Wer ist Kurt von Westernhagen?"

Einen Moment herrschte Stille in der Leitung. Dann ertönte wieder die zarte Stimme der Geisel: „Das ist der Mann, der die Firma Ricci-Immobilien um eine Million Euro betrogen hat. Er soll das Geld persönlich hier vorbeibringen, oder wir erschießen immer im Abstand von einer Stunde eine Geisel." Die Stimme der jungen Frau brach beim letzten Satz.

Im Hintergrund wurden sämtliche Mitarbeiter aktiv. Der Begriff *Ricci-Immobilien* weckte neue Hoffnungen herauszufinden, wer hinter der Geiselnahme steckte.

„Kann ich bitte mit dem Geiselnehmer selbst sprechen?", fragte Grewens. „Seine Forderung klingt verwirrend. Bestimmt kann er mir genauer erklären, was er von uns möchte."

Klack! Die Leitung war tot.

„Damit bleiben mehr Fragen als Antworten übrig", murrte Hugo Ehrling. „Was soll das, diesen Kurt von Westernhagen herbeizuzitieren?"

„Kurt von Westernhagen ist der Vater des Studiobesitzers Dierk von Westernhagen", erklärte ein Einsatzabschnittsleiter, der im Hintergrund stand und alles mitgehört hatte. „Nach unseren Informationen wird das Studio wie ein Familienbetrieb geführt. Kurt von Westernhagen war als Buchhalter bei Ricci-Immobilien beschäftigt. Seit vier Jahren ist er in Rente und in dieser Zeit hat der Sohn das Studio eröffnet – zusammen mit einem Teilhaber namens Lewin Poppa, dessen Mutter mit Kurt von Westernhagen verheiratet ist. Sie hatte früher eine Reinigung, die sie inzwischen weiterverkauft hat. Das Geld ist in das Studio geflossen."

„Kann es also sein, dass Kurt von Westernhagen die Immobilienfirma um eine Million Euro betrogen hat?"

„Dafür müssen wir die Abteilung für Wirtschafts- und Vermögenskriminalität einschalten. Wenn dort etwas vorgefallen ist, wissen die Bescheid."

„Gut! Tun Sie das", lautete Ehrlings Anweisung. „Und besorgen Sie mir alle Informationen über die Firma *Ricci-Immobilien* über einen Zeitraum der letzten zehn Jahre."

„Die Lösegeldsumme ist erstaunlich gering", warf Grewens ein. „Dieser Aufwand für eine läppische Million Euro ... das steht in keinem Verhältnis."

„Was wollen Sie damit sagen?“, fragte Ehrling.

„Dass das Geld hier Nebensache sein könnte“, antwortete Grewens. „Was uns fehlt, ist der direkte Kontakt zu dem Geiselnehmer. Er lässt eine der Geisel sprechen. Das ist ein geschickter Schachzug, dadurch haben wir keine Möglichkeit, den Täter zu analysieren. So fehlt uns eine wichtige Information.“

„Es sagt trotzdem über den Täter aus, dass er sich in Sachen Verhandlungsstrategien mit der Polizei auskennt“, schaltete sich Silvia ein. „Warum sonst sollte er den Aufwand betreiben, eine Geisel zu nehmen und ihr alles vorzuschreiben, was sie sagen soll?“

„Also ein Mann, der mit der Polizei schon in Konflikt geraten ist, oder ein Polizist?“, fragte Ehrling.

„Ich will ersteres hoffen“, gab Silvia zu. „Aber eine Frage ist weiterhin offen: Ab wann gilt der Zeitplan der Entführer, alle Stunde eine Geisel zu erschießen.“

„Wir wissen nicht, wann sie die erste Geisel erschießen wollen. Das Gespräch wurde unterbrochen“, meinte Grewens mit blassem Gesicht. „Ich vermute, dass sie wieder anrufen, denn es ist noch lange nicht alles gesagt worden.“

„Beim nächsten Mal gehst du bitte subtiler an die Sache ran“, mahnte Silvia.

„Vielleicht ist es besser, wenn Frau Dr. Tenner das nächste Mal an den Apparat geht“, beschloss Kriminalrat Ehrling. „Von Frau zu Frau könnte das Gespräch ergiebiger verlaufen.“

Grewens machte kommentarlos den Platz für Silvia frei. Diese ließ sich auf dem vorgewärmten Stuhl nieder und schaute auf den Apparat, als könnte sie ihn mit ihrem Blick beschwören. Doch es geschah nichts.

„Wir erreichen niemanden aus der Abteilung für Wirtschafts- und Vermögenskriminalität“, rief der Einsatzabschnittsleiter. „Sollen wir den Dienststellenleiter privat anrufen?“

Ehrling überlegte eine Weile, dann meinte er: „Auf jeden Fall! Wir müssen so schnell wie möglich herausfinden, was es mit dieser Million Euro auf sich hat.“

Der Mann verschwand aus Ehrlings Blickfeld durch den schmalen Durchgang, der zum Nebenraum führte. Dort konnten alle Telefonate geführt werden, ohne dass Ehrling oder die Verhandlungsführer gestört wurden.

Das verkabelte Telefon auf Ehrlings Schreibtisch klingelte erneut.

Silvia spürte große Anspannung. Sie wartete das o. K. des Kriminalrats ab, dann nahm sie den Hörer und meldete sich: „Hier ist Silvia Tenner. Spreche ich mit Birte Klein?"

„Ja", hauchte es leise durch den Hörer.

„Sagen Sie mir bitte nochmal, was der Geiselnehmer von uns will."

„Er erwartet von Ihnen in der nächsten Stunde, dass Kurt von Westernhagen ins Studio kommt und die Million Euro zurückgibt, die er gestohlen hat. Sonst wird um Punkt zweiundzwanzig Uhr die erste Geisel erschossen."

„Wir werden alles tun, damit Sie ihr Geld bekommen, Herr Geiselnehmer", sprach Silvia nun den Unbekannten einfach persönlich an. „Aber das schaffen wir nicht innerhalb dieser kurzen Zeit. Wir bitten um Aufschub von ..." Ehrling streckte ihr fünf Finger entgegen, „... fünf Stunden."

Eine Weile war nichts zu hören, dann hauchte Birte: „Um zweiundzwanzig Uhr wird die erste Geisel erschossen. Wenn Sie bis dahin die Bedingungen nicht erfüllt haben, kommt jede weitere Stunde eine weitere Geisel an die Reihe – bis Kurt von Westernhagen und das Geld da sind."

„Wir können Kurt von Westernhagen nicht ins Studio schicken", sprach Silvia und spürte dabei, wie ihr heiß und kalt wurde. „Wir wissen selbst nicht, wo er ist."

Rascheln ertönte, dann sprach Birte: „Dann finden Sie ihn!"

„Wir fangen sofort mit der Suche nach ihm an", versprach Silvia. „Zu Hause ist er nicht und erreichen können wir ihn auch nicht. Deshalb schaffen wir es nicht, Ihre Bedingungen innerhalb einer Stunde zu erfüllen."

Wieder Rascheln, dann Birtes Stimme: „Sie haben wohl die

Geiseln vergessen. Wir fackeln nicht lange, wir erschießen sie im Rhythmus einer Stunde.“

Silvia atmete tief durch und sprach so ruhig, wie es ihr möglich war: „Darf ich Ihnen einen Vorschlag machen?“

„Nur zu!“

„Können wir uns darauf einigen, dass wir Ihnen das Geld besorgen. Das schaffen wir in einer Stunde. Im Gegenzug lassen Sie dafür die Geiseln frei.“

Wieder dauerte es einige Sekunden, bis die Antwort kam: „Wenn Sie unseren Anweisungen bis zweiundzwanzig Uhr nicht gefolgt sind, werden Sie von uns hören.“

Dann wurde die Leitung unterbrochen.

„Das Geld können wir aus den Asservaten besorgen“, sagte Ehrling. „Es ist nur fraglich, ob es uns damit gelingt, die Geisel zu befreien.“

„Das ist eine gute Frage“, gab Silvia zu. „Wie wichtig ist dieser Kurt von Westernhagen für die Geiselnehmer?“

„Das gilt es für uns herauszufinden“, stellte Ehrling klar.

Hell strahlte das Licht auf und der Mann in Anzug und Krawatte mit Mikrofon in der Hand war deutlich zu sehen. Ohne große Einleitung sprach er los: „Hier sind wir am Ort des Geschehens. Ganz Deutschland spricht von der Geiselnahme aus dem Saarland. Mindestens 14 Menschen sind seit mehreren Stunden in der Gewalt von unbekannten Tätern, deren Absichten und deren Identitäten immer noch nicht geklärt werden konnten. In Zeiten wie diesen ist ein Terroranschlag nicht auszuschließen. Ein Mann, der vor dieser Geiselnahme in letzter Sekunde fliehen konnte, war nicht in der Lage den Ruf ‚Allahu akbar‘ auszuschließen. Dadurch nimmt dieser Fall eine beängstigende Dimension an. Wer hätte gedacht, dass das kleine Saarland in den Fokus des IS geraten könnte?

Wir, der Fernsehsender *Saarland-TV*, gehen dieser Sache auf die Spur – und zwar aus nächster Nähe. Hinter mir können sie das betroffene Gebäude des Fitnessstudios mehr oder weniger nur erahnen, denn alles liegt in Dunkelheit. Doch das ist trügerisch. Innerhalb dieser Mauern ist die Hölle los. Wir können uns keine Vorstellungen davon machen, was diese armen Menschen dort miterleben müssen."

Plötzlich geschah etwas vor der Kamera, das sich so schnell niemand erklären konnte. Das Gesicht des Moderators verwandelte sich in eine blutige Masse, die auf die Kamera spritzte. Erst dann hörte man laut und deutlich den Knall eines Schusses.

Das Bild der Kamera wackelte kurze Zeit, bis nur noch schwarz zu sehen war und dann die Aufnahme abgebrochen wurde.

„Scheiße! Was ist hier los?", brüllte Norbert Pflüger, der SEK-Leiter. „Wo kommen die denn her? Jetzt müssen wir hier verschwinden, jetzt sind wir aufgeflogen."

Ehrling, der die überraschende Einblendung auf *n-tv* hatte mitansehen müssen, fragte zurück: „Wie ist es möglich, dass jemand so nah an das Motivitas-Gebäude herankommt? Ich dachte, Sie hätten einen Sperrgürtel um das Gebiet gezogen."

„Haben Sie die Gegend mal gesehen? Hier ist Wald und Wiese, soweit das Auge blicken kann. Da kann es leider passieren, dass jemand durchflutscht."

„Warum haben Sie den Schützen des TV-Moderators nicht erschossen?"

„Weil von hier aus keine Bewegung auszumachen war", antwortete Pflüger. „Ich konnte nicht kommen sehen, dass so etwas passiert."

„Er muss doch ein Fenster geöffnet haben", hielt Forseti dagegen. „Oder hat er durch eine Scheibe geschossen?"

„Nein, das hat er nicht. Wir stehen selbst vor einem Rätsel. Die Vorsicht, die die Geiselnehmer anwenden, gibt mir das dumpfe Gefühl, dass die schon die ganze Zeit wissen, wo wir sind. Den Einsatz müssen wir jetzt abbrechen, wenn wir überleben wollen."

„Nicht abbrechen! Ziehen Sie sich zurück, sichern Sie zuerst Ihre eigene Position und dann das Gelände nochmal."

„Eye, eye Sir", reagierte der SEK-Leiter frustriert.

Ehrling erhob sich von seinem Platz und ging einige Schritte auf und ab. Silvia Tenner beobachtete ihn und fühlte sich unwohl. Dass der Meister aller Meister nervös wurde, war in ihren Augen ein schlechtes Zeichen.

Ihr Kollege Viktor Grewens räusperte sich und sprach: „Jetzt haben wir eine Demonstration davon bekommen, was die Geisel erwartet, wenn wir deren Forderungen nicht erfüllen."

„Jetzt haben wir es nicht mehr nur mit Geiselnehmern, sondern mit Mördern zu tun", präzisierte Ehrling. „Obwohl die Vermutung schon nahelag. Der Tod des ehemaligen Hausmeisters geht wohl auch auf deren Konto."

Kurze Stille trat ein.

„Wir müssen das Studio stürmen, wenn wir das Leben der Geisel retten wollen", beschloss Ehrling.

Kaum hatte er ausgesprochen, klingelte das verkabelte Telefon.

„Frau Dr. Tenner, Sie nehmen das Gespräch an", befahl Ehrling. „Je nachdem, wie es sich entwickelt, werden wir zuschlagen. Bitte informiert alle Einsatzkräfte, dass sie sich auf den Ernstfall vorbereiten."

Silvia ging mit zittrigen Knien auf den Apparat zu und hob ab. Zu sagen brauchte sie nichts, weil von der anderen Seite sofort lautes, wütendes Gebrüll losging: „Das machen Sie nicht nochmal! Wir scheuen uns nicht, mit der Tötung der Geisel schon jetzt anzufangen. Niemand verarscht uns. Das könnte nämlich ins Auge gehen."

„Es tut uns leid, was da passiert ist", versuchte Silvia den aufgebrachten Geiselnehmer zu beruhigen. „Das war eine eigenmächtige Aktion eines Fernsehsenders, den wir nicht kennen. Wir lassen niemanden durch, um so etwas Törichtes zu tun. Diese Leute sind uns durch sämtliche Absperrungen geschlüpft."

„Dann will ich nicht wissen, was Ihnen noch alles durch die Absperrungen schlüpft", brüllte der Mann zurück. „Sie besorgen uns jetzt auf der Stelle Kurt von Westernhagen und seine diebisch erbeutete Million Euro. Am besten noch vor 22 Uhr, denn dann ist die erste Geisel fällig."

„Bitte geben Sie uns noch etwas mehr Zeit. Kurt von Westernhagen ist nicht so leicht zu finden. Es sieht alles danach aus, als sei er ausgerechnet heute in Urlaub gefahren."

„Das interessiert uns nicht."

„Das ist aber ausschlaggebend dafür, wie schnell wir Ihren Forderungen nachkommen können. Wir sind ja gewillt, alles für Sie zu tun. Nur leider haben wir von diesem Mann bisher keine Spur."

„Jetzt sage ich Ihnen mal was, Sie superschlaue Gesprächsführerin: Wenn Sie meinen, uns verarschen zu können, dann werden Sie alle Ihr blaues Wunder erleben. Wir haben nämlich – im Gegensatz zu Ihnen – an alles gedacht. Sollten wir das Gefühl bekommen, dass Sie unsere Forderungen nicht ernst nehmen, haben wir eine Überraschung für euch im Studio deponiert. Diese Überraschung macht noch ‚Ticktack, ticktack'. Das kann sich aber jeden Moment ändern, denn jeder von uns kann den Auslöser betätigen. Und dann bleibt von Euren Lakaien, die da draußen auf der Lauer liegen, genauso wie von uns hier nichts mehr übrig, außer kleinen Fetzen."

Klack! Leitung tot.

Wie festgefroren saß Birte auf dem Boden, starrte auf ihre Füße und sprach kein Wort. Alle Fragen der anderen Geiseln waren an ihr abgeprallt. Irgendwann gaben sie auf. Ruhe kehrte ein. Dadurch war das leise Wimmern von Maria Schenk zu hören.

Eine Weile lauschten alle der Frau im Bademantel, bis Renske sagte: „Glauben Sie, es ist gut, dass Sie pausenlos weinen? Halten Sie es nicht für möglich, dass Sie damit die anderen ebenfalls demoralisieren? Was wir jetzt brauchen, sind gute Nerven. Aber nicht jemanden, der uns demonstriert, dass er seine schon lange verloren hat."

Das Ergebnis war ein noch lauteres Schluchzen.

„Das hast du jetzt davon", murrte Elena. „Die Alte kapiert doch nichts."

„Dein Tonfall ist auch nicht des Rätsels Lösung", parierte Theo. „So wie du auf die Leute losgehst, könnte man meinen, du wärst eine von den Geiselnehmern."

„Dir hat man wohl ins Gehirn geschissen", brüllte Elena los. „Es ist doch wohl nicht verwunderlich, dass auch meine Nerven blankliegen."

„Wir sollten zusehen, dass wir uns akzeptieren, wie wir sind. Wenn wir uns gegenseitig zerfleischen, haben wir den Geiselnehmern diese Arbeit schon mal abgenommen", brummte Renske.

„Aber was ändert das, wenn wir uns vertragen?", fragte nun Tabea mit zittriger Stimme. „Sterben werden wir trotzdem."

„Das stimmt doch nicht", widersprach Renske. „Es gibt inzwischen erste Verhandlungen. Also ist die Polizei aktiv. Und die tut alles, um diese Sache gut ausgehen zu lassen."

„Wie will die das machen?“

„Indem sie die Forderungen der Geiselnehmer erfüllt.“

„Aber das macht die Polizei doch nie, weil diese Typen immer Unmögliches verlangen.“ Nun brach Tabea in Tränen aus.

„So viel zu deinem Versuch, die Heularien in diesem Raum zu dämpfen“, kommentierte Lukas.

Plötzlich hörten sie einen Schuss.

Alle zuckten zusammen, rückten näher an den jeweiligen Nachbarn ran und schwiegen. Sogar Maria Schenk war das Weinen vergangen.

Sie hörten laute Stimmen der Geiselnehmer. Alle brüllten durcheinander und trampelten durch das Studio. Die Luft war so geladen, dass die Geiseln es durch die verschlossene Tür spüren konnten.

Dann kristallisierte sich aus dem ganzen Gebrüll eine Stimme heraus, die sie nicht erkannten. Sie war dunkel und rau. Nach den Wortfetzen zu urteilen, die losgelassen wurden, kamen sie zu dem Schluss, dass dieser Mann gerade mit der Polizei telefonierte. Leider konnten sie kein Wort verstehen.

„Sollte das ein Befreiungsversuch der Polizei gewesen sein?“, fragte Elena. „Dann wären sie aber kläglich gescheitert.“

„Keine Ahnung, was da draußen los ist. Auf keinen Fall war das ein Befreiungsversuch“, murmelte Theo. „Aber egal, was es war! Es hat sich nicht gut auf unsere Situation ausgewirkt.“

Wieder begann Maria Schenk zu heulen.

„Das ändert natürlich alles.“ Ehrling rieb sich über sein Gesicht. „Wir werden noch mehr Leute einsetzen müssen, um an sämtlichen Grenzübergängen nach Kurt von Westernhagen zu fahnden. Wie es aussieht, ist der Mann tatsächlich spontan in einen Kurzurlaub gefahren. Wenn er um sechzehn Uhr losgefahren ist, könnte er die Grenze zu Österreich schon erreicht haben. Die Kollegen aus Frankreich müssen wir ebenfalls involvieren, falls es ihn dorthin verschlagen hat."

Sofort setzte eine betriebsame Aktivität ein. Alle Mitarbeiter sprangen wie auf Knopfdruck auf und jeder setzte seinen Teil von Ehrlings Befehl um. Nur Silvia und Viktor Grewens standen ratlos bei dem Kriminalrat. Ihre Aufgabe, mit dem Geiselnehmern zu verhandeln, hatten sie beide nicht gerade mit Bravour erfüllt.

„Was können Sie jetzt über den Geiselnehmer sagen?", fragte Ehrling. „Jetzt hatten Sie ihn persönlich am Apparat."

Silvia überlegte, bis sie antwortete: „Dieser Mann klang nicht nach demjenigen, der hinter den Forderungen steckt, die die Geiseln vortragen. Die Spontanität passt nicht zu dem Kalkül, das der andere an den Tag legt."

„Ein Eindruck hatte ich auch", gab Grewens zu. „Es scheint so, als seien dort mehrere Geiselnehmer und der Boss der Bande überlässt das Telefonieren anderen, bevor er selbst mit uns spricht."

„Trotzdem möchte ich eine Beurteilung von Ihnen hören, was wir von diesen Geiselnehmern zu erwarten haben", drängte Ehrling.

„Die Forderung, die sie stellen, hat einen persönlichen Charakter", meinte Silvia. „Das bedeutet, dass es ihnen weniger um das Geld und mehr um Kurt von Westernhagen geht. Je persönlicher die Forderung, desto emotionaler wird der Täter – oder werden die Täter. Uns bleibt nur, nach einem Kompromiss zu suchen und den glaubhaft anzubieten."

Ehrling nickte und steuerte eine Polizeibeamtin an, die zwischen den vielen Telefonen saß. „Haben Sie inzwischen Kontakt zu Dr. Gilbert König von der Vermögensabteilung aufnehmen können?"

„Nein", antwortete die Mitarbeiterin. „Aber ich bleibe dran."

Silvia steuerte auf den Kaffeeautomaten zu, der in dem schmalen Durchgangsraum stand, und ließ unter Rauschen und Zischen einen Milchkaffee in einen Becher laufen. Damit kehrte sie zurück zu ihrem Kollegen Grewens, der mit großen Augen auf das heiße Gebräu starrte. Silvia verzog ihr Gesicht, stellte ihm den Becher vor die Nase und kehrte zurück zum Kaffeeautomat.

„Wenn du gerade dabei bist, bring mir doch bitte einen Latte Macchiato", rief Emil Huth, der Leiter der Abteilung Fahndung, dessen Mitarbeiter auf Hochtouren arbeiteten, um Kurt von Westernhagen zu finden.

Silvia ärgerte sich über die Unverschämtheit, was sie auch zum Ausdruck brachte: „Ich bin keine Kellnerin, falls Sie das noch nicht wissen sollten. Aber jetzt bringe ich Ihnen den Kaffee, da ich ohnehin schon hier bin."

„Ich bin Ihnen sehr verbunden." Der blasse Mann mit den hellgrauen Augen grinste Silvia auf eine Art an, die sie wütend machte. Sie stellte ihm das Gewünschte vor die Nase und beherrschte sich. Diesen Mann konnte sie nicht leiden. Seine blasse – ja schon totenähnliche – Erscheinung verunsicherte sie in einem Maße, dass sie ihm am liebsten so lange ins Gesicht schlagen würde, bis endlich Farbe darin entstand. Stattdessen zog sie sich ihren eigenen Kaffee und kehrte an den Tisch zurück.

Als sie Grewens gegenübersaß, starrten sich die beiden Fallanalytiker an und verstanden sich auch ohne Worte. Der Verlauf der Verhandlungen hatte sie beide unangenehm überrascht. Die Boshaftigkeit der Geiselnehmer sprengte alles, was sie bisher an Erfahrungen und Lehrmaterial gesammelt hatten. Die Selbstverständlichkeit, mit der der Moderator vor laufender Kamera getötet worden war – Bilder, die nun in ganz Deutschland ausgestrahlt wurden – ließ ihnen das Blut in den Adern gefrieren. Hier waren andere Taktiken gefragt. Das Motto Vertrauen aufbauen und an die Menschlichkeit appellieren funktionierte bei diesen Geiselnehmern nicht.

Deeskalation lautete von nun an ihre Devise, die sie unbedingt absprechen mussten.

Die Luft in dem engen Raum wurde immer stickiger. Die Angst unter den Geiseln war greifbar. Niemand wagte zu sprechen, sich zu räuspern oder zu husten. Nur Maria Schenk wimmerte ohne Unterlass, womit sie sich manchen bösen Blick auffing. Doch die Frau im Bademantel schien das alles nicht zu bemerkten. Sie lebte in ihrer eigenen kleinen Welt.

Gelegentlich hörten sie die Geiselnehmer streiten. Die Stimmung auf der anderen Seite der Tür schien hochgradig explosiv. Jedes Mal, wenn sich eine der Männerstimmen erhob, zuckten die Geisel zusammen wie verschreckte Hühner.

„Da draußen ist irgendwas verdammt schiefgelaufen“, flüsterte Renske nach einer Weile.

„Wer weiß, welche Forderungen sie wirklich stellen“, fügte Thomas Nordmann an. „Eine Million wäre für die Polizei doch kein Hindernis.“

„Vielleicht will die Polizei gar nicht zahlen“, spekulierte Elena.

„Wir wären nicht die ersten Geiseln, die sterben müssen, weil die Bedingungen der Geiseln nicht erfüllt wurden“, ertönte Maria Schenks weinerliche Stimme. „Muss ich euch wirklich an die Entführung und Ermordung von Hanns-Martin Schleyer erinnern. In dem Fall haben die Geiselnehmer ihre Forderungen sogar an die Bundesregierung gestellt. Und die haben sie nicht erfüllt. Soviel zu der Tatsache, dass *das Überleben der Geiseln als oberstes Ziel gilt.*“ Damit wiederholte sie die Worte des pensionierten Anwalts Thomas Nordmann.

„Die haben die Freilassung von elf inhaftierten Terroristen der RAF gefordert. Das war ein terroristischer Akt der RAF und hatte andere Dimensionen, als das, was hier passiert“, parierte Renske den Vergleich der alten Dame.

„Damals ging es um eine Geisel – heute geht es um vierzehn. Sind wir weniger wert als der Arbeitgeberpräsident?“, hielt Maria Schenk weinend dagegen.

„Nein! Die RAF hat jedoch durch ihre Terroranschläge versucht, politische Ziele zu verfolgen. Sie waren linksextremistisch und terroristisch und hatten eine Reihe von Verbrechen auf ihrem Konto, das sogar den Begriff *Deutscher Herbst* im Jahr 1977 eingebracht hatte“, sprach Renske weiter. „Das war eine ganze Serie von Anschlägen an Führungskräften in Politik, Wirtschaft und Verwaltung. Ich sehe da wirklich keinen Vergleich zu unserer Situation. Hier geht es um Geld. Es sei denn, einer von uns ist von besonderem Interesse für die Geiselnehmer.“

Wie auf Knopfdruck schaute jeder jeden an. Plötzlich entstand eine feindselige Stimmung unter den Geiseln.

„Mensch Birte“, sprach Dierk seine Mitarbeiterin an. „Warum sagst du uns nicht, was eben passiert ist, als du draußen warst. Du hast doch telefoniert, also kennst du als einzige von uns die Forderungen.

Birte krümmte sich zusammen und schwieg.

„Lass sie in Ruhe!“, fauche Elena. „Ihr seht doch, dass es ihr dreckig geht. Wer weiß, was die Schweine mit ihr gemacht haben.“

Dierk nickte schicksalsergeben und ließ seinen Kopf auf die angezogenen Knie sinken.

Wieder kehrte Ruhe ein, bis auf das ständige leise Weinen der Frau im Bademantel.

Der Schlüssel wurden von außen ins Türschloss gesteckt und umgedreht. Sofort waren alle Geisel in Alarmbereitschaft.

Mit Wucht ging die Tür auf und Pascal trat mit einem fiesen Grinsen ein. Hinter ihm tauchte der massige Arthur auf. Schweigsam und breitbeinig stand er nur da und beobachtete seinen Chef. Der wedelte mit der Hand vor seinem Gesicht und meinte: „Meine Güte, ist die Luft so stickig. Wir könnt ihr da noch atmen?“

Stille.

„Aber wir wollen ja keine Unmenschen sein", sprach er weiter. „Solltet ihr besondere Wünsche haben, sagt es uns. Wir werden sehen, was wir tun können."

Tatsächlich war Maria Schenk die einzige, die es wagte, ihre zusammengebundenen Hände zu erheben.

„Was hätte die Dame denn gern?" Die Ironie troff nur so aus Pascals Frage.

„Ich möchte mir gern etwas anziehen", brachte die Frau mit zitternder Stimme hervor.

„Aber natürlich. Unsere Emma wird dich begleiten, denn so ganz ohne Aufsicht wollen wir das doch nicht tun."

Ein Pfiff ertönte, als riefe er einen Hund herbei. Stattdessen tauchte die kleine, rundliche Frau, die sich als Putzfrau ausgegeben hatte, im Türrahmen auf. In ihren Händen hielt sie die Kalaschnikow AK-74.

Pascal trug ihr auf, Maria in die Umkleideräume im dritten Stock zu begleiten. Er gab Arthur nur ein Zeichen. Darauf trat der massige Mann in die enge Kammer, schnitt der Frau die Hand- und Fußfesseln auf, half ihr sogar auf die Beine und ließ sie zusammen mit Emma Martin davongehen. Anschließend nahm er wieder seinen Beobachtungsposten ein.

„Kann es sein, dass ihr anderen alle wunschlos glücklich seid?", fragte Pascal.

Dierk schaute den Mann an, dem er mal vertraut und dem er den Posten des Hausmeisters gegeben hatte, und fragte zurück: „Was wird hier gespielt?"

„Gespielt?" Pascal verzog sein Gesicht zu einer Grimasse. „Ich habe bereits deutlich gemacht, dass hier nicht gespielt wird. Wir verlangen nur das, was uns zusteht. Und keinen einzigen Euro mehr. Ist das so schwer zu verstehen?"

„Aber wie kommst du darauf, dass mein Vater Geld unterschlagen hätte? Wer bist du, dass du überhaupt solche Behauptungen aufstellst?"

„Wer ich bin, wirst du noch früh genug erfahren. Und zu was dein Vater fähig ist, hast du ja gerade selbst ausgesprochen. Das

Leben ist nun mal kein Ponyhof ... oder sollte ich lieber sagen: Das Leben ist kein Fitnessstudio."

Pascal setzte ein gehässiges Lachen auf, in das Arthur einstimmte.

Maria Schenk tauchte hinter den beiden Männern auf. Sie trug eine lange Hose, einen Pullover und eine dicke Jacke. Ihr Gesicht war immer noch hochrot.

„Schön! Damit haben wir der Dame einen Herzenswunsch erfüllt", kommentierte Pascal. „Und jetzt darf sich die Dame ans Fenster stellen. Bitte dorthin, wo wir dich alle sehen können." Er zeigte auf das Fenster am Schreibtisch. Maria Schenk ging mit zitternden Schritten darauf zu. Je näher sie kam, desto unsicherer wurde sie. Bis sie sich umdrehte und rief: „Bitte nicht."

Doch zu mehr kam sie nicht. Arthur hob seine Hand. Darin war eine Pistole, eine Makarow. Er zielte und drückte ohne jeden weiteren Kommentar ab.

Einige der Geisel konnten von ihrem Standpunkt aus das Loch zwischen den Augen der Frau deutlichen sehen. Niemand gab einen Ton von sich. Alle fühlten sich wie erstarrt und richteten hastig ihre Blicke wieder auf den Boden.

„Du da", sprach Pascal eine Geisel an. Es war Samuel Becker, der blonde, muskulöse Mann, der sich in der linken Ecke zusammengekauert hatte. „Du siehst stark aus." Pascal schnitt seine Hand- und Fußfessel auf.

„Und du!" Damit meinte er Raphael Dupont. „Jetzt sind eure Muskeln endlich mal von Nutzen." Auch dessen Fesseln schnitt er auf.

Die beiden jungen Männer schauten sich verwirrt an. Niemand wusste, worauf der falsche Hausmeister hinauswollte.

„Ihr werdet jetzt die Leiche aus dem Fenster werfen."

Entsetzenslaute gingen durch den Raum. Raphael und Samuel rissen die Augen weit auf vor Entsetzen. Doch der Hausmeister ließ den beiden keine Zeit, über seine Anweisung nachzudenken. Er riss sie auf die Beine und zerrte sie hinaus aus der Kammer. „Jetzt macht schon! Oder wollt ihr lieber draufgehen?"

Mit unsicheren Schritten näherten sich die jungen Männer der toten Frau. Raphael öffnete das Fenster und packte zusammen mit Samuel an. Es gelang ihnen, die Leiche mit einem Ruck aus dem Fenster zu schleudern. Anschließend verschlossen sie das Fenster wieder.

Auf dem Rückweg zur Geiselkammer blieb Samuel plötzlich stehen, bückte sich und übergab sich.

„Scheiße Mann! Wer macht jetzt diese Sauerei weg?", brüllte Pascal und schubste den blonden Mann mit aller Wucht zurück in den kleinen Check-up-Raum. Dort legte er ihm neue Plastikfesseln an, während Arthur den Franzosen verschnürte. Emma wischte in der Zwischenzeit den Boden sauber.

„Das war erst der Anfang", sagte Pascal zum Abschluss seiner Vorstellung, schlug die Tür zu und schloss ab.

Endlich war etwas passiert, das jeden Zweifel an der Ernsthaftigkeit des Planes auslöschte.

Von nun an gab es kein Zurück mehr. Das Grauen hatte seinen ersten Höhepunkt erreicht. Das war gut so.

Alles wirkte erbarmungslos, brutal, düster – ein Spiel mit dem Leben. Oder besser gesagt ein Spiel mit dem Tod.

Denn nur durch den Tod war das Ziel zu erreichen.

Es war eine Hölle, durch die gegangen werden musste. Nichts konnte mehr davon abhalten. Nichts rückgängig gemacht werden.

Überall Schmerz, Leid und Tränen.

Genau damit rückte das Ziel näher.

Das Ziel, für das über Leichen gegangen werden musste.

Es brauchte Opfer. Schmerzen. Leid.

Alles musste grausam aussehen – nichts durfte mehr sein, wie es einmal war.

Eine Aussichtslosigkeit, die mit guten Aussichten belohnt werden sollte.

Wenn der Wahnsinn schon so weit fortgeschritten war, kam es sowieso nicht mehr darauf an. Dann konnte es auch weitergehen.

Nein, dann musste es weitergehen!

Aus dem Ort war ein Tollhaus geworden – ein Irrenhaus. Und sie alle hier waren die Insassen.

Ein gutes Gefühl, wenn der Plan funktionierte.

Wenn es tatsächlich Leichen gab.

Leichen, die den Weg zum Ziel machten.

Was würde als nächstes geschehen?

Eines war sicher: Je grausamer die Demonstration, desto schneller gelangten sie ans Ziel.

Kapitel 6

Entsetztes Schweigen war im provisorischen Führungs- und Lagezentrum ausgebrochen. Die Erschießung der Geisel und das Entsorgen sprengten jeden Rahmen des Vorstellbaren.

„Das sind ja mafiöse Methoden“, sprach Ehrling aus, was ihn beschäftigte. Sofort aktivierte er die Leitung zum LKA, zu Dienststellenleiter Allensbacher und fragte: „Haben Sie nach weiteren vergleichbaren Fällen gesucht? Der bisherige Ablauf dürfte doch Hinweise darauf gegeben haben.“

„Wir haben einen einzigen Fall gefunden, der infrage käme. Es gab vor fünf Jahren eine Geiselnahme in Sizilien. Dabei wurden zwanzig Geisel einer Bank, der Banca di Imola in der Stadt Itala, für vier Tage festgehalten. Erst dann verlangten sie die Herausgabe von Geld.“

„Und wo ist die Ähnlichkeit?“

„Zum Beispiel, dass die Geiselnahme an dem einzigen Sonntag im Jahr durchgeführt wurde, an dem die Bediensteten der Bank eine Sonderschicht machen mussten. Alle anderen Etagen in dem Gebäude waren zu dem Zeitpunkt leer. Die Geiselnehmer hatten den gesamten Gebäudekomplex eingenommen.“

„Ist das alles?“

„Nein! Sie haben angefangen, im Stundenrhythmus Geiseln zu erschießen. Außerdem hatten sie mit einer Bombe im Studio gedroht.“

„Hat es diese Bombe gegeben?“

„Ja!“

„Kam sie zum Einsatz?“

„Nein.“

„Wenigstens etwas. Welche Parallelen gibt es noch?“

„Die Entsorgung der Leichen fand jedes Mal spektakulär durch einen Rauswurf aus dem Fenster statt. Da diese Geiselnahme mitten der Stadt stattgefunden hatte, gab es natürlich

Gaffer, die das mit angesehen haben."

Ehrling rieb sich über das Gesicht und schnaufte: „Sieht wirklich ähnlich aus. Wie viel verlangten sie?"

„Vier Millionen Euro."

„Wie ging es weiter?"

„Nach der zweiten Geisel hat die Polizei nachgegeben und das Geld bezahlt. Sie sind entkommen."

„Also wissen wir nicht, wer dahintersteckte?"

„Man vermutete damals die Mafia. *Domanda d'onore* – oder so ähnlich nannte sich diese Gruppe."

„Mafia? Hier im Saarland?", murrte Ehrling. „Ich bin mir nicht sicher, ob es da eine Verbindung gibt."

„Laut der Saarbrücker Zeitung liegt das Saarland auf Platz 6 der Länderrangliste der Bundesländer, was die Bestandsaufnahme von Mafia-Mitgliedern betrifft und zwar mit insgesamt acht Leuten. Drei gehören zur 'Ndrangheta aus Kalabrien, vier zur Cosa Nostra aus Sizilien und einer zur Camorra aus dem Raum Neapel."

Kurze Stille trat ein – in dem provisorisch eingerichteten Raum ebenso, wie in der Leitung. „Und wie heißt die Organisation, die für die Geiselnahme in Itala zuständig war?"

„Domanda d'onore. Das heißt übersetzt: ‚Frage der Ehre'."

„Ich bin nicht wirklich überzeugt. Trotzdem werde ich den Fall unseren Fallanalytikern zur Prüfung geben", meinte Ehrling und beendete die Verbindung.

Silvia Tenner und Viktor Grewens machten sich sofort an die Arbeit. Die Unterlagen, die sie zur Prüfung benötigten, waren bereits per Email zugeschickt worden, ratterten durch den Drucker und landeten in Papierform in ihren Händen.

Im stetigen Lärm, den die Betriebsamkeit der Polizeibeamten auslöste, klingelte ein Telefon. Für eine Sekunde herrschte absolute Stille. Doch dann erkannten sie, dass es nicht das verkabelte Telefon war, das für die Entführer bereitgehalten wurde. Eine andere Leitung war gerade besetzt. Als der Mitarbeiter abhob, ging folgende Nachricht durch den provisorisch eingerichteten Raum: „Wir haben das Ehepaar von Westernhagen aufgegriffen. Sie waren an der Grenze zu Österreich bei Salzburg."

„Wie schnell können Sie zurück sein?", fragte der Beamte am Telefon.

„Das kommt darauf an, wie eilig es ist. Der Weg zurück dauert mit dem Auto mindestens fünf Stunden."

„Das ist zu lang. Chartern Sie ein Flugzeug. Kurt von Westernhagen muss so schnell wie möglich hier sein. Die Lage ist wirklich dringend."

„Okay! Wird gemacht. Wir bleiben in Verbindung", antwortete der Polizist am anderen Ende der Leitung.

„Haben wir inzwischen Informationen über die Mitarbeiter der Firma Ricci-Immobilien?", fragte Ehrling laut in den Raum hinein.

„Mitarbeiter der Firma erreichen wir leider nicht. Aber inzwischen wissen wir, dass die Abteilung für Vermögenskriminalität schon gegen Ricci-Immobilien ermittelt, weil es dort Unregelmäßigkeiten in der Buchhaltung gegeben hat."

„Also doch! Bleiben Sie dran!"

„Geht klar."

Anschließend stellte Hugo Ehrling eine Verbindung zum SEK auf der gegenüberliegenden Seite des Motivitas-Zentrums her. Nur unter Rauschen und Rumpeln war der Leiter der Truppe zu verstehen: „Wir haben uns ein Stück weiter zurückgezogen. Aber die Vorsicht der Geiselnehmer gibt uns das ungute Gefühl, dass sie immer noch von uns auf dieser Seite ausgehen. Ob sie uns sehen oder nur vermuten, dass wir immer noch da sind, weiß ich nicht."

„Haben Sie sehen können, wer auf die Geisel geschossen hat?"

„Nein! Das einzige, was wir gesehen haben, war die Waffe. Es war eine Kurzwaffe – aber welche Marke, das kann ich nicht sagen."

„Also sind einige von ihnen mit mehreren Waffen ausgestattet. Das sieht ja aus wie ein Kriegseinsatz", stellte Ehrling fest.

„Können Sie Bewegungen ausmachen?“

„Nein. Das Problem ist, dass wir nur den linken Teil des Studios – von uns aus – einsehen können. Rechts befinden sich Wände, die laut den Bauplänen zu Extraräumen gehören. Wenn sie sich dort aufhalten, können wir das nicht erkennen.“

„Bleiben Sie trotzdem auf Ihrem Posten!“

„Machen wir!“

Die Verbindung wurde beendet. Zurück blieb das Donnern des starken Windes gegen die Hauswand und das Klappern an allen Ecken, was sich niemand der Polizeibesetzung in dem provisorisch eingerichteten Raum erklären konnte. Sie wussten lediglich, dass sie eine Gärtnerei besetzt hatten. Welche Utensilien um das Haus herum dem Wind ausgesetzt waren, konnten sie nicht erahnen.

„Es ist gleich dreiundzwanzig Uhr“, murmelte Ehrling. „Bleibt zu hoffen, dass die Geiselnehmer nicht auf die Idee kommen, ohne Vorwarnung die nächste Geisel zu erschießen.“

Dann war es soweit: Das Telefon klingelte.

Nun war Viktor Grewens an der Reihe, das Gespräch entgegenzunehmen. Er nahm tief Luft und hob ab.

Die Stelle, an der Maria Schenk gesessen und gewimmert hatte, blieb leer. Obwohl der Platz für die vielen Menschen in dem engen Raum knapp bemessen war, mutete die Lücke wie eine Anklage an. Hätte dieser sinnlose Mord verhindert werden können? Wäre es anders gelaufen, wenn sich jemand eingemischt hätte? Oder wären dann noch mehr Geisel erschossen worden? Lukas und Theo blickten sich ständig an und dann wieder auf den leeren Platz. Sie dachten wohl beide das Gleiche. Gelegentlich schaute auch eine der anderen Geiseln dorthin, um dann rasch wieder den Blick zu senken. Seit dem Tod der Dame hatten sie kein einziges Wort mehr gesprochen. Die Angst war um ein Vielfaches angestiegen, so etwas hätte niemand für möglich gehalten. Tabea lag seitlich gekrümmt auf dem Boden, als hätte sie Schmerzen. Elena saß mit ausgestreckten Beinen, womit sie anderen Geiseln wertvollen Platz wegnahm. Silvio Donati klemmte direkt neben ihr in der Ecke mit angezogenen Beinen und an die Wand angelehntem Kopf. Dierk hielt seine langen Beine ebenfalls angewinkelt und seinen Kopf auf die Knie gestützt, womit er sich so klein machte, wie es für seine einsfünfundneunzig möglich war. Lewin lehnte sich neben ihm an die Wand und hielt die Augen geschlossen.

Estelle Fournier kuschelte sich an Theo, legte ihren Kopf auf seine Schulter, weshalb Theo sich nicht wagte, zu bewegen. Die Wärme, die dadurch auf ihn übertragen wurde, ließ ihn in Schweiß ausbrechen. Aber er schwieg.

Helmut Renske schnaufte laut, sein Gesicht war gerötet, seine Haltung wirkte verkrampft. Immer wieder suchte er eine neue Sitzposition, die dann auch nicht die richtige war. Samuel Beckers Gesicht war kalkweiß, seine Augen gerötet. Er starrte auf einen Punkt am Boden und regte sich nicht. Raphael Dupont lehnte sich seitlich an die Wand und atmete stoßweise durch den Mund, als sei die Luft knapp geworden. Thomas Nordmann, der einzige unter ihnen in Straßenkleidung mit dicker, gefütterter Jacke, badete in seinem Schweiß. Seine grauen Haare klebten nass an seinem Kopf. Mit geschlossenen Augen und geöffnetem Mund saß er da.

„Bei einer regelrechten Hinrichtung zusehen und nichts machen können ... das ist das Schlimmste, was ich bisher in mein... äh ... in meinem Leben erlebt habe“, murmelte Lukas. „Ich fühle mich so schuldig.“

„Geht mir genauso“, raunte Theo zurück. „Aber was hätten wir tun können? Unser eigenes Leben ebenfalls wegwerfen?“

Lukas nickte schwach. „Uns sind im wahrsten Sinne des Wortes die Hände gebunden.“

„Und meine Handgelenke scheuern sich an den scharfen Kanten des Plastiks auf", fügte Theo an.

„Hey, was flüstert ihr beiden?", funkte Dierk dazwischen. „Wenn einer was zu sagen hat, soll er bitte laut sprechen. Unsere Situation ist so aussichtslos, da kann es doch nicht schaden, wenn wir uns ein bisschen unterhalten."

„Und wenn diese kranken Hirne das nicht wollen?", fragte Elena. „Wer sagt uns, dass sie das nicht als Grund suchen, um den nächsten von uns zu erschießen?"

Wieder kehrte Stille ein. Die stickige Luft erschwerte ihnen das Atmen. Die verrenkte Haltung mit den Händen hinter dem Oberkörper und den zusammengebundenen Füßen machte es ihnen fast unmöglich, eine angenehme Position zu finden. Auch reichte der Platz nicht dazu aus, dass sich alle auf den Boden legen oder ausstrecken konnten, wie Tabea, Birte und Elena es taten. Gelegentlich stieß einer ein „Grmpf" aus oder ein leises Stöhnen. Das waren die einzigen Töne, die den Raum erfüllten. Diese Eintönigkeit lastete schwer auf ihnen.

Plötzlich hörten sie den Schlüssel von außen im Schloss. Sofort richteten sich Birte und Tabea auf in die sitzende Haltung. Als die Tür mit Wucht aufflog, donnerte sie gegen Birtes Füße.

„Hat jemand von euch einen Extrawunsch?", fragte Pascal mit einem hämischen Grinsen. Alle ahnten, worauf seine Frage hinauslief. Also schwiegen sie.

Bis auf Tabea.

Unter Tränen gestand sie: „Ich muss auf die Toilette."

„Oje! Was machen wir denn da?", fragte Pascal ironisch. „Mit solchen Sonderwünschen habe ich ja gar nicht gerechnet."

Tabea begann leise zu schluchzen.

„Emma!", rief Pascal nun ganz laut.

Die kleine rundliche Frau tauchte hinter ihm auf.

„Diese Dame ... wie heißt du eigentlich?"

„Tabea Malter."

„... Tabea muss auf die Toilette. Binde sie frei und begleite sie", wies er Emma an. Und an Tabea gerichtet fügte er hinzu:

„Alleine lassen will ich dich nicht. Könnte ja sein, dass du auf dumme Gedanken kommst."

Nachdem ihre Fesseln befreit waren, ließ sie sich von der falschen Putzfrau mit vorgehaltener Waffe aus dem kleinen Gefängnis treiben und verschwand links um die Ecke aus dem Sichtfeld der anderen Geiseln.

Die Tür schlug zu und zurück blieben zwei freie Stellen.

„Ob das gutgeht?", fragte Lukas mit brüchiger Stimme.

Niemand antwortete ihm.

„Hier spricht Tabea Malter", ertönte eine zittrige, dünne Frauenstimme.

„Hallo Tabea", entgegnete Grewens. „Hier spricht Viktor Grewens von der Polizei. Wie geht es Ihnen?"

„Äh, tja, äh, gut."

„Und den anderen Geiseln?"

„Den Umständen entsprechend."

„Jetzt reicht es mit dem Small Talk", brüllte eine Männerstimme dazwischen.

„Okay! Was sollen Sie uns sagen Tabea?"

„Wie Sie gesehen haben, machen wir ernst. Wenn Sie nicht sofort Kurt von Westernhagen mit dem Geld rüberschicken, wird die nächste Geisel sterben." Das klang eindeutig wie von einer Vorlage abgelesen.

„Wir können Ihnen mitteilen, dass wir Kurt von Westernhagen gefunden haben. Er war auf dem Weg in den Urlaub, weshalb wir ihn erst an der Grenze zu Österreich bei Salzburg entdeckt haben. Jetzt müssen wir ihn zurückbringen. Aber das dauert fünf Stunden mindestens. Deshalb bitten wir um Aufschub."

Kurze Pause.

„Wir geben Ihnen keinen Aufschub."

„Wollen Sie etwa fünf Stunden lang Geiseln erschießen? Wir können nicht hexen. Kurt von Westernhagen ist seit wenigen Minuten auf dem Weg hierher. Aber das dauert. Wir wissen nicht, wie die Verkehrsverhältnisse sind. Es ist die Nacht von Sonntag auf Montag, da sind viele Pendler unterwegs."

Eine Weile war nur leises Rascheln zu hören, bis Tabea zu sprechen begann: „Okay. Wir werden warten. Aber sobald wir merken, dass Sie uns verarschen, sterben gleich mehrere Geiseln auf einmal."

„Wir verarschen Sie nicht."

„Das käme Sie teuer zu stehen. Um Ihr Kurzzeitgedächtnis wieder aufzufrischen: Die Bombe im Studio ist startklar. Die Auslöser halten wir in unseren Händen. Es kann jeden Augenblick *Bumm* machen und alles ist vorbei ..." Tabeas Stimme ging in Schluchzen über.

„Wir haben die Bombe nicht vergessen", versicherte Grewens.

„Schön. Dann wissen Sie ja, was Sie zu tun haben."

„Ich habe noch eine Frage", meldete sich Grewens auf unvorbereitete Art und Weise.

Kurze Zeit herrschte Stille in der Leitung. Dann folgte ein leise gehauchtes „Ja".

„Dürfen wir die Leiche vor dem Gebäude abholen?"

Nach wenigen Sekunden folgte die Antwort: „Ach! Sie haben Ihre Webkameras wohl überall?"

Grewens antwortete nicht darauf, sondern wartete ab. Nach kurzem Zögern ertönte wieder Tabeas zarte Stimme: „Nein! Der Dame wird nicht mehr kalt. Wenn es Ihnen nur um die Obduktion geht, kann ich Ihnen sagen, womit sie erschossen wurde." Dabei begann Tabeas Stimme wieder heftig zu zittern. „Sie wurde mit einer Makarow erschossen, Kaliber 9 x 18 PM."

Dann wurde das Telefonat beendet.

„Verdammt kaltschnäuzig, dieser Pascal Bonnet", stellte Ehrling mit blassem Gesicht fest. „Was sagt das über seine Persönlichkeit aus?"

„Ich sehe die Abwesenheit von Scham und Reue, den Mangel an Empathie, dazu Kaltblütigkeit gepaart mit Unbarmherzigkeit. Das Selbstbewusstsein dieses Mannes funktioniert auf höchster Frequenz. Selbstzweifel oder schlechtes Gewissen kennt er nicht", antwortete Grewens. „Hinzu kommt sein hervorragendes organisatorisches Talent. Er lässt andere die Drecksarbeit für sich machen. Dafür muss er diese Männer schon länger instruiert haben, denn einfach so, begeht man nicht für einen anderen einen Mord."

„Das heißt, dass es für die Geiseln schlecht aussieht?" Das war mehr eine Feststellung als eine Frage. Ehrlings Gesichtsausdruck wirkte zerknirscht.

„Pascal Bonnet erfüllt alle Kriterien eines Psychopathen. Jetzt haben wir aber ein gutes Ziel erreicht, nämlich einen Aufschub. Sie lassen uns fünf Stunden Zeit. Dass Kurt von Westernhagen schon früher hier eintreffen wird, brauchen sie nicht zu wissen."

„Und was bringt uns das?"

„Das gibt und die Gelegenheit, neue Strategien auszuarbeiten."

Ein Donnern ertönte. Erschrocken schauten alle auf die Bildschirme und aus dem Fenster. Das Gebäude des Motivitas-Zentrums stand noch unverändert da.

„Was war das?", fragte Ehrling.

Die Antwort folgte auf dem Fuße. Ein Blitz erhellte die gesamte Umgebung, Regen prasselte plötzlich nieder und der nächste Donner grollte am Himmel.

„Ein Gewitter? Im November? Das darf doch nicht wahr sein."

Tabea stolperte in die Geiselkammer zurück, wobei sie auf Unterschenkel und Füße der anderen Geisel trat, bevor sie der Länge nach auf den Boden fiel.

„Gut gemacht, Kleines", lobte Pascal mit einem süffisanten Grinsen.

Doch anstatt Tabea wieder an Händen und Füßen zu fesseln, begann er damit, die anderen Geiseln von ihren Fesseln zu befreien. Mit dem Spruch „aber keine Dummheiten machen" verließ er die Kammer und schloss die Tür von außen zu.

„Was war das?", fragte Dierk, der sich als erster rührte, mühsam von seinem Platz aufstand und sich die Beine vertrat.

„Vermutlich sind die Geiselnehmer gnädig, weil es noch fünf Stunden dauert, bis die Polizei ihren Forderungen nachkommen kann", erklärte Tabea und rieb sich über die Arme als fröre sie.

„Wirst du uns erzählen, was da draußen los ist?", fragte Dierk.

Tabea nickte, wobei ihr blasses Gesicht ganz klein und verletzlich aussah. Mit brüchiger Stimme antwortete sie: „Sie wollen unbedingt, dass dein Vater ausgeliefert wird. Die Polizei hat ihn an der Grenze zu Österreich gefunden und bringt ihn jetzt zurück."

„An der Grenze zu Österreich?", wiederholte Dierk überrascht. „Dann wollten die beiden vermutlich nach Kroatien fahren. Wären sie schneller gewesen, wären sie jetzt aus dem Schneider."

„Sind sie aber nicht", stellte Lewin mürrisch klar. „Aber ich weiß nicht, was Pascal von Kurt will."

„Er will, dass Kurt ihm die Million Euro zurückgibt, die er angeblich irgendwo unterschlagen hat", erklärte Tabea.

„Mein Vater hat kein Geld unterschlagen“, wandte Dierk ein. „Und schon gar keine Million. Sonst stünde das Studio auf solidem Grund. Aber so sind wir hochverschuldet. Was soll also der ganze Mist?“

„Aus irgendeinem Grund verdächtigen diese Leute aber deinen Vater“, widersprach Lukas.

„Ich verstehe nicht, warum. Mein Vater ist grundehrlich.“

„Für eine Million Euro kann ein Mensch schwach werden“, spekulierte Lukas.

„Dann kennst du meinen Vater schlecht.“

„Unseren Vater“, mischte sich Lewin ein. „Auch, wenn er nur mein Stiefvater ist, so würde ich für ihn beide Hände ins Feuer legen.“

„Das ist immer noch kein Beweis“, wertete Lukas die Leumundsbekundung ab.

„Worauf willst du hinaus?“ Dierks Stimme wurde laut.

„Psss!“, zischte es von allen Seiten gleichzeitig.

Lukas schaute auf den Trainer und Freund und meinte: „Ich versuche herauszufinden, warum sich die Geiselnehmer diese Mühe machen. Mit 14 Geiseln ...“

„... inzwischen nur noch 13“, fiel ihm Elena ins Wort.

„... ein ganzes Gebäude in ihre Gewalt zu bringen, das tut man nicht auf gut Glück. Diese Leute müssen sich verdammt sicher sein, dass dein Vater hinter dieser unterschlagenen Million steckt.“

„Und das ist noch nicht alles“, meldete sich wieder Tabea zu Wort.

„Soll das heißen, dass es noch schlimmer kommt?“ Lukas dachte, diese Frage scherzhaft zu stellen. Doch an Tabeas Gesichtsausdruck erkannte er sofort, dass er den Nagel auf den Kopf getroffen hatte.

„Im Gebäude ist eine Bombe ... eine Zeitbombe.“

Schlagartig war es totenstill in der Geiselkammer. Alle starrten auf Tabea, als sei sie von einem anderen Stern. Die junge Frau zog ihren Kopf zwischen den Schultern ein und fügte an:

„Ich sage euch nur, was ich da draußen erfahren habe. Sie drohen, alles in die Luft zu sprengen, wenn die Polizei den Forderungen nicht nachkommt."

„Wie reagiert die Polizei darauf?", fragte Dierk, der nun noch blasser geworden war.

„Sie haben einen Aufschub heraushandeln können, weil es mindestens fünf Stunden dauert, bis dein Vater wieder hier ist."

„Und dann? Wollen sie meinen Vater einfach ausliefern?" Schon wieder wurde Dierks Stimme laut.

Nach kurzem Schweigen antwortete Theo: „Die Polizei liefert keinen Menschen einfach so aus."

„Und woher willst du das wissen?", fragte Elena.

„Ich weiß es eben", gab Theo so trotzig zurück, dass diese Frau ihn nicht weiter mit Fragen löcherte.

„Ruhe da drin!", brüllte plötzlich Pascal und hämmerte gegen die Tür.

„Scheiße Mann", murrte Dierk. „Der kriegt auch alles mit."

„So laut, wie ihr herum posaunt, ist es unmöglich, nicht alles zu hören", gab Elena im Flüsterton zurück.

Dierk nickte nur und rieb sich über seine Handegelenke.

„Wir öffnen jetzt die Tür", donnerte wieder Pascals Stimme. „Wenn einer von euch meint, den Helden spielen zu müssen, ballern wir wahllos in den Raum hinein. Habt ihr das verstanden?"

Alle starrten sich entsetzt an. Niemand reagierte.

„Habt ihr das verstanden?"

„Ja", kam es nun von einigen Geiseln.

„Lauter! Ich höre nichts."

Nun brüllten sie geschlossen „Ja!".

Die Tür wurde tatsächlich aufgesperrt. Pascal öffnete und trat mit einem Korb voller Müsliriegel, Wasserflaschen und Energiedrinks herein. Hinter ihm stand Arthur und hielt die Waffe auf die Geisel gerichtet.

„Hier könnt ihr euch stärken. Es wird alles länger dauern als geplant."

Elena hob ihre Hand und fragte so zaghaft, wie sie bisher noch niemand kennengelernt hatte: „Darf ich bitte auf die Toilette gehen?“

„Ja, ich muss auch“, stimmte Birte zu. Das erste, was sie sprach, seit sie von den Entführern wieder zurückgekommen war.

„Scheiß Weiber“, murrte Pascal. „Immer nur pissen.“

Birte schlang ihre Arme um die Knie. Elena stand aufrecht und schaute auf ihre Füße.

„Ich muss auch“, gestand Lukas zerknirscht. Dem schlossen sich weitere Geiseln an.

„Okay, einer nach dem anderen“, willigte Pascal nach einigem Zögern endlich ein. „Emma begleitet die Damen und Arthur die Herren.“

Niemand widersprach. Ohne weitere Anweisungen tauchte Emma im Türrahmen auf und forderte Elena auf, ihr zu folgen. Pascal verschloss hinter ihr die Tür und den anderen Geiseln blieb nichts anderes übrig, als abzuwarten. Doch Elena kehrte erstaunlich schnell wieder zurück. Mit trotziger Miene eroberte sie ihren angestammten Platz neben Silvio und setzte sich neben den Italiener auf den Boden.

Dann folgte Birte.

Doch dieses Mal dauerte es länger. Mit der Zeit wurden Lukas und Theo ungeduldig und schauten immer wieder zur Tür. Sie beide hatten eine böse Ahnung davon, was der jungen Frau beim ersten Mal bei den Entführern passiert war. Durch die Stille in der Geiselkammer konnten sie nach einer Weile Stimmen hören. Es war Birte, die plötzlich hysterisch zu schreien begann.

„Was ist da los?“, fragte Elena erschrocken. „Können die Birte nicht einfach in Ruhe lassen?“

Niemand antwortete ihr.

Ein chaotisches Stimmengewirr bildete sich, das immer näherkam. Doch kein Wort war zu verstehen. Dann hörten sie den Schlüssel im Türschloss. Mit hochrotem Kopf kam Birte herein und ließ sich direkt rechts neben der Tür auf den Boden sinken.

„Wer kommt jetzt dran?“, fragte Pascal.

Lukas hob die Hand. Das Winken der Waffe war das Zeichen. Er erhob sich, reckte seine steifen Glieder und trat aus der Geiselkammer heraus. Der massige Arthur nahm ihn mit vorgehaltener Kalaschnikow in Empfang und begleitete Lukas auf dem Weg zu den Toilettenräumen.

Das war die beste Gelegenheit, dachte Lukas. Durch seine Ausbildung wusste er, dass Geiselnehmer ihre Geisel nicht mehr leichtfertig erschießen konnten, sobald eine persönliche Verbindung zwischen ihnen entstanden war. Also musste Lukas etwas sagen, um mit diesem Fleischkoloss ins Gespräch zu kommen.

„Was für ein Landsmann sind Sie, Arthur?“, fragte er.

„Woher weißt du meinen Namen?“ Die Frage klang schroff, was die Hoffnung auf eine persönliche Verbindung schrumpfen ließ.

„Den hat Pascal doch laut und deutlich gerufen, als wir alle dabei waren.“

„Und was soll deine dämliche Frage?“

„Wenn ich dich so ansehe, muss ich unweigerlich an einen Sumo-Ringer denken“, antwortete Lukas.

Plötzlich klebte er an der Fliesenwand der Toilettenräume. Mit einem Würgegriff am Hals hielt Arthur den Polizisten wie in einer Schraubzwinge fest und brüllte: „Willst du sterben, du Arschloch?“

„Nein“, röchelte Lukas und ärgerte sich über sich selbst. Wie immer war sein Plappermaul schneller als sein Kopf gewesen. Eine Eigenschaft, die er in seiner beruflichen Laufbahn als Polizist schon oft bereut hatte. Doch jetzt schien es besonders fatal zu sein, denn sein Versuch, mit Arthur eine Verbindung herzustellen war gründlich danebengegangen.

„Das verstehst du falsch.“ Lukas schüttelte ein Hustenanfall. „Sumo-Ringer werden in Japan ganz hoch angesehen. Das Sumo-Ringen gilt dort nicht nur als *Sport der Götter*, sondern ist ein wichtiger Bestandteil der japanischen Identität."

Als hätte er den massigen Mann damit überzeugen können, ließ Arthur Lukas tatsächlich los.

„So wie du dich in die Scheiße reitest, plapperst du dich auch wieder raus", brummte er noch und stieß den rothaarigen Mann in die Toilettenkabine. „Die Tür bleibt offen", befahl er, „oder ich ballere dich durch das Türblatt ab."

Lukas sah das Fenster, das die Kabine zierte und wunderte sich nicht über diese Drohung. Also ließ er die Tür offen.

Den Rückweg zur Geiselkammer verbrachten sie schweigend. Lukas spürte immer noch den unangenehmen Druck auf seinen Kehlkopf. Da zog er es vor, den Mund zu halten und seine Stimme zu schonen. Wer wusste schon, auf welche verrückten Ideen sein Plappermaul noch kommen würde?

Plötzlich ertönte ein Krachen, das ihn unwillkürlich dazu veranlasste, sich auf den Boden zu werfen und die Hände schützend über den Kopf zu halten.

„Hey, was soll das? Steh gefälligst auf, du Vollidiot", schrie ihn Arthur an.

Lukas schaute sich erschrocken um. Da erst erkannte er, dass der Knall ein Donner war. Ein Gewitter tobte draußen, begleitet von Blitzen und weiteren Donnern, starkem Wind und Regen. Erleichtert erhob er sich und legte die letzten Meter zur Geiselkammer im Eilschritt zurück.

„Wir müssen unseren Standort verlassen", ertönte Norbert Pflügers Stimme durch den Äther. „Die Blitze sind so hell, dass sie uns verraten."

„Okay. Ziehen Sie sich so weit zurück, dass Sie in Sicherheit sind", gab Ehrling durch.

„Das machen wir. Aber dann haben wir keine Sicht mehr. Der Wald ist zu dicht."

„Bleiben Sie trotzdem auf Bereitschaft! Sobald das Gewitter vorbei ist, können Sie wieder Ihren alten Posten beziehen", befahl Ehrling.

„Okay! Wird gemacht." Die Verbindung brach ab.

„Jetzt sind wir in der unglücklichen Situation, dass wir nur abwarten können, bis Kurt von Westernhagen hier eintrifft", sprach der Kriminalrat zu seinen Mitarbeitern.

„Der Besitzer der Gärtnerei Krämer, die wir beschlagnahmt haben, ist am Apparat." Mit den Worten kam eine junge Beamtin aus dem Durchgang, den sie zur Küche umfunktioniert hatten. „Er will nur mit dem Hauptverantwortlichen sprechen. Scheint sauer zu sein."

Ehrling nahm das Gespräch an und stellte auf Laut.

„Hören Sie mal", schimpfte eine Männerstimme am anderen Ende der Leitung sofort los. „Ich bekam heute Nachmittag, so gegen vierzehn Uhr, einen Anruf, dass ich eine Warenlieferung nach St. Wendel abholen fahren müsste, weil es dort ein Lagerungsproblem gäbe. Wir warten seit Tagen auf die Lieferung der Einzelteile eines *Zen-Gartens*. Der Kunde ist schon ungeduldig geworden. Also bin ich mit meiner Frau zusammen losgefahren, komme dort an und niemand weiß etwas von einer Lieferung oder einem Lagerungsproblem."

„Was wollen Sie uns damit sagen?", unterbrach Ehrling den Redeschwall.

„Nach unserer Rückkehr aus St. Wendel durften wir nicht mehr in unser eigenes Haus. Da geht doch etwas nicht mit rechten Dingen zu."

„Ich kann Ihnen versichern, dass es nur zu Ihrem Besten ist, dass Sie sich zurzeit von Ihrem Haus fernhalten", sprach Ehrling ruhig mit dem aufgebrachten Mann. „Sobald die Gefahr vorüber ist, können Sie nach Hause zurückkehren. Solange müssen Sie sich leider ein Hotelzimmer suchen. Das geht selbstverständlich auf Kosten der Landeshauptstadt Saarbrücken."

„So großzügig?“ Der Gärtner wirkte besänftigt.

„Das ist eine Entschädigung, weil wir Ihre Gärtnerei ohne Ihr Einverständnis belagert haben. Aber Sie bekommen alles wieder so zurück, wie wir es vorgefunden haben.“

„Okay, dann suchen meine Frau und ich uns ein Zimmer in Saarbrücken.“

„Heben Sie die Rechnung bitte für uns auf“, bat Ehrling.

„Klar! Und Sie brauchen sich auch nicht nur in den kalten Lagerräumen aufzuhalten. Im hinteren Raum auf dem obersten Regal lagern meine *Oase-Produkte.* Unter einer der Kisten liegt der Ersatzschlüssel zu meinem Haus direkt nebenan. Sie können sich gern dort aufhalten – dort ist es nämlich wärmer und gemütlicher.“

Die Männer beendeten das Gespräch.

Ehrling wandte sich an seine Belegschaft und fragte: „Wer hat das Bedürfnis, sich zurückzuziehen? Über Diensthandy wird jeder sofort verständigt, sobald sich etwas ergibt.“

Allgemeines Murmeln war die Antwort. Aber niemand machte den Eindruck, als wollte er das Angebot annehmen.

„Leute, es ist wichtig, dass wir immer hochkonzentriert sind. Deshalb empfehle ich Ihnen, dass Sie sich absprechen, wer sich wann eine Weile zur Ruhe legt. Übernächtigt, genervt und gestresst könnte uns die Situation um die Ohren fliegen. Also ist das kein Vorschlag, sondern ein Befehl.“

„Okay, ich mache den Anfang“, meldete sich Silvia zu Wort. Ihr von blonden Locken eingerahmtes Gesicht sah eingefallen aus, ihre Augen lagen in tiefen Höhlen. Die Anspannung war ihr deutlich anzusehen.

Ehrling nickte zufrieden über diese Entscheidung.

Einige weitere Kollegen schlossen sich Silvia Tenner an und verließen das provisorische Führungs- und Lagezentrum.

Zurück blieben neben einigen Polizeibeamten, die sämtliche Monitore überwachten, der Kriminalrat Hugo Ehrling, der Unterhändler Viktor Grewens, Karl Groß von der Bereitschaftspolizei und Emil Huth, der Dienststellenleiter der Abteilung Fahndung.

„Pascal Bonnet ist auf keiner Fahndungsliste“, berichtete Huth und verzog sein blasses Gesicht zu einer Grimasse. „Auch die Gesichtserkennung hat nichts ergeben. Dieser Mann ist ein Rätsel. Weiterhin wissen wir nicht, mit wem er agiert. Und wie viele es sind. Leider kommen wir auf unserem üblichen Weg keinen Schritt weiter.“

Ehrling nickte, sagte nichts dazu.

Karl Groß meldete sich zu Wort: „Wir können morgen bei Tageslicht eine Drohne mit einer Kamera starten. Nur leider besteht die Gefahr, dass die Drohne gesehen wird.“

„Gibt es diese Kameras nicht mit Superteleobjektiv, das heranzoomen kann? Durch große Distanzen können wir verhindern, dass sie gesehen wird.“

Karl Groß überlegte eine Weile und meinte dann: „Ich setze mich mit meinen Leuten in Verbindung und frage, ob wir so etwas haben. Das könnte die Lösung sein.“

„Und wie sieht es mit der Belegschaft der Firma Ricci-Immobilien aus?“, fragte Ehrling in Richtung der anderen Kollegen. „Ist es in der heutigen Zeit so schwer, darüber Informationen zu bekommen?“

„Wir haben die offizielle Internetseite geöffnet. Aber dort gibt es keine Angaben über die Belegschaft der Firma. Nur Angebote über Häuser und Wohnungen, Infos über die Entwicklung von Ricci-Immobilien, wobei ebenfalls keine Namen genannt werden. Diese Web-Seiten verraten eigentlich nichts über die Leute, die dort arbeiten. Der Chef hier vor Ort heißt Francesco Locatelli. Aber erreichen können wir ihn nicht.“

„Was heißt *Der Chef hier vor Ort*?“, hakte Ehrling nach.

„Der Hauptsitz der Firma ist in Italien – genauer gesagt in Catania. Der letzte der Gründergeneration lebt noch. Er heißt Giovanni Ricci, ist 76 Jahre alt und nimmt sich immer noch das Recht heraus, über alles die Aufsicht zu behalten.“

„Ist er über die Unregelmäßigkeiten in der Buchhaltung seiner Filiale in Saarbrücken informiert?“

„Keine Ahnung.“

„Dann müssen wir auch mit ihm in Kontakt treten. Kann jemand von Ihnen Italienisch?“

„Ja, ich.“

„Gut! Bleiben Sie dran.“

Ein Ausdruck der Internetseite von Ricci-Immobilien tauchte vor Ehrling auf dem Schreibtisch auf. Der Kriminalrat legte das Blatt zur Seite und behielt weiter die Bildschirme im Auge, die auf das Motivitas-Zentrum gerichtet waren. Dort sah nach wie vor alles dunkel und ruhig aus.

Eine gefährliche Ruhe ...

Jasmin Hafner war heilfroh, wieder zusammen mit ihrer Kollegin Monika Dick im Büro arbeiten zu können. Alles lag in Dunkelheit – ein ungewohntes Gefühl. Aber immer noch besser, als der Krankenbesuch, den sie hatte absolvieren müssen. Der Patient war so voller Panik, als hätte er allein diese Geiselnahme überstehen müssen. Die Frage nach dem Gesicht des Hausmeisters hatte sich schwieriger erwiesen als geahnt. Doch Jasmin war es gelungen, aus diesem Mann eine brauchbare Information herauszulocken. Nun ging ein Foto von Pascal Bonnet durch sämtliche Polizeistationen. Sogar grenzüberschreitend.

Für sie und Monika hieß es, weitere Informationen über die Geiselnehmer zu bekommen. Ein schwieriges Unterfangen, das ihre Nerven arg strapazierte. Gelegentlich schaute Dieter Marx vorbei und berichtete von ähnlich gelagerten Geiselnahmen, die im Laufe der Nacht immer zahlreicher wurden. Mit jeder neuen Erkenntnis fühlte sich die Stille um sie herum unheimlicher an. Die Bilder, die das Flatscreen am Kopfende des Großraumbüros ohne Ton in den Raum warf, machten die Stimmung nicht besser. Seit die erste erschossene Geisel aus dem Fenster geworfen worden war, schien in dem Fitnessgebäude alles ruhig zu sein. Zumindest waren von außen keine Bewegung und kein Licht sichtbar. Aber wer von ihnen wusste schon, wie es im Innern aussah.

„Bis vier Uhr in der Frühe haben wir es hoffentlich geschafft, etwas über die Geiselnehmer in Erfahrung zu bringen“, murmelte Jasmin. „Ich möchte mir gar nicht ausmalen, wie unerträglich es für die Geisel sein muss, so lange in dieser gefährlichen Situation ausharren zu müssen.“

Als Monika nicht auf ihre Worte reagierte, schaute sie auf. Die Kollegin saß da und starrte mit großen Augen auf den Monitor auf ihrem Schreibtisch.

„Was ist los mit dir? Hast du des Rätsels Lösung gefunden?“

Monika schüttelte erschrocken den Kopf, schaute auf Jasmin und meinte: „Nein! Aber da ist mir etwas aufgefallen, das mich stutzig macht. Nur weiß ich nicht warum.“

„Um was geht es denn?“

„Ich glaube, es hat mit der Waffe zu tun. Dieser Pascal Bonnet ließ doch mitteilen, dass die Geisel mit einer Makarow erschossen wurde.“

Jasmin nickte.

„Da klingelt was bei mir. Bei dir nicht?“

„Nee! Tut mir leid“, gestand Jasmin.

„Das ist eine russische Kurzwaffe“, erklärte Monika. „Das allein ist schon merkwürdig, weil wir Pascal Bonnet entweder als Deutschen oder als Franzosen suchen. Aber nicht als Russen.“

„Damit bringst du mich auf eine gute Idee“, rief Jasmin. „Wir sollten tatsächlich auch die russische Nationalität in unsere Suche mit einbeziehen. Vielleicht ist er Russe und deshalb finden wir ihn nicht.“

Monika zuckte die Achseln, was ausdrückte, dass Jasmins Begeisterung sich nicht auf sie übertrug. „Das kannst du natürlich machen. Aber damit bin ich nicht auf den Kern meines Gedankenblitzes gestoßen. Irgendetwas anderes war es, was mir zu denken gegeben hat."

Jede konzentrierte sich wieder auf ihren Monitor. Stille breitete sich in dem großen Raum aus. Das Bild auf dem Flatscreen hatte sich verändert. Es zeigte Blitze an, die alles um das Gebäude herum in helles Licht tauchten. Erschrocken schaute Jasmin aus dem Fenster und stellte fest, dass das Gewitter auch hier wahrzunehmen war – allerdings nur aus weiter Ferne.

„Das Gewitter geht wohl genau über Rilchingen-Hanweiler runter", meinte sie, „so wie das aussieht."

„Die SEK- und MEK-Leute haben mit diesem Einsatz echt Pech", stellte Monika fest. „Bei dem Wetter ist es bestimmt ungemütlich, draußen auf der Lauer zu liegen."

„Vor allem werden sie gesehen, wenn die Blitze alles erleuchten."

„Das auch noch." Monika fasste sich an den Kopf. „Soweit hatte ich gar nicht gedacht."

„Hoffentlich denken die Jungs vor Ort so weit."

„Glaub mir, Jasmin. Das sind Profis. Die wissen, was zu tun ist."

Schwere Schritte näherten sich den beiden Polizeibeamtinnen. Hastig widmete sich jede wieder ihrem Rechner, bis Wendalinus Allensbacher an ihrem Schreibtisch angekommen war und fragte: „Haben Sie inzwischen etwas über Pascal Bonnet herausfinden können?"

Monika schüttelte nur den Kopf. Jasmin antwortete: „Ich erweitere meine Suche auf Russland."

„Russland?" Allensbacher schnaufte. „Warum ausgerechnet Russland?"

„Weil die Waffen, die die Geiselnehmer benutzen, russische Waffen sind."

„Guter Gedanke", lobte Allensbacher. „Sollten Sie wegen irgendwelcher Kompetenzstreitigkeiten nicht weiterkommen, berufen Sie sich auf mich."

„Danke Chef. Das werde ich machen."

Dann watschelte Allensbacher wieder davon.

„Ich glaube, jetzt hast du bei Allensbacher ein Stein im Brett“, stellte Monika fest.

„Blödsinn! Ich will einfach nur helfen, diesen Albtraum im Fitnesscenter zu beenden“, wehrte Jasmin.

„Das will ich auch, glaub mir“, murmelte Monika. „Wenn mir mein Kopf nur gerade jetzt keinen Streich spielen würde.“

„Dein Geistesblitz kommt wieder. Glaub mir! Nur, je verkrampfter du darüber nachgrübelst, umso unwahrscheinlicher ist es, dass es dir wieder einfällt.“

„Klar! Wenn alles vorbei ist und die Akten fein säuberlich abgelegt wurden, dann fällt es mir wieder ein.“ Monika lachte abfällig.

Plötzlich hob sie den Kopf und den rechten Zeigefinger. Dabei riss sie die Augen weit auf und stieß aus: „Ich hab's! Es ist mir wieder eingefallen.“

In Begleitung von Dr. Gilbert König, dem Dienststellenleiter der Abteilung für Vermögenskriminalität betrat Kurt von Westernhagen das provisorisch eingerichtete Führungs- und Lagezentrum in der Gärtnerei Krämer.

Der große, grauhaarige Mann schaute sich überrascht in den Räumlichkeiten um. Überall Monitore, Telefone, Faxgeräte, Computer. Vereinzelte Beleuchtungen an den Tischen, die als Schreibtische herhalten mussten. Polizeibeamte in Uniform und Zivil saßen oder standen an den Geräten. Nichts war mehr in der Gärtnerei, was verriet, wo sie sich befanden.

Dem großen Mann folgte eine kleine Frau mit auffallend roten Haaren, die sie sich mit einer Klammer am Hinterkopf zusammengesteckt hatte.

„Meine Güte“, blies sie aus. „Was ist denn hier los?“

„Weiß der Gärtner Krämer, was mit seiner Gärtnerei gerade passiert?“, fragte Kurt von Westernhagen.

Niemand antwortete ihnen. Stattdessen wurde das Ehepaar gebeten, sich mit Kriminalrat Ehrling an einen Tisch zu setzen, der am weitesten von den Monitoren und den Fenstern entfernt war. Ein Heizstrahler stand direkt daneben, sodass es in dem ungemütlichen Ambiente halbwegs erträglich war.

Eine junge Frau servierte ohne zu fragen Kaffee auf einem Tablett und verschwand wieder in den schmalen Durchgang.

„Wir müssen mit Ihnen über die Anschuldigung sprechen, Sie hätten in der Firma Ricci-Immobilien eine Million Euro unterschlagen“, kam Ehrling ohne Zögern auf den Punkt.

„Das habe ich nicht getan. Es ist mir ein Rätsel, wie so ein Gerücht zustande kommen kann.“

„Das ist eindeutig mehr als ein Gerücht“, stellte Dr. Gilbert König klar. „Unsere Abteilung für Vermögenskriminalität ist schon seit einigen Jahren an Ricci-Immobilien in Saarbrücken dran, weil der Verdacht besteht, dass dort etwas nicht mit rechten Dingen zugeht.“

„Aber ich bin doch schon seit vier Jahren in Rente.“

„Es besteht kein Zweifel daran, dass die Geiselnehmer es ernst meinen mit ihren Forderungen. Diese Geiselnahme war nach allem, was wir bisher wissen, von langer Hand geplant. Das einzige, was nicht nach Plan gelaufen ist, war Ihre spontane Entscheidung, in den Urlaub zu fahren“, stellte Ehrling klar.

Kurt und seine Frau schauten sich erschrocken an, bevor Kurt fragte: „Heißt das, dass die mich haben wollten?“

„Genau das! Und immer noch wollen. Und dazu die Million, die Sie *angeblich* unterschlagen haben.“

„Wie, die wollen mich immer noch?“ Kurt verstand nicht.

„Die Geiselnehmer verlangen, dass Sie persönlich das Geld überbringen.“

„Nein! Niemals“, kreischte Jolanda dazwischen. „Ich lasse meinen Mann doch nicht in diese Hölle gehen.“

„Aber Liebling", besänftigte Kurt. „Ist dir bewusst, dass unsere Söhne sich gerade in dieser Hölle befinden. Was wird mit ihnen passieren, wenn wir nicht tun, was die verlangen?"

„Wir müssen eine Strategie ausarbeiten", mischte sich Ehrling ein, „wie wir vermeiden können, dass Sie dort hineingehen und gleichzeitig erreichen, was die Geiselnehmer wollen. Für uns ist es oberste Priorität, keine Privatperson in Gefahr zu bringen. Also ist es von vorneherein ausgeschlossen, dass Sie die Geldübergabe machen."

Kurt nickte, Jolanda stieß den angehaltenen Atem aus.

Ehrling sprach weiter: „Ich gebe Ihnen den Rat, jetzt und hier ehrlich zu sein. Haben Sie das Geld unterschlagen?"

„Nein!"

„Wissen Sie von Aktionen der Firma, die nicht korrekt waren?"

Kurt überlegte eine Weile, schüttelte dann aber den Kopf.

„Hatten Sie Kollegen, die die gleichen Befugnisse hatten, wie Sie?"

„Nein!"

Ehrling machte eine kurze Pause und sagte dann: „Alles, was Sie sagen, richtet den Fokus nur auf Sie. Wer sollte dann das Geld unterschlagen haben?"

„Woher wollen Sie wissen, dass wirklich Geld unterschlagen wurde?", fragte Kurt von Westernhagen zurück.

„In der Buchhaltung sind uns Buchungen aufgefallen, die nicht korrekt waren", mischte sich wieder König in das Gespräch ein. „Bisher war es uns nicht möglich, die gesamte Summe zu ermitteln und wohin das Geld gegangen ist. Aber eines wissen wir mit Sicherheit: Es wurde Geld unterschlagen."

Eine Einsatzabschnittsleiterin näherte sich dem Tisch und sagte leise zu Kriminalrat Ehrling: „Bei Ricci-Immobilien in Catania konnten wir endlich jemanden erreichen. Die Immobilienfirma ist über die Buchhaltung im Saarland nicht informiert. Sie bekommt lediglich die Jahresabschlüsse der Tochterfirmen. Mehr nicht. Mehr interessiert sie auch nicht."

Ehrling rieb sich über sein Kinn und meinte zögerlich: „Also steckt niemand der Ricci-Familie hinter dieser Geiselnahme."

„Vermutlich nicht. Sie sprachen am Telefon davon, diese Geiselnahme über das Fernsehen ebenfalls mit Interesse zu verfolgen."

„So kommt das Saarland zumindest mal europaweit ins Gespräch." Ehrling verzog sein Gesicht zu einem schiefen Grinsen, bedankte sich bei der Beamtin und wandte sich wieder an Kurt von Westernhagen: „Was uns stutzig macht, ist der Aufwand, der von den Geiselnehmern betrieben wird. Normalerweise werden für Verbrechen dieser Größenordnung – mindestens 14 Geiseln in einem Fitnessstudio festzuhalten – ganz andere Summen verlangt."

„Wollen Sie damit sagen, dass diese Leute mehr Interesse an mir als an dem Geld haben?", fragte Kurt erschrocken.

„Das müssen wir noch herausfinden."

„Und wie?" Kurt war sichtlich erstaunt.

„Wir befinden uns in *Gemengelage*", erklärte Ehrling. „Das erlaubt uns Sondermaßnahmen, weil es um Leben und Tod geht. Also lassen Sie das Prozedere unsere Sorge sein."

„Und warum sitzen wir dann hier und trinken Kaffee?", fragte Kurt ungehalten. „Sie haben uns an der Grenze abgefangen wie Schwerverbrecher, haben gedrängt, als käme es auf jede Sekunde an. Sogar der Flieger ist unter ungünstigen Bedingungen in Saarbrücken gelandet, obwohl der Pilot mehrfach auf die Gefährlichkeit hingewiesen wurde. Doch kaum sind wir da, haben wir plötzlich alle Zeit der Welt."

Ehrling schmunzelte leicht und antwortete: „Sie haben Recht. Das muss Sie verwirren. Aber es ist unseren Unterhändlern gelungen, Zeit zu gewinnen. Erst um vier Uhr in der Frühe findet der nächste Kontakt mit den Geiselnehmern statt. Das konnten wir vorher nicht wissen."

„Aber warum sind wir hier?"

„Weil wir eine Strategie ausarbeiten müssen. Dafür brauchen wir von Ihnen wichtige Informationen. Und Sie können mir glauben, dass diese fünf Stunden schneller vorbei sein werden, als uns lieb ist. Deshalb bitten wir Sie um Ihre Mitarbeit."

Plötzlich wurde die Tür aufgerissen und der SEK-Leiter Norbert Pflüger platzte herein. Völlig durchnässt stand er da, schüttelte sich, dass die Tropfen durch den ganzen Raum flogen und schimpfte: „Scheiß Bedingungen für eine Observation. Ich bin tatsächlich dafür zu alt. Meine Jungs müssen jetzt ohne mich auskommen."

„Wo sind Ihre Jungs jetzt? Haben sie noch Einblick ins Fitnesscenter?", fragte Ehrling.

„Nein! Wir mussten uns so weit wie möglich in den Wald zurückziehen. Dort gibt es leider keine freie Sicht. Sobald das Gewitter aufhört, rücken sie wieder vor. Im Moment ist es wichtiger, nicht gesehen zu werden."

Ehrling nickte und murrte: „Leider gibt es nirgends eine Möglichkeit, eine Webkamera hoch genug zu installieren. Die Tatsache, dass die Rollos hochgefahren sind, können wir nicht ausnutzen. Karl Groß kümmert sich um Drohnen mit Kameras, die aber nur bei Tageslicht und bei guten Wetterverhältnissen gestartet werden können."

„Die Rollos fahren bei stürmischem Wetter automatisch hoch", schaltete sich Kurt von Westernhagen in das Gespräch ein.

„Was soll das heißen?"

„Dass die Geiselnehmer darauf keinen Einfluss hatten. Ab einer gewissen Windstärke können die Rollos aus Sicherheitsgründen nicht mehr geschlossen werden. Die Gefahr, dass sie vom Wind weggerissen werden und Schäden anrichten ist zu groß."

„Das ist ja ein interessanter Aspekt. Dann könnte es passieren, dass morgen früh bei guten Wetterbedingungen die Rollos wieder runtergefahren werden?", überlegte Ehrling laut. „Dann ist der Einsatz der Drohnen sinnlos."

„Nicht ganz", widersprach Kurt. „Auf der Rückseite gibt es keine Rollos."

„Fünf Stunden sind eine lange Zeit“, murmelte Lukas, während er an einem Müsliriegel kaute.

„Wir sollten versuchen zu schlafen“, schlug Theo vor.

„Das ist ja wohl der dämlichste Vorschlag“, platzte Elena heraus. „Wer kann unter diesen Umständen schlafen?“

„Ich fühle mich total erschöpft“, gab Helmut Renske zu. „Ich könnte ein Nickerchen vertragen.“

„Dann mach doch eins – hält dich keiner auf“, brummte Elena.

Thomas Nordmann lehnte sich ebenfalls zurück, suchte sich eine bequeme Lage und schloss die Augen. Estelle kuschelte sich erneut an Theo, womit sie ihn völlig überraschte.

„Ähm ...“, stotterte er. „Ich glaube nicht, dass ich schlafen kann.“

„Aber, du ’ast doch gesagt, dass wir schlafen sollen.“ Mit großen Augen schaute sie Theo an.

„Ja, habe ich.“ Theo schmunzelte. „Okay, lehnen wir uns zurück.“

Lukas schaute auf seinen Kollegen und murmelte: „Du hast wirklich bei den Frauen ein Stein im Brett.“

„Neidisch?“

„Ein bisschen“, gab Lukas zu. „In dieser unsicheren Lage ist menschliche Nähe nicht zu verachten.“

Theo schaute verdutzt auf seinen Freund und fragte: „Was ist mir dir los? So tiefsinnig kenne ich dich nicht.“

Lukas zuckte nur mit den Schultern und trank einen Schluck Wasser. „Es ist wohl unsere aussichtslose Lage, die mich nachdenklich stimmt.“

Sie hörten den Schlüssel im Türschloss und verstummten.

Pascal trat herein und fragte: „Ist ein Arzt unter euch?"

Niemand antwortete.

„Jemand der sich medizinisch auskennt?"

„Tabea ist Arzthelferin", antwortete Elena.

„Blöde Petze", schimpfte die blasse, zierliche Frau. An ihrem Gesicht war deutlich abzulesen, dass sie keinen Wert darauf legte, etwas für die Geiselnehmer zu tun. Doch jetzt blieb ihr keine Wahl.

Pascal zerrte sie auf die Füße und kommentierte: „Gabriel kotzt sich die Seele aus dem Leib, seit er den Schlag auf den Kopf bekommen hat. Du brauchst dir nur die Medikamente in dem Notfallschrank anzusehen und was herauszusuchen, was dagegen helfen könnte."

„Das hört sich nach einer Gehirnerschütterung an. Dagegen kann ich nichts machen", wehrte sich Tabea.

„Du guckst dir das jetzt an, oder du lernst mich kennen."

Sofort verstummte Tabea und ließ sich von Pascal aus der kleinen Kammer heraustreiben. Dann flog die Tür zu und der Schlüssel wurde umgedreht.

Die übrigen Geiseln schwiegen. Alle Blicke fielen auf Lukas. Er war es gewesen, der Gabriel mit einer Hantel traktiert hatte. Ihm hatten sie den gescheiterten Fluchtversuch zu verdanken. Doch niemand schien diese Tatsachen als positiv anzusehen. Denn die Blicke waren feindselig.

In der Stille konnten sie Stimmen von draußen hören. Die Geiselnehmer sprachen ruhig miteinander, nichts deutete auf Stress oder Gefahr hin. Von Tabea war kein Mucks zu vernehmen. Immer wieder ertönten Männerstimmen, sogar gelegentlich ein Lachen. Erleichterung machte sich in der Geiselkammer breit. Dann dauerte es auch nicht mehr lange und Tabea kehrte mit hochrotem Gesicht zurück.

„Na! Wie ist es gelaufen?", fragte Elena.

„Du kannst mich mal am Arsch lecken", kam es unflätig von Tabea zurück. „Mit dir bin ich fertig."

Sie suchte sich einen Platz neben Birte, die für Tabea ein wenig zur Seite rückte, ließ sich nieder und sprach kein Wort mehr.

Nach einer Weile gelang es den Geiseln, sich wieder zu beruhigen. Einige schliefen ein, andere starrten wie versteinert die Wand an. Dierk und Lewin unterhielten sich im Flüsterton miteinander. Renske fing schon bald an zu schnarchen, was einige zaghafte Lacher auslöste.

Theo schaute auf Estelle, die eingerollt und mit dem Kopf auf seinem Schoß lag. Sie war ebenfalls fest eingeschlafen. Vorsichtig hob er ihren Kopf an und entfernte sich unter ihr, ohne sie zu wecken. Als Auflage für ihren Kopf rollte er seine Sweatjacke zusammen, dass sie ein weiches Kopfkissen hergab. Dann setzte er sich neben Lukas, der unter der Liege saß, und meinte leise: „Jetzt hast du auch menschliche Nähe." Dabei grinste er seinen Kumpel an.

Lukas schmunzelte zurück, schaute nach oben und meinte: „Du gibst Estelle ein Gefühl von Sicherheit. Das ist schön."

Theo wackelte mit dem Kopf und meinte dazu: „Ich weiß nicht. Wir kennen uns doch kaum. Ihre starken Nerven in dieser Angelegenheit machen mich stutzig. Wie kann man in einer solchen Situation schlafen?"

„Warum?"

„Hast du nicht mal darüber nachgedacht, dass es einen Maulwurf hier in dem Raum geben könnte?"

Verdutzt schaute Lukas auf Theo, ließ dann den Blick über die anderen Geiseln schweifen, die alle einen äußerst desolaten Eindruck hinterließen, und meinte dann: „Ich bin mir nicht sicher. Pascal hatte doch Zeit genug, alles vorzubereiten. Wer hätte ihm nützliche Tipps geben können?"

„Ich verstehe diese Anschuldigung nicht, Kurt von Westernhagen habe eine Million Euro unterschlagen. Wenn dem so wäre, hat der engste Personenkreis um ihn herum nichts davon mitbekommen. Damit meine ich seine Söhne. Das gibt mir zu denken."

„Du glaubst also, dass ihn jemand reinlegt?"

„Oder verraten hat", sinnierte Theo.

„Und denjenigen vermutest du hier unter uns?“ Lukas wirkte weiterhin skeptisch.

„Vielleicht soll er oder sie die Geiseln im Auge behalten und berichten, sobald etwas Verräterisches ans Tageslicht kommt.“

„Du denkst dabei wohl an unseren Job?“

Theo nickte. „Zum Beispiel. Wir können gar nicht vorsichtig genug sein. Jeder könnte hier der Spitzel sein.“

„Außer Dierk und Lewin und Helmut“, schränkte Lukas den Kreis der Verdächtigen ein.

„Okay. Bleiben immer noch acht Leute übrig.“

„Ich denke, Birte können wir wohl auch ausschließen. Sie ist offensichtlich vergewaltigt worden. Das würden sie einer Komplizin bestimmt nicht antun.“

Theo nickte und murmelte: „Und dann wären es nur noch sieben Verdächtige.“

„Immer noch zu viel. Wie sollen wir unter diesen Umständen herausfinden, ob es wirklich einen Maulwurf gibt und wenn ja, wer es ist?“, fragte Lukas.

„Nur durch Beobachtung. Mehr Möglichkeiten haben wir nicht.“

„Vielleicht hast du ja Recht, was Estelle betrifft. Sie versucht sich in dein Vertrauen zu schleichen, damit du ihr mehr erzählst, als du darfst.“

„Warum gerade bei mir?“

„Es könnte doch sein, dass sie mitbekommen hat, wer wir sind.“

„Dann hätte sie sich genauso gut an dich ranmachen können“, hielt Theo weiter dagegen.

„Vermutlich bin ich nicht ihr Typ.“

„Das wäre eine Möglichkeit.“ Theo grinste schief.

„Oder der Rechtsanwalt Thomas Nordmann“, rätselte Lukas weiter. „Der Schritt vom Rechtsverdreher zur anderen Seite des Rechts ist bestimmt nicht weit.“

„Rechtsanwalt ist aber ein integerer Beruf“, meinte Theo. „Da schaue ich mir lieber die beiden Jungs Samuel und Raphael an. Von denen wissen wir gar nichts."

„Wer beim Anblick einer Leiche anfängt zu kotzen, hat als Verbrecher keine großen Karrierechancen."

Theo kicherte leise: „Stimmt ja. Das hatte ich ganz vergessen."

„Okay. Halten wir die Augen offen ... während alle anderen schlafen." Lukas setzte sich in eine bequemere Position und ließ seinen Blick über die erschöpften Gesichter wandern. Vermutlich sah er selbst noch viel schlimmer aus, dachte er. Der Schlag an die Schläfe hatte sich nämlich inzwischen zu ganz heftigen Kopfschmerzen entwickelt. Blieb nur zu hoffen, dass er nicht auch eine Gehirnerschütterung erlitten hatte.

Hastig begann Monika auf die Tastatur einzuhämmern, bis sie gefunden hatte, was sie suchte.

„Schau hier", rief sie. „Der Fall David Clement. Den hatte ich am Wochenende als Suizid abgeschlossen."

„Und was ist jetzt anders?"

„Die Waffe, mit der er sich erschossen hat. Es ist eine Makarow, die gleiche, die der Mörder der armen Geisel erwähnt hat."

„Warum ist das so wichtig für uns?" Jasmin verstand immer noch nicht.

„Diese Waffen sind total selten. Eigentlich werden sie in unseren Breitengraden überhaupt nicht verwendet, höchstens mal von einem Sammler aufbewahrt. In Russland sind Makarow und Kalaschnikow üblich. Und bei der russischen Mafia."

„Du denkst also, dass die russische Mafia hinter der Geiselnahme steckt?"

„Keine Ahnung. Klingt weit hergeholt. Die russische Mafia verkauft Waffen im großen Stil. Vermutlich Kalaschnikows und Makarows. So könnten unsere Geiselnehmer an diese Waffen gekommen sein."

„Durch Verbindungen zur Mafia?"

Monika nickte. Ihre anfängliche Begeisterung legte sich ein wenig.

„Hattest du anhand der Waffennummer den Halter festgestellt?"

Nun leuchteten Monikas Augen wieder auf. „Das ist es? Die Waffennummer ist unkenntlich gemacht worden. Aber das Labor kann versuchen, die Nummer wieder sichtbar zu machen. Dafür gibt es einige Möglichkeiten."

„Warum hast du das nicht sofort veranlasst?" Jasmin staunte.

„Der Selbstmord war aufgeklärt", rechtfertigte sich Monika. „Allerdings lässt die Tatsache, dass David Clement vermutlich doch keinen Selbstmord begangen hat, alles in einem anderen Licht erscheinen."

Dieter Marx trat auf die beiden Frauen zu und salbaderte: „Jesus Christus sagt: *Ich bin das Licht der Welt. Wer mir nachfolgt, wird nicht mehr im Dunkeln wandeln, sondern wird das Licht des Lebens haben.*"

„Ich glaube, mir ist gerade nicht nach Bibelsprüchen", murrte Monika.

„Damit will ich dich ermutigen, das Richtige zu tun. Und das wirst du, denn du bist eine gute Polizistin."

Mit großen Augen starrte Monika auf den schwarz gekleideten Mann, dessen Gesicht inzwischen noch eingefallener aussah. So nette Worte hatte sie von dem Kollegen noch nie zu hören bekommen.

„Danke!" Mehr fiel ihr dazu gerade nicht ein.

Darauf verließ Dieter Marx das Büro wieder.

„Dafür ist er hergekommen?", fragte Jasmin stirnrunzelnd. „Nur um uns mit seinem heiligen Geschwätz zu beehren."

„So ist er schon immer, seit ich ihn kenne", gab Monika zu. „Doch er hat Recht. Ich werde den Gerichtsmediziner anrufen und den Teamchef der Spurensicherung. Die Leiche muss ebenfalls nochmal untersucht werden, wenn sie hoffentlich nicht schon abgeholt worden ist. Ich habe sie nämlich freigegeben. Und das Labor muss sich um die Waffe kümmern." Mit einem Blick auf die Armbanduhr, die zwei Uhr fünfundvierzig anzeigte, fügte sie hinzu: „Aber mit den Anrufen muss ich wohl noch ein bisschen warten."

„Das halte ich für keine gute Idee", widersprach Jasmin. „Bei Dr. Stemm hast du sowieso einen Stein im Brett. Den kannst du anrufen, wann du willst. Der ist dir nicht böse."

„Dr. Stemm ist verheiratet", hielt Monika dagegen.

„Na und? Trotzdem mag er dich. Außerdem ist Gefahr im Verzug. Da kann sich keiner von uns die Uhrzeit aussuchen. Wir sitzen ja auch hier und arbeiten."

„Wen wollen Sie anrufen?" Mit diesen Worten näherte sich Allensbacher. „Haben Sie etwas herausgefunden, ohne mir Bescheid zu geben?"

„Ich habe etwas herausgefunden, das ich Ihnen gerade zeigen wollte", antwortete Monika mit hochrotem Gesicht."

„Und was?"

Monika berichtete ihm das gleiche, was sie gerade ihrer Kollegin Jasmin erzählt hatte. Doch Allensbacher wirkte keineswegs überzeugt. Er grübelte eine Weile und meinte dann: „Diese Waffen bekommt man in Frankreich auf jedem Trödelmarkt."

„War nur so ein Gedanke ...", murmelte Monika enttäuscht.

„Aber, Sie haben Recht", lenkte der Dienststellenleiter überraschenderweise ein. „Das ist besser als nichts, denn bisher haben wir über die Entführer nichts. Vielleicht ist es sinnvoll, alles über David Clement in Erfahrung zu bringen. Wenn es eine Verbindung zu dieser Geiselnahme geben sollte, dann finden wir sie."

Sofort machten sich Jasmin und Monika an die Arbeit.

„Ich werde Hugo Ehrling informieren." Mit den Worten watschelte Allensbacher wieder davon.

„Wir haben einen Namen", rief der Einsatzabschnittsleiter für Ermittlungen, der in dem schmalen Durchgang zum Nebenraum stand und gerade im Begriff war, das Telefonat zu beenden. „David Clement."

„Was ist mit ihm?", fragte Ehrling.

Der Beamte trat auf den Tisch zu, an dem Ehrling immer noch zusammen mit Kurt von Westernhagen und dessen Frau saß und berichtete, was Allensbacher ihm mitgeteilt hatte.

„Die Verbindung ist lediglich die Makarow?", hakte Ehrling ungläubig nach.

„Ja!"

„Das ist schwach. Aber besser als nichts." Er richtete seinen Blick auf das Ehepaar von Westernhagen und fragte: „Sagt Ihnen der Name *Clement* etwas?"

„Nein", kam es einstimmig.

„Ganz sicher? Sie haben doch bestimmt eine ganze Menge Leute unter Vertrag."

„Ganz sicher", bestätigte Kurt von Westernhagen. „Da ich die Buchhaltung für das Studio mache, sind mir die Namen geläufig. Und Clement ist nicht dabei."

Ehrling gab sich geschlagen und wandte sich wieder an den Einsatzabschnittsleiter: „Lassen Sie alles durchgehen, was Sie über diesen Mann in Erfahrung bringen können."

„Wird gemacht!" Der Mann verabschiedete sich hastig und ließ den Kriminalrat mit dem Ehepaar wieder allein.

„Die Zeit läuft uns davon", meinte Ehrling, nachdem er wieder einen Blick auf die Uhr geworfen hatte. „Es ist uns nicht gelungen, eine Erklärung für diese angeblich unterschlagene eine Million Euro zu finden. Jetzt werden wir einen Alternativplan machen müssen."

„Was heißt das?"

„Das heißt, dass uns etwas einfallen muss, wie wir die Geiselnehmer zufriedenstellen können, ohne dass Sie persönlich das Geld überbringen."

Kurt wirkte blass. Jolanda stiegen Tränen in die Augen.

„Besteht die Gefahr, dass die Geiselnehmer alle Geisel töten, wenn wir ihren Forderungen nicht nachkommen?", wollte sie vom Kriminalrat wissen.

„Das können wir nicht voraussagen. Das einzige, was wir mit Sicherheit wissen, ist die Tatsache, dass die Männer vor Mord nicht zurückschrecken. Vermutlich töten sie ohne Zögern die nächste Geisel. Aber ..."

Jolanda schluchzte laut auf.

Kurt rieb sich über seine grauen, kurz gestutzten Haare und sagte: „Ich will kein Menschenleben auf dem Gewissen haben. Dann werde ich das Geld überbringen."

„Nein!", schrie Jolanda. „Das tust du nicht."

Alles verstummte in dem provisorischen Büro. Sämtliche Polizeibeamte starrten erschrocken auf die Dreiergruppe an dem Tisch direkt neben der Eingangstür.

Jolandas Gesicht lief hochrot an. Sie versuchte, sich hinter ihrem Mann vor den strafenden Blicken zu verstecken, doch das wollte nicht gelingen. Kurt brummte ein verlegenes: „Jolanda! Wir dürfen jetzt nicht nur an uns denken."

„Ihre Einstellung ehrt Sie", gab Ehrling zu, „aber es ist uns von Gesetz wegen nicht erlaubt, Privatpersonen in eine solche Situation zu schicken. Unsere Leute können damit umgehen. Die sind dafür ausgebildet. Sie würden sich auf jeden Fall in Lebensgefahr begeben. Deshalb ist es jetzt an uns, eine Strategie zu entwerfen, die wir als Alternative vorschlagen können."

„Alternative für meine Person?"

„Ja!"

„Wie soll das gehen? Wenn Pascal Bonnet hinter der Geiselnahme steckt, weiß er doch, wie ich aussehe."

„Das ist uns bewusst." Ehrling setzte seine Brille ab und rieb sich über die Augen. „Deshalb ist es so schwierig, eine Lösung zu finden. Aber machen Sie sich keine Sorgen, das Wohl der Geisel liegt uns ebenfalls am Herzen. Wir wollen kein einziges Leben riskieren. Das ist unsere oberste Priorität."

Kurt von Westernhagen lehnte sich zurück und nahm seine zitternde Frau in die Arme.

Der Heizstrahler lief auf vollen Touren, trotzdem war es nicht warm in den Gemäuern. Die rege Betriebsamkeit, die vielen Monitore und Telefone auf der anderen Seite des Raums wirkten immer unwirklicher, je länger Kurt von Westernhagen dorthin schaute. Immer wieder betraten neue Beamte das provisorische Führungs- und Lagezentrum, während andere es verließen. Mit jedem Öffnen der Tür drang ein Schwall Kälte rein.

Nach einer kurzen Dauer des Schweigens stellte sich eine junge, blonde Frau zu ihnen an den Tisch und räusperte sich.

„Frau Dr. Tenner", grüßte Ehrling. „Konnten Sie sich ein wenig erholen?"

„Ja, es hat mir gutgetan. So fühle ich mich besser vorbereitet, wenn das Ultimatum abgelaufen ist", erwiderte Silvia.

„Das sind die Eltern der beiden Studiobesitzer", stellte Ehrling das Ehepaar vor. „Wir konnten uns gegenseitig gut ins Bild setzen, sind von einer Lösung des Problems aber leider immer noch meilenweit entfernt."

„Ich denke, dass ich einen Vorschlag machen kann", meinte Silvia zur Überraschung aller.

Ehrling erhob sich und bat eine Beamtin, sich zu dem Ehepaar an den Tisch zu setzen. „Dann lassen Sie mal hören."

„Die Rollos am Studio werden wieder runtergefahren", rief einer der Einsatzabschnittsleiter plötzlich dazwischen.

„Was hat das zu bedeuten?", fragte Ehrling überrascht.

„Der Sturm hat vermutlich nachgelassen", antwortete Kurt von Westernhagen. „Eine andere Erklärung gibt es dafür nicht."

„Könnt ihr zwei nicht mal die Klappe halten", murrte Elenas Stimme durch die Geiselkammer. Seit langer Zeit war Ruhe eingekehrt, einige waren eingeschlafen, andere dösten vor sich hin. Nur Lukas und Theo beratschlagten sich, welche Möglichkeiten sich ihnen boten. Dabei kamen sie immer wieder auf dasselbe Ergebnis: keine! Sie mussten sich fügen, wenn sie diese Geiselnahme überleben wollten. Lukas' Fluchtversuch war gescheitert. Sein Alleingang zum Fenster hatte mit einem harten Schlag auf die Schläfe geendet. Beides Zeichen dafür, dass sie es mit skrupellosen Tätern zu tun hatten.

„Sag mal Elena", sprach Theo die streitsüchtige Frau an. „Was ist mit dir los? Wir sitzen hier alle im selben Boot. Aber keiner benimmt sich so zänkisch wie du."

Damit gelang ihm, die Frau aus dem Konzept zu bringen. Sie starrte ihn für einen kurzen Augenblick mit großen Augen an, bevor sie tatsächlich in Tränen ausbrach.

Lukas und Theo schauten sich verwundert an. Was hatte das zu bedeuten? Das bisherige Auftreten der Frau machte sie misstrauisch, weshalb sie sich davor hüteten, auf sie zuzugehen und sie zu trösten.

„Meine Mutter ...", begann sie nach einer Weile zu sprechen.

„Was ist mit ihr?", fragte Theo.

„Sie ist Pflegefall und von mir abhängig", erklärte Elena. „Vermutlich ist sie tot, wenn ich das hier überstanden habe."

„Kommt sonst niemand nach ihr sehen? Ein Pflegedienst oder so?"

„Doch! Aber die brauchen doch einen Schlüssel, um reinzukommen."

„Wenn Sie morgen – oder besser gesagt – heute früh nicht aufmachen, werden die dann nicht hellhörig?", fragte Theo weiter.

„Die haben so viel zu tun, dass sie dann zum nächsten Pflegebedürftigen weiterfahren. Die Zeit, sich um Sonderfälle zu kümmern, haben diese armen Leute gar nicht."

„Das ist echt scheiße", gab Theo zu. „Aber schön, dass du endlich mit uns darüber sprichst. Das hilft im Augenblick zwar nicht deiner Mutter, aber dir."

Elena stieß ein Schnauben aus, das ein Lachen sein sollte, sagte aber nichts dazu. Die Tränen wischte sie sich hastig aus dem Gesicht, damit niemand sehen konnte, dass sie geweint hatte.

„Theo?", ertönte Estelles Stimme plötzlich. „Wo bist du?"

Hastig kroch der Angesprochene unter der Liege hervor und antwortete: „Hier unten! Du hast so tief und fest geschlafen, da habe ich mich mit Lukas unterhalten."

„Wie, isch 'abe geschlafen?" Estelle wirkte desorientiert. „Das kann doch gar nischt sein."

Theo setzte sich zu ihr auf die Liege und nahm die verschlafene Frau in den Arm.

„In deiner Nähe fühle isch misch sooo sicher", meinte sie und schmiegte sich an seine Schulter.

Theo schmunzelte, Elena verdrehte die Augen und Lukas suchte sich eine halbwegs erträgliche Liegeposition. Renske neben ihm schnarchte immer noch. Nordmann auf der anderen Seite bewegte sich gelegentlich so unkoordiniert, dass Lukas einen Fausthieb fürchten musste. Also zog er es vor, sitzen zu bleiben, was auf Dauer immer unbequemer wurde. Aufrecht sitzen ging nicht, weil er sich unterhalb der Liege befand. Flachlegen wollte er sich nicht – wer wusste schon, was in der nächsten Zeit passieren würde. Er unterdrückte mit Mühe und Not einen Seufzer, um die anderen nicht zu erschrecken und lehnte sich mit gekrümmtem Rücken an die Wand.

Das Geräusch des Schlüssels am Türschloss war zu hören. Keine Sekunde später wurde die Tür mit Wucht geöffnet und Pascal trat ein.

„So, ihr Schlafmützen. Jetzt ist es mit der Ruhe vorbei. Die

Verhandlungen gehen weiter", plärrte er mit einem höhnischen Grinsen. „Wen nehme ich jetzt mit, um das Telefonat zu führen?" Diese Frage stellte er mehr sich selbst. Aber alle konnten sie hören.

Als sein Blick auf Estelle fiel, wimmerte die Frau: „Ich nischt können sprechen Deutsch. Isch nischt verstehen."

„Mach mir nichts vor, Estelle. Du arbeitest in Deutschland und willst mir weismachen, dass du kein Deutsch kannst?" Pascal lachte laut.

Estelle versuchte sich an Theo zu klammern, doch Pascal gab nicht auf. Wütend packte er die junge Frau an den Haaren und wollte sie von Theo wegreißen. Doch plötzlich hielt er nur ein Büschel in der Hand.

Verdutzt schaute er darauf, dann auf Estelle und fragte in einem Tonfall, der allen das Blut in den Adern gefrieren ließ: „Wer bist du wirklich?"

„Estelle Fournier. Wirklich." Die Frau zitterte am ganzen Leib.

„Scheiße Mann! Jemand hat mir geflüstert, dass Bullen unter euch sind", fluchte Pascal. „Ich wollte es nicht glauben. Aber jetzt ..."

Nun packte er die Frau am Arm, riss sie mit sich hinaus und sperrte die Tür hinter sich zu.

Zurück blieb große Fassungslosigkeit und das Bündel Haare, das Pascal achtlos auf den Boden hatte fallen lassen.

Kriminalkommissarin Monika Dick wählte zögerlich die Privatnummer des Gerichtsmediziners Dr. Eberhard Stemm. Bei dem Gedanken, um drei Uhr nachts dort anzurufen, weil sie eine Ahnung hatte, behagte ihr nicht. Aber die aufmunternde

Geste ihrer Kollegin Jasmin Hafner bewirkte, dass sie bis zur letzten Nummer wählte und sogar das Freizeichen abwartete. Zu ihrem Erstaunen war der Gerichtsmediziner so schnell am Telefon, dass sie keine Chance mehr hatte, vorher aufzulegen.

„Hier ist Kriminalkommissarin Monika Dick", meldete sie sich förmlich, doch Dr. Stemm ließ sie nicht weiterreden, sondern polterte los: „Warum so förmlich? Ich konnte mir schon denken, wer dran ist. Was gibt es für mich zu tun?"

„Jetzt bin ich erleichtert", gab Monika zu. „Ich hatte schon Angst, dich um diese Zeit zu Hause anzurufen."

„Hör mal zu, Monika", begann Stemm in seiner kumpelhaften Art zu reden. „Wir befinden uns in einer Ausnahmesituation. Es gibt keinen Sender mehr in Deutschland, der nicht über diese Geiselnahme berichtet. Hinzu kommt, dass drei unserer Leute unter den Geiseln sind. Glaubst du wirklich, dass ich dann seelenruhig schlafen kann?"

„Nein. Es ist nur so, dass ich keinen besonderen Hinweis habe, sondern nur eine Ahnung. Und trotzdem bitte ich dich, die Leiche von David Clement unter dem neuen Gesichtspunkt nochmal zu untersuchen."

„Keine Sorge. Da ich schon angezogen bin, steige ich sofort in mein Auto und fahre los. Sobald ich in der Gerichtsmedizin angekommen bin, melde ich mir bei dir und du sagst, nach was ich suchen soll."

Monika legte den Hörer erleichtert auf.

Jasmin hielt ihr ihre Handfläche entgegen, in die sie einschlug. Nun erst konnte sie wieder lachen. Es war einfacher verlaufen, als sie angenommen hatte.

Sie schaute aus dem Fenster und stellte fest, dass das Gewitter vorüber war. Auch die Sturmböen hatten sich gelegt. Die ständigen Erschütterungen des Gebäudes waren nicht mehr zu vernehmen.

„Das Unwetter hat nachgelassen", meinte sie. „Ein Glück für die Einsatzleute, die um das Motivitas-Gebäude herum im Einsatz sind."

„Stimmt. Heute Nacht hat sich bisher alles gegen uns verschworen“, stellte Jasmin fest. „Das sollten wir als gutes Omen sehen.“

Monika nickte, weil ihr diese Vorstellung gefiel. Aber das änderte nichts daran, dass sie noch einer Pflicht nachkommen musste.

„Und jetzt noch Markus Schaller von der Spurensicherung“, murmelte sie.

„Gib es zu“, schnurrte Jasmin. „Markus gefällt dir.“

Sofort legte sich ein Hauch von Röte über Monikas Porzellanteint. Auch ihre Augen begannen zu glänzen. Ihre Versuche, sich verbal gegen diese Unterstellung zu wehren, scheiterten kläglich. Also gab sie auf, nahm das Telefon und wählte die Privatnummer von Markus Schaller. Auch der meldete sich innerhalb kurzer Zeit, als hätte er auf diesen Anruf gewartet.

„Es tut mir leid, dass ich dich zu Hause störe ...“, begann Monika stotternd.

Doch Markus fiel ihr gleich ins Wort und meinte: „Du störst nicht. Ich bin hier auf Bereitschaft. Und glaub’ mir, ich sitze auf glühenden Kohlen. Ich will gerne in dieser schwierigen Angelegenheit helfen können.“

„Das kannst du ja vielleicht. Erinnerst du dich noch an die Makarow, die du im Fall eines Suizides untersucht hast?“

„Klar! Was ist damit?“

„Ich habe nur so eine Ahnung, weißt du ...“

„Wenn du eine Ahnung hast, Moni, dann nehme ich das verdammt ernst. Also muss ich die Waffe nochmal untersuchen?“

Nun war Monikas Gesicht puterrot angelaufen. „Ja, es könnte sein, dass wir mit der Selbstmordtheorie falsch liegen und dass David Clement ermordet wurde. Die gleiche russische Waffe verwendet auch einer der Geiselnehmer.“

„Heißt das, dass wir endlich einen Namen haben, der uns auf die Geiselnehmer hinweisen könnte?“

„Genau das.“

„Ich bin sofort im Labor.“ Damit legte Markus auf.

„Siehst du", flötete Jasmin. „Du hast bei unseren Leuten einen Stein im Brett."

„Ach was", wehrte Monika ab. „Einer wie Markus schaut doch nicht auf mich."

„Das können wir ändern", schlug Jasmin vor. „Was du brauchst, ist ein richtiger Friseur und andere Klamotten. Glaub mir, dann sieht die Welt gleich ganz anders aus."

Deutlich vernahmen die Geiseln von der anderen Seite der Tür, dass sich Pascal und Estelle anschrien. Auch verstanden sie mehrfach Worte wie Verräterin oder Polizei. Bis Estelle zu weinen begann.

Theo sprang mit einem Satz an die Tür und hämmerte dagegen. Lukas kämpfte sich mühsam unter der Liege hervor und stellte sich neben seinen Freund.

„Hallo!", rief Theo und hämmerte weiter.

„Ruhe da drin!"

„Nein! Lass Estelle in Ruhe! Ich bin der Polizist."

Plötzlich verstummte alles.

Die Geiseln starrten auf Theo, als sei er von einem anderen Stern. Lukas bekam diese Blicke ebenfalls zu spüren, weil allen sofort klar war, dass die beiden zusammengehörten.

Auch von Estelle und Pascal auf der anderen Seite der Tür war nichts mehr zu hören. Diese Stille ließ Theo daran zweifeln, ob er das Richtige getan hatte. Also hämmerte er erneut an die Tür.

Endlich vernahmen sie, wie das Schloss aufgesperrt wurde. Die Tür öffnete sich und Pascal stand mit einem breiten Grinsen vor ihnen.

„Ich dachte mir, mal schauen, wie lange sie dieses verlogene

Spiel mitspielen. Und siehe da: Theo erweist sich als Held – als Retter in der Not."

Lukas und Theo schauten sich verdutzt an. Mit diesem Gerede konnten sie nichts anfangen.

„Okay ihr zwei Helden. Dann kommt mal raus. Jetzt werden wir gleich sehen, wie schnell eure Kollegen meinen Forderungen nachkommen."

Estelle wurde mit einem Schubs in das Zimmer befördert, sodass sie stolperte und auf dem Boden landete. Theo wollte ihr auf die Beine helfen, doch Pascals Stimme hinderte ihn daran: „Jetzt, habe ich gesagt. Und nicht nachdem du den Kavalier gespielt hast."

Hastig traten Lukas und Theo hinaus in das Studio. Die Luft dort war kühl und angenehm im Vergleich zu dem kleinen Raum, in den sie seit Stunden eingepfercht waren. Sie atmeten zuerst einmal tief durch, schauten sich dabei an und machten sich auf das Schlimmste gefasst.

Die Rollos waren inzwischen wieder heruntergefahren. Sturm und Gewitter waren vorbei. Das war beruhigend, denn so konnten die SEK-Leute sich besser auf ihren Einsatz vorbereiten, dachte Lukas.

Ein stählerner Rahmen stand an der Stelle, an der vorher ein Schreibtisch war. Lukas glaubte sich zu erinnern, dass dieses Gebilde genau in der entgegengesetzten Richtung – am anderen Ende des Studios – platziert gewesen war. Der Schreibtisch war achtlos in die Ecke geschoben worden. Diese Umräumaktion verhieß nichts Gutes.

Er wollte nach seinem Kollegen schauen, doch was er sah, jagte ihm den nächsten Schrecken ein. Mit einer Waffe am Kopf stand Theo hinter der Theke direkt am Telefon. Der Sumo-Ringer hielt den Kollegen in Schach.

Pascal trat hinter der Theke hervor und trällerte, als befänden sie sich auf einem fröhlichen Jahrmarkt: „Und jetzt der Hauptgewinn! Wir bieten Lukas Baccus, den Superbullen der Saarbrücker Polizei zum Tausch. Wer bietet mehr?"

„Der Schuss könnte nach hinten losgehen“, meinte Lukas mit schwacher Stimme.

„Wie meinst du das?“, fragte Theo.

„Allensbacher wird für mich gar nichts machen. Ich bin kein Hauptgewinn.“

„Rede doch nicht so ein Zeug!“

„Du warst nicht dabei ...“

Theo wollte etwas entgegnen, doch Arthur hinderte ihn daran.

Zusammen mit Uwe, der wie immer unfreundlich dreinblickte, und Gabriel, den Lukas vor einigen Stunden außer Gefecht gesetzt hatte, steuerte Pascal auf den Polizeibeamten zu. Sie packten ihn und fesselten ihn mit schweren Ketten an den stählernen Rahmen. Lukas' Versuche, sich dagegen zu wehren, scheiterten an Fausthieben und Fußtritten.

Theo wollte ihm etwas zurufen, doch sofort brummte Arthur: „Noch ein Versuch, hier die Klappe aufzureißen, und du hast es hinter dir.“

Also schaute Theo schweigend zu, wie drei Männer seinen Freund überwältigten und an dem stählernen Rahmen festketteten. Die schweren Eisenketten, die sie dafür verwendeten, sahen monströs aus. Lukas Körper hing wehrlos zwischen den stählernen Trägern. Nicht die geringste Bewegungsfreiheit hatten sie ihm gelassen.

„Mit allem hätten wir gerechnet, nur nicht damit, dass wir einen echten Trumpf im Ärmel haben.“ Pascal lachte zufrieden über sein Werk, schritt genüsslich um den fixierten Polizisten herum und sprach weiter: „Wir wissen doch, dass die Polizei für Ihresgleichen alles tut. Also braucht sich hier niemand mehr Sorgen zu machen. Wir bekommen, was wir wollen und ihr kommt alle frei. Das ist so schön, wie im Märchen.“

Pascal lachte.

„Ich bin bestimmt kein Trumpf im Ärmel“, röchelte Lukas. „Diese Rechnung geht nicht auf.“

„Halt die Klappe, Bulle!“

Pascal richtete seinen Blick auf Gabriel, dessen Hinterkopf

ein weißes Pflaster und einige Blutkrusten im Haar zierten. „Fahr das entsprechende Rollo hoch!"

Gabriel eilte in den Raum, in dem sämtliche Vorräte, Putzutensilien und verschiedene Sportgeräte lagerten. Dort betätigte er einen Kopf direkt neben der Tür und genau das Rollo vor Lukas fuhr langsam nach oben.

Lukas verstand nicht, was hier gespielt wurde. Aber viel Gelegenheit zum Nachdenken hatte er nicht. Die Ketten an seinen Armen, an seinen Beinen, am Unterkörper und am Hals schmerzten so sehr, dass er nur noch gegen die erlösende Ohnmacht ankämpfen konnte. Mühsam richtete er seinen Blick auf das Fenster. Aber er sah nur Dunkelheit. Sonst nichts.

„Die Zeit ist gleich um", stellte Ehrling fest. „Wir müssen zu einem Ergebnis kommen. Denn, wenn wir uns selbst nicht einig sind, was wir den Geiselnehmern anbieten, wird das nichts. Das bringt die Geiseln nur in noch größere Gefahr."

Kurt von Westernhagens Gesicht war gerötet von der Diskussion, die sie schon seit einiger Zeit führten. Silvia Tenners Vorschlag passte ihm nicht.

„Sie können es drehen und wenden, wie Sie wollen", protestierte er. „Ich gebe nichts zu, was ich nicht getan habe."

Der Kriminalrat lief schon eine Weile auf und ab, weil auch seine Nerven arg strapaziert waren. Nun stellte er sich vor Kurt von Westernhagen und sagte: „Sie sollen sich doch nur für die Geiselnehmer vor die Kamera stellen und gestehen, das Geld unterschlagen zu haben. Unsere Hoffnung ist, dass sie sich mit diesem Geständnis zufriedengeben. Sobald die Geiseln frei sind, geben wir zu dieser Sendung ein Dementi ab."

„Kein Mensch will hinterher noch etwas von einem Dementi wissen“, beharrte Kurt stur. „Da bringe ich den Geiseln lieber selbst das Geld vorbei.“

„Glauben Sie ernsthaft, dass Sie das überleben werden?“, fragte Ehrling gereizt.

Mit dieser Frage gelang es ihm, dass Kurt zurückschreckte und mit kreidebleichem Gesicht fragte: „Die wollen mich töten?“

„Davon gehen wir im schlimmsten Fall aus. Sie sind für diese Leute der Schuldige und der soll bestraft werden. Durch eine Fernsehaufnahme, in der sie gestehen, die Million unterschlagen zu haben, haben sie ihre Bestätigung. Und wir hoffen, dass ihnen das reicht. So haben die Geiselnehmer keine Chance, Sie zu töten.“

„Dann tun sie das später, wenn keine Polizei mehr in der Nähe ist“, gab Jolanda fassungslos von sich.

Damit gelang es ihr, dass niemand mehr ein Wort sprach.

In die Stille hinein klingelte das verkabelte Telefon.

„Verdammt! Sind die pünktlich“, fluchte Ehrling. „Wer geht dran?“

„Ich“, rief Silvia und eroberte den Apparat. Hinter ihr hörte sie, wie Ehrling noch einmal auf Kurt von Westernhagen einredete.

Sie meldete sich mit „Hier spricht Dr. Silvia Tenner von der Polizei.“

„Hallo Silvia!“

Die Kriminalpsychologin erschrak, als sie die bekannte Stimme von Theo hörte.

„Du?“, mehr brachte sie nicht heraus.

„Ja ich. Richtet mal eure Webcams zu den Fenstern des Fitnessstudios!“

Im Hintergrund war hektische Betriebsamkeit zu hören. Alle Beamten arbeiteten auf Hochtouren an den Computern, die an die Webcams angeschlossen waren. Innerhalb weniger Sekunden war von allen Seiten das Bild zu sehen, wie Lukas gefesselt an dem einzigen Fenster stand, dessen Rollo hochgefahren war. Der Anblick versetzte sie sofort in Angst und Schrecken. Lukas wirkte verrenkt in seiner Fixierung, während jemand neben ihm stand und eine Waffe auf ihn richtete.

„Ich habe verstanden", gab Silvia zu und bemühte sich dabei, ihre Stimme fest und gut verständlich rüberzubringen.

„Okay, dann kommen wir zum Geschäftlichen", sprach Theo weiter. „Unsere Gastgeber verlangen, dass Kurt von Westernhagen die Million Euro hier im Studio abgibt."

„Theo, du weißt, dass das nicht geht."

„Sprich bitte mit unseren Gastgebern."

„Das ist für uns leider nicht so einfach durchzuführen", setzte Silvia erneut an. „Wir, die Polizei, haben die Pflicht, keine Privatpersonen in Gefahr zu bringen. Deshalb können wir Ihnen nur anbieten, dass einer von uns das Geld ins Studio bringt."

„Sie wollen nicht noch mehr Polizei hier haben, wir beide genügen ihnen. Sie wollen Kurt von Westernhagen. Ist er inzwischen überhaupt da?"

„Ja! Er ist bei uns eingetroffen." Silvia schaute auf den Kriminalrat, der immer noch auf den Mann einsprach. Als er ihren Blick bemerkte, zeigte er ihr den erhobenen Daumen.

„Kurt von Westernhagen möchte Ihnen einen Kompromissvorschlag machen", erklärte sie nun mit Erleichterung in der Stimme.

Kurzes Rascheln war zu hören, dann sprach wieder Theo: „Er soll ans Telefon kommen."

„Sie wissen, dass das nicht möglich ist, Herr Bonnet. Kurt von Westernhagen hat keine Erfahrung mit Verhandlungsgesprächen. Deshalb bitte ich Sie, mit mir zu sprechen."

Im Hintergrund entstand Unruhe. Sie hatte sich vorgewagt und den Geiselnehmer einfach mit seinem Namen angesprochen. Das war nicht vereinbart gewesen, weshalb Silvia bereits ins Schwitzen geriet, ohne zu wissen, ob Kriminalrat Ehrling diesen Schachzug für gut oder schlecht befand. Die Stimmung, die sich hinter ihr ausbreitete, verhieß nichts Gutes.

Auch am anderen Ende der Leitung schien jegliche Gesprächsbereitschaft ins Stocken geraten zu sein. Lange dauerte es, bis

Theo sich räusperte und sagte: „Unsere Gastgeber sehen ein, dass eine Privatperson für ein solches Gespräch nicht geeignet ist. Sie wollen euren Kompromiss-Vorschlag hören."

Silvias Herz schlug höher vor Aufregung. Das war ein kleiner Erfolg für sie. Sie hatte hoch gepokert und gewonnen. Nun fühlte sie sich motivierter, musste sich aber vorsehen, nicht unvorsichtig zu werden. Also erklärte sie ihren Plan: „Kurt von Westernhagen gesteht vor einer Kamera, dass er eine Million Euro unterschlagen hat. Der Saarländische Rundfunk ist bereits informiert und will diesen Beitrag drehen und ausstrahlen. Sind Sie damit zufrieden, Herr Bonnet?"

Eine kurze Pause entstand, dann meinte Theo: „Der SR reicht unseren Gastgebern nicht. Wenn, dann soll es im Frühstücksfernsehen in allen Sendern laufen."

Nun musste sich Silvia mit Ehrling beraten. Der Kriminalrat signalisierte ihr, dass sie dieser Forderung nachkommen konnten, da er die nötigen Kontakte dafür hatte.

Also sprach Silvia ins Telefon: „Das machen wir. Es dauert jedoch eine Stunde, bis die Aufnahme gemacht ist und eine weitere, bis die Sendung an alle Fernsehkanäle geschickt worden ist. Also bitten wir um zwei weitere Stunden Aufschub."

Wieder nur Rascheln, bis Theo antwortete: „Einverstanden. Um sechs Uhr läuft das nächste Ultimatum ab. Sollte das Geständnis nicht im Fernsehen übertragen werden, wird Lukas erschossen."

Die beiden Kriminalkommissarinnen Monika und Jasmin waren über den weiteren Verlauf der Verhandlungen über Videokonferenz informiert worden. Sie beide spürten nicht das Gefühl der Euphorie, dass sie einen Schritt weitergekommen waren. Vielmehr quälte sie der Gedanke, dass das Leben der Geiseln – insbesondere von Lukas, Theo und Helmut Renske – noch weitere zwei Stunden in Gefahr war. Auch waren ihnen die Bilder übermittelt worden, wie Lukas an Armen und Beinen gefesselt vor einem der Fenster stand. Der Anblick hatte ihnen jeglichen Optimismus geraubt.

„Hoffentlich hält Lukas das aus", bangte Jasmin, deren ebenmäßiges Gesicht nicht mehr kreidebleich, sondern grün schimmerte.

„Du kennst die beiden noch nicht so lange wie ich", meinte Monika. „Deshalb kann ich dir versichern, dass sie verdammt zäh sind. Sie haben schon viel erlebt."

„Trotzdem kann ich den Anblick nicht ertragen, wie hilflos er zur Schau gestellt wird."

„Ich auch nicht. So genau hatte ich es bisher noch nicht mit ansehen müssen." Monika verzog das Gesicht. „Wie konnten die Geiselnehmer herausfinden, dass die beiden von der Polizei sind?"

Jasmin zuckte die Schultern und murmelte: „Es wird doch kein Leck in unseren eigenen Reihen geben?"

„Mach mir keine Angst! Da gilt mein erster Gedanke natürlich Andrea Peperding."

„Ich überlege auch schon die ganze Zeit, ob sie in irgendeiner Weise damit zu tun haben könnte", gab Jasmin zu. „Aber es will mir nichts einfallen."

„Verplappert haben sich die beiden bestimmt nicht", stellte Monika klar. „Es muss von außen gekommen sein!"

Monikas Handy klingelte. Dankbar für die Ablenkung hob sie ab und freute sich die sonore Stimme des Rechtsmediziners zu hören. Er teilte ihr mit, dass er vor David Clements Leiche stand.

„Wir müssen nach meiner neuen Vermutung davon ausgehen, dass der Mann keinen Suizid begangen hat", erklärte Monika. „Also bitte ich dich, die Leiche nach Hinweisen zu untersuchen, die auf einen Mord hindeuten. Kampfspuren oder so was."

„Okay, die äußerliche Beschau hat das gleiche ergeben wie beim ersten Mal. Ich gucke mir die Leiche schon seit mehreren Minuten genau an und kann keinerlei Spuren wie Kratzer oder Hämatome entdecken."

„Was gibt es noch, was jeden Zweifel am Selbstmord ausräumen kann?"

Eine Weile herrschte Stille in der Leitung. Lediglich ein leises Selbstgespräch, das Dr. Stemm mit sich hielt, konnte Monika hören. Doch kein einziges Wort davon verstehen.

Dann ertönte: „Ich hab's!"

„Was?" Monikas Aufregung wuchs.

„Bei einem Selbstmord durch einen Schuss in den Mund ist die Austrittswunde normalerweise sehr groß. So wie in unserem Fall."

„Ja, und?"

„Die Tatsache, dass hier eventuell ein Mord vertuscht werden sollte, bringt mich auf die Idee, diese Austrittswunde genauer zu untersuchen."

„Und?"

„Wenn der Mann mit einem Schlag auf den Hinterkopf handlungsunfähig gemacht worden ist, muss sich ein Hämatom – oder eine Platzwunde – gebildet haben. Durch die Austrittswunde genau an dieser Stelle wäre das auf den ersten Blick nicht mehr zu sehen."

Monikas Herz schlug höher. „Ich wusste, dass dir nichts entgeht."

Wieder verging eine Weile nur mit Murmeln, Brummen und dem Klirren von OP-Bestecken, das Monika signalisierte, dass Dr. Stemm bereits dabei war, diese Untersuchung durchzuführen.

„Bingo!", rief der Gerichtsmediziner plötzlich so laut, dass Monika fürchten musste, ihr Trommelfell sei geplatzt. „Ich habe in den Resten, die vom Hinterkopf des Toten übriggeblieben sind, Spuren eines Hämatoms entdeckt. Ich untersuche es noch genauer, um den Zeitpunkt herauszufiltern, wann es entstanden ist. Aber ich bin mir sicher, dass es ihm kurz vor seinem Ableben zugefügt worden ist. Der Gerinnungsfaktor des Blutes im Hämatom unterscheidet sich vom restlichen, ausgetretenen Blut. Ich melde mich wieder bei dir, wenn ich genaueres weiß."

Der Gerichtsmediziner legte auf.

„Du bist wirklich gut", lobte Jasmin. „Während ich hier suche wie verrückt, um Hinweise zu finden, gräbst du einfach so eine Identität aus, die uns weiterhelfen kann."

„Das war Zufall."

„Spiel deine Leistungen nicht immer runter", schimpfte Jasmin. „Du bist als Polizistin einfach klasse. Vielleicht nicht gerade die Kämpferin an vorderster Front, aber dafür haben wir ja Theo und Lukas. Du findest die kleinen, versteckten Hinweise, ohne die wir aufgeflogen wären."

Monika lächelte, schaute auf Jasmin und fragte: „Wie kommt es, dass du so eine gute Meinung von mir hast?"

„Ich habe mich in der Zeit, die wir jetzt zusammenarbeiten, einfach davon überzeugen lassen. Also stell' dich nicht selbst unter den Scheffel."

„Ja Mami", erwiderte Monika.

Die beiden Frauen lachten.

„Scheiße, Mann", plärrte Pascal los und schlug Theo an den Hinterkopf. „Hast du irgendwelche Hinweise durch abgesprochene Wörter gegeben? Oder wie haben die herausgefunden, wer ich bin?"

„Die Polizei ist nicht blöd", entgegnete Theo. „Meinst du, die sitzen da, trinken Kaffee und warten ab, wie alles ausgeht?"

Eine harte Faust flog Theo ins Gesicht. Er landete unsanft auf dem weichen, glatten Boden – „Polyurethan-Boden" – dieser Begriff ging ihm dabei durch den Kopf. Mein Gott, wie lange hielten sie diese Tortur schon aus. Es musste Stunden her sein, dass Dierk diese Aussage über seinen Boden gemacht hatte. Er rutschte einige Meter, bis er unter einer der künstlichen Pflanzen liegen blieb.

„Pass auf, wie du mit mir redest“, warnte Pascal. „Dein Status als Bulle hat sich rapide verschlechtert. Du und dein Freund da – ihr seid die Ersten, die dran glauben müssen, wenn etwas schiefläuft.“

Theo hielt sich die Nase, die von dem Schlag schmerzte und sagte nichts dazu. Als er aufstehen wollte, kam die nächste, böse Überraschung. Arthur, der massige Mann mit der absonderlichen Frisur, die neben seiner Statur ebenfalls an einen Sumo-Ringer erinnerte, beugte sich grinsend zu ihm hinab und fesselte ihn an Händen und Füßen. Wie ein verschnürtes Paket hing Theo nun unter dem Blumentopf und konnte nur noch abwarten, was die Geiselnehmer mit ihm und seinem Freund anstellen wollten. Zum Glück hatten sie auf einen Knebel verzichtet ... oder vergessen. Also beschloss er, die Klappe zu halten, damit niemand das Versäumte nachholte. Er schaute sich um, traf mit seinem Blick auf Lukas, der immer noch zwischen den Stangen an schweren Ketten hing. Der Anblick versetzte ihm den nächsten Schlag. Da saß er, sah seinen Freund in einer qualvollen Situation und konnte ihm nicht helfen.

Pascal und Arthur gingen in den Raum, in dem die Vorräte der Studiobesitzer gelagert waren. Hauptsächlich gab es dort Müsliriegel, Fitnessgetränke – aber auch Alkohol. So konnte man eine Geiselnahme natürlich bis zum Sankt-Nimmerleins-Tag in die Länge ziehen.

Doch was war das?

Gabriel, der blonde unter den Fieslingen verließ den Raum, in dem die anderen gerade verschwunden waren, und ging zielstrebig auf Lukas zu. In der Hand hielt er eine eiserne Stange, die zum Anbringen von Gewichten gedacht war. Theo ahnte, was Gabriel damit vorhatte. Es fiel ihm immer schwerer, ruhig zu bleiben.

Provokant stellte sich Gabriel vor Lukas und rammte ihm die Stange in den Bauch.

„Na, Bulle! Wie fühlt sich das an?“

Lukas gab keinen Ton von sich. Theo konnte von seinem Standpunkt aus nicht erkennen, in welcher Verfassung sich sein Freund befand.

„Mich hinterrücks mit einer Hantel niederschlagen? Nennt man solche Fisimatenten jetzt Polizeiarbeit? Dann habe ich ja alles Recht auf der Welt, zurückzuschlagen.“ Gabriel hob die Stange hoch. Es sah so aus, als wollte er sie auf Lukas’ Kopf niedersausen lassen.

„Nein!“, schrie Theo in seiner Verzweiflung. „Tu das nicht! Er hat dich nicht hinterrücks ausgeknockt, sondern dir eine faire Chance geboten. Du bist selbst schuld daran, dass er dich k. o. geschlagen hat.“

„Verdammt noch mal, was ist hier los?“, kam Pascal brüllend aus der Vorratskammer gestürmt. „Verdammte Bullen. Ich sollte euch sofort kalt machen. Ihr bringt mir nichts als Ärger.“

„Gute Idee, Pascal. Ich fange gleich mit dem hier an“, kiekste Gabriel voller Begeisterung.

Doch damit traf er nicht auf Pascals Nerv – eher das Gegenteil erreichte er damit. Als der Anführer sah, was Gabriel im Schilde führte, stürzte er sich auf ihn und riss ihm die Stange aus den Händen.

„Bist du verrückt geworden? Hat dir der Schlag das Hirn zerstört?“, brüllte er. „Ist dir nicht klar, dass wir beobachtet werden. Wir wissen nicht, wie viel die von uns sehen können. Mit Sicherheit haben die Bullen Scharfschützen da draußen postiert. Und dann stellst du dich als perfekte Zielscheibe auf. Die warten nicht, bis du einen von ihnen tötest. So dämlich, wie du dich anstellst, kratzt du nämlich vorher ab.“

„Wie sollen die mich sehen?“, fragte Gabriel mit hochrotem Gesicht. „Ihr habt eben doch auch bei dem hier gestanden. Seid ihr durchsichtig, oder was?“

„Arthur hat sich an der Wand postiert, wo er keine Zielscheibe abgegeben hat. Und jetzt schau dich mal um, wo du stehst."

Gabriel tat wie geheißen. Jetzt erst bemerkte er, dass er dicht an der Fensterscheibe stand, an der das Rollo hochgefahren war. Wie elektrisiert sprang er zur Seite und starrte mit großen Augen auf Pascal.

„Du wirst jetzt Lukas in Ruhe lassen", befahl Pascal. „Die beiden hier sind unser Faustpfand. Wenn du einen von ihnen vor den Augen der Bullen tötest, war alles umsonst gewesen. Deshalb kommst du jetzt mit mir in den Vorratsraum. Dort habe ich dich besser im Auge."

Ohne ein Wort des Widerspruchs folgte Gabriel Pascal in den besagten Raum. Theo hatte das Gespräch mit großem Interesse belauscht und spürte, dass Gabriel der Gefährlichste unter den Geiselnehmern war. Etwas stimmte nicht mit ihm. Seine Ausraster waren unkalkulierbar, was sogar für die anderen Geiselnehmer zu einem echten Problem werden konnte.

Nur warum hatten sie diesen Unsicherheitsfaktor überhaupt mitgenommen?

Als die Tür hinter Pascal geschlossen wurde, rutschte er mit seinen zusammengebundenen Händen und Füßen wie eine Raupe über den glatten Boden zu Lukas. Sein Freund musste ihn sehen, damit er sich nicht aufgab. Zumindest erhoffte sich Theo davon, dass er Lukas mit seiner Anwesenheit helfen konnte.

Mehrere Fahrzeuge standen vor der Gärtnerei bereit. Kurt von Westernhagen wurde zum mittleren geführt, sodass ihm keine andere Wahl blieb. Seine Frau Jolanda durfte nicht mitfahren, weil sie weiterhin gegen diese Lösung protestierte. Doch Kurt sah ein, dass es keinen anderen Weg gab, diese armen Menschen im Studio – darunter seine beiden Söhne – zu retten.

Ohne Scheinwerfer fuhren sie los – bildeten einen unbeleuchteten Konvoi in der Dunkelheit. Genau genommen war es ein Abenteuer, denn Kurts Herz schlug höher, als er wahrnahm, unter welchen Sicherheitsvorkehrungen dieser Transport stattfand. Sie bogen auf die Konrad-Adenauer-Straße ein. Auch dort blieben die Scheinwerfer ausgeschaltet. Die Straße war komplett leer, das Fahrtempo niedrig. Die Straße ging in die Kreisstraße über. Auch dort blieb alles leer, ruhig und düster. Erst als sie sich dem Kreisverkehr in Kleinblittersdorf näherten, konnte Kurt von weitem blinkende Lichter sehen. Dort stand eine Absperrung der Polizei ganz allein auf weiter Flur.

Das erste Auto hielt dort an, der Fahrer sprach einige Worte mit den Beamten und schaltete dann seine Scheinwerfer an. Die anderen Fahrzeuge machten es ihm nach. Dann bogen sie in die B 51 in Richtung Saarbrücken ein und gaben Gas. Am Wolfseck angekommen, unterquerten sie die Autobahn A 6 in Richtung Homburg und steuerten die Autobahnauffahrt zur A 620 in Richtung Saarbrücken an. Auch die sonst stark befahrene Autobahn war fast leer. Nur hier und da mal ein Paar Scheinwerfer, bis sie in St. Arnual wieder herunterfuhren, das Ostviertel von Saarbrücken durchquerten, um von dort auf die Mainzer Straße abzubiegen. Nach knapp einem Kilometer kam das Schild, das auf das Funkhaus Halberg hinwies. Von dort an ging es in abenteuerlichen Serpentinen nur noch bergauf, bis sie das Schloss Halberg erreichten. In der Dunkelheit wirkte es wie in einem Gruselroman. Kurt war heilfroh, dass die Fahrt unter dem schmalen Durchgang hindurch weiterging und auf ein Gelände zusteuerte, auf dem moderne Gebäude und Hallen standen. Vor dem Hauptgebäude stiegen sie aus. Einige Fenster waren bereits erleuchtet. Ein Mann wartete am Eingang, um die Polizeibeamten zusammen mit Kurt von Westernhagen hereinzulassen. In den Hallen durchquerten sie mehrere lange Flure, stiegen über einige Treppen, bis sie ins Aufnahmestudio gelangten. Der Platz für Kurt wurde freigehalten. Die Kameras waren bereits auf Bereitschaft, ebenso die vielen Leute, die für diese Aufnahme extra in der Frühe zum Halberg gefahren waren.

„Wir sind mit den anderen Sendern verbunden", erklärte der Aufnahmeleiter. „Also wird das Statement in fast allen deutschen Kanälen ausgestrahlt, wobei die Nachrichtensender alle ohne Ausnahme dabei sind."

„Das ist genau das, was wir brauchen." Karl Groß nickte zufrieden. „Und wir werden auch direkt im Anschluss das Dementi aufnehmen. Ich hoffe, dass das klar ist?"

Der Aufnahmeleiter schaute auf die Uhr und antwortete: „Jetzt ist es fünf Uhr. Das Geständnis muss um sechs Uhr auf allen Kanälen sein. Also konzentrieren wir uns zuerst darauf."

Kurt von Westernhagen setzte sich auf den für ihn vorgesehenen Stuhl und schaute sich neugierig um. Plötzlich stand eine Frau neben ihm und begann ihn ohne Vorwarnung zu schminken. Eine andere stellte sich hinter ihn und bearbeitete seine grauen Haare.

„Was soll das?", fragte Kurt erschrocken.

„Keine Sorge", antwortete die Visagistin. „Dass Sie wie ein Dressman aussehen, steht außer Frage. Allerdings ist das Licht hier sehr hell. Dadurch würde ihr Gesicht zu kränklich blass aussehen, weshalb ich Ihnen noch etwas Farbe auftrage. Und meine Kollegin macht Ihre schönen Haare noch schöner."

„Für das, was ich zu sagen habe, muss ich nicht herausgeputzt werden."

„Doch, das müssen Sie. Glauben Sie uns, wir wissen, was wir tun."

Kurt von Westernhagen sagte nichts mehr. Er ließ die Bearbeitungen an seinem Gesicht und seinen Haaren widerstandlos über sich ergehen.

„Hier ist die Rede, die Sie vor der Kamera halten sollen." Karl Groß überreichte ihm einen Zettel. „Üben Sie vorher schon mal ein bisschen, dass es nicht zu unbeholfen rüberkommt."

Kurt nickte. Doch während er den Text las, wurde ihm von Zeile zu Zeile schlechter. Was wurde hier gespielt? Er hatte niemals auch nur einen Pfennig unterschlagen und musste hier vor aller Welt den Sündenbock spielen. Hoffentlich war es richtig gewesen, diesem Vorschlag zuzustimmen. Doch, welche Wahl hatte er? Keine! Wenn er seine Söhne lebend wiedersehen wollte, muss er diesen vermaledeiten Schritt tun.

Er räusperte sich und fing an, laut vorzulesen. Doch schon beim zweiten Satz geriet er ins Stottern. So einfach wurde das nicht, wenn er überzeugend klingen musste. Also fing er von vorne an.

Ein Tumult unter den Anwesenden lenkte von seiner Übung ab. Er schaute auf und sah einen Mann in Anzug und Krawatte, der sich direkt neben ihm niederließ und schminken ließ.

„Mein Name ist Walther Specht, ich bin der Pressesprecher der Polizei."

Kurt von Westernhagen reichte ihm die Hand und fragte: „Warum sind Sie hier?"

„Wir werden, nachdem Ihr Geständnis aufgenommen wurde, das Dementi verfassen. Um der Richtigstellung Glaubwürdigkeit zu verleihen, bin ich hier und werde über den Polizeieinsatz und die Notwendigkeit Ihres *falschen* Geständnisses berichten."

„Das klingt gut." Kurt fühlte sich sofort ein bisschen besser. Unter diesen Bedingungen fiel es ihm leichter, den Text einzustudieren, den er gleich vortragen musste. Es gab also noch Hoffnung, dass sein Ruf nicht vollends ruiniert wurde.

„Wenn wir nicht gleich anfangen, schaffen wir es nicht mehr rechtzeitig", rief der Aufnahmeleiter und klatschte zur Betonung noch zusätzlich in seine Hände.

Jasmin Hafner arbeitete auf Hochtouren an ihrem PC. Den Blick ständig starr auf den Bildschirm gerichtet, konnte Monika in ihrem Gesicht lediglich die wechselnden Farben des Displays schimmern sehen. Mal lila, mal blau, dann gelb oder orange.

Sie selbst fühlte sich unentschlossener denn je. Sie wartete auf Markus Schallers Anruf, dass er im Labor angekommen war. Das allein machte sie so fahrig, dass sie sich nur noch mit Mühe und Not darauf konzentrieren konnte, weiter nach Hinweisen zu suchen. Keine gute Ausgangslage, das war ihr klar. Umso geschickter musste sie sich anstellen, sobald Allensbacher das Großraumbüro betrat. Der Dienststellenleiter durfte auf keinen Fall erkennen, in welcher Verfassung sie sich befand.

Endlich klingelte das Telefon auf ihrem Tisch.

Sie hob so hastig ab, dass der Apparat auf den Boden knallte.

„Hier ist Monika Blech!“

„Markus Schaller hier. Ich bin im Labor und habe die Waffe bereits aus der Asservatenkammer mitgebracht“, sagte er.

Monika glaubte fast, sein obligatorisches Grinsen in seinen Worten mitschwingen zu hören.

„Wir hatten den Fall fälschlicherweise als Suizid abgeschlossen“, erklärte sie. „Deshalb muss ich dich bitten zu versuchen, die Waffennummer zu rekonstruieren. Meinst du, du kriegst das hin?“

„Natürlich kriege ich das hin. Beim ersten Mal hatte ich es zwar versucht, bin aber, nachdem der Fall abgeschlossen worden ist, nicht mehr weiter in die Tiefe gegangen“, erklärte Markus. „Aber glaub mir, Monika! Ich habe die richtigen Mittel dafür, um die Nummern wieder lesbar zu machen.“

„Toll! Danke“, jubelte Monika. „Das könnte ein wichtiger Schritt sein, die Identität der Geiselnehmer herauszufinden.“

„An dem wichtigen Schritt bin ich gern beteiligt.“

Sie beendeten das Gespräch.

Jasmin grinste Monika an und meinte: „Du glühst wie eine rote Glühbirne.“

Darauf wurde Monikas Gesicht noch röter.

„Ich habe auch etwas herausgefunden“, gab Jasmin mit einem stolzen Lächeln von sich. „Und zwar ist David Clements Lebensgeschichte sehr interessant, wobei ein Selbstmord in seinem Fall sogar noch plausibel gewesen wäre.“

„Das verstehe ich nicht."

„David Clement saß zusammen mit seinem Bruder Uwe Clement im Knast wegen einer ... dreimal darfst du raten!" Jasmin machte es gern spannend.

„Geiselnahme", tippte Monika.

„Richtig!"

„Wow!", staunte Monika. „Wo und wann? Wieso sind wir da nicht schneller draufgekommen?"

„Das war vor zwanzig Jahren in Berlin, deshalb", antwortete Jasmin. „Zwei Geiselnehmer brachten einen Linienbus nach einem Banküberfall in ihre Gewalt. Mit 20 Geiseln starteten sie eine mehrstündige Irrfahrt durch ganz Berlin. Nach zehnstündiger Geiselnahme konnte das Spezialeinsatzkommando den Bus stürmen und die Geiseln unverletzt befreien. Die Entführer wurden festgenommen. Diese Geiselnahme endete unblutig."

„Und die Brüder Clement waren die beiden Geiselnehmer?"

„Richtig! Ich habe inzwischen mit dem stellvertretenden Direktor des Gefängnisses Moabit Kontakt aufnehmen können. Dort haben die beiden gesessen. Der Verlauf der beiden Haftstrafen verlief sehr unterschiedlich, obwohl es Brüder sind. Während David Clement sich vorbildlich gezeigt hat und auf Bewährung einige Jahre früher entlassen wurde, geriet Uwe Clement ständig in Konflikte. Uwe Clement hatte dort neue Kontakte geknüpft, die alle wegen ähnlicher Verbrechen saßen. Da tauchen Namen auf wie Arthur Nasram, der wegen erpresserischem Menschenraub, und Gabriel Mathieu, der wegen Entführung und Vergewaltigung einer Frau gesessen hatte."

Monika schaute auf den Bildschirm, auf dem die Portraits der Inhaftierten abgebildet waren. „Sind diese Typen alle wieder auf freiem Fuß?"

„Inzwischen ja. Uwe Clement hat seine fünfzehn Jahre abgesessen und ist seit fünf Jahren wieder frei. Sein Bruder war nach zehn Jahren entlassen worden, also inzwischen wieder zehn Jahre auf freien Fuß. Von ihm hat es in dieser Zeit keine Auffälligkeiten mehr gegeben. Das liest sich für mich so, als sei David geläutert worden und hatte von Verbrechen die Schnauze voll."

„Und du glaubst, dass sein Bruder ihn zu dieser Geiselnahme überreden wollte, aber David sich geweigert hat. Deshalb wurde er erschossen", spann Monika den Faden weiter.

Jasmin nickte.

„Und die beiden anderen?"

„Von denen gibt es heute keine Spur mehr. Arthur Nasram wurde 2012 entlassen und Gabriel Mathieu 2013. Danach sind sie untergetaucht."

„Das musst du Allensbacher melden", riet Monika. „Das klingt wirklich nach einer Spur. Vielleicht können wir über diese Namen etwas über Pascal Bonnet herausfinden."

„Ich habe dem stellvertretenden Direktor von Berlin Moabit ein Foto von Pascal Bonnet zugeschickt. Ich warte noch auf seine Antwort, ob er das Gesicht kennt."

„Klasse!" Die beiden Frauen klatschten sich in die Hände.

Kurt von Westernhagen traf mit seinem Begleitschutz im provisorischen Führungs- und Lagezentrum ein, als dort gerade große Aufregung herrschte. Alle Mitarbeiter sprachen gleichzeitig und weitere Telefone klingelten.

„Was ist passiert?", fragte er seine Frau, die immer noch an dem Tisch saß, von dem er sie vor einer Stunde verlassen hatte.

„Wir haben Angaben bekommen, die vermutlich auf die Geiselnehmer zutreffen", antwortete Ehrling an ihrer Stelle.

Jolanda von Westernhagen wirkte blass, klein, eingefallen und entmutigt. Sie würdigte ihren Mann keines Blickes, als er sich neben sie setzte.

„Ich nenne Ihnen jetzt die Namen", sprach Ehrling weiter, „und Sie sagen mir, ob Sie sie aus dem Studio kennen."

Kurt nickte.

„Arthur Nasram."

„Nein!"

„Gabriel Mathieu."

„Nein!"

„Uwe Clement"

„Nein, den Namen hatten wir doch schon."

„Wir haben über David Clement gesprochen, der vermutlich sein Bruder war."

„Das ändert nichts daran, dass dieser Name bei uns nie aufgetaucht ist", stellte Kurt klar.

„Dazu Pascal Bonnet, der bei Ihnen als Hausmeister gearbeitet hat", sprach Ehrling einfach weiter. „Damit haben wir eine Gruppe von vier Männern. Das könnte passen."

„Sie haben die Putzfrau vergessen", erinnerte Kurt.

„Welche Putzfrau?"

„Sonja Jastreb hatte bei uns bis Ende Oktober als Putzfrau gearbeitet. Dann verschwand sie spurlos. Daraufhin sind Ihre Beamten Lukas Baccus und Theo Borg erst zu uns gekommen, um nach dem Rechten zu sehen."

„Und wer arbeitet jetzt bei Ihnen als Putzfrau?"

„Eine Frau Emma Martin. Pascal Bonnet hat sie vorgeschlagen."

„Das klingt in der Tat danach, als gehörte sie zu den Geiselnehmern." Ehrling staunte. „Haben Sie inzwischen wieder etwas von Sonja Jastreb gehört?"

„Nein. Es ist nicht anzunehmen, dass sie nach Polen zurückgekehrt ist. Von dort kam sie ja. Hinzu kommt, dass sie zwei Kinder zurückgelassen hat. Sie kam mir zuverlässig vor, weshalb ich befürchte, dass mit ihr etwas passiert ist."

Ehrling wandte sich an die Einsatzabschnittsleiter: „Stellen Sie fest, ob eine unbekannte Frauenleiche gefunden wurde oder eine unbekannte Frau in ein Krankenhaus in der Umgebung eingeliefert worden ist."

„Wir haben die Portraits von den Personen ausgedruckt, die

zusammen im Gefängnis waren. Vielleicht erkennt der Studiobesitzer jemand davon“, meinte Silvia und hielt Ehrling einige Fotos im DIN A4-Format entgegen.

„Gute Idee!“

Ehrling steuerte auf das Ehepaar von Westernhagen zu und zeigte ihnen die Bilder.

„Der war im Studio“, rief Jolanda aus und zeigte dabei auf Gabriel Mathieu.

Kurt nickte mit dem Kopf, als erinnerte er sich ebenfalls an den Mann.

„Wollte er sich bei Ihnen im Studio anmelden?“, bohrte Ehrling weiter.

„Ja! Aber Dierk hat ihn nicht angenommen.“

„Warum?“

„Der Mann wirkte auf Dierk wie ein Pulverfass kurz vor der Explosion.“

Ehrling setzte seine Brille zurecht und fragte weiter: „Wann war das?“

„Das war kurz bevor der ehemalige Hausmeister tödlich verunglückt ist.“

„Diesen hässlichen Kerl kenne ich auch“, mischte sich Jolanda ein und zeigte dabei auf das Portrait von Uwe Clement. „Der war auch mal im Studio.“

„Wann? Was wollte er dort? War er allein?“

„So viele Fragen.“ Jolanda schnaufte. „Er war auf jeden Fall allein. Diese hässliche Fratze hat mich richtig erschreckt. Er ging nur zwischen den Geräten auf und ab. Als einer unserer Trainer ihn angesprochen hat, ist er einfach wieder gegangen. Ich weiß aber nicht mehr genau, wann das war. Es muss in den letzten Tagen gewesen sein, sonst könnte ich mich nicht so gut daran erinnern.“

„So langsam bekommen wir alle Puzzlesteine zusammen“, kommentierte Silvia. „Sie haben das Ambiente vorher ausgekundschaftet.“

„Was bedeutet das für uns?“

„Das bedeutet, dass wir es mit einer kriminellen Organisation zu tun haben, die von Pascal Bonnet angeführt wird."

„Der Mann, den wir nirgends finden können?"

„Genau der! Wir sprechen hier von einem organisierten Verbrecher, der vermutlich schon mindestens einmal mit dem Gesetz in Konflikt geraten ist", antwortete Silvia. „Er ist ein Mann, der in seiner Kindheit vermutlich keine Nähe zu seinen Eltern erfahren hat. Dadurch hat er niemals Zuneigung gelernt, woraus auch resultiert, dass er kein Gewissen hat. Er hat sich wohl unter den Gleichaltrigen zu denjenigen mit verbrecherischen Tendenzen eher hingezogen gefühlt, als zu den anderen. Und um den Respekt bzw. die Bewunderung dieser speziellen Jugendlichen zu gewinnen, begann er schon rechtzeitig mit kleineren Hilfsdiensten im organisierten Verbrechen. Daraufhin gelang es ihm, sich solchen Verbrecherorganisationen anzuschließen, profilierte sich mit kleineren Verbrechen, die nicht sofort auffallen, und arbeitete sich auf der Karriereleiter des Verbrechers ganz nach oben, bis es ihm gelungen ist, sein eigenes Netz aufzubauen. Die Tatsache, dass wir diesen Mann nirgends finden, kann nur bedeuten, dass Pascal Bonnet nicht sein richtiger Name ist. Mit Sicherheit ist er schon einmal durch die Mühlen unserer Justiz gegangen. Das Problem, das dabei entstanden ist, kann nur sein, dass er daraus viel gelernt hat, was er jetzt gegen uns verwendet. Also hat er das Spiel letztendlich gewonnen und agiert nun ohne Gefahr zu laufen, erwischt zu werden."

„Bis jetzt", kommentierte Ehrling den Abschluss von Silvias Profil über den Geiselnehmer. „Das müssen wir ändern."

„Hoffentlich", kam es von Jolanda, die alles mitgehört hatte. „Der Gedanke, dass unsere Söhne in der Gewalt von solchen Menschen sind, macht mich panisch. Wie kommt es, dass so viele Verbrecher frei herumlaufen?"

Das Großraumbüro war nur dürftig beleuchtet. Die Lampen über den Schreibtischen der beiden Beamtinnen waren eingeschaltet, sonst nichts. Leise lief das Radio im Hintergrund. Gelegentlich war Musik zu hören, doch die meiste Zeit wurde über die Geiselnahme berichtet, ob es Neuigkeiten gab oder nicht.

Jasmin und Monika arbeiteten stumm an ihren Rechnern, suchten nach Hinweisen, tranken literweise Kaffee, um sich wachzuhalten, kamen der wahren Identität von Pascal Bonnet jedoch keinen Schritt näher.

Monikas Blick fiel immer öfter auf den Telefonapparat, als könnte sie ihn mit Blicken zum Läuten auffordern. Sie wartete auf einen Anruf von Markus Schaller, dem Teamleiter der Spurensicherung. Als könnte der alle ihre Fragen beantworten. Dabei war es nur ein Hoffnungsschimmer – nur eine Idee, die sie dazu veranlasst hatte, den Kollegen mitten in der Nacht ins Labor zu scheuchen.

Das Ergebnis, das Dr. Stemm inzwischen zu dieser Idee hatte beitragen können, gab Monika neuen Mut. Umso sehnsüchtiger wartete sie auf diesen Anruf, weil sie sich davon erhoffte, weitere Hinweise zu bekommen.

„Er ruft bestimmt gleich an“, murmelte Jasmin. „Er hat doch gesagt, dass er sich sofort meldet, sobald er etwas herausgefunden hat. Also mach dir keine Sorgen. Gleich klingelt das Telefon.“

Monika erwiderte nichts. Sie fühlte sich ertappt und achtete ab sofort darauf, ihren Blick auf den Monitor zu richten. Was ihr nur mit Mühe gelang.

Endlich klingelte das Telefon. Als sie abnahm und hörte, dass Markus Schaller am anderen Ende der Leitung war, schlug ihr Herz höher. Wiederstrebend stellte sie auf laut, damit Jasmin mithören konnte. Am liebsten hätte sie zuerst mit ihm geplaudert, aber dafür blieb ihnen keine Zeit.

„Wir haben die Seriennummer der Waffe wiederherstellen können. Die Waffe ist tatsächlich vor einigen Monaten bei einem Überfall auf die Tankstelle im Saarbasar in Saarbrücken im Einsatz gewesen, das bestätigt der Bericht der Ballistik."

„Gab es dabei Tote?"

„Der Mann hinter der Kasse wurde angeschossen, verstarb später im Krankenhaus."

„Wer steckte hinter dem Überfall?"

„Das wissen wir nicht. Die Täter sind entkommen und konnten bis heute nicht ermittelt werden."

„Also kann uns die Seriennummer letztendlich doch nicht den entscheidenden Hinweis geben." Monikas Stimmte klang entmutigt.

„Nur nicht aufgeben, Moni", meinte Markus aufmunternd. „Wir gehen mit unserer Suche nach Delikten mit dieser Waffe noch weiter zurück in die Vergangenheit. Und du solltest versuchen herauszufinden, wo die Brüder Clement zum Zeitpunkt des Überfalls waren. Vielleicht kommen wir den Jungs so auf die Spur."

„Danke", meinte Monika, auch wenn sie nicht wirklich überzeugt war.

Sie legte auf.

Jasmin übernahm das Datum und die Tageszeit, wann der Überfall stattgefunden hatte und begann sofort mit der Arbeit.

„Ich logge mich in die Handydaten von David Clement ein", sagte sie. „Er ist tot, also brauchen wir in seinem Fall keinen Durchsuchungsbeschluss."

„Das ist gut", lobte Monika. „Ich suche derweil alles nach Uwe Clement ab. Der Kerl ist so hässlich, dass sich seine Fratze jedem einprägen müsste, der ihm begegnet."

„Dein Charme ist unbezahlbar." Jasmin grinste.

„Das hilft mir leider nicht, diese Bande von Geiselnehmern zu erwischen."

„Dafür bist du ihnen nähergekommen, als jeder andere von uns. Immerhin gehe ich gerade die Sendemasten von David Clements Handy der letzten Monate durch“, meinte Jasmin. „Ist zwar nicht gerade die ideale Arbeit morgens um halb sechs im leeren Büro mit leerem Magen, wenn man von der langen Nachtschicht todmüde ist. Aber es ist ein Hoffnungsschimmer.“

„Da müssen wir jetzt durch.“ Monika zuckte die Schultern. „Aber einen Trost haben wir: Gleich kommt die Fernsehübertragung von Kurt von Westernhagen. Ich bin echt gespannt, ob die Geiselnehmer sich damit zufriedengeben.“

Ein weiterer, wesentlicher Schritt zur Verwirklichung stand kurz bevor.

Die Furchtlosigkeit sollte sich in Freude und Tatkraft verwandeln.

Was nun erwartet wurde, beseitigte die Schleier, die noch einen letzten Rest an Zweifel in sich bargen.

Es war ein Weg der Ansammlung und der Verbindung, den es gelohnt hatte zu gehen.

Der Weg war das Ziel.

Der bevorstehende Akt sollte für alles entschädigen.

Die negativen Tendenzen galt es von jetzt an auszublenden. Wie eine Giftschlange, die mit ihrer Aggression alles zunichtemachen konnte, waren auch hier so manche Illusionen getrübt worden. Es durfte nicht passieren, dass die Handlungen, die daraus resultierten, den langen zähen Aufbau einer besonderen Mission in wenigen Momenten zerstörten.

Der Unsicherheitsfaktor Mensch hatte auch hier zugeschlagen.

Den perfekten Planungen zum Trotz hatte es zu Improvisationen geführt, die alles in einem noch besseren Licht erscheinen ließen. Daraus resultierte eine weitere Herausforderung, die bewies, dass der Plan durch nichts zu stoppen war.

Es war eine weitere Beeinflussung, die das Projekt zu einem Superlativ der Machtergreifung machte.

Sie waren unschlagbar.

Ungeachtet dieser Ereignisse wurde dem vereinbarten Augenblick mit Spannung entgegengefiebert.

Ein weiterer Schritt auf den seelischen Abgrund zu, ohne den das Ziel niemals erreicht werden konnte.

Bilder von Blut und Knochen und menschlichen Überresten wurden erwartet – sehnsüchtig erwartet.

Es brauchte Opfer – viele Opfer – grausam zugerichtete Opfer – ein Meer an Opfern – es konnte gar nicht genug geben. Tote, wohin das Auge blickte, Panik, Chaos, Schreien, Blutlachen, Blaulicht, Polizei, Hilflosigkeit ...

Der Moment der Auslöschung wurde ungeduldig herbeigesehnt.

Die Sucht danach schwoll mit jeder Minute weiter an.

Was nun kam, öffnete die Pforte zum Inferno.

Kapitel 7

Es war kurz vor sechs Uhr in der Frühe. Beide Bildschirme wurden eingeschaltet – mit Ton.

Lukas spürte außer Schmerz nichts mehr. Seine Wahrnehmung litt, ebenso sein Blickfeld. Alles war verschwommen vor seinen Augen, wobei das meiste davon nur noch aus Schwärze bestand. Gelegentlich hörte er Theos Stimme, was ihm guttat. Er war also noch nicht in der Hölle, sondern weilte weiterhin unter den Lebenden. Andere Stimmen mischten sich darunter, laute, harte Stimmen, die er lieber nicht hören wollte. Er hatte aufgegeben, eine angenehmere Position zu finden. Egal, was er versuchte, es wurde nur noch schlimmer. Also verhielt er sich ganz still, damit nicht die geringste Erschütterung seinen Schmerz verstärken konnte.

„Es geht los", hörte er so nah an seinem Ohr, dass er erschrak. Das Zucken ging wie ein Feuerwerk durch seinen Körper. In Sekundenschnelle hatte er das Gefühl zu brennen.

Er stöhnte.

„Klappe!"

Die obligatorische Melodie des Nachrichtensenders *n-tv* lief, wie Lukas mitbekam – was wegen der Lautstärke nicht zu überhören war. Anschließend kam eine Sprecherin ohne Umschweife auf das Thema zu sprechen, das die Geiselnehmer interessierte.

„Guten Morgen, meine Damen und Herren. Wir beginnen mit einem News-Spezial zur Geiselnahme im Saarland. Dazu hören wir ein Statement von Kurt von Westernhagen. Herr von Westernhagen, Sie können beginnen."

Ein kurzes Zögern, dann war eine Stimme zu hören, die Lukas bekannt vorkam. Sie klang hölzern, aber es war unverkennbar die Stimme von Dierks Vater.

„Ich möchte ein Geständnis ablegen. Und zwar gestehe ich,

zu der Zeit, in der ich als Buchhalter bei der Immobilienfirma Ricci-Immobilien beschäftigt war, eine Million Euro unterschlagen zu haben. Das tut mir leid. Ich sehe ein, dass das ein Fehler war. Sie bekommen das Geld zurück. Im Gegenzug bitte ich Sie, die Geisel im Motivitas-Fitnessstudio freizulassen."

Kurze Zeit blieb alles still – im Fernsehsender ebenso wie im Studio. Dann übernahm wieder die weibliche Stimme mit den Worten: „Weiter geht es mit den Nachrichten."

Der Fernseher wurde ausgeschaltet.

„Das war alles?", krächzte eine Stimme, die zu dem Blonden gehörte, den Lukas niedergeschlagen hatte.

„Was soll er noch sagen?", entgegnete eine dunkle Stimme. „Es ist alles gesagt worden. Jetzt sagen wir den Idioten da drüben, wo sie uns das Geld hinstellen sollen und dann ist es vorbei."

„Glaubst du, dem Chef reicht das?" Wieder die Stimme von Gabriel.

Lukas spürte nur eins ganz deutlich: Der Geiselnehmer hat von „da drüben" gesprochen. Das klang für ihn so, als wüssten sie genau, wo sich die Kollegen einquartiert hatten, um die Situation zu überwachen.

Er ahnte, dass das nichts Gutes bedeutete, konnte aber nichts machen. Gar nichts. Hing nur hilflos zwischen den Ketten und hatte Mühe, nicht selbst draufzugehen. Ein Gefühl, das ihn fast in den Wahnsinn trieb. Nun kamen neben den verdammen Schmerzen auch noch innere Qualen hinzu. Sein Verstand signalisierte ihm, dass es nicht gut war, was der Geiselnehmer gerade gesagt hatte. Wenn Lukas die Stimme richtig erkannt hatte, gehörte sie zu dem Hässlichen mit dem Namen Uwe. Der Typ machte ohnehin ein Gesicht, als wollte er die ganze Welt auslöschen.

Wieder entfuhr ihm ein Stöhnen.

„Du wirst bald gebraucht", drang plötzlich die Stimme des Hässlichen ganz dicht an sein Ohr. Schon wieder zuckte Lukas zusammen. Schon wieder durchfuhr seinen Körper ein Schmerz wie er unerträglicher nicht sein konnte.

„Du hast es geschafft, du roter Fuchs. Ich mache dich jetzt von den Ketten los", sprach Uwe weiter. „Deinen Leuten bist du ja ganz schön wichtig, denn sie haben sich richtig was einfallen lassen, damit du nicht vor ihren Augen erschossen wirst."

Tatsächlich lösten sich die Ketten an seinen Fuß- und Handgelenken. Als Lukas vollständig befreit war, fiel er wie ein Sack zu Boden, als gäbe es in seinem Körper keine Muskeln und keine Knochen mehr.

Eine Weile ließen die Geiselnehmer ihm Zeit, sich zu sammeln und aufzustehen. Lukas machte einige wackelige Schritte auf und ab, bis seine Körperkoordination wieder funktionierte. Erst in dem Moment sah er, dass Theo an Händen und Füßen gefesselt auf dem Boden saß. Der Kumpel nickte ihm nur zu und lächelte sogar. Das gab Lukas das gute Gefühl, dass alles mit ihm in Ordnung war.

„Wir haben das Geld geordert", sprach Uwe zu Lukas. „Es wird unterhalb dieses Fensters auf den Boden gestellt. Du wirst es nach oben befördern."

Lukas schaute verständnislos in das faltige Gesicht, doch Uwe hatte auch darauf eine Antwort: „Mach dir keine Sorgen, du superschlauer Bulle. Wir haben an alles gedacht."

Die Stimmung im provisorischen Führungs- und Lagezentrum hatte sich verändert. Anstelle der Verzweiflung war Aufregung und Optimismus getreten. Die Geiselnehmer hatten sich tatsächlich mit dem Video von Kurt von Westernhagen zufriedengegeben.

Nun kam der Teil, der eigentlich den einzigen Schwachpunkt der gesamten Geiselnahme darstellte, nämlich die Geldübergabe. Aber auch da hatten diese Männer an alles gedacht. Die Forderung lautete, die Million Euro in eine Reisetasche zu stecken mit stabilem Griff. Diese Tasche unter das Fenster mit dem geöffneten Rollo auf den Boden zu stellen, den Griff nach oben aufgerichtet.

Ehrling ahnte, was nun kam. Niemand würde nach draußen gehen, um die Tasche zu holen. Dafür waren sie zu schlau. Der Hinweis, den Griff der Tasche nach oben zu richten, hatte ihm signalisiert, dass es auch hier nicht so einfach werden würde, die Geiselnahme zu beenden.

Die tickende Zeitbombe im Fitnessstudio machte ihm zu schaffen. Niemand wusste, ob es sie wirklich gab. Und wann sie losgehen sollte. Und ob sie überhaupt explodieren sollte. Doch ein Risiko eingehen konnten sie nicht. Zu viele Leben standen auf dem Spiel.

Blieb nur zu hoffen, dass die Flucht der Geiselnehmer der Moment war, wann sie zuschlagen konnten.

Der Beamte, der sich bereit erklärt hatte, die Tasche vor dem Studio abzustellen, wurde gerade mit allen Schutzmitteln versehen, damit er nicht durch einen Schuss getötet werden konnte. Er war ein erfahrener Polizeibeamter, bei dem Ehrling auch sicher sein konnte, dass er nicht den Helden spielen würde. Es galt lediglich, die Tasche abzustellen und unverzüglich wieder zu verschwinden.

Für diese Aktion hatten sie beschlossen, einen Beamten aus Saarbrücken zu wählen. Er sollte mit einem Auto vorfahren, aussteigen um die Tasche abzustellen und wieder davonfahren. Nichts durfte darauf hinweisen, dass sich in der Gärtnerei ein vollbesetztes Führungs- und Lagezentrum befand.

„Der Beamte ist bereit“, schallte es durch den Äther.

„Gut. Er soll losfahren“, befahl Ehrling.

Wieder hieß es warten. Jede Minute kam ihnen wie eine Stunde vor. Alle Monitore wurden mit Argusaugen überwacht. Ein gelegentlicher Blick durch das Fenster nach draußen verriet, dass es immer noch stockdunkel war. Keine gute Voraussetzung für eine Drohne mit Kamera.

Endlich sahen sie die Scheinwerfer. Gleichzeitig traf die Meldung der Polizeikontrolle ein, dass der Kollege gerade auf das Gelände fuhr.

Die beiden Lichtkegel näherten sich dem Motivitas-Center, das geisterhaft in der Finsternis lag. Der Beamte stellte das Auto so ab, dass er das Fenster mit den hochgefahrenen Rollos sofort erblicken konnte. Er stieg aus, griff wieder ins Innere des Wagens und zog eine Reisetasche heraus. Damit steuerte er den Bereich unterhalb des Fensters an. Plötzlich blieb er stehen und verharrte.

Alle Beamten, die das beobachten konnten, wurden nervös.

„Nur die Ruhe", knurrte Ehrling. „Vermutlich ist er auf die Leiche der Geisel gestoßen."

Zum Glück fasste sich der Beamte schnell wieder, stellte die Tasche am vereinbarten Platz ab und ging davon.

Nichts passierte, was diese Aktion unterbrochen oder gefährdet hätte. Der Beamte stieg in sein Auto, wendete und fuhr davon.

„Jetzt lassen wir uns mal überraschen, wie die an ihr Geld kommen wollen", murmelte Ehrling.

Silvia Tenner und Dr. Grewens saßen neben ihm am Tisch und starrten ebenso gebannt auf den Monitor.

„Das glaube ich jetzt nicht", prustete Grewens aus, als er eine Bewegung am oberen Fenster wahrnahm.

„Was?"

„Schaut selbst! Die Jungs sind wirklich perfekt organisiert."

Stumm hatten alle dem einzelnen Mann zugeschaut, der die Tasche unterhalb des Fensters abgestellt hatte. Lukas war es in der Zeit gelungen, seine Gelenke wieder beweglich zu machen. Es war nichts gebrochen oder verrenkt oder gezerrt, das beruhigte ihn. So nach und nach funktionierte auch seine Durchblutung wieder, sodass die Stellen, an denen die Ketten befestigt waren, rot anschwollen und sich ganz heiß anfühlten. Aber damit konnte er leben. Hauptsache war doch, dass er befreit worden war.

Wer die Idee mit dem Statement im Fernsehen hatte, würde ihn mal interessieren. Das war tatsächlich genau das, womit die Geiselnehmer zufriedengestellt werden konnten. Und das nach einer gefühlt ewigen Tortur – ohne Erlösung in Sicht.

„So, du superschlauer Bulle", sprach ihn nun Arthur, der Sumo-Ringer an. Er schob den Schreibtisch unter das Fenster, als sei das Möbelstück aus Pappe. Dann stellte er ein Gerät darauf, das Lukas erst beim zweiten Hinsehen als eine Seilwinde erkannte. Er staunte.

„Ich hoffe, du weißt, wie man sowas bedient", brummte der massige Mann.

Lukas nickte nur. Der Hebel um das Seile herabzulassen, war relativ klein. Mit diesem Gerät würde er sich einen Wolf drehen, bis der Haken endlich unten an der Tasche angekommen war. Aber darüber dachte er lieber nicht nach.

Arthur schob ihn an den Schreibtisch und an die Seilwinde und befahl ihn, damit die Tasche nach oben zu befördern.

Lukas legte den Haken nach außen und begann an dem Hebel zu drehen. Nachschauen, wie viel Abstand zur Tasche war, gehörte zu Theos Aufgaben. So blieben also die Geiselnehmer vor den Webcams der Polizei geschützt.

Lukas und Theo arbeiteten Hand in Hand. Reibungslos und ohne Worte war innerhalb nur weniger Minuten die Reisetasche mit dem Geld in den Händen der Geiselnehmer.

In der Ferne konnten sie ein Rotorengeräusch hören.

Lukas und Theo schauten sich fragend an. Keiner von ihnen wusste, ob das zum Einsatz der Polizei oder zur Aktion der Geiselnehmer gehörte.

„So, jetzt kommt das nächste Kapitel." Mit diesen Worten trat Pascal aus dem Vorratsraum heraus. Er gab einige Anweisungen, woraufhin die Tür zur Geiselkammer geöffnet wurde.

Alle Geiseln wurden nach draußen getrieben wie eine Herde. Lukas und Theo erhielten jeweils einen Stoß in den Rücken, sodass sie auf die anderen Geiseln zu stolperten.

Estelle stand mit verweintem Gesicht vor Theo. Ihre überlangen Wimpern klebten schief auf den Augenlidern. Theo nahm sie in den Arm, entfernte die künstlichen Wimpern und drückte sie an sich.

„Isch 'atte solsche Angst", flüsterte sie.

„Klappe halten!", brüllte Gabriel los. Sein Verband am Kopf war inzwischen mit Blut durchtränkt. Seine Augen waren blutunterlaufen und sein Gesicht beängstigend weiß. „Hier, das zieht ihr jetzt an."

Eine Kiste wurde geöffnet und umgekippt. Roter Stoff in Hülle und Fülle kam zum Vorschein. Dazu rote Teufelsmasken.

„Schaut genau nach, welches euch passt. Es sind kürzere und längere Gewänder dabei. Damit ihr euch darin bewegen könnt.

Nach nur wenigen Minuten sahen alle Geisel gleich aus. Alle waren plötzlich zu roten Teufeln mutiert.

Lukas spürte, wie sein Mut sank. So konnten die Kollegen nicht mehr erkennen, wer was war. Diese Geiselnehmer waren so was von raffiniert.

„Los, ab, raus mit euch!"

„Wohin?", wagte eine der Geisel zu fragen.

„Das werdet ihr schon sehen", lautete die Antwort. In Pascals Stimme schwang Ungeduld mit.

„Das glaube ich jetzt nicht", stöhnte Silvia.

Das gesamte Polizeiteam beobachtete, wie eine große Gruppe von Menschen den Balkon im dritten Stock betrat. Alle trugen die gleichen Umhänge und die gleichen Masken und steuerten das linke Ende des Balkons an.

Dort stellte einer der Maskierten eine Leiter auf, die bis auf das Dach reichte. Nach und nach stiegen die Verkleideten hinauf.

Im gleichen Augenblick war ein Rotorengeräusch zu hören.

„Ein Hubschrauber?“, staunte Ehrling. „Diese Geiselnehmer sind ja besser ausgestattet als wir. Mit wem haben wir es hier zu tun?“

„Sollen wir nur zuschauen?“, fragte Silvia ungehalten. „Oder tun wir was dagegen?“

„Der nächste Hubschrauber, über den wir verfügen können, ist in der Pfalz stationiert“, erklärte Ehrling. „Wenn ich die Kollegen um einen Einsatz bitte, reicht die Zeit niemals, um noch rechtzeitig hier einzutreffen.“

„Also haben die Entführer gewonnen?“

„Das Risiko, einen Polizeihubschrauber hinterherzuschicken ist zu groß“, entgegnete Ehrling ungehalten. „Was können die Kollegen tun, außer hinterher zu fliegen? Wir wissen nicht, ob die Geiselnehmer Waffen in ihrem Helikopter haben. Ein Luftkrieg wäre bestimmt nicht das, was Sie wollen.“

Silvia musste einsehen, dass der Kriminalrat recht hatte. Für sie gab es nichts mehr zu tun, außer hilflos zuzuschauen, wie die Verbrecher in ihr Fluggerät einstiegen und mit dem Geld, mit einigen Toten und mit einer Gruppe von traumatisierten Geiseln auf dem Gewissen, in die Freiheit flogen.

Dann war es soweit: Ein großer, schwarzer Helikopter landete auf dem Dach.

Die untere Klappe ging auf, eine Leiter fuhr heraus. Maskierte stiegen hinauf. Der erste, der zweite, der Dritte, der Vierte, der Fünfte, der Sechste und der Siebte. Die Klappe ging zu und das Fluggerät hob ab.

„Sieben?“ Ehrling wurde blass. „Wenn wir richtig gerechnet haben, sind es fünf Geiselnehmer.“

„Also haben sie zwei der Geisel mitgenommen, damit niemand auf die Idee kommt, den Hubschrauber abzuschießen“, erkannte Dr. Grewens.

„Und wer sind die zwei?“

„Das stellen wir jetzt fest“, bestimmte Ehrling, „indem wir rausgehen und die Leute vom Dach runterholen.“

„Von außen?“

„Ja! Wir müssen uns beeilen, denn die Bombe ist immer noch im Motivitas-Gebäude.“

Im Hintergrund lief alles auf Hochtouren. Die Feuerwehr war alarmiert und bereits mit mehreren Drehleiterwagen auf dem Weg zum Motivitas-Gebäude. Plötzlich erstrahlte der Hof im hellen Scheinwerferlicht der großen Fahrzeuge, die sich in einer Reihe postierten und die Leitern langsam hochfuhren. In den Körben fuhr jeweils ein Feuerwehrmann mit nach oben, um die Menschen zu begleiten, die heil auf den Boden gebracht werden sollten.

Krankenwagen und Polizeiwagen näherten sich ebenfalls. Vor dem Fitnessgebäude herrschte plötzlich richtig viel Betrieb. Die Wiesen und Blumenflächen wurden unbeachtet plattgefahren, damit die Rettungsfahrzeuge nah genug herankommen konnten.

„Ich muss zu ihnen“, meinte Silvia und zog sich hastig ihre Jacke über. „Ich muss sehen, ob Helmut da ist und wie es ihm geht.“

„Ich komme mit“, beschloss Ehrling.

Grewens nickte nur und meinte: „Ich helfe den Kollegen dabei, die Daten zu sichern. Das Führungs- und Lagezentrum wird jetzt zügig abgebaut, damit der Besitzer seine Gärtnerei wiedererkennt. Vorher müssen wir zusehen, dass wir alles im Kasten haben. Wir sehen uns gleich.“

Silvia winkte dem Kollegen und verließ im Laufschritt das Gebäude. Draußen überraschte sie ein kalter, nasser Wind, der über das freie Land zog. Der Weg zum Motivitas-Gebäude führte von ihrem Standpunkt aus immer geradeaus. Es war ein asphaltierter Weg, der im Normalfall nur für Fußgänger erlaubt war. Doch heute fuhren auch hier ständig blinkende oder mit Sirenen tönende Autos an ihnen vorbei. Für Silvia fühlte sich die Strecke zum Studiogebäude wie ein Marathon an, so weit kam es ihr vor. In einiger Entfernung sah sie das Ehepaar von Westernhagen, die Hand in Hand auf das Treiben vor dem Motivitas zusteuerten. Direkt vor ihr rannte Ehrling, wie sie den Kriminalrat noch nie hatte laufen sehen. Am Motivitas-Gebäude konnte sie sehen, wie die Geiseln in aller Eile vom Dach in Rettungskörben in Sicherheit gebracht wurden. Auch sah sie die vielen Einsatzkräfte, die aus allen Ecken und Richtungen kamen, wo sie ihre Stellungen bezogen hatten. Im Nu war der große Platz vor dem Gebäude voller Menschen.

Sirenengeheul beherrschte das gesamte Gebiet. Blaulicht mischte sich unter die starken Flutlichtscheinwerfer, die alles fast in Tageslicht verwandelten. Mehrere Krankenwagen verließen hintereinander das Motivitas-Center mit ihren Patienten als Fracht und heulten ihr Tatütata um die Wette.

Plötzlich gab es einen hellen Blitz, dann einen ohrenbetäubenden Knall, dem eine Druckwelle folgte, die alles in einem Umkreis von 100 Metern zu Boden riss.

Silvia überkam das Gefühl zu fliegen. Sie flog auf den Platz zu, den sie gerade noch zu Fuß hatte erreichen wollen. Sie konnte nur zusehen, wie sie auf einem Menschen landete, der gerade vor ihr auf den Boden gefallen war. Die Landung war weich. Aber dann spürte sie plötzlich, dass sie sich nicht bewegen konnte. Sie hörte nichts mehr, sah nichts mehr, bekam keine Luft mehr. In der Stille bemerkte sie nur eine Bewegung von unterhalb, von dem Menschen, auf dem sie gelandet war. Mit letzter Kraft gelang es ihr, sich herunterzuwälzen. Nun lag sie rücklings auf dem Boden, versuchte nach oben zu schauen, doch da war alles nur weiß. Endlich kam eine Reaktion von ihr.

Sie hustete. Dann erst spürte sie, dass sie nach Luft rang. Aber es war keine da. Wie von der Welt abgeschnitten fühlte sie sich. Sie schaute sich um, hustete, röchelte, winselte, wünschte sich Hilfe herbei, aber sie war ganz allein.

Nach und nach drangen gedämpfte Geräusche an ihre Ohren. Es klang so, als würde irgendwo in diesem Vakuum noch jemand husten. Silvia glaubte fast, ihre Lungen müssten platzen. Doch nichts dergleichen geschah. Sie röchelte weiter, bis ein Fuß auf ihre Hand traf. Sie schrie so laut es in ihrer Situation überhaupt möglich war. Da sah sie, wie sich ein Gesicht aus dem Weiß herausschälte. Ein fremdes Gesicht. Schmutzig schwarz, nur die Zähne weiß. Ein Mann. Sie kannte ihn nicht.

Er half ihr auf die Beine und schaffte es, sie einige Schritte zu begleiten, bis Silvia aufgab und sich wieder auf den Boden zurücksinken ließ. Er sprach mit ihr, aber sie hörte nichts. Sie konnte nur sehen, wie sich sein Mund bewegte. Sie wollte weinen vor Hilflosigkeit, doch es kamen keine Tränen. Ihre Gesichtshaut war pulvertrocken und kurz vorm Zerreißen.

Sie setzte sich auf den Boden, ließ den Mann weitergehen.

Neue Geräusche drangen an ihr Ohr.

Dieses Mal hörte sie Schreie, Weinen, Rufe, verlangsamtes Sirenengeheul, das aus dem Takt gekommen war. Was war nur passiert?

Das Weiße verzog sich nach einer Weile. Da wurde Silvia klar, dass das eine riesengroße Staubwolke war. Aus der nächtlichen Dunkelheit war inzwischen schwaches Tageslicht geworden.

Sie schaute sich um, wo sie war: Sie saß auf dem Boden direkt vor dem Motivitas-Gebäude. Sie schaute an den hohen Wänden hoch und sah, dass etliche Fensterscheiben verschwunden waren. Ansonsten sah das Gebäude aus wie immer.

Viele Leute lagen, standen oder liefen um sie herum. Manche husteten, andere suchten verzweifelt. Sanitäter stolperten orientierungslos dazwischen, als suchten sie ihre Kranken, die sie abtransportieren sollten.

Endlich konnte Silvia wieder atmen. Es fühlte sich an, als sei ein Krampf aus ihrer Brust entwichen. Sie sog die staubige Luft ganz gierig ein und musste sofort heftig husten. Dann ging es ihr besser. Sie stellte sich auf die Beine. Sie fühlten sich zwar zittrig an, aber sie konnte stehen. Vorsichtig machte sie einen Schritt nach dem anderen. Es funktionierte.

Sie war auf der Suche nach Helmut gewesen, erinnerte sie sich. Also musste sie diese Suche jetzt fortsetzen. Zuallererst galt für sie festzustellen, ob Helmut diese entsetzliche Geiselnahme gut überstanden hatte.

„Was war das?“ Mit dieser Frage tauchte Kriminalrat Ehrling neben ihr auf. Auch er sah zerzaust aus. Sein Anzug war verschmutzt und zerrissen. Seine sonst stets akkuraten Haare standen wie ein filziger Mopp in alle Richtungen. Sein Brillenglas hatte einen Sprung und sein Gesicht war fast schwarz.

Silvia konnte nur mit den Schultern zucken. Sie hatte inzwischen einige Menschen sehen können, aber keinen Helmut. Ihre Angst, dass die Verbrecher ausgerechnet ihn mitgenommen haben könnten, beschäftigte sie mehr als das, was gerade passiert war. Deshalb ging sie ohne eine Antwort einfach weiter.

Kurt von Westernhagen hatte offensichtlich seinen Sohn gefunden. Silvia sah zwei große Männer, die sich auffallend ähnlich sahen, in den Armen liegen. Jolanda stolperte wie sie über Trümmer, Glasscherben und sonstige Teile, die sich auf dem Boden verteilt hatten, und suchte. In Silvias Ohren klang immer noch alles dumpf. Die Stimmen hörten sich merkwürdig verändert an. So hatte sie auch Ehrlings Stimme nicht erkannt. Nur durch seine Anwesenheit war ihr klar gewesen, dass der Kriminalrat ihr diese Frage gestellt hatte.

Was war passiert?

Diese Frage nahm plötzlich eine große Bedeutung an. Sie schaute sich um, sah aber außer Staub, herumirrenden Menschen und Chaos nichts, was ihr eine Antwort geben könnte.

„Silvia?“

Diese Stimme kam ihr bekannt vor.

Die drehte sich um. Vor ihr stand Helmut Renske. In einer Aufmachung, wie sie den Staatsanwalt noch nie außerhalb der heimischen Mauern gesehen hatte. Er trug eine Trainingshose und ein verschmutztes T-Shirt. Sein Gesicht war ebenfalls dreckig, seine Haare jedoch so kurz, dass sie lediglich stumpf und weiß aussahen. Ebenso sein Henry-Quatre-Bart.

In diesem Augenblick fuhr ihr ein Stich der Liebe durch die Brust, der so heftig war, dass sie sich diesem Mann mit Schwung in die Arme warf.

„Nicht so stürmisch“, murmelte Renske, ohne Silvia wieder loszulassen. „Wir sind nämlich noch lange nicht fertig.“

„Was meinst du damit?“

„Die Geiselnehmer haben Theo und Lukas mitgenommen.“

Jasmin Hafner, Monika Blech und Dieter Marx standen vor dem Flatscreen und trauten ihren Augen nicht.

Die Gärtnerei, die noch bis vor wenigen Minuten als provisorisches Führungs- und Lagezentrum gedient hatte, war in die Luft geflogen. Nichts war mehr von dem Haus zu erkennen, außer den Grundmauern.

Alles hatten sie mit ansehen müssen. Eine der Webcams war genau auf dieses Gebäude gerichtet.

Menschen beobachteten sie nun, die umhertaumelten und -irrten. Ein Rettungswagen war von der Druckwelle von der Zufahrtsstraße zum Motivitas abgedrängt worden und hatte sich auf der Wiese überschlagen. Nun lag er mit jaulendem Martinshorn auf der Seite, aber niemand stieg aus.

Eine Rauchwolke bildete sich, die so dicht war, dass innerhalb von Sekunden nichts mehr auf dem Bildschirm zu sehen war. Nur noch weiß.

„Was ist da passiert?“, fragte Jasmin atemlos vor Schreck.

„Das sieht so aus, als sei die Bombe der Geiselnehmer, die angeblich im Motivitas-Gebäude war, in der Gärtnerei platziert worden“, sprach Monika und spürte, dass ihre Stimme dabei brach. „Wie viele Kollegen waren noch in der Gärtnerei?“

„*Dazu wird der Herr, dein Gott, Angst und Schrecken unter sie senden, bis umgebracht sein wird, was übrig ist und sich verbirgt vor dir. Lass dir nicht grauen vor ihnen; denn der Herr, dein Gott, ist in deiner Mitte, der große und schreckliche Gott*“, kam es mit heiserer Stimme von Dieter Marx, dessen Gesicht nur noch ein Schatten war.

„Da bekomme ich noch mehr Gänsehaut“, zischte Jasmin und rieb sich über die Arme, als könnte sie damit die Kälte aus ihrem Körper vertreiben.

„Wir müssen dorthin fahren und helfen“, beschloss Monika.

„Genau! Ich packe sofort mein Zeug, suche alles, was wir an *Erste Hilfe-Sachen* haben und ...“

„Sie werden hierbleiben.“

Wie aus dem Nichts war Allensbacher aufgetaucht. Monika und Jasmin staunten darüber, wie es möglich sein konnte, sein schwerfälliges Kommen nicht zu hören.

Schwitzend stand er da, schaute auf den übergroßen Bildschirm und fügte an: „Sie stehen dort nur im Weg. Was glauben Sie, welche Hilfsmaßnahmen dort bereits getroffen werden?! Es kommen Krankenwagen, Feuerwehr, Rettungshubschrauber – sogar aus der Pfalz und aus Frankreich kommt Hilfe zu uns. Diese Katastrophe hat ein Ausmaß, wie wir es noch nicht kennengelernt haben.“

Wieder schauten die beiden Beamtinnen auf den Bildschirm. Tatsächlich sahen sie gerade, wie ein Hubschrauber des ADAC zur Landung ansetzte. Ein weiterer schwebte in der Luft.

Blaulicht konnte im Wald gesehen werden. Rettungswagen mussten die Schleichwege wählen, um an die Gebäude heranzukommen, weil der direkte Weg nur noch aus Schutt und Asche bestand.

„Waren noch Menschen in der Gärtnerei?“, fragte Monika.

„Ja! Leider", antwortete Allensbacher. „Es gibt viele Tote. Die Leichen müssen noch identifiziert werden. Ob es jemand überleben konnte, der in dem Gebäude war, ist noch nicht bekannt."

„Und was ist mit Helmut Renske, Lukas Baccus und Theo Borg?", fragte Jasmin.

„Helmut Renske ist in Sicherheit. Er wurde gerade mit einem Rettungswagen in ein Krankenhaus gebracht. In welches weiß ist nicht, weil sämtliche Saarbrücker Krankenhäuser und welche aus der Umgebung angefahren werden müssen."

„Und ..."

„Ich weiß, was Sie gefragt haben", unterbrach Allensbacher unhöflich. „Von den beiden Beamten habe ich noch nichts gehört. Wir müssen abwarten, bis die Situation vor Ort überschaubarer ist. Dann werden wir sie finden."

„Mich beschleicht das blöde Gefühl, dass die Geiselnehmer gezielt diese beiden mitgenommen haben."

Monika nickte und fügte an: „Mich auch. Es hätte niemals rauskommen dürfen, wer sie sind."

„Der Gerichtsmediziner und die Spurensicherung sind auf dem Weg zum Tatort", meinte Allensbacher, während er sich mit einem Taschentuch durch das Gesicht rieb. „Sobald einer von ihnen etwas über die beiden Kollegen erfährt, melden sie sich bei uns."

„Hoffentlich nicht Dr. Stemm!"

Der Morgen dämmerte sehr langsam, wie Guillaume feststellte. Wie so oft, seit er Rentner war, stand er in seiner kleinen Barke mitten auf dem „Grand étang" (Großer Weiher) in Woustwiller, hatte die Angel ausgeworfen und wartete, dass ein Fisch anbiss. Solang es so dunkel blieb, schliefen auch die Fische. Zwar hatte er es nicht eilig, seit er in Rente war. Doch wunderte er sich darüber, wie lange dieser Tag auf sich warten ließ. Da hätte er fast eine Stunde länger im Bett bleiben können.

Er gähnte, schaute auf das Wasser, das in dem schwachen Lüftchen ganz kleine Wellen schlug und angenehm plätscherte. Dieses Geräusch konnte ihn einlullen. Dazu die Müdigkeit. Blieb nur zu hoffen, dass er nicht einschlief. Er zog die Thermoskanne aus seinem Rucksack und schenkte sich von dem heißen Kaffee ein, den seine Frau Anouk ihm wie jeden Morgen mit auf den Weg gegeben hatte. Damit konnte sie Tote wecken. Genau das brauchte Guillaume jetzt.

Ein Rumpeln machte sich bemerkbar, das ihn an ein Erdbeben erinnerte. Erstaunt schaute er sich um, aber alles war wie noch wenige Sekunden zuvor.

Die Häuser, die dicht am Wasser standen, waren nur durch die von innen beleuchteten Fenster erkennbar. Ein deutliches Zeichen dafür, dass das Leben in Woustviller erwachte.

Wer wusste schon, was diese Erschütterung zu bedeuten hatte. Die Erde ging sowieso bald unter. Also gab es keinen Grund für Guillaume sich aufzuregen. Er war alt und würde das Spektakel nicht mehr miterleben – ebenso seine Frau.

Wieder richtete er seinen Blick auf das Wasser und auf die Angelschnur, die darin verschwand. Als könnte er durch Hypnose die Fische dazu zwingen anzubeißen. Ein idiotischer Gedanke. Aber ausgerechnet heute stand für ihn und seine Frau Fisch auf dem Speiseplan. Also musste er heute einen lohnenden Fang machen oder der Mittagstisch blieb leer.

Beharrlich starrte Guillaume auf das Wasser. Da glaubte er, einen Helikopter zu hören. Er schaute in Richtung Himmel, konnte in der Dunkelheit aber nichts erkennen. Also behielt er weiter seine Angel im Auge.

Das Geräusch kam näher. Es war eindeutig ein Hubschrauber. Die flogen oft in der Dunkelheit über diese Gegend, das wusste Guillaume. Dabei kontrollierten sie die Stromleitungen.

Aber so früh am Morgen, dazu noch am Montag, das kam ihm doch reichlich übertrieben vor. Zu dieser Zeit schliefen doch noch die meisten Menschen.

Kopfschüttelnd vertiefte er sich wieder in die Betrachtungen seiner Angel und Angelschnur. Doch je näher der Hubschrauber kam und immer lauter wurde, umso unwahrscheinlicher war es, dass ein Fisch anbiss. Der Lärm vertrieb die Fische nur.

Guillaume ärgerte sich.

Der Hubschrauber flog verdammt tief. Auch das war bei diesen Kontrollflügen üblich. Da konnte er kaum hinschauen, weil er immer befürchten musste, dass sie sich irgendwann mal verkalkulierten und mit einem Baum oder Mast kollidierten. Aber das war bisher noch nie passiert.

Nun flog die schwarze Maschine genau über dem Weiher. Also hier konnte nun wirklich keine Stromleitung sein, dachte Guillaume. Er schaute nach oben, als könnte er das Ungetüm mit seinen Blicken vertreiben. Da geschah etwas, das er nicht erwartet hatte.

Eine Klappe unterhalb des schwarzen Bauches der Maschine öffnete sich und zwei Menschen kamen heraus gepurzelt.

So etwas hatte Guillaume noch nie gesehen.

Wie versteinert stand er auf seiner Barke und starrte auf die Gestalten, die zappelnd und Schreie ausstoßend hinunterfielen. Etwas Rotes, Großes flatterte wie Umhänge hinter ihnen her. Mit einem lauten Platsch landeten sie im Wasser. Der Hubschrauber ging in die Höhe und verschwand. Augenblicklich war alles wieder so still, als sei nichts gewesen.

Bass erstaunt behielt Guillaume seinen Blick auf die Stelle gerichtet, an der die beiden untergetaucht waren. Irgendwann mussten sie doch wieder auftauchen.

Und schon war es soweit. Zuerst der eine, dann der andere.

Er konnte Stimmen hören. Deutlich erkannte er, dass es Deutsche waren. Hastig zog er das Handy aus seiner Jackentasche, das Anouk ihm aufgeschwatzt hatte für den Fall der Fälle. Jetzt war Guillaume froh dafür, denn gerade war so ein Fall eingetroffen. Schnell rief er die Gendarmerie an und berichtete, was ihm gerade passiert war. Es dauerte einiges an Überzeugungsarbeit, bis die Gendarmen ihm diese absonderliche Geschichte glaubten und Hilfe losschickten.

Dr. Eberhard Stemm betrat die Trümmer, die einst eine Gärtnerei gewesen waren. Schon gleich am Eingang erkannte er einen abgerissenen Fuß. Einige Schritte weiter fiel sein Blick auf einen zerfetzten Arm. Dann erblickte er einen Rumpf, der so zerstört war, dass er nicht erkennen konnte, ob es sich um einen Mann oder eine Frau handelte.

Er wollte tief durchatmen, doch das ging nicht. Überall stand Rauch, der in seinem Hals kratzte. Dazu kam der Geruch, der sich hier ganz besonders konzentrierte. Für Dr. Stemm war es ungewohnt, sich am Geruch zu stören. Doch in diesem Augenblick an diesem Ort überkam ihn das Gefühl, an einem Kriegsschauplatz zu stehen. So schreckliche Bilder hatte er in seiner beruflichen Laufbahn noch niemals gesehen. Noch schrecklicher war die Tatsache, dass es hier Kollegen getroffen hatte ...

Das kam ihm wie eine Bewährungsprobe vor. Denn er liebte seinen Job. Also wäre es für ihn selbst nicht tragbar, wenn er jetzt die Nerven verlöre. Trotzdem schlug sein Herz so wild wie noch nie. Gefühle abstellen – in einem Moment wie diesem – ging nicht einfach so.

Er stieg weiter über Trümmer, bis er auf einen Körper stieß, der unversehrt aussah. Sofort erkannte er den SEK-Leiter Norbert Pflüger. Er bückte sich und suchte nach einem Puls. Trotz der Tatsache, dass der Mann sich kalt anfühlte, schlich sich eine leise Hoffnung in ihn, er könnte hier noch Lebende finden. Doch wie zu erwarten fand er kein Lebenszeichen. Er suchte an verschiedenen Stellen, machte Tests, die auf jeden Fall ausschlossen, dass der Mann noch lebte. Nichts. Norbert Pflüger war tot. Als er den Körper umdrehte, kam die Erklärung. Von der Rückseite war fast nichts mehr übriggeblieben.

Er ging weiter, stieg über Mauerreste und Ziegel, Holzteile und Glas hinweg, bis die nächste Leiche in Sicht kam. So hatte er sich das Ende dieser Geiselnahme nicht vorgestellt. So hatte sich wohl niemand das Ende dieser Geschichte vorgestellt.

Seine Beine fühlten sich nicht mehr so sicher an. Trotzdem ging er weiter. Er musste allen zeigen, dass er stark war – ein Fels in der Brandung. Auch wenn es ihm schwerfiel.

Das nächste bekannte Gesicht gehörte zu Emil Huth, dem Leiter der Abteilung Fahndung. Dr. Stemm hatte diesen Mann immer nur blass in Erinnerung. Hier lag er eingeklemmt zwischen zwei schweren Mauerblöcken mit dem Kopf nach unten. Dadurch hatten sich die Leichenflecke in seinem Gesicht gebildet, sodass es dunkelrot schimmerte. So rot, wie das Gesicht zu Lebzeiten dieses Mannes niemals war.

Weitere Leichen konnte er erblicken. Beamte in Uniform oder Zivil, die er nicht kannte, fand er zwischen Trümmern und Geröll, das sie halb verdeckte.

Auch das Wohnhaus, das direkt neben der Gärtnerei gestanden hatte, war zerstört worden. Das war der Ort, den Dr. Stemm als nächstes betrat. Hier konnte er ebenfalls nur die Spuren der Zerstörung, die die Bombe an dem Haus angerichtet hatte, erkennen. Menschliche Überreste fand er keine mehr.

Gerade wollte er sich umdrehen und zu den vielen Toten zurückkehren, als er im Augenwinkel etwas wahrnahm, was nicht dorthin gehörte. Er blieb stehen und schaute genauer hin.

Tatsächlich. Dort lag ein Mann – fast ganz zugedeckt von den hölzernen Überresten eines Schrankes. Dr. Stemm erkannte auch ihn. Es war Christian Gehl, der Leiter des Mobilen Einsatzkommandos. Er lag dort, als würde er schlafen. Dieses Mal drehte der Gesichtsmediziner den Toten zuerst um, bevor er nach Spuren von Vitalität suchte. Auch hier war der Grad der Verletzung auf der Rückseite zu erkennen. Der Hinterkopf fehlte.

Schwerfällig kehrte er zurück. In seinem Kopf zog er ein Resümee und stellte fest, dass er weder Kriminalrat Ehrling, noch Dr. Silvia Tenner gefunden hatte. Nur leider war das keine Garantie, weil viele der Toten auf den ersten Blick nicht zu identifizieren waren.

Wieder an seinem Auto angekommen, wo er sein Untersuchungsmaterial lagerte, wurde er von Markus Schaller, dem Teamchef der Spurensicherung empfangen.

„Schöne Scheiße, was?“, meinte der junge Mann.

Dr. Stemm nickte nur. Sprechen wollte er nicht, weil er befürchtete, seine Stimme könnte zu viel über seine Verfassung verraten.

„Ich habe gehört, dass Ehrling und Tenner am Leben sind“, sprach Schaller ungeachtet dieser Tatsache einfach weiter. „Ich gehe jetzt zum Motivitas-Gebäude und überzeuge mich selbst davon. Dann fange ich mit der Spurensicherung an.“

„Und wer untersucht dieses Chaos?“, fragte Stemm, wobei er sich ganz heiser anhörte.

„Dafür kommen die Kollegen der Bombenentschärfung. Sie werden die Bombe analysieren. Das gehört nicht in meinen Aufgabenbereich.“

„Gerade bekam ich von Frankreich die Mitteilung, dass zwei deutsche Männer aus einem fliegenden Hubschrauber in den Weiher bei Woustviller geworfen wurden“, berichtete Monika, nachdem sie das Telefonat beendet und den Hörer aufgelegt hatte.

„Du machst Scherze“, entgegnete Jasmin.

„Nein! Das war die Gendarmerie von Woustviller. Die beiden Männer waren eindeutig Deutsche. Sie wurden jetzt nach Sarreguemines ins Robert-Pax-Krankenhaus gebracht. Einer war ansprechbar, daher wissen sie, dass es Deutsche sind."

„Das können nur Lukas und Theo sein." Jasmin nickte mit blassem Gesicht. „Und ich ahne auch schon, wer von den beiden im schlechteren Zustand ist."

Monika nickte. „Am liebsten würde ich die beiden sofort besuchen gehen, aber wir müssen versuchen, den Flugverlauf des Hubschraubers zu rekonstruieren. Wie es aussieht, fliegen sie in Richtung Süden."

„Gibt es nicht so etwas wie einen Radar, der die Fluglinie genau beobachten kann?", fragte Jasmin.

„Doch, den gibt es. Aber unsere Gegner sind schlau genug zu wissen, wie man unter dem Radar hindurchfliegen kann, ohne gesehen zu werden."

„Mit wem haben wir es hier zu tun?"

„Das müssen wir herausfinden", gab Monika von sich. „Egal wie es dort am Fitnessstudio aussieht oder ausgegangen ist. Für uns fängt die eigentliche Arbeit jetzt erst an."

„Die Taktik, die Bombe genau dort zu platzieren, wo das geheime Führungs- und Lagezentrum eingerichtet worden ist, spricht doch dafür, dass Pascal Bonnet mit der Polizeiarbeit vertraut ist", spekulierte Jasmin. „Vielleicht finde ich deshalb nichts über ihn, weil wir die ganze Zeit an den falschen Stellen gesucht haben."

„Die Gesichtserkennung hätte ihn sofort herausgefiltert, wenn er mal bei der Polizei gewesen wäre. Wir sind doch alle registriert."

„Trotzdem gehe ich nach dieser neuen Ahnung noch mal alles durch. Der muss doch zu fassen sein." Jasmin schlug auf die Tasten, als könnte sie damit etwas ändern. „Vielleicht hat er als Privatdetektiv mit der Polizei zusammengearbeitet und kam so an Insider-Informationen ran."

Monika nickte. Ihr Handy klingelte und mit blassem Gesicht schaute sie auf das Display.

„Das ist Dr. Stemm", meinte sie tonlos, hob ab und stellte auf laut.

„Ich habe die Anweisung bekommen, jeden Toten zu melden, den ich identifiziert habe", sprach der Gerichtsmediziner mit einer Stimme, die fast nicht wiederzuerkennen war.

„Wer ist es?"

„Der Unterhändler Dr. Viktor Grewens ..."

Monika schnaufte.

„... und Karl Groß."

„Nein", entfuhr es Monika.

„Ich muss weiterarbeiten", war alles, was Dr. Stemm dazu sagte und legte auf.

Jasmin schossen unwillkürlich Tränen in die Augen. Sie unterdrückte ein Schluchzen und sagte: „Das darf nicht wahr sein. Ausgerechnet Karl! Er ist doch der Beste hier, wenn es um das Anlernen der Kommissaranwärter geht."

„Und nicht nur das", flüsterte Monika. „Er ist als Leiter der Kollegen der Bereitschaftspolizei so beliebt. Dort herrscht ein super Arbeitsklima, wie es das ganz selten noch gibt."

Die beiden Frauen schauten sich an. Da war es um sie geschehen. Sie fielen sich in die Arme und weinten hemmungslos.

Allensbacher trat aus seinem Büro, watschelte auf die Kommissarinnen zu und meinte schnaufend: „Wenn wir jetzt die Nerven verlieren, ist denjenigen nicht geholfen, die überlebt haben. Also konzentrieren Sie sich auf Ihre Arbeit."

„Tut mir leid! Aber meine Gefühle für einen verdammt guten Kollegen kann ich nicht einfach abstellen. Karl Groß hat mir den Weg zu dieser Abteilung geebnet. Sowas vergesse ich nicht", widersprach Jasmin.

„Das sollen Sie auch gar nicht. Doch jetzt gilt es, sich um die Überlebenden zu kümmern. Wie es aussieht, sind Lukas Baccus und Theo Borg in ein Krankenhaus in Sarreguemines eingeliefert worden. Die Bestätigung dafür habe ich von den Kollegen aus Frankreich bekommen. Jetzt müssen wir abwarten, bis Kriminalrat Ehrling hier eintrifft. Wenn ich richtig informiert bin, wurde er in kein Krankenhaus eingeliefert. Also versuchen Sie, Kontakt zu ihm herzustellen."

Lukas öffnete die Augen und staunte nicht schlecht. Wo war er? Alles sah nach Krankenhaus aus. Aber warum sollte er in einem Krankenhaus liegen? Ihm fehlte doch nichts. Doch kaum hatte er den Gedanken zu Ende gedacht, spürte er Schmerzen am ganzen Körper. Er konnte gar nicht zuordnen, wo es überall wehtat. Besser wäre es herauszufinden, wo es ihn nicht peinigte.

Verwirrt ließ er seinen Blick weiterwandern, bis er auf einem weiteren Bett zu seiner Rechten landete, in dem jemand lag, den er kannte: Theo.

Sein Kollege und Freund hatte sich auf seinen linken Arm abgestützt und schaute Lukas entgegen.

„Endlich wach, du Schlafmütze“, lautete die Begrüßung.

Lukas konnte nichts dazu sagen. Die Worte seines Freundes suggerierten ihm, dass er sehr lange geschlafen haben musste. Aber Lukas konnte sich nicht erinnern, warum er hier war und vor allem wo. Die Sprache, die durch die Mikrofone im Flur erschallte, klang ausländisch. Er verstand nämlich kein Wort.

„Wo sind wir?“, wagte er sich endlich zu fragen.

„In Sarreguemines im Krankenhaus.“

„Und warum?“

„Ich hoffe, du weißt noch, dass wir im Motivitas-Studio als Geisel genommen wurden?“, sicherte sich Theo ab, bevor er mit seinem Bericht begann.

„Eben! Das weiß ich noch. Doch irgendwann bricht meine Erinnerung ab.“

„Wir bekamen einen kostenlosen Flug mit dem Hubschrauber der Gangster, der jedoch leider über Woustviller endete. Dort haben uns die Jungs einfach rausgeschmissen. Sie waren aber so nett, uns in einen Weiher zu werfen. Nur so konnten wir überleben.“

Eine Weile überlegte Lukas, bis ihm alles wieder einfiel. Mit einem Stöhnen antwortete er: „So genau wollte ich es gar nicht mehr wissen. Die Tatsache, wie ein Gestrauchelter vor aller Welt am Fenster zu hängen, hat mich nicht gerade mit Stolz erfüllt."

„Wir alle haben ziemlich harte Zeiten hinter uns. Nicht nur du", entgegnete Theo. „Leider habe ich keine Ahnung, wie es in Rilchingen-Hanweiler weitergegangen ist. Hoffentlich konnten die anderen gerettet werden."

„Warum sollten sie nicht?"

„Wegen der Bombe, die Pascal Bonnet erwähnt hat. Bei diesem Typen hatte ich nicht den Eindruck, dass er nur bluffen würde."

Lukas nickte und gab zu: „Ich auch nicht."

„Jetzt musst du mir aber mal was erklären!"

Theos Tonfall überraschte Lukas so, dass er in das Gesicht seinen Kollegen schauen musste. Tatsächlich sah er darin Besorgnis.

„Was denn?"

„Was sollte dein Spruch *Ich bin bestimmt kein Trumpf im Ärmel. Diese Rechnung geht nicht auf*?"

„Wann habe ich das gesagt?"

„Als die Jungs dich an dieses Gestell gekettet haben, das vor dem Fenster stand."

Lukas spürte, wie eine Erinnerung zurückkehrte, auf die er ebenfalls liebend gerne verzichtet hätte. Es war das letzte Gespräch, das er mit Allensbacher geführt hatte, bevor sie in diesen Schlamassel geraten waren.

„Würdest du mich bitte aufklären! So pessimistisch kenne ich dich nämlich nicht", drängte Theo weiter. „Du siehst schon wieder so niedergeschlagen aus, kaum, dass ich dich daran erinnere."

„Musst du wirklich alles über mich wissen?"

„Oh ja! Lückenlos!" Theo grinste.

„Nein, musst du nicht. Wir sind doch nicht verheiratet."

„Eben! Wären wir verheiratet, wären Geheimnisse voreinander normal“, konterte Theo.

Lukas gab sich geschlagen. „Okay. Ich hatte doch diese Unterredung mit Allensbacher. Das war am Freitag, bevor dieser ganze Mist losgegangen ist.“

„Ich erinnere mich. Du bist aus Allensbachers Büro herausgekommen wie ein Sünderlein. Auf meine Frage, was los war, wolltest du nicht antworten.“

Lukas nickte. „Allensbacher hat mir deutlich gemacht, dass er mich nicht leiden kann. Angeblich wäre er nicht der Einzige, der so denkt. Er duldet mich nur, weil Kriminalrat Ehrling das will. Ich solle zusehen, dass Ehrling seinen Posten noch lange behält, sonst könne er für nichts garantieren.“

„Scheiße Mann!“, stöhnte Theo. „Der vollgefressene Sack soll sich mal nicht so aufspielen. Das was der macht, ist verwerflich. Er kriecht bei Ehrling im Garten rum und düngt den Rasen. So tief würdest du niemals sinken.“

„Danke, Kumpel.“ Sofort fühlte sich Lukas besser.

„Es ist mir ohnehin ein Rätsel, warum ein Mann wie Allensbacher einen derart hoch dotierten Posten bekommt. Durch Leistung bestimmt nicht.“

„Das ändert nichts daran, dass Allensbacher mehr zu sagen hat, als ich“, klärte Lukas auf.

„Aber solange Ehrling Kriminalrat ist, brauchen wir uns keine Sorgen zu machen“, hielt Theo dagegen. „Der weiß nämlich, was er an uns hat.“

Inzwischen hatten sie die Glassplitter im Motivitas-Studio entfernen können, ohne die Spuren darunter zu zerstören. Das war keine leichte Aufgabe gewesen, aber wichtig. Denn nun galt es für Markus Schaller, alles herauszufinden, was auf die Täter hindeutete. Heute war bereits Dienstag und sie hatten von ihnen immer noch keine Spur. Der Hubschrauber war entkommen. Sie waren unter dem Radar hindurchgeflogen, womit sie ihre Flucht perfekt durchgezogen hatten.

Im Studio sah es aus, als sei die Bombe tatsächlich dort eingeschlagen. Einige der leichteren Sportgeräte waren umgefallen, was der Druckwelle zu verdanken war. Hinzu kam, dass das Bombenräumkommando alles abgesucht hatte – und so wie es hier aussah, dabei nicht gerade vorsichtig vorgegangen war.

Diese Verwüstungen erschwerten seine Arbeit natürlich. Doch das sollte ihn nicht entmutigen. Er beschloss, mit den einzelnen Räumen zu beginnen, die von der Druckwelle verschont geblieben waren.

Schnell fand er heraus, wo die Geiseln über die vielen Stunden festgehalten worden waren. Ein kleiner Raum, für diese Gruppe von Menschen viel zu klein, dessen eigentliche Funktion sich dem Spurensicherer nicht erschloss.

Markus schaute sich in den anderen Räumlichkeiten um. Interessant war das Büro. Dort fand er fast alle Ordner geöffnet vor, sodass auf den ersten Blick zu erkennen war, welche Informationen die Gangster gesucht hatten. Es ging eindeutig um Buchhaltungsunterlagen. Bedeutete das in etwa, dass sie sich nicht einmal sicher waren, ob Kurt von Westernhagen wirklich derjenige war, der die Million unterschlagen hatte?

Das wurde ja immer interessanter.

Der nächste Raum befand sich auf der anderen Seite der Theke. Dort fand Markus, was er suchte. Hier haben sich die Täter aufgehalten. Auch ein geschickter Schachzug, denn hier befand sich das Vorratslager. Zwar bestand es – wie in einem Sportstudio auch zu erwarten – hauptsächlich aus Eiweißriegeln, Eiweißpulver zum Mischen von Shakes und sonstigen Power-Foods, die nicht wirklich was mit normaler Ernährung zu tun hatten. Aber zum Überleben reichte es allemal.

Was er ebenfalls fand, waren leere Bier- und Weinflaschen. Auch war in diesem Raum geraucht worden. Der kalte Rauch stand noch in der Luft.

Hier fand er so viel DNA-Material, dass es keinen Zweifel mehr an der Identität der Täter geben würde. Sofort wies er einen Mitarbeiter an, alles einzusammeln. Markus zog weiter seine Runde durch das Studio, bis er einsehen musste, dass er die interessantesten Plätze hier oben gefunden hatte. Blieb noch der Keller.

Mit dem Aufzug fuhr er nach unten. Dort standen alle Türen offen. Auch hier hatte das Bombenräumkommando sich zuerst absichern wollen, dass nicht noch eine Bombe für eine unangenehme Überraschung sorgen konnte. Dem war nicht so gewesen. Also sollte er in den Räumen sicher sein. Trotzdem fühlte er sich nicht sonderlich wohl. In jeder dunklen Ecke glaubte er Geräusche zu hören. Vermutlich spielten seine Nerven verrückt.

Er stieß auf einen Raum, in dem rote Gewänder und rote Masken lagen. Markus zählte sie durch und stellte fest, dass die Geiselnehmer mit einer weitaus größeren Gruppe an Geiseln gerechnet hatten. Hier lagen noch 10 solcher Verkleidungen original verpackt. Er gab seinem Mitarbeiter den Auftrag, alles einzupacken und mitzunehmen.

Weiter durchsuchte er die Kellerräume, die überwiegend ungenutzt und lediglich an den Wänden weiß getüncht waren. Außer Lüftungsrohren und einem ausgeklügelten Klimaanlagensystem, das einen ganzen Raum einnahm, hatten diese Räume keine Funktion. Bei seiner Suche stieß er auf einen Raum, der als Lager benutzt worden war. Provisorische Feldbetten standen immer noch aufgeschlagen dort. Schlafsäcke lagen darauf. Essensvorräte gammelten vor sich hin. Leere Bier- und Weinflaschen und auch hier und da mal eine Mineralwasserflasche. Hier hatten sie also campiert und gewartet, bis der richtige Moment gekommen war. In diesen Raum schickte er ebenfalls einige seiner Mitarbeiter, damit sie alles akribisch absuchten. Hier gab es mit Sicherheit jede Menge Hinweise. Niemandem gelang es, über mehrere Tage hinweg keine einzige Spur zu hinterlassen.

Zufrieden suchte Markus weiter.

Der letzte Raum, den er ansteuerte, war für die Wasserversorgung zuständig. Viele Leitungen hingen an den Wänden und führten alle zu einem blauen Wasserfilter, der so groß war wie eine Waschmaschine. Markus ging den Rohren nach, die in einen Nebenraum führten. Dort fiel sein Blick auf eine Bodenklappe, in der ebenfalls große Rohre verschwanden.

Neugierig geworden öffnete er die schwere Klappe.

Der Geruch, der ihm entgegenschlug, ließ ihn Schlimmes ahnen. Tief im Schacht befand sich eine Wasseransammlung und darin trieb die Leiche eine Frau. Zum Glück konnte Markus nur einen Teil ihres Rückens sehen, der mit einer dunklen Jacke bedeckt war. Auf mehr Einzelheiten war er nicht scharf. Das gehörte eindeutig zum Arbeitsbereich von Monika Blech.

Er wollte die Klappe wieder sinken lassen, um seine Nase zu schonen, da fiel sein Blick auf die Unterseite der Metallklappe. Er erschrak: Dort hing eine handschriftliche Nachricht in eine Folie eingepackt, um sie vor der Nässe zu schützen.

Die Nachricht, die darauf stand, ließ ihm die Nackenhaare zu Berge stehen.

Den Fernseher hatten Lukas und Theo ausgeschaltet, weil sie kein Französisch verstanden. Da zogen sie es vor, sich miteinander zu unterhalten, was im Laufe des Tages auch immer ermüdender wurde. Niemand hatte sie bisher besucht, niemand auf dem Laufenden gehalten, wie es am Motivitas-Center weitergegangen war, niemand berichtet, ob die Geiselnehmer gefasst wurden oder entkommen waren.

„Zu dämlich, dass ich nicht weiß, wo meine Klamotten sind“, murrte Theo. „Sonst hätte ich mich auf den Weg zu einem Telefon machen und die Kollegen anrufen können.“

„Ich könnte dir doch meinen Krankenhauskittel für die Rückseite ausleihen“, meinte Lukas grinsend. „Dann kann dir keiner was weggucken.“

„Sehr witzig."

„Vielleicht sollten wir die Glotze doch wieder einschalten. Es könnte doch sein, dass sie etwas über die Geiselnahme bringen. Anhand der Bilder können wir uns ungefähr ausmalen, was gemeint ist."

Theo nickte und erhob sich aus seinem Bett. Im gleichen Augenblick klopfte es. Erschrocken sprang er zurück und deckte seinen lediglich mit einem dünnen Hemdchen bekleideten Körper hastig zu. Schon öffnete sich die Tür. Staatsanwalt Renske und Estelle Fournier traten ein. Renske wirkte so zerzaust, wie Lukas und Theo den Mann noch nie gesehen hatten.

„Na Jungs! Einfach so aus dem Staub machen, hat wohl nicht geklappt", meinte Renske und begrüßte jeden der beiden mit Handschlag.

Estelle sah mit ihren schulterlangen Haaren, mit ihren normalen Wimpern und ungeschminkt sehr verletzlich aus. Und jung. Sofort steuerte sie Theos Bett an, warf sich dem Oberkommissar in die Arme und schluchzte: „Isch 'atte solche Angst um disch."

Theo gelang es, sich aus der Umklammerung zu befreien und meinte: „Unkraut vergeht nicht."

„Rede nischt so ein duumes Zeug", schimpfte Estelle. „Diese Gangster 'atten es auf euch abgesehen. Das war doch einfach nur terrible."

„Aber sie haben uns am Leben gelassen. Vermutlich, weil wir Polizisten sind. Sobald Polizei getötet wird, sehen ihre Chancen zu entkommen viel schlechter aus."

Darauf folgte Schweigen.

Erstaunt schaute Theo auf die beiden, dann auf Lukas. Doch der verstand das Verhalten der Besucher genauso wenig.

„Was ist los?", wagte sich Theo zu fragen.

„Ihr wisst es noch nicht?", kam es von Renske zurück.

„Würden wir sonst fragen?" wurde Lukas ungeduldig.

„Okay, dann macht euch auf was gefasst!" Renske atmete tief durch und antwortete endlich: „Die Bombe, die angeblich im

Gebäude des Motivitas-Gebäudes platziert war ..."

„Angeblich?"

„... war die ganze Zeit in der Gärtnerei Krämer. Kaum seid ihr mit dem Hubschrauber weggeflogen, ist sie hochgegangen."

Stille.

Langanhaltende Stille

Estelles Schluchzen war das erste, was diese bedrückende und lähmende Schweigsamkeit unterbrach.

„Gibt es Überlebende?", fragte Theo tonlos.

„Ja. Einige waren zufällig draußen, weil sie zu uns wollten, während wir von der Feuerwehr vom Dach gehoben wurden", antwortete Renske. „Aber alle, die in der Gärtnerei waren, sind tot."

„Wer?"

„Fast der ganze Beraterstab."

„Und Ehrling?"

„Der war zufällig draußen. Dafür wurde er vom Dienst suspendiert."

Lukas riss die Augen weit auf und meinte: „Warum das denn? Was kann Ehrling dafür?"

„Er hat das Führungs- und Lagezentrum in die Gärtnerei verlagert. Wäre er im Gebäude der Polizei geblieben, wäre das nicht passiert."

„Das konnte er doch nicht vorher wissen."

„Nein! Aber ein Kopf muss rollen. Für die vielen toten Polizisten müssen jetzt Erklärungen und Entschuldigungen her. Da bietet sich Ehrling doch bestens dafür an."

„Und wer wird sein Nachfolger?"

„Davon war bis jetzt noch keine Rede", antwortete Renske. „Mir scheint aber, dass dich die Tatsache dieser Suspendierung mehr beschäftigt als die vielen Toten."

„Entschuldige", lenkte Lukas hastig ein. „So war das nicht gemeint."

„Karl Groß hat es auch erwischt."

Lukas ließ sich ins Kissen zurücksinken und hielt sich die

Augen zu. Theo befreite sich mühevoll aus Estelles Umarmung und stammelte: „Das ist hoffentlich alles nur ein Traum."

„Leider nicht." Renske zog sich einen Stuhl herbei und ließ sich zwischen den beiden Betten nieder. „Dr. Viktor Grewens ist auch unter den Opfern."

„Was ist mit Silvia?", fragte Theo.

„Sie gehört zu den Glücklichen, die gerade die Gärtnerei verlassen hatten, als die Bombe hochging. Wir fanden uns in der Staubwolke und den Trümmern, die bis vor das Motivitas-Gebäude geflogen sind."

„Gott sei Dank!"

„Sie wurde ebenfalls suspendiert."

„Warum das denn?"

„Laut Innenminister hat sie als Unterhändlerin versagt. Dr. Grewens können sie keine Vorwürfe mehr machen, weil der selbst unter den Opfern ist. Also kriegt Silvia die gesamten Vorwürfe ab."

„Was will sie jetzt machen?"

„Ich habe ihr eine Stelle in der Staatsanwaltschaft angeboten. Dort brauchen wir Profiler genauso dringend. Sie überlegt es sich noch."

„Das ist gut", lobte Theo. „Sie hat es bestimmt nicht verdient, für etwas bestraft zu werden, was andere verbocken."

„Das sehe ich auch so." Renske nickte, schaute an sich herunter und zupfte an dem dehnbaren Stoff seiner Trainingshose. „Ich glaube, ich sollte mal nach Hause fahren und mich umziehen. Ich sehe ja zum Fürchten aus."

„Ich wundere mich ohnehin, dich in diesem Aufzug hier zu sehen." Theo lachte.

„Zuerst wollte ich mich absichern, dass es euch gutgeht."

„Das ist schön."

Doch bevor sich Renske vom Stuhl erhob, fiel ihm noch etwas ein: „Die verschwundene Putzfrau Sonja Jastreb wurde gefunden."

„Wo?"

„Im Brunnenschacht im Keller des Motivitas-Gebäudes. Sah nicht mehr so gut aus.“

„Also hattest du von Anfang an Recht, als du hinter dem Tod des Hausmeisters ein Verbrechen gewittert hast.“ Theo schaute seinen Freund an, wobei seine Mimik ein schlechtes Gewissen verriet. „Hätte ich mich nicht so dagegen gesträubt, hätten wir vielleicht diesen ganzen Mist verhindern können.“

„Hätte mein Onkel Titten, wäre er meine Tante“, entgegnete Lukas darauf. „Hinterher ist nichts mehr zu korrigieren.“

„Wie ist sie gestorben?“ Diese Frage richtete Theo an Renske.

„Ertrunken! Es ging ein Kampf voraus, der sie bewegungsunfähig gemacht hat, sonst hätte sie sich womöglich befreien können.“

„Klingt übel.“

„Wie diese ganze Chose hier.“

„Und die Geiselnehmer?“

„Die sind entkommen.“ Renske rümpfte die Nase. „Da habt ihr noch eine Menge zu tun. Denn die müsst ihr auftreiben, egal wo sie gerade sind. Bei Ricci-Immobilien hat es tatsächlich eine doppelte Buchführung gegeben.“

„Jetzt wird es richtig unheimlich“, gestand Lukas.

„Kann man so sagen. Zufälle gibt es hier keine. Nach dieser Aktion fand die Vermögensabteilung tatsächlich heraus, dass genau eine Million Euro an den Geschäftskonten vorbeigeschleust worden sind. Wie das gemacht worden ist und wo das Geld ist, weiß niemand. Und wer das getan hat, auch nicht. Zurzeit nimmt sich die Steuerfahndung zusammen mit der Staatsanwaltschaft diesem Fall an und prüft alles. Sollten die nicht weiterkommen, wird eure Abteilung für Vermögenskriminalität dazugeschaltet.“

„Du meinst damit bestimmt Andrea Peperding?“, sicherte sich Lukas ab.

Renske grummelte: „Diese Frau ist wie eine Wanze – immer, wenn man glaubt, man ist sie los, taucht sie an anderer Stelle wieder auf.“

Lukas und Theo erwiderten den Kommentar mit einem Nicken.

„Das ändert aber nichts daran, dass wir alle noch viel Arbeit bekommen werden. Der Mist-Fall fängt für uns alle jetzt erst richtig an."

Der Staatsanwalt steuerte auf die Tür zu, blieb davor stehen und drehte sich noch einmal um.

„Was gibt es denn noch?", fragte Lukas. „Die Hiobsbotschaften reichen eigentlich für heute."

„Es gab noch eine Sache, die ihr wissen solltet: Das Dementi, das nach Kurt von Westernhagens Geständnis ausgestrahlt werden sollte, wurde verhindert."

„Und wie?"

„Im Brunnenschacht, in dem die Leiche der Putzfrau gefunden wurde, hing ein handschriftlicher Zettel mit der Warnung, dass auf dem Halberg eine Bombe platziert worden sei, für den Fall, dass ein Widerruf ausgestrahlt werden sollte. Diese Leute waren wirklich auf alles vorbereitet und bestens informiert. Der Halberg wurde evakuiert. Das Bombenräumkommando sucht noch."

Teil III

Der Weg war das Ziel.

Auch wenn er steinig war. Und mit Leichen gepflastert.

Die beeinflussenden und mitwirkenden Bedingungen machten sich in diesem Fall direkt bemerkbar. Nur so konnten Ziele erreicht werden. Dazu gehörten die Elemente Erde, Wasser, Feuer, Wärme, Wind und Raum.

Diese Erkenntnis war und blieb unabänderlich. Egal, welche Ressourcen bereits verbraucht waren.

Die direkten Ursachen waren die einzelnen Bewusstseinsmomente in unserem Geist. Eine unaufhörliche Kette wurde dadurch gebildet, die durch den Tag, das ganze Leben, den Zustand zwischen Leben und Tod führte. Der Grund dafür war die Mitwirkung der Elemente, die aus dem menschlichen Körper leicht herauszuleiten waren. Die Festigkeit im Körper war vergleichbar mit dem Erdelement, die Flüssigkeiten das Wasser, die Wärme das Feuer, die Atmung der Wind, der Platz für die Organe galt als Raum.

Alle diese Elemente hatten den Platz vor dem Studio breitflächig bedeckt und so keinen Zweifel gelassen.

Und was geschah als nächstes? Wenn nichts mehr davon zählte?

Bei dem Ansatz, dass jedes Ziel nur durch das Vorhandensein seines Gegenteils seine Verwirklichung erfährt, wurde mit erneuter Kraft weitergekämpft.

Das nächste Kapitel begann. Mit dem Wissen, wer Lukas und Theo wirklich waren und der Erkenntnis, ihnen fast auf den Leim gegangen zu sein, war es möglich, alles was sich als hinderlich erwies, zu beseitigen. Nichts hatte sie aufhalten, nichts vom Weg abbringen, nichts ihre Meinung ändern können. Eine gute Voraussetzung, die dem Projekt eine noch viel größere Bedeutung beimaß.

Nun hieß es, den Weg nach Gabelungen abzusuchen. Abspaltungen, die ebenfalls vernichtet werden mussten. Keine Irrwege, keine Sackgassen, keine Einbahnstraßen durften übrigbleiben. Nichts, was den Plan vereiteln, dem Ziel im Weg stehen konnte.

Noch mehr Leichen? Das klang verdammt gut.

Der Zenit war noch lange nicht überschritten.

Kapitel 8

Kurt von Westernhagen stand am Fenster, das zur Warndtstraße hinaus zeigte und beobachtete die beiden Polizeiwagen auf der gegenüberliegenden Straßenseite. Er schüttelte den Kopf, verließ seinen Platz und ging zur Rückseite seines Hauses, das in der Jahrhundertwende gebaut worden war und sich von Anfang an in Familienbesitz befand. Es war damals üblich, sich während der florierenden Wirtschaft des Bergbaus in der Nähe anzusiedeln und zu bauen. Sein Großvater war Anfang des 20. Jahrhunderts vom Leiter der Bergwerksdirektion zum Bergwerksdirektor bis zum Berghauptmann, Leiter der Königlich Preußischen Bergwerksdirektion in Saarbrücken aufgestiegen, was ihm natürlich die Möglichkeit geboten hatte, Wohnhäuser für seine eigene Familie zuerst in Auftrag zu geben. Früher waren sie eine große Familie gewesen, weshalb rechts und links an dieses Haus angebaut worden war. So konnte die Familie näher zusammenwohnen und die Beschäftigten des Bergbaus waren dicht an ihrem Arbeitsplatz. Inzwischen waren die Verwandten entweder verstorben oder wegezogen und hatten ihre Häuser verkauft. Durch häufige Wechsel der Hausbesitzer in den letzten Jahren war das Verhältnis zu den Nachbarn nicht gerade innig geworden. Außer einem gelegentlichen „Hallo“ oder „Guten Tag“ gab es kaum Konversation. Doch zurzeit, da diese Geiselnahme in aller Munde war, hielten sich die ohnehin zugeknöpften Nachbarn noch mehr zurück, als wollten sie Kurt die Schuld daran geben.

Er ging am Fernseher vorbei, der unentwegt lief, jedoch ohne Ton. Vom rückwärtigen Fenster aus konnte er nur Gärten in unterschiedlichen Größen erkennen, wovon kein einziger zu seinem Haus gehörte. Eine Entbehrung, an die er sich im Laufe der vielen Jahre gewöhnt hatte. Ständig war es aus diesem Grund innerhalb seiner Familie zum Streit gekommen. Die Verwandten rechts und links hatten sich um die Grundstücke gerissen, während sein Vater es versäumt hatte, sich darum zu kümmern. Später, als das Haus mit Kurt und seinen vier Geschwistern kinderreich geworden war, hatte kein Gelände mehr zum Verkauf gestanden. Die Streitigkeiten hatten jedoch zusammen mit der Reduzierung der Familienmitglieder immer weiter abgenommen. Heute war es egal. Im Gegenteil: Heute wäre ein Garten nur noch hinderlich. Kurts einziger Sohn war erwachsen und lebte in einer charmanten Altbauwohnung im Nauwieser Viertel in Saarbrücken. Jolandas Sohn Lewin hatte erst vor kurzem einen Industrie-Loft mitten in der Landeshauptstadt bezogen. Das alte Schwimmbad von Saarbrücken war umgebaut worden und bot nun Eigentumswohnungen, die heiß begehrt waren. Lewin gehörte zu den Glücklichen, die schönste dieser Wohnungen erwischt zu haben. Jolanda, seine zweite Frau, hatte kein Interesse an einem Garten. Der Anblick durch das Fenster, der grüne Wiesen und bunte Farben der Blumen bot, genügte ihr völlig.

Am Vormittag waren er und seine Frau erst aus dem Evangelischen Krankenhaus in Saarbrücken entlassen worden. Nach dem schweren Bombenattentat hatten alle unmittelbar Betroffenen sich auf Rauchvergiftung oder sonstige Verletzungen untersuchen lassen müssen. Zum Glück war ihnen beiden außer dem Schock nichts passiert.

Doch seit sie zu Hause waren, interessierte sich Jolanda für rein gar nichts mehr. Sie saß im obersten Stockwerk und schmollte. Ihre Ehe war an einem Tiefpunkt angekommen, wie Kurt es noch nicht hatte erfahren müssen. Sie warf ihm vor, das Geständnis vor laufender Kamera gemacht zu haben. Nur deshalb war jetzt Personenschutz notwendig. Eine Polizeibeamtin befand sich sogar im Haus. Durch die vielen Etagen und Zwischenetagen konnte Kurt nicht ausmachen, wo sie sich gerade aufhielt. Aber eins war klar: Sie war da. Das war ihre Pflicht. Jolanda hatte ihr unmissverständlich zu verstehen gegeben, dass die Anwesenheit einer Polizistin im Haus nicht erwünscht sei. Leider änderte das nichts an den Vorschriften, die die Beamtin einzuhalten hatte.

Kurt seufzte. Nach langem aus dem Fenster starren erblickte er endlich einen Polizisten, der die Rückseite des Hauses überwachte. Eigentlich sollte ihn das beruhigen. Doch leider machte es Kurt nur wütend.

Jetzt war er der Gefangene, während die Geiselnehmer spurlos verschwinden konnten. Da sollte noch einer behaupten, dass sich Verbrechen nicht lohne.

Wieder wechselte er von der Rückseite des Hauses zur Vorderfront. Wieder sah er die Bilder auf dem Fernseher. Immer noch verweilten sie auf dem Halberg. Neugierig geworden, stellte er den Ton an. Doch was er dort zu hören bekam, gefiel ihm nicht. Die Suche nach der Bombe war bisher ergebnislos verlaufen. Diese verdammte Bombe! Diese verdammten Verbrecher! Wie hatten sie wissen können, dass er ein Dementi aufnehmen würde? Woher kamen diese Verbrecher, dass sie sich so gut auskannten? Mit seinem Geständnis, das deutschlandweit ausgestrahlt worden war, war Kurt gebrandmarkt für etwas, das er nicht getan hatte.

Wütend stellte er den Ton wieder ab und setzte seinen Weg zur vorderen Fensterfront fort.

Das Telefon klingelte.

Kurt zuckte zusammen, als sei eine Bombe direkt neben ihm hochgegangen. Seine Nerven lagen blank. Mit zitternden Händen hob er ab und nannte seinen Namen.

„Hier spricht Erster Kriminalhauptkommissar Wendalinus Allensbacher“, schnaufte es in den Hörer. „Ich bin ab sofort Ihr Ansprechpartner, was den Fall der Geiselnahme im Motivitas-Center betrifft.“

„Warum nicht Kriminalrat Ehrling?“, fragte Kurt. „Mit ihm habe ich an dem Abend in der Gärtnerei viele Einzelheiten besprochen, die vielleicht noch wichtig sein könnten.“

„Das ist hier alles vermerkt. Sie werden mit mir vorliebnehmen müssen. Der Grund, warum ich jetzt bei Ihnen anrufe, ist die Tatsache, dass der Saarländische Rundfunk nicht mehr bereit ist, die Gegendarstellung zu Ihrem Geständnis auszustrahlen.“

„Aber das darf doch nicht wahr sein.“ Kurt war fassungslos. „Dann bin ich schuldig, ohne jemals schuldig gewesen zu sein. Hinzu kommt, dass ich mich weiterhin in großer Gefahr befinde. Wollen Sie mich den Rest meines Lebens überwachen lassen?“

„Ich verstehe Ihre Erregung ...“, schnaufte es in den Hörer.

„Das glaube ich kaum“, unterbrach Kurt ungehalten. „Ich wollte mit dem Geständnis Leben retten. Dass ich damit mein eigenes in Gefahr bringe, wäre mir niemals in den Sinn gekommen.“

„Wir werden für alles eine Lösung finden“, versuchte Allensbacher weiterhin, Kurt von Westernhagen zu beruhigen. „Deshalb rate ich Ihnen, mit uns zu kooperieren. Nur dann wird es uns gelingen, die Täter zu fassen und somit die Gefahr zu beseitigen.“

„Ich habe einmal mit Ihnen kooperiert. Was dabei herausgekommen ist, sehen Sie ja.“

„Das war die Zusammenarbeit mit Hugo Ehrling. Nicht mit mir“, stellte Allensbacher klar.

Klack. Die Leitung war tot.

Die Stimmung im Großraumbüro war an diesem Montagmorgen niedergeschlagen. Lukas steuerte hastig seinen Schreibtisch an und ließ sich dahinter nieder, als wollte er sich verstecken. Die Tatsache, dass Hugo Ehrling vom Dienst suspendiert worden war, machte ihn nervös. Allensbacher hatte seine Einstellung ihm gegenüber mehr als deutlich gemacht. Sollte er jetzt die Gelegenheit haben, Lukas zu feuern?

Bei dem Gedanken wurde ihm heiß und kalt zugleich. Wie oft hatte es mit seiner beruflichen Laufbahn bereits auf der Kippe gestanden? Jedes Mal war es Ehrling gewesen, der ihm noch eine Chance gegeben hatte. Ob jetzt das endgültige Aus für ihn bevorstand? Er fuhr sich durch seine roten Haare. Dabei spürte er, dass seine rechte Schulter immer noch schmerzte und in der Bewegung eingeschränkt war. Daran erkannte er auch, dass er älter wurde. Früher waren solche Qualen schneller überstanden. Bei dem Gedanken schüttelte er den Kopf. Diese negativen Gedanken taten ihm nicht gut. Er musste umdenken – aber schleunigst. Das Haar, das vor seinen Augen auf dem Schreibtisch landete, war weiß.

Verzweifelt schloss er die Augen.

Jasmin Hafner betrat das Büro. Anstatt zu ihrem eigenen Schreibtisch zu gehen, blieb sie bei Lukas stehen und meinte mit einem strahlenden Lächeln: „Wie schön, dass du diese grässliche Tortur so gut überstanden hast. Du siehst zwar ganz schön fertig aus. Aber man hat mir versichert, dass du ein zäher Hund bist – und das hat sich zum Glück bestätigt."

Auch mit dieser Begegnung fühlte sich Lukas nicht wohl. Zu gut hatte er noch sein verpatztes Date mit Jasmin in Erinnerung. Aber das schien die Kollegin nicht zu stören. Sie ging nämlich immer noch nicht an ihren eigenen Platz, sondern zog sich einen Stuhl heran, um es sich bei Lukas bequem zu machen.

„Warum schaust du so griesgrämig drein?"

Lukas überlegte, was er sagen sollte. Doch da ihm keine Ausrede einfallen wollte, platzte er grundehrlich heraus: „Mir ist unser Date immer noch peinlich."

Nun lachte Jasmin ganz laut. Lukas warf verstohlene Blicke in alle Richtungen. Einige Kollegen schauten hinüber, andere kümmerten sich nicht darum. Die Tür zu Allensbachers Büro blieb zu.

„Ist das Walross schon da?", fragte Lukas, nachdem Jasmin sich wieder beruhigt hatte.

„Nein. Er hält sich zurzeit viel im Innenministerium auf. Hofft wohl auf eine Beförderung."

„Scheiße", fluchte Lukas.

„Warum reagierst du darauf so heftig?" Jasmin staunte.

Lukas zögerte einen Moment, schaute in Jasmins dunkle Augen und antwortete: „Allensbacher hat mir klargemacht, dass er mich hier nur duldet, weil Ehrling hinter mir steht ... stand."

„Oh!“ Mehr brachte Jasmin nicht heraus. Mit fragendem Blick schaute sie Lukas an, schien etwas sagen zu wollen, blieb aber letztendlich stumm.

In diesem Augenblick gefiel ihm wieder alles an ihr, ihre schwarzen Haare, ihr blasses, ebenmäßiges Gesicht, ihr strahlenden Augen, ihr roter Mund ...

„Eine Allmachtsstellung bekommt er trotzdem nicht“, sprachen gerade diese verführerischen Lippen und nahmen dabei bestimmende Züge an. „Der hat gar nicht kapiert, was er an dir hat.“

Dafür könnte Lukas diese hübsche Frau auf der Stelle küssen. Aber er hielt sich zurück. Wer wusste, was sie wirklich für ihn empfand ... nach dem verpatzten Date.

Als könnte sie Gedanken lesen, sagte sie plötzlich: „Und was unser Date betrifft: Mach dir da mal keine Sorgen. So schnell wirst du mich nicht los.“

„Das klingt wie eine Drohung.“ Lukas grinste.

„Ein Versprechen.“ Mit einem Augenzwinkern erhob sich Jasmin, stellte den Stuhl zurück und ging an ihren eigenen Schreibtisch.

Lukas schaute ihr nach und konnte nicht glauben, was er da gerade gehört hatte. Diese süße Schnecke hatte offensichtlich noch Interesse an ihm. Das machte seine Laune schlagartig besser.

Theo trat an den Schreibtisch und versperrte Lukas die Sicht.

„Wieder am Flirten?“

„Blödsinn“, wehrte Lukas ab und fuhr seinen Rechner hoch.

Sie waren beide nach einem viertägigen Krankenhausaufenthalt in Saargemünd am Wochenende entlassen worden. Von den Kollegen hatte sie niemand besucht, weshalb sie nicht auf dem Laufenden waren, welche Ergebnisse die Fahndung nach den Geiselnehmern gebracht hatte.

„Weißt du inzwischen, wie der Stand der Dinge ist?“, fragte Theo.

„Nein. Allensbacher ist im Innenministerium und ringt um den Posten des Kriminalrats. Wer uns jetzt Anweisungen gibt, kann ich dir nicht sagen. Ich bin auch erst seit fünf Minuten hier."

„Wir werden heute nicht viel zum Arbeiten kommen", rief Jasmin von ihrem Tisch aus. „Heute Nachmittag werden die Kollegen zu Grabe getragen, die beim Bombenanschlag umgekommen sind."

„Shit", murmelte Theo. „Wie viele hat es erwischt?"

„Aus den anfänglich 17 sind 21 geworden. Vier haben ihre Verletzungen nicht überstanden."

„Klingt übel. Da ist wohl das ganze Saarland vertreten."

„Damit rechnen wir auch. Das wird ein schwerer Tag für uns alle."

„Vielleicht sollten wir vorher noch im Motivitas vorbeifahren und schauen, was dort los ist", schlug Lukas vor.

„Dort passiert zurzeit nicht viel", antwortete wieder Jasmin. „Bevor unsere Abteilung für Vermögenskriminalität den Fall der angeblichen Unterschlagung untersucht, wütet dort die Steuerfahndung zusammen mit der Staatsanwaltschaft. Und glaubt mir, wenn dort etwas nicht in Ordnung ist, finden die das raus. Das Studio bleibt solange geschlossen."

„Das hat gerade noch gefehlt", stöhnte Lukas. „Das Dementi fehlt eindeutig. Jetzt steht die Familie Westernhagen am Pranger."

Jasmin nickte.

„Wie ging eigentlich die Bombendrohung auf dem Halberg aus?"

„Dort wurde nach zweitägiger Suche nichts gefunden. Man geht von einem Fehlalarm aus."

„Woher wussten diese Kerle, dass ein Dementi geplant war?" Diese Frage kam von Theo. „Das klingt doch verdammt nach Insiderinformation."

„Oder Pascal Bonnet ist ein Bulle – oder verwandt mit einem", sinnierte Lukas.

„Ich suche immer noch nach der Identität von diesem Scheißkerl." Nun wirkte Jasmins Gesicht zerknirscht. „Inzwischen versuche ich es bei der Fremdenlegion und bei den Söldnern.

Aber von dort Informationen zu kriegen, ist so gut wie unmöglich. Vom stellvertretenden Direktor von Berlin Moabit, dem ich ein Foto von ihm zugeschickt habe, bekam ich inzwischen die Antwort, dass er diesen Mann nicht kennt."

„Sein ganzes Verhalten war schon sehr typisch für einen Polizisten", meinte Lukas nach einigem Zögern. „Aber, wenn dem so wäre, hättet ihr ihn schon längst gefunden."

„Stimmt! Die Idee hatten wir auch schon."

„Ein Privatdetektiv?", schlug Theo vor.

„Nichts gefunden."

„Der Typ muss doch zu fassen sein."

„Dachten wir bisher auch." Jasmin schüttelte den Kopf, dass ihre kinnlangen, schwarzen Haare hin- und herflogen. „Aber so langsam bekomme ich daran meine Zweifel. Zumindest wissen wir inzwischen, dass genau eine Million von den Konten der Firma Ricci-Immobilien verschwunden sind. Das macht den Fall umso brisanter."

„Das hat uns Renske schon gesagt."

„Auch konnten wir zweifelsfrei bestätigen, dass der Überfall auf die Tankstelle im Saarbasar von Uwe und David Clement durchgeführt worden ist. Bisher konnte nur die Waffe ermittelt werden, die dafür benutzt wurde. Dort hat es einen Toten gegeben."

„Gute Arbeit", lobte Lukas.

Dierk von Westernhagen fühlte sich rastlos. Er stand an seinem Radergometer, dem einzigen Sportgerät in seiner Dachwohnung im Nauwieser Viertel, und verspürte nicht die geringste Motivation, drauf zu steigen und loszustrampeln. Inzwischen war es dunkel geworden, das Licht eingeschaltet, was in seiner Altbauwohnung eine besondere Atmosphäre auslöste. Die modernen Möbel inmitten der stuckverzierten Wände und dem stets glänzenden Parkettboden, dem orientalischen Wandschmuck, einer antiken Wanduhr, einem überdimensional großen Spiegel und hier und da einer üppigen Grünpflanze, ließen sich perfekt mit dem weichen, gelblichen Licht seiner Deckenlampe kombinieren. Aber nichts konnte ihn heute aufbauen oder ermutigen.

Die letzten Tage hatten ihn zu viel gekostet. Das Fitnessstudio war sein Lebenstraum, seine Erfüllung, seine Bestimmung. Menschen mit sportlichen Aktivitäten zu helfen, ein medizinischer Beitrag der besonderen Art sollte es werden. Innovative Therapie-Ideen für hoffnungslose Fälle. Vier Jahre lang hatten sie inzwischen das Studio geführt. Alles hatte nach aufsteigender Tendenz ausgesehen. Die Zukunftsaussichten hatten ihn so optimistisch gestimmt, wie noch nie in seinem Leben.

Und dann sowas.

Eine Geiselnahme wegen angeblich unterschlagenem Geld. Dierk konnte diese Ungerechtigkeit nicht fassen. Er kannte seinen Vater viel zu gut, um zu wissen, dass dieser Mann niemals eine Grenzüberschreitung begehen würde. Dazu noch in dieser Größenordnung? Dierk musste sich beherrschen, dass er das Sportgerät nicht packte und aus dem Fenster warf. Damit hätte er sich lediglich eine kurzzeitige innerliche Befreiung verschafft, aber direkt im Anschluss würde es nur noch mehr Ärger nach sich ziehen.

Er schaute hinaus. In gleicher Höhe befand sich eine Wohnung auf der anderen Straßenseite, die von vier jungen Frauen bewohnt wurde. Dort ging nun auch das Licht an. Die Mädels und er hatten normalerweise immer viel Spaß, während er auf dem Radergometer saß und radelte. Doch heute enttäuschte er sie. Er winkte ihnen kurz zu, spürte, dass er ihre Albernheiten nicht ertragen konnte und verließ das Wohnzimmer. Auf der Rückseite gab es einen Balkon, der zum Innenhof zeigte. In allen Etagen konnte er erleuchtete Fenster sehen. Ein Anblick, der in ihm stets die tollsten Fantasien freisetzte – Gedanken darüber, was sich wohl gerade hinter den Fenstern ereignete. Doch heute hatte er auch dafür keinen Blick. Er sah nur noch schwarz.

Das Handy hatte er vor wenigen Stunden auf „leise" gestellt. Auf die vielen Anrufe, die meistens Anschuldigungen oder Vorwürfe beinhalteten, konnte er verzichten. Die Stille, die seitdem eingetreten war, lastete nun ebenfalls auf seinen Nerven.

Meine Güte, was war nur mit ihm los? Er fühlte sich rastlos und eingeengt – und das in seiner hundert Quadratmeter großen Wohnung, die schon immer seine Traumwohnung gewesen war. Verlassen wollte er sie auch nicht. Der Gedanke, allein in der Dunkelheit in Saarbrücken durch die Straßen zu laufen, behagte ihm noch weniger.

Frustriert kehrte er zu seinem Handy zurück, das auf dem großen Eichentisch im Esszimmer lag. Es könnte doch sein, dass inzwischen ein Anruf gekommen war, der ihm versicherte, alles sei aufgeklärt worden und er dürfe sein Studio wieder öffnen. Er warf sich zwischen die vielen kleinen Kissen auf dem dunkelroten Samtsofa, gab seine PIN-Nummer ein und behielt den Blick auf das Display gerichtet. Doch schon die ersten Meldungen versicherten ihm, dass dem nicht so war.

Mehrere Anrufe konnte er sofort wegklicken, weil er wusste, was sie beinhalteten. Einige WhatsApp-Nachrichten las er ebenfalls nicht, weil schon die erste Zeile verriet, dass es ihm nicht weiterhalf. Es war schon erstaunlich, wie schnell man ohne Freunde war. Jetzt hätte er einen Beistand gut gebrauchen können. Aber nichts dergleichen war auf dem Handy zu entdecken. Vielleicht sollte er mal seinen Bruder Lewin anrufen. Wer wusste, ob es ihm nicht genauso erging.

Doch was war das?

Ein Anruf, den er nicht zuordnen konnte. Er klickte auf das Mailbox-Zeichen und hielt sich das kleine Mobiltelefon ans Ohr, um verstehen zu können, was gesagt wurde. Viele hatten die dumme Angewohnheit zu nuscheln, sobald die Bandansage losging.

Doch hier war es anders. Eine verzerrte Stimme knallte so laut an sein Ohr, das Dierk zusammenzuckte und das Handy sofort auf Abstand hielt.

„Sobald du den Betrieb im Fitnessstudio aufnimmst, geht die Bombe hoch. Vergiss nicht, dass sie immer noch dort ist.“

Vor Schreck ließ Dierk das Handy fallen. Er zitterte am ganzen Körper.

Kaum hatte Lukas das Büro betreten, klingelte der Telefonapparat auf seinem Schreibtisch. Er rannte die letzten Meter darauf zu, wobei er um ein Haar mit Allensbacher kollidierte. Erschrocken bremste er ab und starrte dem großen, massigen Mann in das verschwitzte Gesicht.

„Wollen Sie nicht bald abheben?“, lautete dessen Begrüßung.

„Hatte ich vor.“ Hastig setzte Lukas seinen Weg fort, riss den Hörer von der Gabel und brüllte seinen Namen und seine Dienststelle hinein.

„Wie hörst du dich denn an?“, kam es von einer bekannten Stimme überrascht zurück.

„Dierk? Ist hoffentlich alles klar bei dir ... soweit ... so wie es eben klar sein kann“, stammelte Lukas.

Theo ließ sich an seinem Schreibtisch gegenüber nieder. Sein Blick ruhte auf Lukas.

„Nein! Eben nicht.“

„Mist verdammter! Was ist los?“

Dierk berichtete ihm von dem Anruf.

„Wann war das?“

„Gestern Abend habe ich das Band abgehört.“

„Gestern Abend? Und dann rufst du jetzt erst an?“ Lukas’ Stimme überschlug sich.

„Es ist doch niemand mehr dort. Also kann niemandem etwas passieren.“

Lukas rieb sich über die Stirn. Dierk hatte Recht. Neben dem Motivitas war auch die Saarland-Therme seit der Geiselnahme geschlossen. Dort hatte es urplötzlich Verhandlungen mit einem privaten Investor gegeben, weshalb dort zurzeit alles stillstand, während im Motivitas weiter nach Hinweisen auf eine Veruntreuung von Geld gesucht wurde.

„Okay! Ich muss das bei meinem Chef zur Sprache bringen. Eigentlich kann ich mir nicht vorstellen, dass das Bombensuchkommando sowas übersehen haben sollte. Aber diese Warnung müssen wir ernst nehmen. Das Handy mit der Nachricht musst du uns geben, damit wir eine Stimmanalyse machen lassen können."

„Kein Problem. Ich kann das Ding zurzeit sowieso nicht mehr ertragen."

Lukas berichtete zuerst Theo von dem Gespräch, bevor er sich auf den Weg zu Allensbachers Büro machte. Der Dienststellenleiter hatte den Verlauf des Telefonates nicht abgewartet, was Lukas ärgerte. Die wenigen Meter fielen ihm verdammt schwer. Das letzte Mal, dass er diesen Raum betreten hatte, war eine Veränderung in ihm vorgegangen. Auch wenn er das Walross nicht mochte, so hatten ihm seine Worte böse zugesetzt. Ausgerechnet jetzt hatte sich ein Wandel in der oberen Reihe der Kriminalbeamten ergeben. Ehrling war suspendiert worden. Sein Platz war noch frei. Wenn Allensbacher diesen Aufstieg schaffte, wurden alle Karten neu gemischt. Und wenn Lukas Pech hatte, ging er als Verlierer aus dieser Sache heraus.

Er stöhnte innerlich, klopfte an und berichtete ihm vom Anruf seines Freundes und Fitnessstudio-Besitzers Dierk von Westernhagen.

„Eine Bombe?", wiederholte der übergewichtige Mann. „Im Motivitas-Center?"

Lukas nickte.

„Hatten wir das nicht schon?"

„Bis jetzt hatten wir nur eine Bombe in der Gärtnerei Krämer."

„Stimmt! Wir hatten diese Bombe für die angekündigte im Sportstudio gehalten", gab Allensbacher zu bedenken.

„Aber wer sagt uns, dass es so war?", hielt Lukas dagegen.

„Okay. Ich rufe das Bombenkommando an und gebe dort

Bescheid. Sobald ich mehr weiß, sage ich Ihnen Bescheid. Sie können wieder an Ihren Schreibtisch zurück."

Der Aufforderung folgte Lukas nur zu gern.

Kaum saß er, flüsterte er in Richtung Theo: „Unser schnaufendes Walross wirkt verändert."

„Inwiefern?"

„Souveräner."

„Also rechnet er sich Chancen aus, zum Kriminalrat befördert zu werden", spekulierte Theo.

„Sieht ganz so aus."

„Das ist nicht gut."

„Sehe ich auch so."

„Was flüstert ihr zwei?", rief Jasmin quer über die Tische.

Sofort verstummten Lukas und Theo.

Die Tür zu Allensbachers Büro ging auf und der Dienststellenleiter ging auf Lukas zu, wobei der rothaarige Polizeibeamte sogar den Eindruck verspürte, dass dessen Gang beschwingter wirkte. Diese Verwandlung war mehr als verdächtig. Wer wusste schon, was dieser ewig schwitzende Dienststellenleiter bereits wusste?

„Wir fahren jetzt zum Motivitas-Studio. Vom Bombenkommando kommt jemand mit Messgeräten, nachdem ich ihn von der Dringlichkeit überzeugen konnte. Niemand von den Kollegen ist bereit zu glauben, dass sie eine Bombe übersehen haben."

„Ich rufe Dierk an, damit er uns aufsperrt." Lukas bediente sofort das Telefon. Doch Allensbacher hinderte ihn daran. „Der Schlüssel zum Studio ist bei uns. Wir brauchen Ihren Freund nicht, weil er ohnehin das Studio nicht betreten darf."

Sie passierten die Überreste der Gärtnerei Krämer. Ein Mann lief zwischen den Trümmerhaufen und losen Steinen umher, als suchte er etwas.

„Das ist der Besitzer der Gärtnerei“, erklärte Allensbacher, der im Fond des Wagens saß und sich von Theo chauffieren ließ. „Gärtnerei und Wohnhaus werden wieder komplett aufgebaut. Für ihn soll aus diesem Fall kein Schaden entstehen.“

Lukas und Theo sagten nichts dazu. Der Dienststellenleiter hatte unbedingt mitfahren wollen, was sie von diesem Mann nicht kannten. Alles wirkte an Allensbacher verändert. Diese Tatsache beschäftigte die beiden Oberkommissare, sodass sie nichts zu dessen Information sagen konnten.

Sie hielten ihre Augen auf das Gebäude gerichtet, in dem sich das Motivitas-Studio befand. Einige Männer standen neben einem Polizeiwagen. Sie hatten weder spezielle Anzüge noch Ausrüstung dabei, was für Lukas und Theo nichts Gutes verhieß.

Dierk und Lewin standen daneben.

Theo parkte den Dienstwagen direkt neben dem blau-weiß-gelben Polizeiwagen.

„Wie sieht es aus, Jungs?“, fragte Lukas. „Wollt ihr heute ohne Schutzanzug in die Höhle des Löwen?“

Keiner antwortete darauf.

Allensbacher hatte sich inzwischen ebenfalls aus dem Auto gehievt und steuerte den Leiter der Abteilung an, der abseits stand und eine Zigarette rauchte. Sie besprachen sich, bevor sie auf Lukas und Theo zutraten.

Der Leiter des Kampfmittelräumdienstes sagte: „Wir haben das Gebäude vom Dach bis in den Keller abgesucht und dabei keinen Winkel ausgelassen. Mit Röntgengeräten haben wir alles geprüft. Weiterhin haben wir sogar Hunde in das Gebäude gelassen, die auf Sprengstoff abgerichtet sind. Es gibt dort keine Bombe. Dieser Anruf war ein übler Scherz.“

„Ich habe das Handy dabei“, meldete sich Dierk und überreichte Lukas das Mobiltelefon. „Für mich hat sich der Anruf nicht wie ein übler Scherz angehört.“

Lukas spielte das Band ab.

„*Sobald du den Betrieb im Fitnessstudio aufnimmst, geht die Bombe hoch. Vergiss nicht, dass sie immer noch dort ist.*“

„Fakt ist, dass im Studio bisher keine Bombe explodiert ist", meinte Lewin dazu. „Und die Geiselnehmer klangen sehr überzeugend, als sie mitteilten, dass sie eine dort deponiert haben. Also könnte sie noch da sein."

„Sogar das Polizeisiegel an sämtlichen Türen haben wir gerade überprüft", beharrte der Leiter des Bombenkommandos. „Es ist unbeschädigt. Also kann auch niemand in der Zwischenzeit eingedrungen und eine Bombe dort abgelegt haben. Ich bin fest davon überzeugt, dass dieser Anruf ein Bluff ist."

„Wie können Sie sicher sein, dass Sie jeden Winkel durchsucht haben?", fragte nun Dierk. „Weder mein Bruder noch ich waren dabei. Und niemand kennt das Gebäude so gut wie wir. Wir waren schon mit involviert, als es gebaut worden ist."

„Das beweist wirklich echten Einsatz. Aber damit können Sie mich nicht überzeugen. Wir kennen von keinem bedrohten Gebäude vorher den Bauplan und finden trotzdem jede Bombe. Also lassen Sie sich gesagt sein, dass diese Drohung ein dummer Streich ist. Wir überlassen Ihnen gerne Kameras und Sonden, für den Fall, dass Sie einen Alleingang machen wollen. Aber unsere Zeit ist dafür zu schade."

„Scheiße!", platzte es aus Dierk heraus. „Wenn das verdammte Ding immer noch da drin ist, dann ..."

„Tja, was dann?", fragte Lewin, als Dierk nicht mehr weitersprach. „Dann gibt es einen mächtigen Knall! Ungefähr so wie in der Gärtnerei."

„Wo könnte denn eine Bombe so gut versteckt sein, dass sie den größtmöglichen Schaden anrichtet, aber nicht gefunden werden kann?", fragte Lukas.

Dierk und Lewin überlegten eine Weile.

„Im Lüftungssystem der Klimaanlage", kam es von Dierk. „Die zieht sich durch das ganze Gebäude. Wenn sie dort versteckt ist und losgeht, bleibt kein Stein mehr auf den anderen."

„Aber nur, wenn sie in Betrieb ist", kommentierte Lewin.

„Oder wenn die Schutzklappen manuell geöffnet worden sind", ergänzte Dierk.

„Dito", kam es von Lewin.

„Was sie zurzeit sind", sprach der Bombenexperte. „Nach unserer Durchsuchung haben wir die Klappen nicht wieder verschlossen."

„Das macht es noch wahrscheinlicher, dass diese Bombe tatsächlich existiert", brummte Lukas.

Die Männer des Bombenräumkommandos überreichten Lukas das angekündigte Material, verabschiedeten sich, stiegen in den Wagen und fuhren davon.

Allensbacher bat Theo um den Autoschlüssel und sagte: „Sie haben alles, um die Lüftungsschächte zu durchleuchten. Also klettern Sie, Lukas Baccus, hinein und schauen nach. Ich werde mich ins Büro zurückziehen und Ihren Bericht erwarten."

Der massige Mann stieg in den Dienstwagen und fuhr davon.

„Das ist wohl Allensbachers Art zu zeigen, was er von mir hält", kommentierte Lukas.

„Fair ist das nicht", meinte Theo dazu.

„Ich bin auch überrascht", gab Dierk zu. „Einerseits erfahren wir so, ob wirklich eine Bombe im Gebäude ist. Andererseits ist dem übergewichtigen und eindeutig nicht sonderlich gesunden Herrn euer Wohlbefinden genauso egal wie sein eigenes."

Der große Trainingsraum wirkte verwaist ohne die vielen Sportler, die die Geräte bedienten, ohne die Musik, die den großen Raum sonst erfüllte und ohne die Gespräche und das Lachen, was Stimmung verbreitete. Alles war still – so still, dass die vier Männer das leise Quietschen ihrer Schuhsohlen hören konnten, während sie über den Polyurethan-Boden zum hinteren Ende des Raums gingen.

Vor den großen Spiegeln blieben Dierk und Lewin stehen. Dierk zeigte nach oben zur Decke und meinte: „Hier kann man in die Lüftungsanlage hinein."

Zwei viereckige Gebilde in einer Größe von 70 x 50 Zentimetern zogen sich parallel durch die Länge des Raumes.

„Und in der Mitte könnt ihr diese dünnen, verzweigten Rohre sehen, die wie Wasserrohre aussehen und die eckigen Gebilde miteinander verbinden?"

Lukas und Theo nickten.

„Das ist ein ganz modernes Luftfiltersystem. Ich bin mir sicher, dass dort nicht nach einer Bombe gesucht wurde."

„Warum nicht?"

„Weil diese Rohre wie Wasserrohre aussehen."

„Und warum ist das so?", fragte Lukas weiter.

„Genau weiß ich das nicht", gab Dierk zu. „Vermutlich, weil der Filter nicht so groß ist wie ein Lüftungsrohr."

„Und wie sollen wir herausfinden, ob genau in diesen engen Röhren eine Bombe steckt?"

„Indem einer von uns durch den großen, viereckigen Schlauch hindurchkriecht bis zum Filter und dort die Sonde mit der Kamera hineinschiebt."

Alle Blicke richteten sich auf Lukas.

„Ich weiß, ich weiß! Allensbacher hat deutlich gemacht, wen er opfert, sollte diese Bombe wirklich noch dort sein."

Mit mürrischem, blassem Gesicht zog Lukas seine Jacke aus. Dierk und Lewin stellten inzwischen eine Leiter auf, schraubten einen Bausatz der Lüftung heraus und stellten ihn vorsichtig auf dem Boden ab. Mit Taschenlampen leuchteten sie hinein.

Theo verband ein Seil mit seinem Hosengürtel und meinte dazu: „Bevor du da hineinkletterst, befestige ich den Strick an deinem Bein. Sollte etwas sein, gibst du mir ein Zeichen und ich ziehe dich heraus."

„Heißt das, dass du hier oben bleibst, während ich mich auf die Suche mache?"

„Klar!"

Lukas riss die Augen weit auf. „Das ist doch lebensmüde. Wenn das Ding hochgeht, weil ich dranstoße oder sowas, dann gehst du mit in die Luft."

„Wie sagt man so schön *mitgefangen, mitgehangen.*"

„In unserem Fall muss es dann heißen: *mitmarschiert, mitexplodiert*", korrigierte Lukas.

„So oder so: Wir gehen beide drauf."

„Ich nehme doch das Handy mit und lasse die Kamera laufen", setzte Lukas erneut an. „Die Bilder kannst du von draußen genauso gut sehen."

„Mein Entschluss steht fest." Theos Miene ließ keinen Zweifel daran.

„Scheiße Mann", Lukas' Stimme stockte. „Du bist verrückt."

„Ich bin nicht nur dein Kollege, vergiss das nicht. Wenn das Walross meint, dich opfern zu können, weil er dich nicht leiden kann, muss er auch auf mich verzichten."

Die beiden Polizeibeamten umarmten sich kurz, klopften sich gegenseitig auf die Schulter und begaben sich zur Leiter, die die beiden Brüder aufgestellt hatten.

Hintereinander kletterten sie hoch.

Der Anblick des Innenraums der Lüftung wirkte weniger furchteinflößend. Lediglich die Enge gab Lukas zu denken. Er atmete tief durch, als sei es das letzte Mal, dass er nach Luft schnappen konnte und kroch langsam in das Alugehäuse hinein. Die Hand, die das Handy mit der angeschlossenen Kamerasonde hielt, streckte er vor, um so alles sofort aufzunehmen und schnellstmöglich reagieren zu können.

Er begann, sich vorwärts zu schieben.

Den Kopf konnte Lukas nur geringfügig bewegen. Er musste ihn seitlich schräg halten, damit er geradeaus sehen konnte. Das Gehäuse war zu flach. Auch die Breite genügte, um sich gerade mal Millimeter für Millimeter vorwärts schieben zu können. Das kam ihm so anstrengend vor, dass er ins Schwitzen geriet.

Wie eine Ewigkeit fühlte es sich an, bis er an eine Stelle kam, die anders war: noch enger.

„Scheiße! Wo bin ich hier?"

„Das ist eine dieser Schutzklappen", erklärte Dierk, der ebenso wie sein Bruder Lewin in Lukas' Nähe geblieben war.

„Das ist ja noch enger."

„Ist aber nur diese eine", beruhigte Dierk sofort wieder. „Danach bleibt es breit."

Lukas grummelte etwas, zwängte sich durch diese Passage, um dann schon fast erleichtert seinen Weg fortsetzen zu können.

Ein kleines Loch auf der rechten Seite kam auf seinem Handy-Display in Sicht.

„Du bist da", hörte er Dierks aufgeregte Stimme. „Das ist die Stelle, die mit Sicherheit niemand untersucht hat."

„Was soll ich jetzt machen?", fragte Lukas.

„Du fährst die Sonde in das dünne Rohr hinein und lässt sie soweit ausfahren, wie es geht."

Lukas versuchte, die Knöpfe vor Augen zu bekommen, die er drücken musste, um dieses teleskopartige Dinge in Bewegung zu setzen. Dabei hörte er sich selbst schnaufen wie eine ganze Büffelherde im wilden Galopp. Auch beschlug ständig das Display durch seinen Atem. Die Luftfeuchtigkeit wurde immer höher in dem engen Raum.

„Klappt was nicht?", fragte Theo.

„Alles im roten Bereich", murmelte Lukas, dem auch bald die Stimme versagte.

„Wie bitte? Im roten Bereich?" Theos Stimme klang panisch. „Ich ziehe dich sofort raus."

„Quatsch", wehrte sich Lukas. „Ich meinte doch im *grünen* Bereichen."

„Scheiße Mann! Jag mir doch nicht einen solchen Schrecken ein."

Endlich hatte Lukas es geschafft. Die Sonde fuhr mit einem leisen Surren heraus. Er aktivierte die Kamera und ließ das Mini-Teleskop in das Rohr hineinfahren. Die Bilder, die auf dem Display auftauchten, zeigten nur geriffelte Innenwände, an denen Staubpartikel hingen und viereckige Klappen, die mit Nummern beschriftet waren. Nichts, was Grund zur Besorgnis geben könnte.

Dann machte das Rohr einen Linksbogen. Dort stieß die Sonde dagegen. Lukas erhöhte den Druck auf die Sonde in der Hoffnung, dass sich die Kamera nach links umschwenkte. Tatsächlich gelang es ihm. Die Aufnahmen, die nun kamen, zeigten einen lamellenartigen Durchgang, der mit Staub verschmutzt war. Behutsam durchstieß Lukas den dünnen Vorhang.

Dahinter leuchtete etwas Rot auf.

„Theo!“, krächzte Lukas.

Mehr brauchte er nicht zu sagen, schon spürte er den Druck an seinem rechten Fuß.

Mit gleichmäßigen Bewegungen gelang es Theo, seinen Kollegen und Freund aus dem Schacht herauszuziehen. Als Lukas endlich wieder in dem großen Raum angelangt war, in dem er angenehme Luft einatmen konnte, war er von oben bis unten verschmutzt. Seine Haare klebten verschwitzt an seinem Kopf.

„Was war das für ein rotes Licht?“, fragte Lewin.

Erst jetzt sah Lukas, dass auch die beiden ungleichen Brüder im Studio geblieben waren.

„Was macht ihr beide hier drin?“, fragte er zurück. „Ihr solltet auf Sicherheitsabstand gehen.“

Dierk verzog sein Gesicht zu einer Grimasse, das Lachen und Weinen gleichzeitig bedeuten könnte und meinte: „Warum? Hier steht unser Lebenstraum. Alles haben wir dafür investiert. Das Sportstudio ist unser Leben. Wenn es in die Luft fliegt, dann wollen wir nicht danebenstehen und zuschauen, denn dann bleibt uns nichts mehr. Hier steckt unser ganzes Geld drin ... Lewin und ich haben uns ebenso abgesprochen wie ihr.“

„Und was sagst du dazu?“ Diese Frage richtete Lukas an Lewin.

„Dito!“

Lukas lachte und fügte an: „Warum nennt man dich nicht *dito*?“

„*Popeye* gefällt mir besser.“

„Uns verbindet auch mindestens genauso viel wie euch“, mischte sich Dierk ein. „Ich bin übrigens für uns beide das Sprachrohr.“

„Ihr seid ja genauso gaga wie wir."

„Und was machen wir jetzt? Rufen wir die bombigen Kollegen an?", fragte Lewin, bevor die Männerrunde noch emotionaler wurde.

„Solange wir nicht wissen, was wir entdeckt haben ..." Theo ließ des Satz unvollendet.

„Und wie sollen wir das rauskriegen?"

Theo, Dierk und Lewin schauten vielsagend auf den Fragenden, bis auch der kapierte, was sie von ihm erwarteten.

„Ich soll in das verdammte Rohr rechts daneben klettern?"

Allgemeines Nicken war die Antwort.

„Scheiße Mann! Warum immer ich?"

„Du bist der einzige, der reinpasst", antwortete Theo. „Ich bleibe drin feststecken, weil ich zu kräftig bin."

„Ich bekomme vermutlich gerade mal den Kopf rein aber an den Schultern ist Feierabend", brachte Dierk zur Entschuldigung vor.

„Dito!", kam es von Lewin.

Lukas musste einsehen, dass er keine andere Wahl hatte. Also schoben sie die Leiter zum Eingang des Schachts, der parallel verlief, öffneten ihn und ließen Lukas den Vortritt.

Wieder kämpfte er sich durch das schmale Gehäuse. Wieder fühlte er sich eingepfercht und hilflos. Nur kam dieses Mal noch eine größere Portion Ungewissheit hinzu. Was hatte er auf der anderen Seite entdeckt. Ein rotes Etwas, das leuchtete? Bei der Suche nach einer Bombe? Das machte ihm sein Vorhaben nicht gerade leichter. Er durfte nicht darüber nachdenken, sonst geriet er in Panik. Und das wäre das Schlimmste, was ihm hier in dieser Enge passieren könnte.

Also konzentrierte er sich auf seine Atmung und kroch weiter. Die Anstrengung kostete ihn Kraft und Nerven. Seine Beine begannen zu zittern. Seine Arme leider auch. Die Bilder, die er über das Handy übertrug, verwackelten.

„Halt Ruhe", murmelte Theo durch das Handy. „So erkennen wir nichts."

„Klar doch! Ich hätte vorher vielleicht einen Joint rauchen sollen“, gab Lukas zurück. „Dann wäre ich jetzt wesentlich gelassener.“

„Mist! Irgendwas vergessen wir immer.“

Lukas kroch weiter. Er passierte die enge Passage, an der die Sicherheitsklappe befestigt war, atmete erleichtert auf, als der Gang wieder breiter wurde und gelangte an den Platz, an dem dieses Mal auf der linken Seite mehrere kleine Rohre abzweigten.

„Das sind drei Rohre“, stellte er frustriert fest. „Muss ich die Kamera in jedes davon führen?“

„Klar! Wir müssen doch rausfinden, was du gesehen hast.“

Lukas betätigte das Handy. Das Teleskop, das mit einer winzig kleinen Kamera endete, fuhr heraus. Er schob diese in den ersten, engen Eingang hinein und gab seinem Handy weitere Befehle, das Teleskop weiter auszufahren.

Bilder von lamellenartigen Innenwänden, von Staubflusen und von sonstigen Schmutzpartikeln kamen zum Vorschein. Aber nichts, was ihnen weiterhalf.

In der Linksbiegung stoppte die Kamera. Anstellte eines Bildes war nur noch schwarz zu sehen. Lukas gelang es, die Sonde zu drehen. Doch auch dann sahen sie immer nur dasselbe.

„Okay, dort ist nichts“, hörte er Dierks Stimme. „Versuch es nebenan nochmal.“

Lukas fuhr die Sonde zurück, kroch ein kleines Stück weiter und wiederholte das Prozedere am nächsten Rohr.

Da sahen wie es wieder. Es leuchtete grellrot auf.

Lukas erschrak. Über Handy hörte er ebenfalls erstickte Laute.

„Was ist das?“, krächzte Dierk. „Eine Bombe müsste doch blinken.“

„Was soll ich jetzt machen?“, fragte Lukas, dem der Schweiß am ganzen Körper ausbrach.

„Verdammt! Rück die Kamera näher ran“, funkte nun Lewin dazwischen. „Ich kann nichts erkennen.“

„Du bist witzig“, flüsterte Lukas, dem die Atemluft immer knapper wurde. Langsam ließ er die Sonde weiterfahren. Das Rot wurde immer aufdringlicher.

„Das muss eine Bombe sein.“ Er spürte, wie Panik in ihm hochkam.

„Bleib locker Lukas“, rief Theo.

„Ich kann nicht.“

„Doch du kannst.“

Dann ertönte Dierks Stimme: „Das glaub ich jetzt nicht.“

„Was denn?“ „Hast du es erkannt?“ „Ist es eine Bombe?“ Alle fragten gleichzeitig.

„Nein! Das ist ein Aufkleber. Jetzt erinnere ich mich wieder, dass die Leute, die das System aufgebaut haben, Aufkleber in Leuchtfarben auf die Innenseiten geklebt hatten, um zu erkennen, welches Rohr auf welches passt.“

„Ein Stück Papier?“ Lukas’ Stimme kiekste. Er wollte es nicht glauben.

„Genau das! Wir können also Entwarnung geben. Es ist tatsächlich keine Bombe im Gebäude.“

Lukas spürte einen Ruck an seinem rechten Fuß.

„Ich zieh dich wieder raus“, hörte er Theo sagen, was wie Musik in seinen Ohren klang. „Deine Mission ist hiermit beendet.“

Lukas und Theo ließen sich erschöpft an der Theke nieder. Lewin verschwand im Vorratsraum. Gleichzeitig summte und brummte es, das Licht schaltete sich ein und laute Musik erschallte.

Dierk sprang hinter die Theke und stellte den Tonregler so, dass die Musik nur noch leise im Hintergrund zu hören war.

„Wir wäre es mit einem Kaffee?“, fragte er. „Verdient haben wir ihn uns.“

„Gute Idee“, stimmte Lukas zu, der sich notdürftig in den Toilettenräumen gesäubert hatte.

Die Tatsache, dass keine Bombe gefunden worden war, stimmte sie alle optimistisch. Der Dienststellenleiter war inzwischen informiert. Weitere Anweisungen hatte er keine gegeben, was die beiden Polizeibeamten dazu veranlasste, sich eine Pause zu gönnen.

„Warum dieser Bluff?“, fragte Lukas. „Die Geiselnehmer haben doch, was wie wollten.“

Theo überlegte, schaute Dierk dabei zu, wie er für alle vier Kaffee zubereitete und antwortete: „Weil diese Drohung nicht von unseren Geiselnehmern stammt.“

Die Kaffeemaschine war just in diesem Augenblick fertig mit Knattern, Rauschen und Rattern. Lewin, Dierk und Lukas starrten fassungslos auf Theo. Alles war verstummt. Sogar der Song von Sofia Carson „Love ist the Name“. Die Stille wirkte erschreckend, sodass Theo fragte: „Habe ich was Falsches gesagt?“

„Nein. Du stellst hier nur eine Theorie auf, die alles noch schlimmer macht“, erklärte Lukas.

„Was denn?“

„Wenn diese Drohung nicht von den Geiselnehmern stammt, dann ist hier noch jemand, der mit der Sache zu tun hat und noch lange nicht fertig ist.“

„Scheiße!“ Theo wurde blass. „So habe ich das noch nicht gesehen.“

„Aber gesagt.“

Der nächste Song setzte ein: Dua Lipa mit „Blow Your Mind“.

Die vier Männer starrten sich nur gegenseitig an. Diese neue These ließ sie verstummen.

Plötzlich ging die Tür auf.

Lukas und Theo sprangen von ihren Barhockern und zogen ihre Waffen. Dierk und Lewin duckten sich hinter der Theke. Lukas sprintete auf die Tür los und wollte gerade seinen Standard-Warnruf „Polizei! Stehenbleiben!“ ausstoßen. Da sah er die Kollegin Andrea Peperding das Studio betreten. Verdutzt ließ er die Waffe sinken. Auch Theo steckte seine ins Holster zurück. Beide starrten auf die Frau, als sei sie eine Außerirdische.

„Was machst du hier?“, fragte Lukas, als er sich von dem Schock erholt hatte. „Hier besteht die akute Gefahr, dass eine Bombe hochgeht.“

„Du hältst mich wohl für blöd“, kam es von Andrea zurück. „Ich habe von Allensbacher die Entwarnung bekommen. Du wirst also schön selbst das Feld räumen – zusammen mit deinem Busenfreund Theo. Denn wir werden hier nach weiteren Beweisen suchen. Und ich werde nicht riskieren, dass ihr etwas verschwinden lasst.“

Kaum hatte sie ausgesprochen, betraten mehrere Polizisten das Sportstudio. Andrea gab ihnen Anweisungen, wo sie suchen sollten. Die Angesprochenen verteilten sich in den verschiedenen Räumen. Andrea ging hinter die Theke, legte Dierk und Lewin einen Durchsuchungsbeschluss vor und bat die beiden ebenfalls, das Studio zu verlassen.

„Was soll das hier?“, fragte Dierk und schaute hilflos auf Lukas.

„Diese Frage kann Ihnen Ihr Freund Lukas Baccus nicht beantworten“, funkte Andreas unfreundliche Stimme dazwischen. „Im Haus Ihres Vaters wurden 50.000 Euro in bar gefunden. Das ist für uns ein begründeter Verdacht, dass die Familie von Westernhagen noch mehr von dem unterschlagenen Geld aufbewahrt. Meine Aufgabe ist es, das Geld zu finden.“

„Bei meinem Vater ...“

„Ach, tun Sie doch nicht so scheinheilig“, fiel Andrea dem großen Mann ins Wort. „Wenn Sie uns gleich sagen, wo wir das restliche Geld finden, können Sie uns viel Arbeit ersparen.“

„Das verstehe ich nicht.“ Dierk verließ seinen Platz hinter der Theke und steuerte auf Lukas zu. „Mein Vater hat keine 50.000 Euro. Davon wüsste ich.“

Lukas fühlte sich nicht wohl. Er wusste nicht, in welche Richtung er schauen sollte. Diese neue Situation ließ alles in einem anderen Licht erscheinen.

„Du glaubst mir doch?!“ Dierk steuerte seinen Freund an

und warf ihm einen flehenden Blick zu.

„Ich weiß gerade selbst nicht, was ich glauben soll."

„Lukas, du hast nichts mehr mit dem Fall zu tun", keifte Andrea. „Hinzu kommt, dass du befangen bist. Du bist mit dem Verdächtigen befreundet."

„Dierk ist kein Verdächtiger", wollte Lukas protestieren, doch Andrea ließ es nicht dazu kommen: „Was sonst. Sein Vater steckt zweifelsfrei hinter dieser Betrugssache. Also müssen wir davon ausgehen, dass sein Sohn mit ihm unter einer Decke steckt. Immerhin haben sie das Sportstudio gemeinsam eröffnet."

Dierk ließ sich auf einem Barhocker nieder und wirkte resigniert. Alle Farbe war aus seinem Gesicht gewichen, seine Haare sahen strähnig aus, seine Wangen eingefallen.

„Was passiert hier mit uns?", fragte er. „Niemals haben wir etwas Unrechtes getan. Und jetzt diese geballte Ladung an Konfrontationen, als gäbe es eine Verschwörung gegen uns."

„Sie haben wohl zu viele Spionagefilme geguckt", meinte Andrea dazu. „Ich kann Ihnen versichern, dass Ihre Wohnungen ebenfalls noch durchsucht werden."

Dierk und Lewin schauten sich an, was Andrea sofort kommentierte: „Und keiner von Ihnen wird vorher zu sich nach Hause fahren und schnell noch ein paar Beweise verschwinden lassen. Sie warten unten im Auto meines Kollegen. Dann fahren wir alle zusammen von einer Wohnung zu anderen. So hat alles seine Richtigkeit."

„Bei der Behandlung muss man sich ja schuldig fühlen", murmelte Lewin, der sich inzwischen neben seinen großen Bruder auf einen Barhocker gesetzt hatte.

„Dafür hat Andrea ein Talent", meinte Lukas. „Die verurteilt so schnell, so schnell kann keiner ein Verbrechen begehen."

„Lukas, du hältst am besten die Klappe!"

„Charmant ist sie auch noch", brummte Dierk.

„Du hast sie noch nicht in Aktion erlebt."

„Kann es noch schlimmer kommen?"

Lukas nickte.

Wieder ging die Tür zum Fitnessraum auf. Dieses Mal trat Birte Klein herein. Neugierig schaute sie sich um.

„Was treibt dich hierher?“, fragte Dierk.

„Ich habe Licht gesehen. Und Autos. Da dachte ich, das Studio ist wieder geöffnet und wollte arbeiten kommen.“

Dierk lachte. „Du bist ja wirklich eine treue Seele. Leider ist es nicht so, wie es scheint. Die Polizisten durchwühlen hier alles, weil sie tatsächlich glauben, wir hätten Geld unterschlagen.“

Die große, blonde Frau riss die Augen weit auf. Ihr Gesicht wirkte blass und eingefallen. Ihr schulterlanges Haar strähnig. Auch ihre Bewegungen waren fahrig und nervös.

Lukas ging auf die Frau zu und wollte sie in den Arm nehmen. Doch Birte wich ihm aus und fragte: „Wie geht es euch beiden denn? Eure Offenbarung, dass ihr Bullen seid, hat uns ja wirklich total geplättet.“

„Uns geht es gut“, meinte Lukas. Unbeholfen stand er da und wusste nicht, in welche Richtung er schauen sollte. Birtes Abweisung hatte ihn getroffen. „Aber warum hat euch das so überrascht? Sind wir als Polizisten so schwer vorstellbar?“

„Eigentlich schon.“ Birte lächelte schwach. „So wie ihr euch aufgeführt habt ...“ Den restlichen Satz ließ sie unausgesprochen.

Lukas schnitt eine Grimasse, Theo kratzte sich am Kopf.

„Gestern habe ich die Beerdigung der getöteten Polizisten im Fernsehen gesehen“, sprach sie weiter. „Es tut mir echt leid, was da passiert ist.“

Lukas nickte nur. Theo murmelte ein leises „Danke“.

„Wann bist du aus dem Krankenhaus entlassen worden?“, fragte Lewin.

„Gar nicht“, gab Birte zu. „Ich habe mich selbst entlassen,

weil ich keine Lust mehr hatte, in einem Bett herumzuliegen. Dafür fühle ich mich nicht krank genug."

„Gesund siehst du aber auch nicht aus."

„Danke für die Blumen", reagierte Birte schnippisch auf Lewins Kommentar.

„Wir haben alle eine Menge durchgemacht. Deshalb rechne ich dir hoch an, dass du sofort wieder arbeiten willst." Damit gelang es Lewin, seinen vorherigen Ausrutscher wiedergutzumachen.

„Und wie geht es jetzt weiter, wenn das Studio geschlossen wird?"

„Mach dir keine Sorgen um deine Ausbildungsstelle", sagte Lewin mit einem schiefen Grinsen. „Sollte es hier nicht weitergehen, kannst du mit Sicherheit in einem anderen Studio deine Ausbildung fortsetzen. Der Beruf Fitnessökonom ist gefragter denn je – da freut man sich über jeden, der diesen Job erlernen will."

„Zumindest das klingt beruhigend." Das erste Lächeln zeichnete sich auf Birtes Gesicht ab.

Verwirrt schaute Lukas auf die junge, blonde Frau und dann auf Theo, der die Überraschung erwiderte.

„Ich dachte, du studierst Immobilienmanagement", meinte er.

„Wer behauptet sowas?", fragte sie zurück.

„Du!"

„Ich?"

„Ja, du hast Helmut erzählt, dass du in Wiesbaden studierst."

„Ich glaube, da hat euer Freund etwas verwechselt." Birte lachte, was für Lukas und Theo zu aufgesetzt anmutete.

„Helmut verwechselt nichts", stellte Lukas klar. „Deine Berufswahl war deshalb für uns so interessant, weil ein Immobilienunternehmen von der Betrugssache betroffen war."

„Damit habe ich doch nichts zu tun", wehrte Birte erschrocken ab. „Ich will Fitnessökonom werden. Damit will ich mein Geld verdienen. Alles andere interessiert mich nicht."

Lukas hob beide Hände, womit er signalisierte, dass das Thema für ihn beendet war.

Birte wandte sich an Lewin und fragte: „Kann ich irgendwas tun? Wenn ich schon mal hier bin ...“

„Was ist denn hier los?“, kreischte plötzlich Andreas Stimme dazwischen. „Das Studio ist geschlossen! Es ist ein Tatort und kein Tollhaus. Sie werden jetzt alle auf der Stelle die Räumlichkeiten verlassen.“

„Das wollten wir schon vor einer halben Stunde tun“, meinte Dierk, stand auf und steuerte die Tür an.

„Sie und Ihr Kompagnon werden mit meinem Kollegen nach unten gehen und dort im Auto auf mich warten“, befahl Andrea.

„Die meint das tatsächlich ernst!“ Mit dieser Feststellung richtete sich Dierk an Lukas.

„Sieht ganz so aus“, gab Lukas zu bedenken. „Was glaubst du, warum wir heilfroh sind, dass diese Frau nicht mehr unmittelbar mit uns zusammenarbeitet?“

Ein Hindernis galt es noch zu beseitigen. Ansonsten war es nicht mehr aufzuhalten. Die Räder waren in Gang gesetzt. Nichts durfte sie mehr stoppen.

Was bedeutete eine Leiche mehr oder weniger in diesem Spiel?

Die Frage, wer diese Leiche hergab, war entscheidend.

Und wer sie dazu machte.

Es war nicht das Drehbuch, das am Ende alles auf Anfang setzte. Es war das Leben selbst.

Das spielte nach eigenen Regeln.

Alles hatte funktioniert. Alles war gelaufen wie geschmiert.

Eine Entwicklung, die nicht aufzuhalten war. Alle steuerten auf ihr Verderben zu, konnten es kaum noch erwarten, den Schritt über den Abgrund zu gehen.

Es war vergleichbar mit einem führerlosen Zug, der auf einen weiteren führerlosen Zug zusteuerte, während sie neben den Bahngleisen standen und zusahen. Nichts konnte abgewendet werden. Nichts aufgehalten. Die Menschen im Zug waren blind für das, was auf sie zukam.

Ein schönes Gefühl zu wissen, dass alles unaufhaltsam seinem Ende entgegensteuerte; das Ende, das ein Anfang war.

Ein Neuanfang, der jedes Leben wert war, das ausgelöscht wurde.

Also was bedeutete auf diesem Weg eine Leiche mehr? Die Identität dieser Leiche durfte sich nicht ins Bewusstsein schleichen. Gefühle konnten zerstörerisch sein. Jetzt musste sich der Mensch ganz auf Autopilot schalten und agieren. Egal, wer oder was dabei zu Schaden kam.

Eine schöne Vorstellung.

Nur so gelang es.

Der Augenblick, in dem der Versuch unternommen worden war, alles im Leben neuen Veränderungen zu unterziehen, war der Beginn des großen Leids.

Es war der Wunsch nach Verbesserung.

Ein Streben nach Höherem.

Mit dem Tod als Nebenwirkung.

Jetzt galt alle Aufmerksamkeit den Polizeibeamten, die überlebt hatten. So viele Tote – und ausgerechnet diese beiden hatten mit heiler Haut davonkommen müssen ...

Kapitel 9

Das Lokal bestach durch seine rustikale Einrichtung. Die Wände waren aus Naturstein, das Mobiliar aus dunklem Holz, die Theke aus Backstein. Hinter einem gusseisernen Geländer standen zwei große, kupferne Tanks, in denen das selbstgebraute Bier aufbewahrt wurde. Die Sprossenfenster boten einen Blick auf die gegenüberliegende Häuserreihe der engen Gasse in der Saarbrücker Altstadt, die durch ihr französisches Fachwerk bestach.

Silvia Tenner hatte zum Glück einen Tisch bestellt, sonst wären sie an diesem Abend nicht in den Genuss der saarländischen Küche des Brauereigasthofs „Zum Stiefel" gekommen. Alle Plätze waren besetzt. Die Geräuschkulisse dementsprechend hoch.

Ein Kellner führte sie in eine Ecke, an der die Wände holzvertäfelt waren, der Tisch von einer rustikalen Eckbank eingerahmt wurde und das Stimmengewirr der anderen Gäste nur noch halb so laut zu hören war.

Die vier ließen sich auf der Bank nieder und studierten die Speisekarte. Lukas entschied sich für ein typisch saarländisches Gericht, für „Gefillde" (Gefüllte), was Kartoffelklöße mit einer würzigen Hackfleisch-Leberwurstfüllung bedeutete, dazu Specksauce und Sauerkraut. Theo wählte den „Stiefelspitz", der aus gekochtem Rindfleisch mit Meerrettichsauce, Bratkartoffeln und Salat bestand. Helmut Renskes Wahl fiel auf mit Käse und Schinken gefüllte Putenroulade auf rahmiger Zitronen-Thymian-Sauce mit Tagliatelle und bunten Gemüsestreifen, während sich Silvia Tenner mit einem SALAT „NEPTUN" begnügte. Der bestand aus Blattsalaten in Sauce Vinaigrette mit Lachsforelle, Zander und Garnele vom Grill. Dazu tranken sie alle das Bier des Hauses.

Nachdem der Kellner den Tisch verlassen hatte, begann Silvia zu sprechen: „Ich habe in eurem Fall leider kein Mitspracherecht mehr, seit ich gefeuert worden bin. Deshalb sage ich nur euch, dass mir die Situation, wie diese Geiselnahme sich weiterentwickelt hat, sehr befremdlich erscheint."

„Was meinst du damit?", fragte Lukas.

„Einerseits ist unumstritten, dass die Mafia mit der Geiselnahme zu tun hatte. Ricci-Immobilien gehört über ein paar Ecken der Gruppe *Domanda d'onore* an. Dafür sprechen auch die brutalen Methoden, nämlich eine Bombe in einem vollbesetzten Raum hochgehen zu lassen."

Alle vier schwiegen einen kurzen Moment.

„Und andererseits?", erinnerte Theo.

„Andererseits wundere ich mich über die Besessenheit, mit der versucht wird, Kurt von Westernhagen die Unterschlagung einer Million Euro nachzuweisen."

„Das sind ja auch zwei Paar Schuhe", meinte Renske dazu. „Während ich zusammen mit Lukas und Theo nach den Geiselnehmern suche, geht die Vermögensabteilung mit meinen Kollegen der verschwundenen Million nach. Inzwischen ist klar, dass bei Ricci-Immobilien so viel Geld verschwunden ist. Allerdings schon vor vier Jahren. Deshalb wird heute nicht mehr herauszufinden sein, wo das Geld hingegangen ist. Zu dem Zeitpunkt war es noch möglich, hohe Summen am Fiskus vorbei zu schleusen und auf ein Transaktionskonto in Luxemburg oder in der Schweiz zu überweisen. Von dort ging es weiter auf das Devisenkonto. Und wenn das Geld mal dort war, konnte es überall hin transferiert werden, ohne Spuren zu hinterlassen."

„Heißt das, dass wir niemals herausfinden werden, wer das Geld letztendlich geklaut hat?", fragte Lukas.

„Das ist möglich."

„Das würde bedeuten, dass Kurt von Westernhagen niemals ganz entlastet werden kann, auch wenn er nicht hinter dem Betrug steckt", erkannte Theo.

„Stimmt", wandte Silvia ein. „Und genau das macht mich stutzig. Alles läuft darauf hinaus, dass Kurt von Westernhagen dieser Makel anhaften bleiben soll."

„Und was bedeutet das für ihn?"

„Ganz einfach: Dann kann er zusammen mit seinen Söhnen und seiner Frau das Fitnessstudio schließen. Ich gehe mal davon aus, dass er das Geld nicht unterschlagen hat. Aber mit diesem Verdacht wird er keine Chance mehr bekommen, das Studio weiter zu finanzieren. Vermutlich würden auch die Kunden ausbleiben. Banken gewähren keine neuen Kredite mehr – bliebe zu hoffen, dass sie die alten aufrechterhalten."

„Du glaubst also, dass es bei dieser Betrugsgeschichte darum geht, dass das Studio geschlossen wird?", kombinierte Renske.

„Wäre doch möglich! Vielleicht hat jemand eine Idee, was er in dem Gebäude machen könnte, wäre das Studio nicht da."

„Wer sagt uns, dass es nicht um das Studio selbst geht?" Diese Frage warf Theo in die Runde.

Alle schauten sich an, bis Lukas meinte: „Dierks Lebenswerk! Es wäre fatal, wenn er das alles wieder verliert."

„Oder eine persönliche Sache", warf Renske auf diese Bemerkung hin ein. „Jemand, der Dierk oder Lewin schaden will."

„Aber", bremste Lukas die wilden Spekulationen. „Ist es nicht normal, dass nach einer verschwundenen Summe in dem Ausmaß gesucht wird?"

„Das schon. Aber Kurt von Westernhagen wird nicht nur wie ein Verdächtiger behandelt, er wird sogar in seinem eigenen Haus gefangen gehalten", gab Silvia zu bedenken.

„Doch nur zu seinem eigenen Schutz."

„Wer behauptet das?", fragte Silvia.

„Wir. Die Mafia ist nicht bekannt dafür, die Leute am Leben zu lassen, die ihre Institution betrogen haben."

„Eine Million Euro ist für die Mafia ein Taschengeld. Ich bin mir nicht sicher, ob diese Männer wirklich das Risiko eingehen und wegen dieser Summe oder wegen Kurt von Westernhagen wieder ins Saarland zurückkehren."

„*Domanda d'onore* heißt ‚Frage der Ehre'. Das bedeutet für mich, dass sie ein solches Vergehen nicht auf sich beruhen lassen", mischte sich wieder Theo in das Gespräch ein. „Wir sind uns nämlich sicher, dass sie einen Anschlag auf Kurt von Westernhagen planen. Nur so haben wir eine Chance, an Pascal Bonnet und seine Leute heranzukommen. Die Carabinieri in Italien sind nicht gerade kooperativ, wenn es heißt, für uns nach den Verdächtigen Ausschau zu halten. Vermutlich stecken die selbst mit der Mafia unter einer Decke."

„Oder sie werden von ihnen bedroht", hielt Silvia dagegen.

„Ich weiß ja, dass du ein helles Köpfchen bist", leitete Renske seine Rede vorsichtig ein. „Nur frage ich mich, was dich auf den Gedanken bringt, dass es sich hier um zwei Verbrechen handelt. Die Geiselnahme resultierte doch aus der Veruntreuung der Million Euro. Dass nun nach den Spuren dieser Unterschlagung gesucht wird, ist ein ganz normaler Ablauf."

„Normalerweise schon", gab Silvia zu. „Doch das, was du mir berichtet hast, lässt bei mir die Alarmglocken klingeln."

„Wovon sprichst du?"

„Ich spreche von Andrea Peperding. Plötzlich ist sie wieder auf dem Plan, reißt den Fall mit einer Intensität an sich, dass ich mich nur noch wundere. Dabei ist sie noch gar nicht lange in der Abteilung. Normalerweise ist es unüblich, ausgerechnet dem Neuling einen solch brisanten Fall anzuvertrauen."

Lukas nickte und gab zu: „Sie führt sich auf wie immer – so als sei sie nicht in diese Abteilung strafversetzt worden."

„Ist euch überhaupt in den Sinn gekommen, was 50.000 Euro für eine lächerliche Summe sind, in Anbetracht der angeblich unterschlagenen Million?" Auf die fragenden Gesichter fügte Silvia an: „Ich spreche von den 50.000 Euro, die in Kurt von Westernhagens Haus gefunden wurden."

„Stimmt!" Theo rümpfte die Nase. „Eigentlich schwer vorstellbar, dass jemand, der eine Million unterschlagen hat, sich mit 50.000 in seinem Haus erwischen lässt."

„Seht ihr: Hier stimmt etwas nicht." Silvia nickte.

„Du meinst, dass dieses Geld Kurt von Westernhagen untergeschoben wurde, um den Verdacht gegen ihn zu erhärten?" Renske wurde unruhig.

„Eine harte Anschuldigung – ich weiß. Aber leider gehen bei mir die Alarmglocken, seit ...“ Silvia zögerte.

„Seit?“

„Wer hat die Durchsuchung von Kurt von Westernhagens Haus veranlasst?“, fragte Silvia anstelle zu antworten.

„Andrea Peperding“, antwortete Helmut Renske.

„Wer hat sie durchgeführt?“

„Andrea Peperding.“

„Wer hat die 50.000 Euro in Kurt von Westernhagens Haus gefunden?“

„Andrea Peperding!“

„Und wer hat die Befragung von Kurt von Westernhagen durchgeführt?“

„Diese Antwort erübrigt sich“, murmelte Renske, „sonst wiederhole ich den Namen noch bis zum Sankt-Nimmerleins-Tag.“

Kurt von Westernhagen fühlte sich in seinen eigenen vier Wänden nicht mehr wohl. 50.000 Euro waren dort sichergestellt worden. Geld, das er noch nie gesehen hatte. Die Behandlung, die er anschließend durch die Polizisten hatte erfahren müssen, war unwürdig gewesen. Sie hatten ihn sofort wie einen Verdächtigen behandelt, hatten auf seine Einwände gar nicht geachtet. Mit Handschellen war er aus dem Haus und zum Polizeiwagen geführt worden. Jeder in der Nachbarschaft hatte ihn so sehen können.

Nach zermürbenden Befragungen war es seinem Anwalt gelungen, dass er wieder auf freien Fuß gesetzt wurde. Es hatte keine Beweise gegen ihn gegeben. Aber der Makel blieb an ihm haften. Seine Nachbarn würdigten ihn keines Blickes mehr.

Seit der Geiselnahme fühlte sich sein Leben an wie auf den Kopf gestellt. Nichts war mehr, wie es sein sollte. Das geordnete Dasein, das er sich als rechtschaffener Bürger aufgebaut hatte, wurde mit Füßen getreten.

Aber etwas Gutes hatte diese neuerliche Katastrophe doch bewirkt: Die übereilte Festnahme wegen dieser ominösen 50.000 Euro in seinem eigenen Haus, hat seine Frau wieder auf den Plan gerufen. Jolanda wusste, dass er unschuldig war. Daran gab es für sie keinen Zweifel. Sie hatte ihn zum Landeskriminalamt begleitet und dort auf ihn gewartet, bis er wieder freigelassen worden war.

Jetzt saßen sie gemeinsam auf dem Sofa – vor dem Fernseher und schauten sich einen Film an, der laut Beschreibung lustig sein sollte. Doch zum Lachen war ihnen beiden nicht zumute.

„Ist die Polizistin noch im Haus?", fragte Jolanda nach einer Weile.

„Ja, sie ist noch da. Sie darf nicht einfach nach Hause fahren."

„Wo steckt sie denn? Sie kann sich doch nicht einfach hier im Haus herumtreiben, wo sie will."

„Das letzte Mal, als ich sie gesehen habe, ist sie in den Keller gegangen. Soll ich mal nachsehen, ob sie immer noch dort unten ist?", bot er an.

„Ja, tu das! Es würde mich beruhigen zu wissen, wo sie ist. Zuerst die Hausdurchsuchung, dann die Festnahme – das alles war schon Angriff genug auf unsere Privatsphäre. Da brauchen wir keine Polizisten, die in unserem Haus herumschnüffeln."

Kurt von Westernhagen steuerte die Kellertür an, öffnete sie und stieg die schmalen, ausgetretenen Stufen hinunter. Der Keller dieses Hauses war das einzige, was in seiner ursprünglichen Form erhalten geblieben war. Die Wände bestanden aus 60 cm dickem Stampfbeton. Das Erdreich war direkt gegen die Mauer verfüllt worden, der Boden, der mal aus Lehm bestanden hatte, inzwischen mit Beton abgedeckt. Wie üblich herrschte dort eine hohe Luftfeuchtigkeit, ein Zustand, den Kurts Frau gerne im Winter zum Lagern von Lebensmitteln und Obst nutzte. Die Temperatur ließ den großen Mann, der nur mit dünner Weste und Jeans bekleidet war, frösteln.

Am unteren Ende der Treppe angekommen, konnte er von der Beamtin nichts sehen. Sollte sie den Keller verlassen haben und er hatte es nicht bemerkt?

Kurt ging in den ersten Nebenraum, in dem einige Regale aufgestellt waren, um das Obst zu lagern.

Nichts. Nur das Obst in den Gläsern lagerte dort stumm vor sich hin.

Er suchte den nächsten Raum auf, in dem die großen Öltanks zusammen mit der Heizanlage standen.

Auch nichts.

Blieb nur noch die sogenannte Waschküche. Zwischen Waschmaschine, Wäschekörben und Wäscheständern fand er sie.

Mit durchgeschnittener Kehle lag sie auf dem Boden. Ihre Augen starrten zur Decke.

Er unterdrückte einen Entsetzensschrei. Jemand war trotz Überwachung ins Haus gekommen. Diese Erkenntnis ließ ihn sofort reagieren. Hastig drehte er sich um und rannte nach oben. Zum Glück trieb er Sport, denn die steilen Stufen schaffte er ohne Mühe. Oben angekommen wollte er Jolanda ansteuern und hinaus auf die Straße zerren. Doch das Sofa war leer.

Hatten sie sie schon erwischt?

Er riss die Augen weit auf, schrie den Namen seiner Frau so panisch, dass er sich vor seiner eigenen Stimme erschrak. Es kam keine Antwort von ihr.

Das war nicht gut.

Wie von Furien gehetzt rannte er durch jedes Zimmer im Erdgeschoss, steuerte die Treppe an und lief in die Zwischenetage. Nichts! Von Jolanda keine Spur.

Plötzlich hörte er ein Zischen. Erschrocken warf er sich mit den Rücken gegen die Wand, als könnte er sich so in Sicherheit bringen. Da erst verstand er, was er gehört hatte. Es war die Toilettenspülung.

Hastig steuerte er genau diese Tür an, als Jolanda im Begriff war, sie zu öffnen. Er riss sie ihr aus der Hand und gab ihr ein Zeichen, leise zu sein. Mit nur wenigen geflüsterten Worten erklärte er ihr, was geschehen war. Jolanda begriff sofort. Sie wollten nach unten zur Haustür laufen. Da sahen sie eine vermummte Gestalt aus dem Wohnzimmer kommen und sich langsam der Treppe nähern.

In seiner Not riss Kurt seine Frau herum und stieg die Stufen weiter nach oben. Im obersten Stockwerk angekommen, steuerte er ein Zimmer an, das er seit Jahren nicht mehr betreten hatte. Dort war ein Familienmitglied auf unerklärliche Weise gestorben – ein Todesfall, der seine Vorfahren niemals richtig losgelassen hatte. Seitdem galt dieser Raum als Schrein für einen Menschen, den unter den heute noch Lebenden der Familie niemand mehr kannte. Auch wenn Kurt in diesem Verhalten keinen Sinn sah, so hatte sich bisher doch alles in ihm gesträubt, diesen Raum jemals wieder zu betreten.

Bis heute!

In der Not musste die Sonderstellung des Zimmers aufgegeben werden. Kurt riss die Tür auf, schnappte kurz nach Luft, um sich zu überwinden, trat hinein und schaltete das Licht ein.

Jolanda schloss hinter ihnen beiden die Tür ab.

Auf der gegenüberliegenden Seite fiel ihr Blick auf drei Sprossen-Fenster. Sie lagen nebeneinander und bildeten einen kleinen Erker. Auf der Bank davor stapelten alte Bücher, Zeichenblöcke, Stifte und ein umgeworfenes Tintenfass. Ein Schaukelstuhl zierte die andere Seite. Dort blätterte der Holzlack ab. Die Kissenbezüge darauf waren alt und durchgesessen. Das Kinderbett in der Ecke sah aus, als hätte dort noch vor kurzem jemand geschlafen. Hölzerne Seitenteile schwangen in einem kleinen Bogen. Weißgraue Laken und vier kleine Kissen lagen zerwühlt darauf.

„Und jetzt? Er wird uns hier finden“, meinte Jolanda.

„Ich weiß es nicht.“ Kurts Gesicht war kreideweiß. Er öffnete das rechte der drei Fenster und lehnte sich hinaus.

„Der Balkon der Nachbarn grenzt direkt daran. Das ist unsere Chance“, flüsterte er.

„Wir sind hier im dritten Stock“, stellte Jolanda mit Panik in der Stimme fest.

Jasmins erster Gang galt an diesem Morgen ihrem Kollegen Lukas, der wieder vor ihr an seinem Arbeitsplatz saß und bereits einen fleißigen Eindruck hinterließ.

„Was beschäftigt dich so, dass du morgens in aller Herrgottsfrühe hier auftauchst?", fragte sie.

Lukas schaute zu ihr hoch und antwortete: „Die Tatsache, dass es meinem Freund Dierk mit aller Macht an den Kragen gehen soll."

„Und was willst du dagegen tun? Wir bearbeiten die Geiselnahme. Auf die Betrugssache können wir keinen Einfluss nehmen."

„So einfach ist es nicht. Wir gehen davon aus, dass das eine mit dem anderen zusammenhängt. Deshalb bin ich mir sicher, dass die Geiselnehmer für Klarheit sorgen können. Aber dafür müssen wir sie erst mal auftreiben. Es kann nicht angehen, dass eine Existenz aufgrund von Falschbehauptungen ruiniert wird."

„Schwierig, schwierig!" Jasmin steuerte ihren eigenen Schreibtisch an, fuhr ihren Rechner hoch und fügte an: „Wer sagt uns, dass es wirklich eine Falschbehauptung ist?"

„Da haben wir es! Solange der Verdacht nicht vollständig ausgeräumt werden kann, wird Kurt von Westernhagen immer der Ruf des Betrügers anhängen. Deshalb muss es uns gelingen, diesen falschen Hausmeister zu finden."

„Du wirst es nicht glauben, aber an Pascal Bonnet arbeite ich schon, da warst du noch als Geisel in seinen Händen. Der Kerl ist nicht zu fassen. Alle möglichen Ausgangspunkte habe ich schon ausprobiert und nichts herausfinden können. Jetzt bleibt nur noch die Hoffnung, dass uns die Fotos, die wir von ihm an die Kollegen aus Deutschland, Frankreich, Luxembourg und

Belgien geschickt haben, Ergebnisse bringen."

„Ich mache dir keinen Vorwurf. Ich spürte nur ein drohendes Unheil, seit Andrea Peperding aufgekreuzt ist."

„Diese Frau muss ja der Schrecken leibhaftig sein." Jasmin riss die Augen auf vor Erstaunen.

„Das trifft es – auch wenn es noch milde ausgedrückt ist."

Monika Blech und Dieter Marx betraten das Büro. Während Monika sich vor ihrem PC niederließ, stellte sich Dieter vor die beiden Kolleginnen und schwadronierte: „*Bis hierher sollst du kommen und nicht weiter; hier sollen sich legen deine stolzen Wellen.*"

„Soll heißen?", fragte Jasmin.

„Ich habe von Pascal Bonnet eine Spur."

„Wie bitte?" Jasmin bekam ganz große Augen.

„*Weil der Gottlose Übermut treibt, muss der Elende leiden; sie hängen sich aneinander und erdenken böse Tücke*", lautete die Antwort, mit der niemand im Büro etwas anfangen konnte. Doch zum Glück blieb Marx seine Erklärung nicht lange schuldig: „Vor vier Jahren ist Pascal Bonnet bei einer Drogenrazzia erwischt worden. Damals nannte er sich Pascal Martin. Er konnte jedoch nach Frankreich fliehen, wo sich seine Spur verloren hat."

„Was macht dich so sicher, dass es unser Mann war?", fragte Jasmin.

Dieter öffnete die Aktentasche, die er mit sich trug und nahm ein Foto heraus. Darauf war eindeutig der Mann zu erkennen, der sich im Fitnessstudio als Hausmeister hatte einstellen lassen.

„Das ist unser Mann", stieß Lukas aus. „Und Martin nannte sich die sogenannte Putzfrau, die mit den Geiselnehmern unter einer Decke steckte."

Jasmin stieß ein Zischen aus, womit sie alle Aufmerksamkeit auf sich lenkte.

„Das gibt es doch nicht", rief sie aus. „Plötzlich hagelte es Hinweise von allen Seiten."

„Was hast du entdeckt?"

„Schaut hier! Die Kollegen aus Frankreich haben mir Fotos von Pascal Bonnet zugeschickt. Sie wurden vor einem Jahr in

Straßburg aufgenommen. Jedes Mal ist er zusammen mit einer Frau an seiner Seite."

Lukas schaute auf den Bildschirm und erkannte sofort Emma Martin.

„Die beiden sind ein Paar?" Er konnte es selbst nicht glauben.

Theo hatte inzwischen das Büro betreten. Ohne seine Jacke auszuziehen stellte er sich ebenfalls zu den Kollegen, die sich um Jasmins und Monikas Schreibtische versammelt hatten, und meinte: „Das glaube ich nicht."

„Warum nicht?", fragte Lukas.

„Diese Frau hat auf mich den Eindruck hinterlassen, dass sie nichts mit Männern am Hut hat."

„Wie willst du das beurteilen können bei den wenigen Malen, die wir sie beobachten konnten?", begehrte Lukas auf.

„Das ist halt nur mein Eindruck", wehrte sich Theo. „Kann ja sein, dass ich mich täusche."

„Das ist wirklich kein Grund zum Streiten", mischte sich Jasmin ein. „Fakt ist, dass diese Frau genauso gefährlich ist wie der Rest der Bande."

„Also machen wir uns an die Arbeit, damit wir diese Bande endlich stoppen können", beschloss Theo.

„Bist du jetzt unser Chef?", hakte Monika nach.

„Schön wär's!"

Lukas und Theo besetzten ihre eigenen Schreibtische und Dieter Marx verließ das Großraumbüro. Die Stille, die nun einkehrte, ließ das leise Klacken der Finger auf den Tastaturen hören.

„Leute, es wird noch besser", rief Jasmin nach nur wenigen Minuten. „Pascal Bonnet ist im Saarland gesehen worden."

„Wo?" „Von wem?" Wann?"

„Die Kollegen der Fahndung haben einen Schnappschuss von ihm gemacht. Neben ihm ist Emma Martin", antwortete Jasmin. „Das war gestern Abend im Globus in Saarbrücken. Es hat gerade viel Betrieb geherrscht. Vermutlich hat er damit gerechnet, deshalb nicht gesehen zu werden."

„Warum erfahren wir das erst jetzt?“

„Weil die Gesichtserkennung nicht sofort reagiert hat. Die Aufnahme war ungünstig.“

„Und wo ist er jetzt?“

„Sie haben ihn aus den Augen verloren.“

„Damit ist seine Rechnung ja aufgegangen“, murrte Theo.

„Trotzdem wissen wir jetzt, worauf wir gefasst sein müssen. Er ist also wieder im Saarland. Und bestimmt nicht, weil unser Bundesland im November so schön ist“, kommentierte Lukas.

„Was willst du tun?“

„Ich rufe Dierk an und informiere ihn. Die Familie muss Bescheid wissen.“

„Läuft die Fahndung?“ Diese Frage richtete Theo an Jasmin.

„Ja. Aber erst seit heute Morgen, seit klar ist, dass es sich um Pascal Bonnet handelt.“ Jasmin schaute zerknirscht drein.

Dierk von Westernhagen meldete sich, kaum dass Lukas die Nummer gewählt hatte. Allerdings nicht so, wie er erwartet hätte. Wütend rief der Freund in den Hörer: „Ich komme ja schon! Oder wurde mein Vater inzwischen nach Guantanamo abtransportiert?“

„Hier ist Lukas“, meldete sich der Beamte, womit er erreichte, dass Dierk sofort seinen Tonfall änderte und sagte: „Hallo Lukas. Ich dachte schon, der nächste Angriff der Polizei stünde mir bevor.“

„Was ist passiert?“

„Deine Kollegen aus der Karcherstraße haben mich gerade angerufen, um mir zu sagen, dass mein Vater und Jolanda wegen versuchten Einbruchs auf der Wache sitzen und verhört werden.“

„Versuchter Einbruch?“ Lukas verstand gar nichts mehr. „Ich wollte dich gerade warnen, weil Pascal Bonnet in Saarbrücken gesehen wurde. Doch jetzt versetzt du mich in Staunen. Ich würde sagen, dass wir uns auf der Polizeiwache Karcherstraße treffen. Da muss ein Irrtum vorliegen und das werden wir jetzt klären.“

Das grüne Eckhaus der Polizeistation Karcherstraße kam in Sicht. Lukas parkte den Dienstwagen direkt davor auf einem für die Polizei markierten Parkplatz. Als er zusammen mit seinem Kollegen ausgestiegen war, kam ihnen Dierk entgegen.

Ohne Worte steuerten sie das Gebäude an, traten ein und wurden auch gleich durch die verwinkelten Flure in einen kargen Raum geführt, in dem das Ehepaar auf unbequemen Stühlen saß und ihnen erwartungsvoll entgegenblickte.

„Was ist passiert?", fragte Dierk.

„Bei uns wurde eingebrochen", antwortete Kurt von Westernhagen. Der Mann sah so erschöpft aus, wie Lukas ihn noch nie gesehen hatte. Seine Haare standen in alle Richtungen ab und seine Kleidung war eingerissen und voller Flecken. Auch Jolanda wirkte blass, verschmutzt und ihre langen roten Haare hingen strähnig über ihre Schultern.

„Wie soll das möglich sein?", fragte Lukas. „Die Kollegen patrouillieren um euer Haus herum."

„Das ist uns auch ein Rätsel", gab Kurt zu. „Wir haben alle Türen verschlossen, alle Fensterläden zu. Ständig habe ich sämtliche Zimmer patrouilliert, damit mir auch nichts entgeht. Und doch stand er plötzlich da."

„Und wie hängt das jetzt mit dem angeblichen Einbruch bei euren Nachbarn zusammen?"

„Es ist uns gelungen, vor dem Einbrecher in die dritte Etage zu flüchten", berichtete Kurt. „Dort oben grenzt das äußerste Fenster dicht an den Balkon des Nachbarn. Wir sind über die Brüstung geklettert und haben dort den Rest der Nacht verbracht, wobei wir fast erfroren wären. Die Nachbarn haben bis heute Morgen nichts davon mitbekommen. Aber dem Einbrecher konnten wir so entkommen."

„Vom dritten Stock aus seid ihr über die Brüstung des Balkons geklettert?“ Dierks Stimme überschlug sich. „Seid ihr des Wahnsinns?“

„Nein! Wir wollten nur nicht so enden wie die junge Polizistin, die bei uns im Haus hatte aufpassen sollen.“

„Was ist mit ihr passiert?“

„Sie liegt mit durchgeschnittener Kehle im Keller. Vielleicht macht ihr mich dafür auch noch verantwortlich.“

Theo betätigte sofort sein Handy und gab die Meldung an die Kollegen durch.

„Jetzt fahren wir ins Präsidium. Dort müssen wir ein Protokoll aufnehmen, weil dieser Einbruch eindeutig zu unserem Fall gehört“, stellte Lukas klar.

„Wer übernimmt das?“, fragte Kurt.

„Theo und ich. Warum?“

„Weil wir dort von dieser Kommissarin Peperding bereits verhört wurden. Wenn ich ehrlich sein soll, habe ich kein Interesse an einer Wiederholung.“

„Keine Sorge. Jetzt geht es um etwas anderes. Das übernehmen wir“, beruhigte Lukas. „Außerdem nennt man das nicht Verhör, sondern Vernehmung“, fügte er korrigierend an.

„Wie diese Frau mich behandelt hat, kann ich nur von einem Verhör sprechen.“

„Das tut mir leid. Aber jetzt können wir hier keine Zeit verplempern. Es muss etwas geben – oder jemanden – der die Geiselnehmer mit Informationen versorgt. Und wir müssen herausfinden, wer das ist.“

„Dürfen wir uns vorher noch umziehen und frischmachen?“

„Erst hinterher“, bestimmte Lukas. „Das Haus ist ein Tatort und muss von der Spurensicherung untersucht werden. Ihr bekommt etwas von uns zum Überziehen, damit ihr nicht friert.“

„So langsam fühle ich mich wirklich wie ein Verbrecher“, brummte Kurt.

„Es kommt noch besser“, fügte Theo an. „Wenn wir nach der Befragung zu euch nach Hause fahren, dann aber nur dafür, dass ihr ein paar persönliche Sachen packt."

„Wieso das denn?"

„Ihr kommt in Schutzgewahrsam."

„Uns bleibt wohl keine andere Wahl", gab Kurt zur Überraschung aller nach. „Die Angst, die wir heute Nacht ausgestanden haben, war uns eine Lehre."

Jasmin war wie vom Donner gerührt. Sie schaute auf den Bildschirm und dann auf ihre Kollegin, die ihr gegenübersaß.

„Was ist?", fragte Monika.

„Jetzt weiß ich, warum es so schwer ist, etwas über Pascal Bonnet herauszufinden."

„Warum?"

„In Frankreich ist es keine Pflicht, sich an seinem Wohnort anzumelden. Über Emma Martin habe ich herausgefunden, dass sie in Saverne wohnt. Ihre Wohnung ist für zwei Personen angemeldet. Mehr Informationen gibt es nicht."

„Und was macht man in Frankreich, wenn man mit Behörden zu tun hat?"

„Dort legt man die Strom- oder Wasserrechnung vor. Mehr brauchen die nicht."

Monika schüttelte verständnislos den Kopf.

„Seit einem halben Jahr ist Pascal Bonnet in Saarbrücken registriert", berichtete Jasmin weiter. „Was vorher mit ihm war, ist nicht herauszufinden."

„Was hat ihn dazu veranlasst, sich hier anzumelden?"

„Vermutlich die Tatsache, dass er bei einem Arbeitsvertrag mit dem Motivitas-Studio als Hausmeister eine Adresse angeben musste. Durch seinen Umzug nach Saarbrücken konnte er seinen Aufenthalt in Frankreich weiterhin geheim halten."

„Und Emma Martins Wohnung ist für zwei Personen angemeldet?"

Jasmin nickte.

„Weiß man, mit wem sie dort lebt?"

„Nein. Ich kann nur vermuten, dass Pascal Bonnet der Glückliche ist", gab Jasmin zu.

„Nach Theos Worten zu urteilen ist das eher unwahrscheinlich", gab Monika zu bedenken. „Aber egal, mit wem sie zusammen wohnt ... Wie hilft uns das weiter?"

„Gar nicht. Es ist nur eine Erklärung dafür, warum ich nichts über diesen Pascal gefunden habe. Das hat mich ganz kirre gemacht."

„Heißt das, dass wir an keine weiteren Informationen über ihn herankommen?"

„Das könnte sein. Trotzdem gebe ich nicht auf." Jasmin raufte sich ihre schwarzen Haare.

„Im Vernehmungszimmer wartet Elena Gerkens auf uns" erinnerte Monika. „Wir können endlich mit den Befragungen der Geiseln beginnen, weil sie inzwischen alle aus den Krankenhäusern entlassen worden sind."

„Und was erhoffen wir uns davon?"

„Lukas und Theo sind sich sicher, dass ein Maulwurf unter ihnen war. Den müssen wir herausfiltern."

„Okay, ich komme mit."

Die beiden Beamtinnen wollte gerade das Großraumbüro verlassen, als das Telefon auf Monikas Schreibtisch klingelte.

Hastig kehrte die Kollegin zurück und hob ab. Nach einem kurzen Gespräch legte sie auf und sagte: „Befrage du die Geiseln bitte allein. Ich gehe zu Markus ins Labor."

„Flirten am Arbeitsplatz ist verboten." Jasmin grinste frech.

„Blödsinn!" Wieder wurde Monika rot. „Er arbeitet an der Stimmanalyse dieses Drohanrufs, der bei Dierk von Westernhagen eingegangen ist."

„Immer noch?"

„Ja. Dafür wurde eine verdammt gute Software angewendet. So langsam glaubt er, durch die Verzerrung durchzudringen."

Kurt von Westernhagen saß zusammengekauert im Großraumbüro. Über seinen Schultern lag eine Wolldecke, die er mit einer Hand vor seiner Brust zusammenhielt.

„Was wollt ihr denn von mir wissen?“, fragte er ungeduldig. „Ich bin wohl der Letzte, der euch weiterhelfen kann.“

„Das glaube ich kaum“, meinte Lukas und stellte sofort seine erste Frage: „Wie lange hast du für Ricci-Immobilien gearbeitet?“

„35 Jahre.“

„Immer in der Buchhaltung?“

„Ja.“

„Und dir ist nie aufgefallen, dass mit der Firma etwas nicht stimmt?“

„Was sollte mir aufgefallen sein? Die Bücher waren immer ordentlich geführt. Alles lief gut. Immobilien boomen schon seit Jahren, sodass ich mir um meinen Job keine Sorgen machen musste“, entgegnete Kurt aufgebracht.

„Bist du niemals zu einer Abbuchung aufgefordert worden, die dich stutzig gemacht hat?“

„Nein! Niemals.“

„Bist du mal mit der Mutterfirma in Italien in Kontakt getreten?“

„Nein. Dafür war ich nicht zuständig.“

„Ist dir also nie in den Sinn gekommen, dass dort in Italien etwas nicht mit rechten Dingen zugeht?“

„Nein. Ich weiß von der Familie Ricci, von der Gründung der Firma, wie alles angefangen hat. Außerdem weiß ich, dass Giovanni Ricci der Letzte der Familie ist und trotz hohen Alters in Italien immer noch im Betrieb mitarbeitet. Das klang für mich niemals verdächtig.“

„Eigentlich ist es das auch nicht", gab Lukas klein bei. „Giovanni Ricci ist nämlich kein Mafioso, sondern das Opfer. Schon vor Generationen ist die Familie Ricci von der Mafia bedroht worden. Kurz nach der Firmengründung. Die sahen das lukrative Geschäft und boten sofort ihren Schutz an, solange Ricci-Immobilien regelmäßige Zahlungen an die Mafia leisten. Und aus dieser Verpflichtung ist die Immobilienfirma bis heute nicht herausgekommen."

Kurt von Westernhagen wurde blass. „Das wusste ich nicht."

„Es war auch Geschäftsbedingung, dass niemand davon erfährt."

„Und wie seid ihr jetzt dahintergekommen?"

„Unsere Vermögensabteilung prüft nicht nur dein Fitnessstudio, sondern auch Ricci-Immobilien. Dabei ist die Differenz der Jahresabschlüsse aufgefallen."

Kurt schüttelte verständnislos den Kopf.

Lukas sprach weiter: „Kommen wir aber auf unser Problem zurück: Vor vier Jahren – im Jahr 2012 – war der Umsatz schwächer als in den Folgejahren. Heute wissen wir, dass bei den Verkäufen der Immobilien unterschiedliche Buchungen vorgenommen worden sind. Die Wertverhältnisse der angebotenen Immobilien lagen 2012 tiefer als 2013 und folgende. Das bedeutet, dass der Realwert reduziert und die Differenz auf ein fremdes Konto überwiesen wurde Wessen Konto das ist, werden wir heute wohl nicht mehr erfahren."

„Und ich sitze hier in der Bredouille, weil die Mafia sich um eine Million betrogen fühlt, die ich niemals unterschlagen habe?"

„Sieht so aus!"

„Das darf doch alles nicht wahr sein!" Kurts Stimme wurde laut.

„Summa summarum ist der Immobilienfirma in Saarbrücken genau eine Million Euro abhandengekommen. Die Tatsache, dass du zu der Zeit dort Buchhalter warst, lässt dich dumm dastehen. Wie kann so etwas passieren?"

„Ich übernehme die Zahlen, die der Geschäftsführer mir gibt. Wenn diese Zahlen falsch waren, konnte ich das nicht wissen."

„Heißt das, dass der Geschäftsführer das Geld unterschlagen hat?"

Kurt von Westernhagen schaute auf den Kriminalbeamten und zuckte mit den Schultern. Zögerlich meinte er: „Mein Chef war Francesco Locatelli. Wir hatten ein gutes Arbeitsverhältnis. Es fällt mir schwer zu glauben, dass dieser Mann so etwas gemacht haben soll."

„Meine Güte, das wird ja immer schwieriger." Lukas rieb sich durch seine roten Haare. „Weder Giovanni Ricci in Italien, noch dein direkter Vorgesetzter haben bemerkt, dass eine Million verschwunden ist. Ein Zeichen dafür, dass diese Firma mehr Geld verdient, als sie selber weiß. Nur, wie ist die Mafia vier Jahre später darauf aufmerksam geworden?"

Kurt zuckte verständnislos die Schultern.

„Es muss ihnen jemand einen Tipp gegeben haben."

Kurt rieb sich die Unterarme, als fröstelte er. „Das klingt alles nach einem lange und gut vorbereiteten Komplott gegen meine Familie und mich."

Lukas nickte.

Theo kehrte genau in diesem Augenblick an seinen Schreibtisch zurück, stellte seinem Kollegen und Kurt von Westernhagen jeweils einen Kaffee vor die Nase und meinte: „Die Spurensicherung ist fertig.

„Was haben sie festgestellt?", fragte Kurt.

„Sie werten noch aus. Aber eins ist schon klar: Es war jemand von den Geiselnehmern in deinem Haus. Die Spuren sind mit denen im Studio identisch."

„Weiß man schon, wer?"

Theo schüttelte den Kopf.

„Dann können Jolanda und ich endlich nach Hause fahren, uns umziehen und unsere Sachen packen", stellte Kurt fest. Er schaute sich suchend nach seiner Frau um und fand sie ganz in der Nähe bei zwei Polizeibeamtinnen, die sich augenscheinlich gut mit ihr unterhielten.

„Halten die Damen Plauderstündchen oder horchen sie meine Frau aus?“, fragte Kurt skeptisch.

„Wir horchen niemanden aus“, stellte Theo klar. „Die Kolleginnen und deine Frau scheinen sich einfach nur gut zu verstehen. Sowas gibt es sogar bei der Polizei.“

„Entschuldigung“, lenkte Kurt sofort ein. „Ich bin nur ungehalten, dass dieser Fall immer noch nicht aufgeklärt werden konnte. Da bekomme ich ja den Eindruck, dass es Mafia-Mitglieder leichter im Leben haben als ehrliche Bürger.“

Markus Schaller trat durch die gläserne Tür und schaute sich suchend zwischen den vielen Schreibtischen um.

Lukas und Theo, die gerade zusammen mit dem Ehepaar von Westernhagen aufbrechen wollten, ließen sich wieder auf ihre Stühle zurücksinken und warteten ab. Der Teamchef der Spurensicherung kam höchstpersönlich aus seinem Labor ins Großraumbüro – das versprach, interessant zu werden.

„Ich suche Monika“, erklärte er, als er die neugierigen Blicke der Kriminalbeamten sah.

„Uns kannst du deine Ergebnisse ruhig mitteilen“, meinte Lukas dazu. „Wir arbeiten zufällig auch an dem Fall.“

Markus grinste dazu nur, zog sich einen Stuhl heran und ließ sich darauf nieder.

„Ich bin mir nicht sicher, ob es üblich ist, über fallrelevante Fakten zu sprechen, während Privatpersonen dabei sind.“

Damit meinte er das Ehepaar von Westernhagen, das wie angewurzelt auf den Stühlen sitzen blieb.

„Da gebe ich dir Recht. Aber das sind Kurt und Jolanda von Westernhagen, also unmittelbar Betroffene. Könntest du da nicht mal eine Ausnahme machen?“

„Gut. Auf deine Verantwortung.“

„Kein Problem. Meine Karriere geht hier ohnehin steil bergab, wenn Allensbacher Kriminalrat wird.“

„Nein, wir wollen niemandes Karriere ruinieren.“ Mit den Worten erhob sich Kurt von Westernhagen. „Wir warten solange draußen.“

Die drei Beamten schauten Kurt und Jolanda hinterher, wie sie das Büro verließen.

Leise murmelte Lukas: „Und dieser ehrenwerte Mann soll eine Million unterschlagen haben?“

„Mir kommt das auch immer unwahrscheinlicher vor“, gab Theo zu.

„Okay.“ Markus klatschte in die Hände, damit die beiden nicht vergaßen, dass er an ihrem Schreibtisch saß. Neugierig wandten sie sich dem Teamchef der Spurensicherung zu, der mit seinem Bericht begann: „Ich habe es geschafft, den tödlichen Schuss auf den Moderator des Fernsehsenders Saarland-TV zu rekonstruieren.“

„Und?“

„Es ist aus dem Fenster der Herrentoilette geschossen worden.“

„Wie ist es möglich, dass niemand die Bewegung des Fensters gesehen hat? Das Licht der Fernsehleute hätte doch eine Spiegelung erzeugen müssen.“ Theo staunte.

„Weil das Fenster blind ist“, antwortete Markus. „Vermutlich will man damit verhindern, dass die Herren bei ihrer Sitzung beobachtet werden können.“

„Und der Beobachter dabei selbst blind wird“, ergänzte Lukas.

„So was in der Art.“ Markus lachte.

„Und das ist alles an Neuigkeiten?“ Theo staunte. „Dafür kommst du hierher?“

„Nein! Es gibt noch weitere Ergebnisse. Wir haben das Fenster in der Herrentoilette gründlich untersucht. Die Spuren haben wir dann mit den Spuren im Haus in Klarenthal, in das eingebrochen worden ist, verglichen. Es war derselbe Mann."

„Pascal Bonnet?", fragte Lukas.

„Nein! Der ist es nicht."

„Das bestätigt, was unsere beiden Fallanalytiker schon über ihn gesagt haben", murmelte Lukas. „Der Typ lässt andere die Drecksarbeit für sich machen."

„So sieht es aus. Dieser andere muss dafür eine verdammt treue Seele sein, oder Pascal hat ihn gut im Griff", meinte Markus dazu.

„Wieso?" Lukas und Theo horchten auf. „Wo gibt es seine Spuren noch?"

„An der Bombe, die in der Gärtnerei hochgegangen ist."

„Dann haben wir es mit einem äußerst abgebrühten Mörder zu tun." Lukas erblasste. „Also bringen wir das Ehepaar von Westernhagen so schnell wie möglich in ein sicheres Quartier, bis diese Gefahr vorüber ist."

Zusammen mit dem Ehepaar von Westernhagen traten Lukas und Theo hinaus auf den Hof, auf dem sich der Fuhrpark der Kriminalpolizei befand. Inzwischen war es dunkel geworden und es regnete in Strömen. Der Platz war gähnend leer.

„Shit-Wetter", murrte Lukas. „Und dazu noch kein Dienstwagen weit und breit."

„Das hat uns gerade noch gefehlt", meinte Theo. „Wir können nicht warten, bis ein Wagen frei wird. Also nehmen wir meinen."

Sie kehrten um und steuerten den Behördenparkplatz an, der überwiegend aus Pfützen bestand. Theos schwarzer Audi A6 TFSI Quattro stand in der hintersten Reihe, sodass sie den gesamten Platzplatz überqueren mussten. Als sie endlich in das Fahrzeug einstiegen, hatten sie nasse Füße.

„Bin ich froh, wenn ich mir saubere und trockene Klamotten anziehen kann", stöhnte Kurt. „Dieser Tag war bis jetzt der Schlimmste in meinem Leben."

Jolanda lehnte sich an die Schulter ihres Mannes und weinte leise. Lediglich mit einem Kopfnicken stimmte sie ihm zu.

Theo startete und fuhr los. Mitten in der Woche war die Mainzer Straße auch noch um diese Zeit stark befahren. Er reihte sich vorsichtig in den Verkehr ein, steuerte den Stadtrand an und bog auf die Autobahn A 620 ab. Dort kam er auch nicht dazu, zu beschleunigen. Fast im Schritttempo mussten sie fahren, weil sich der obligatorische Stau des Feierabendverkehrs gebildet hatte. Einen Ort vor Klarenthal fuhr er ab, als er das Baustellenschild sah. Die Gefahr, zum Stillstand zu kommen, war zu groß. Lieber schlängelte er sich durch die enge Hauptstraße von Gersweiler, die sich zur Rush Hour in eine Katastrophe verwandelte.

Es dauerte fast eine halbe Stunde, bis sie auf die letzte Strecke abbogen, die schnurgerade zu Kurt von Westernhagens Haus führte. Obwohl sie allein fuhren, hielt sich Theo strikt an die Geschwindigkeitsbegrenzung, was Lukas fast wahnsinnig machte.

„Ist es wirklich nötig, so zu schleichen?"

„Hier ist 50 vorgeschrieben und daran halte ich mich", entgegnete Theo.

„Wo steht das? Ich sehe hier nirgends ein Verkehrsschild."

„Das stand direkt am Ortsausgang."

„Dort stand was von 30 – aber nicht von 50. Also fährst du zu schnell", meckerte Lukas weiter.

„Die 30 Stundenkilometer gelten für LKWs. Ich glaube, du solltest deine Führerscheinprüfung nochmal wiederholen. Du kennst dich ja gar nicht mehr aus."

„Seit wann bist du so genau?", wollte Lukas nun doch wissen.

„Sollen wir als Polizeibeamte kein Vorbild sein? Was denken Kurt und Jolanda, wenn ich hier wie ein Wilder durchbrettere?"

Lukas sagte nichts mehr dazu. Was hätte er auch sagen sollen. Theo hatte recht – wie so oft.

Sie näherten sich einer Kreuzung, die durch eine Ampelanlage geregelt wurde. Das Grün leuchtete ihnen schon von weitem entgegen. Trotzdem machte Theo nicht die geringsten Anstalten, diese Grünphase noch zu erwischen.

„Du machst mich wahnsinnig mit deinem Fahrstil", gab Lukas endlich zu. „Gib doch verdammt noch mal Gas, damit wir noch durchkommen."

„Okay, wenn es dich glücklich macht." Ein kleiner Schub mehr auf dem Gaspedal, sämtliche Insassen des Autos wurden in die Sitze gedrückt und der Audi beschleunigte. Sie überquerten die Ampel noch bei Grün, erreichten die Kreuzung.

Ein ohrenbetäubender Knall ertönte!

Jasmin schaute ihrer Kollegin entgegen, die gerade aus dem Labor zurückkehrte und fragte: „Hatte Markus wieder Sehnsucht nach dir?"

„Nein, er hat neue Erkenntnisse, was den Stimmverzerrer betrifft."

„Und welche?"

„Es ist auf jeden Fall eine Frau, die spricht."

„Eine Frau?" Jasmin riss die Augen weit auf. „Heißt das, dass eine Frau hinter all dem steckt?"

„Zumindest hinter dem Drohanruf", präzisierte Monika. „Was ist daran so erschreckend?"

„Ich habe die Geiseln inzwischen fast alle befragt. Dabei hat sich ein Name herauskristallisiert, der unabhängig voneinander immer wieder erwähnt wurde."

„Und der wäre?"

„Estelle Fournier", antwortete Jasmin.

„Was hat sie gemacht, um so viel Aufmerksamkeit auf sich zu lenken?"

„Sie hatte sich sofort an Theo heran geschmissen, der sich ja später selbst als Polizist entlarvte. Das kam allen verdächtig vor. Weiterhin hat sie künstliche, lange Haare und lange Wimpern getragen, womit sie ihr Äußeres so verändert hatte, dass sie einige Jahre älter aussah."

„Woher wissen die anderen Geiseln, was sie für ihr Äußeres gemacht hat?"

„Als Pascal Bonnet sie an ihrer langen Mähne packen wollte, hielt er plötzlich nur noch ein Büschel Haare in der Hand. Nach den Schilderungen der anderen Geiseln wurde Estelle Fournier daraufhin von Pascal aus dem Raum gezerrt und ein lautes Streitgespräch zwischen ihr und den Geiselnehmern fand statt."

„Worüber?"

„Wer sie wirklich ist. Ihnen sei inzwischen bekannt, dass Bullen unter den Geiseln sind. Ob sie eine davon sei?"

„Deshalb glaubst du, dass sie der Maulwurf unter den Geiseln ist?" Monika schaute skeptisch drein.

Jasmin nickte.

„Aber Pascal Bonnet hat sie doch gefragt, wer sie wirklich ist. Also wusste er selbst nicht, mit wem er zu tun hatte."

Jasmin schilderte ihrer Kollegin, dass sich aufgrund dieser Szene Lukas und Theo selbst als Polizisten gestellt hatten und fügte an: „Es könnte doch sein, dass Estelle dafür eingesetzt war herauszufinden, wer unter den Geiseln gefährlich werden könnte. In einer derart ungewöhnlichen Situation wie einer Geiselnahme kann es doch sein, dass zwischen Lukas und Theo etwas vorgefallen ist, was sie verraten hat."

„Damit hast du mich überzeugt", gab Monika zu. „Also sehen wir zu, dass wir diese Estelle Fournier finden. Wer weiß, welche Informationen sie noch preisgibt, solange sie nicht als Maulwurf enttarnt worden ist."

„Zum Glück werden Kurt und Jolanda von Westernhagen gerade von Lukas und Theo in Sicherheit gebracht", meinte Jasmin dazu. „Ich habe diese beiden in der kurzen Zeit, die sie hier waren, richtig ins Herz geschlossen und glaube keine Sekunde, dass sie etwas mit der Unterschlagung zu tun haben."

Lukas erwachte als erster. Zwischen weißen Kunststoffschläuchen hindurch konnte er Theo sehen, dessen Kopf seitlich an der Fahrerseite anlehnte. Die Augen hielt er geschlossen. Als Lukas sich bewegen wollte, schoss ein Schmerz durch seinen Nacken. Beim nächsten Versuch durch seine Hüfte.

Erschrocken verharrte er in seinen Bewegungen und wartete, bis der Schmerz vorüber war. Erst danach drehte er den Kopf vorsichtig nach rechts. Die ganze rechte Seite des Audis war eingedrückt. Die Seitenscheibe fehlte. Frische, kalte, nasse Luft wehte in sein Gesicht.

Vor Schreck fiel er in Ohnmacht.

Lautes Tatütata riss ihn wieder aus seiner Bewusstlosigkeit. Dieses Mal saß Theo aufrecht und schaute auf die weißen Kunststoffschläuche, die zwischen ihnen, vor ihnen und neben ihnen hingen.

„Scheiße, was war das?", fragte er nach einer Weile.

„Keine Ahnung", krächzte Lukas. „Fühlt sich an, als wäre uns einer ins Auto gerast. Und zwar genau auf meine Seite."

„Wie geht es dir? Hast du was abgekriegt?", fragte Theo.

„Nicht der Rede wert. Nur dein Auto ist nicht so gut weggekommen."

„Wo wollten wir hinfahren?", fragte Theo.

Lukas konnte darauf keine Antwort geben. Stumm saßen sie auf Fahrer- und Beifahrersitz und lauschten den Sirenen, die immer näherkamen.

Plötzlich hörten sie ein Geräusch aus dem rückwärtigen Teil des Autos. Erschrocken schauten sie sich um. Dort bewegte sich

Jolanda von Westernhagen zwischen Glasscherben und weiteren Kunststoffschläuchen.

„Wo ist mein Mann?“, kreischte sie so laut los, dass Lukas und Theo sofort wieder klar denken konnten.

„Scheiße! Das war ein gezielter Angriff“, brüllte Theo los. Mit Mühe gelang es ihm, die verbogene Fahrertür zu öffnen und auszusteigen.

Lukas kraxelte unter Schmerzen auf die Fahrerseite, um ebenfalls aussteigen zu können. Als er auf der Straße stand, gab sein rechtes Bein nach und er fiel der Länge nach auf den nassen Asphalt. Doch Theo kümmerte sich nicht um ihn, sondern riss mit aller Kraft die verzogene, hintere Tür seines Wagens auf.

Jolanda stieg aus und schrie: „Sie haben Kurt! Jetzt ist es soweit! Sie haben ihn doch noch erwischt!“

Die ersten Polizeiautos trafen ein, gefolgt von Krankenwagen. Lukas erhob sich mühsam vom Boden und wehrte jegliche medizinische Versorgung ab. Jolanda ließ sich auf eine Trage legen und in einen der bereitstehenden Krankenwagen hineinschieben.

Gleichzeitig begannen die Kollegen der Verkehrspolizei die Unfallstelle abzusichern. Auf einen Schlag war die Kreuzung voller Menschen. Jeder wollte etwas gesehen haben. Immer wieder fiel der Satz: „Ein orangefarbener Hummer ist ungebremst in den Audi reingerast.“

Lukas und Theo schauten sich an, waren sich ohne Worte einig und steuerten im Eiltempo eines der mit Blaulicht blinkenden Fahrzeuge an. Theo übernahm das Steuer, während Lukas sich unter Schmerzen auf den Beifahrersitz hievte.

Mit Vollgas fuhren sie los.

„Wo willst du hin?“, fragte Lukas.

„Zum Studio! Mein Gefühl sagt mir, dass sie dort sind.“

„Aber zuerst müssen wir bei Dierk anhalten und den Schlüssel holen“, bestimmte Lukas. „Ich rufe ihn an, dass er uns nicht warten lässt.“

Theo nickte nur und steuerte konzentriert das Fahrzeug durch die sich viel zu langsam bildende Rettungsgasse auf der Autobahn hindurch.

„Wir sollten öfter mit Blaulicht fahren“, merkte er dazu an. „Dann kommen wir nämlich schneller vom Fleck.“

Lukas wartete, dass jemand am anderen Ende der Telefonleitung abhob. Als Dierk sich meldete, sprudelte er sofort los: „Wir brauchen den Generalschlüssel zum Studio.“

„Warum?“

„Dein Vater wurde gerade entführt. Wir vermuten, dass sie ihn dorthin bringen.“

„Dann fahren wir selbst“, bestimmte Dierk. „Lewin ist gerade bei mir.“

„Das dürft ihr nicht, das ist zu gefährlich“, rief Lukas, doch Dierk widersprach: „Es geht um meinen Vater, nicht um deinen. Ich lasse die Tür zum Haupteingang offen, damit ihr reinkommt.“

„Wir sind schon auf halbem Weg, vermutlich sind wir vor euch da“, hielt Lukas dagegen.

„Das glaube ich kaum.“ Klack, die Leitung war beendet.

Der Regen wurde stärker, die Sicht immer schlechter.

„Ich verstehe nicht, wie uns jemand so genau abpassen konnte“, murmelte Theo, während sein Blick auf die B 51 gerichtet blieb, die sie zum Studio führte.

„Das frage ich mich auch.“

„Es sieht so aus, als würde uns jemand ständig beobachten.“

„Oder wir haben den Maulwurf nicht unter den Geiseln, sondern in den eigenen Reihen“, spekulierte Lukas.

„Dazu fällt mir nur Andrea Peperding ein“, platzte Theo heraus.

„Weißt du was? Ich rufe unseren Hausgeistlichen an und bitte ihn nachzuschauen, wo sich Andrea gerade aufhält.“

„Okay! Sollte er mal ausnahmsweise nicht ewig salbadern, könnte er uns sogar nützlich sein“, brummte Theo.

Theo erreichte den Kreisverkehr, an dem er auf die Verlängerung der B 51 abbiegen musste. Dort passierten sie den Ort

Auersmacher, bevor sie das Studio erreichten.

Lukas telefonierte neben ihm. Theo konnte kein Wort verstehen. Der Regen war so stark geworden, dass er langsamer fahren musste.

Dann kam das Studio in Sicht.

Theo schaltete alle Lichter am Polizeiwagen aus und hielt in einigem Abstand zu dem großen Gebäude an.

„Also“, meinte Lukas. „Andrea sitzt an ihrem Schreibtisch und tut so, als würde sie arbeiten.“

„So ein Mist! Die hätte ich doch als erstes verdächtigt“, gab Theo zu.

„Ich auch!“ Lukas nickte. „Aber was hast du jetzt vor? Willst du, dass wir den ganzen Weg zum Gebäude durch den Regen zu Fuß laufen?“, fragte Lukas mit Panik in der Stimme. „Meine Hüfte tut durch den Aufprall weh. Ich hinke wie ein Gehbehinderter.“

„Wenn wir mit dem Auto bis vor die Tür fahren, sehen sie uns kommen. Dann können wir den Überraschungsmoment vergessen.“

„Wir können doch ohne Licht zur Saarland-Therme fahren und dahinter parken. Dann sieht uns auch niemand.“

„Sehr witzig! Die Straße besteht in Höhe der Gärtnerei nur noch aus einem tiefen Loch. Die Explosion hat so ziemlich alles in unmittelbarer Nähe mitgerissen.“

„Scheiße!“

Estelle Fournier wirkte deplatziert in dem kahlen Raum, den lediglich ein Tisch und mehrere Stühle zierten. Sie spielte an ihren Haaren, die ihr bis zur Hüfte reichten. Ihr geschminktes Gesicht ließ vermuten, dass sie nach dieser Vernehmung noch ausgehen wollte. Auch ihre Garderobe, die knallbunt, hauteng, großzügig ausgeschnitten und auf eigenwillige Art doch wieder passend zu dieser Frau war. Alles an ihr erweckte in Jasmin den Eindruck, dass sie Aufmerksamkeit wollte. Oder brauchte. Und in diesem Look war ihr die gewiss. Sogar die beiden Polizeibeamtinnen konnten ihre Blicke nicht von der schillernden Gestalt losreißen, als sie den kargen Vernehmungsraum betraten.

„Was wollen Sie von mir?“, fragte Estelle sofort zur Begrüßung. Dabei fiel den beiden Beamtinnen sofort ihr französischer Akzent auf.

„Wir wollen mit Ihnen über die Geiselnahme sprechen“, antwortete Jasmin. „Wir haben alle Geiseln befragt und jetzt sind Sie an der Reihe.“

„Was wollen Sie wissen?“

„Zuerst einmal beschäftigt uns die Frage, was die Geiselnehmer von Ihnen wollten, als sie Sie aus der Kammer nach draußen beordert hatten“, begann Jasmin mit der Befragung.

„Sie wollten, dass isch für sie spreche am Telefon. Aber soweit ist es nischt gekommen.“

„Warum nicht?“

Etwas verunsichert schaute sich Estelle in dem Raum um, als suchte sie eine Möglichkeit, sich zu verstecken. Nur zögerlich berichtete sie: „Pascal ’at mir meine teuren, künstlischen ’aare vom Kopf gerissen. Das ’at ihn verwirrt ...“

„Warum hat ihn das verwirrt?“

„Er meinte, isch sei Gendarm!“

„Sind Sie das?“

Nun lachte Estelle laut auf. „Mais non! Isch bin Coiffeur in Sarrebruck.“

„Aber er hat Sie aus der Geiselkammer gerufen und draußen mit Ihnen gesprochen.“

Estelle nickte.

„Was wollte er von Ihnen?“

„Er ’at mir Angst gemacht! Er ’at gesagt, dass isch Gendarm bin.“

„Deshalb hat er sie von den anderen Geiseln weggenommen?“

„Isch glaube nischt! Er wollte, dass isch für ihn spreche mit Polizei. Ist dann aber böse geworden.“

„Wie lange hat das gedauert?“

„Nischt lange!“

„Hatten Sie nicht für die Geiselnehmer telefonieren sollen?“, fragte nun Monika.

„Isch glaube schon.“

„Aber Sie haben nicht telefoniert?“

„Non!“

„Warum?“

„Weil er misch für einen Gedarm ge’ahlten ’at, als er gesehen ’at, dass meine ’aare nischt echt sind.“

Jasmin stöhnte leise und flüsterte zu Monika: „Das kann ja lustig werden.“

Monika nickte nur und fragte weiter: „Haben Sie Theo Borg im Studio kennengelernt, oder kannten Sie ihn von früher?“

„Oh, oui! Theo! Wo ist er?“

„Im Außendienst.“

„Er ist ein guter Mann. Er ’at mich beschützt.“ Estelle bekam glänzende Augen. „Gentlemen, das ist er!“

Es klopfte an der Tür.

Nur widerwillig öffnete Monika. Doch als sie das Gesicht von Markus Schaller sah, konnte sie ein Grinsen nicht unterdrücken. „Welch Glanz in unserer Hütte“, meinte sie. „Was veranlasst dich dazu, unsere Befragung zu unterbrechen?“

„Ich weiß, dass das eine Todsünde ist“, entschuldigte sich Markus sofort. „Aber meine Stimmanalyse ist inzwischen abgeschlossen. Nachdem ich euch eine Weile zugehört habe, musste ich dazwischenfunken, denn Estelle Fournier kommt als Anruferin nicht infrage. Die Frau auf dem Band spricht Hochdeutsch – ohne Dialekt.“

Das Polizeisiegel am Haupteingang war zerrissen, die Tür nur angelehnt. Leise zog Theo sie auf und ließ sie auch so geräuschlos wie möglich wieder zurück ins Schloss gleiten. In dem schwachen Lichtschein der Sicherheitsbeleuchtung erkannten sie eine Veränderung, kaum, dass sie im Treppenhaus angekommen waren. Die Stricke, die dekorativ im Zwischenraum zwischen den einzelnen Treppenaufgängen hingen, waren ungeordnet und bewegten sich leicht.

Mit vorgehaltenen Waffen stiegen sie die Stufen hoch, wobei sie Tropfspuren hinterließen. Durch den starken Regen waren sie regelrecht durchnässt und froren am ganzen Körper. Hinzu kam Lukas' schmerzende Hüfte. Nur mit Mühe und Not gelang es ihm, die Stufen zu nehmen ohne sich dabei am Geländer abzustützen. Er brauchte beide Hände für die Waffe.

Plötzlich fielen Schüsse.

Lukas fiel auf die harten Stufen, was seinen Schmerz in der Hüfte forcierte. Er unterdrückte einen Schrei. Theo, der einige Stufen weiter oben ging, verharrte mitten in der Bewegung.

„Scheiße, was ist da oben los?", flüsterte er.

„Hoffentlich galten die Schüsse nicht Kurt von Westernhagen." Lukas stöhnte.

„Das hörte sich nach einer Schießerei an. Und soweit ich weiß, hat Kurt keine Waffe", hielt Theo dagegen.

Wachsam setzten sie ihren Weg nach oben fort.

Zwischen dem ersten und zweiten Stock stießen sie auf den Geiselnehmer namens Uwe Clement. Er hing aufgeknüpft an einem der Stricke im Zwischenraum des Treppenhauses. Mit roten, hervorquellenden Augen und heraushängender Zunge starrte er auf die beiden Polizisten hinab.

„Wow!", entfuhr es Lukas.

Theo packte seinen Kumpel und zerrte ihn zur Tür, die in den Rohbau des ersten Stockwerks führte. Lukas unterdrückte einen Schmerzensschrei. Theo zog an der Tür und war erleichtert, als sie sich öffnen ließ. Hastig verschwanden sie dahinter, pressten ihre Rücken an die Wand und atmeten zuerst einmal durch.

„Da oben muss etwas verdammt schiefgelaufen sein", flüsterte Theo nach einer Weile. „Hoffentlich lebt Kurt noch."

„Wenn die Geiselnehmer sich gegenseitig erschießen, dann stehen die Chancen schlecht", meinte Lukas und rieb sich über sein rechtes Bein.

„Was machen wir jetzt?", fragte Theo.

„Wir müssen hoch, egal wie. Es ist klar, dass einige von ihnen da oben sind und die müssen wir stoppen."

„Aber zuerst rufen wir das SEK an und warten auf die Kollegen. Allein schaffen wir das nicht."

„Willst du warten, bis sie wieder über alle Berge sind?", trumpfte Lukas auf. „Wenn sie Kurt von Westernhagen getötet haben, gibt es keinen Grund mehr für sie, nochmal ins Saarland zurückzukommen. Und wenn sie über die Grenze sind, dann haben wir keine Chance mehr, sie zu schnappen."

„Ich will auf keinen Fall so enden wie Uwe Clement." Theo wies mit seinem Kopf in Richtung Treppenhaus und betätigte sein Handy.

„Ich auch nicht. Aber abwarten halte ich für keine gute Idee. Ich gehe schon mal vor."

„Verdammt Mann! Warte doch, bis ich telefoniert habe."

„Dann mach doch!" Lukas' Ungeduld war kaum noch zu bremsen.

Nach kurzem Wortwechsel legte Theo auf und sie begaben sich zurück ins Treppenhaus. Zögerlich passierten sie den Erhängten und konnten einen Blick auf die gläserne Tür zum Trainingsbereich werfen. Dahinter sah es noch dunkler aus als im Treppenhaus. Keine Bewegung war auszumachen, kein Geräusch zu hören, nichts.

„Was machen wir jetzt? Wenn wir reingehen, kriegen die das doch sofort mit", flüsterte Theo.

„Wir teilen uns auf! Ich gehe auf die andere Seite zum Notausgang und du wartest hier", schlug Lukas „Wir bleiben über Handy in Verbindung und betreten auf Kommando das Studio gleichzeitig von beiden Seiten."

„Okay, beeil dich!"

Lukas kehrte um, durchquerte hinkend den Rohbau im zweiten Stock, in dem ihm undurchdringliche Schwärze entgegenschlug, weil dort keine Sicherheitsleuchten angebracht waren. Im Not-Treppenhaus angelangt atmete er auf. Dort kam ihm plötzlich die schwache Beleuchtung wie Flutlicht vor. So schnell er konnte, sprintete er die Treppe nach oben. An der Tür angekommen, die lediglich mit einem runden Fenster, das wie ein Bullauge anmutete, ausgestattet war, meldete er sich über Handy: „Ich bin da."

„Alles klar! Ich bin bereit", hörte er seinen Kollegen so leise flüstern, dass er es fast überhört hätte.

Plötzlich packte eine Hand nach seinem Handy und schaltete es aus.

„Hab ich dich endlich erwischt, du Arschloch", zischte es gleichzeitig in Lukas' Ohr. „Auf den Moment habe ich gewartet."

Lukas erkannte die Stimme sofort. Sie gehörte zu Gabriel, dem Mann, den er während der Geiselnahme mit einer Hantel niedergeschlagen hatte. Er ahnte, dass diese Begegnung nichts Gutes verhieß. Dieser Mann war ihm sofort unangenehm unter den Geiselnehmern aufgefallen. Von Anfang an hatte er ihn als größte Gefahr eingeschätzt, weil Gabriel der Situation nicht gewachsen war. Unsicherheit und schwache Nerven hatten ihn zu einem Pulverfass werden lassen. Dass Lukas selbst diesem Wahnsinnigen in die Hände fallen würde, hätte er bestimmt nicht geahnt. Doch jetzt war es passiert. Der Lauf einer Waffe drückte sich unmissverständlich in seinen Rücken.

„Knarre her!"

Jasmin und Monika hatten Estelle Fournier gehen lassen müssen. Monika hatte sich nach der Enttäuschung zu Markus ins Labor verabschiedet, um sich dort die Originalstimme auf dem Band genauer anzuhören. Jasmin durchsuchte das Internet nach Angaben über die Mafiaorganisation „Domanda d'onore". Sie staunte, was sie dort alles fand.

„Domanda d'onore" wurde übersetzt mit „Frage der Ehre", was Jasmin zu einem verächtlichen Schnauben veranlasste. Sie war ein Zweig der sizilianischen Mafia, die hauptsächlich in der Stadt Catania durch die Familie Satori und deren Organisation vertreten war. Der sogenannte Pate war inzwischen 94 Jahre alt, hieß Salvatore Satori und hatte doch tatsächlich schon damit begonnen, die Geschäftsführung neu einzuteilen.

Mit 94 Jahren noch Chef einer kriminellen Bande – das versetzte Jasmin in Staunen.

Als Nachfolger war sein Sohn vorgesehen, der selbst schon 68 Lenze zählte – ein Alter, in dem man in Deutschland bereits pensioniert war. Doch Giulio Satori sah in diesem Alter noch eine glänzende Karriere als Mafia-Boss auf sich zukommen. Der wichtigste Handlanger des Familienclans war und blieb Leandro Satori, der Bruder von Salvatore und ebenfalls schon weit über 80 Jahre alt. Den Hauptteil ihres Reichtums verdankten sie Waffengeschäften mit russischen Waffen und dem Drogenhandel. Menschenraub und Erpressung konnte Jasmin nirgends in deren Repertoire entdecken.

„Und vor diesem Rentnerclub haben wir solche Angst?", murmelte die Polizeibeamtin vor sich hin.

„Was haben Sie herausgefunden?" Mit dieser Frage tauchte plötzlich Wendalinus Allensbacher hinter ihr auf.

Erschrocken drehte sie sich um. Sie hatte den sonst so schwerfälligen Mann nicht kommen gehört.

Nach einigem Zögern gab sie ihm ihre Erkenntnisse über die Mafiaorganisation in Sizilien weiter, worauf der Dienststellenleiter sagte: „Suchen Sie die Verbindungen zu Ricci-Immobilien heraus. Dort ist der Hund begraben – und nicht bei diesen alten Männern."

„Die haben wir doch schon", antwortete Jasmin.

„Dann klären Sie mich auf", befahl Allensbacher unfreundlich.

Jasmin nickte und befolgte den Befehl. Inzwischen bemerkte sie ebenfalls die Veränderung, die in Allensbacher vorging, seit Hugo Ehrling vom Dienst suspendiert worden war. Sollte dieser Mann tatsächlich Aussichten auf den Posten des Kriminalrates haben?

„Giovanni Ricci ist der letzte noch Lebende der Ricci-Familie. Vor Generationen hat die Familie den Betrieb in Catania eröffnet und er lief von Anfang an erfolgreich. Daraufhin tauchte *Domanda d'onore* auf dem Plan auf. Sie boten ihren Schutz an, solange Ricci-Immobilien regelmäßige Zahlungen an die Mafia leisten. Diese Verpflichtung besteht heute noch."

„Schutzgelderpressung?", hakte Allensbacher nach.

Jasmin nickte.

„Dann ist es kein Wunder, dass ausrechnet die Mafia hier auftaucht und das unterschlagene Geld zurückfordert." Allensbacher schnaufte. „Wer hätte gedacht, dass ein Verbrechen dieser Größenordnung im Saarland passiert?"

In Gedanken versunken steuerte der Dienststellenleiter sein Büro an.

Da Jasmin ohnehin an ihrem Schreibtisch festsaß, wühlte sie weiter in der Geschichte der Immobilienfirma. Der Chef der Filiale in Saarbrücken hieß Francesco Locatelli. Er war der Urenkel von Giovanni Ricci, der inzwischen 76 Jahre alt war und immer noch über alles in der Firma die Aufsicht behielt. Auch die Geschicke der Filialen in verschiedenen Ländern, wie Griechenland, Spanien, Frankreich und Deutschland leitete er höchstpersönlich.

Wieder fiel Jasmin das hohe Alter auf. Es war schon erschreckend, wie fit die Menschen bis ins hohe Alter im sonnigen Süden blieben. Wenn sie aus dem Fenster schaute und den Regen gegen die Scheibe prasseln sah, war es für sie keine Überraschung, dass man in hiesigen Breitengraden mit 76 oder über 80 oder sogar 92 keinerlei beruflichen Ambitionen mehr hegte.

Das Telefon auf ihrem Schreibtisch klingelte. Auf dem Display sah sie, dass der Anruf aus dem Labor kam.

„Na, ihr Turteltäubchen", meldete sie sich.

Monika ging nicht auf ihre Anspielung ein, sondern sagte: „Endlich habe ich Theo über Handy erreichen können und ihm das Band vorgespielt. Jetzt wissen wir, wer die Anruferin ist. Wir lagen die ganze Zeit mit unseren Vermutungen total daneben."

Theo riss die Tür auf und stürmte in das große Studio, das ebenfalls nur durch Sicherheitsleuchten und grüne Piktogramme erleuchtet war. Am anderen Ende sah er Pascal mit vorgehaltener Waffe die Tür ansteuern, hinter der sich Lukas vermutlich verschanzte.

„Stehen bleiben, Polizei!", rief er.

Als Pascal nicht reagierte, gab Theo einen Warnschuss ab.

Abrupt bremste Pascal ab.

„Waffe auf den Boden und Hände hinter den Kopf!"

„Du verstehst hier etwas falsch", versuchte Pascal Theo anzusprechen. Doch Theo ließ sich nicht darauf ein. Er näherte sich dem Mann, brachte die Makarow in Sicherheit und legte ihm Handschellen an.

„Hör mir zu, du musst ...", versuchte es Pascal wieder.

„Halt' die Klappe!", befahl Theo und begann dem Festgenommenen seine Rechte vorzulesen. „Hast du das verstanden?", fügte er abschließend an.

„Nein, verdammt noch mal! Hier geht es um was ganz anderes."

„Muss ich dir die Rechte tatsächlich wiederholen?"

„Blödsinn! Meine Rechte habe ich verstanden. Du verstehst hier etwas nicht."

„Rede nicht so einen Mist, sondern sag uns, was du mit Kurt von Westernhagen gemacht hast."

„Nichts! Er war nicht da, als ich hier ankam", antwortetet Pascal.

„Verdammt, lüg mich nicht an. Dein Spiel ist aus. Jetzt kannst du mit der Wahrheit rausrücken."

„Wie ich schon sagte: Du verstehst hier etwas nicht. Ich muss dir was verdammt Wichtiges sagen."

„Und was?"

„Gabriel und Arthur sind noch im Gebäude ..."

„Zählen kann ich auch!"

„Hör mir doch endlich zu ..."

Doch Theo hatte seine Aufmerksamkeit auf etwas anderes gerichtet. Er hörte, dass die Kollegen eintrafen und die Treppe stürmten.

Im 2. Stock angekommen, konnte er ihnen Pascal Bonnet übergeben und sich selbst auf die Suche nach Lukas machen. Sein Fernbleiben machte ihn nun doch stutzig.

In dem Augenblick klingelte sein Handy. Sollte das sein Kumpel sein? Es hoffte, dass er endlich erfuhr, wo er blieb. Der Plan, gleichzeitig von beiden Seiten anzugreifen war ja gründlich schiefgegangen. Er hob ab, ohne auf das Display zu achten und staunte, als er die Kollegin Monika Blech in der Leitung hatte.

„Markus konnte endlich die Stimme herausfiltern, die den Drohanruf an Dierk von Westernhagen gemacht hat."

„Deshalb rufst du jetzt an?" Theo staunte.

„Ich dachte, es sei wichtig. Wenn ich dir das Band vorspiele, erkennst du sie vielleicht."

„Sie?"

„Genau! Es ist eine Frau."

Jetzt wurde Theo doch hellhörig. „Lass mal hören!"

„Sobald du den Betrieb im Fitnessstudio aufnimmst, geht die Bombe hoch. Vergiss nicht, dass sie immer noch dort ist."

Theo verschlug es die Sprache. Natürlich erkannte er die Stimme. Unverwechselbar.

Gabriel trieb Lukas ständig mit der Waffe an, schneller zu gehen. Doch der Schmerz in der Hüfte wurde immer stärker, sodass Lukas Mühe hatte, nicht zur Seite zu kippen.

„Brauchst hier keine Show abzuziehen, du bist fällig", krächzte Gabriel. Wieder ließ er Lukas die Waffe im Rücken spüren.

Ein Handy klingelte. Es war nicht Lukas' Gerät, das erkannte er am Klingelton. Hinter sich hörte er, wie Gabriel ein Gespräch annahm und sofort losplärrte: „Hey, wo steckst du? Ich habe hier einen verdammt fetten Fisch an der Angel."

Kurzes Schweigen, was Lukas als Zuhören deutete.

„So fett auch wieder nicht. Ich habe den Rothaarigen von den beiden Bullen erwischt. Er wollte uns gerade auflauern."

Wieder Schweigen.

„Okay! Ich bin mit ihm auf dem Weg dorthin."

Unter normalen Bedingungen hätte Lukas diesen Wahnsinnigen trotz Waffe längst unschädlich machen können. Doch die Schmerzen vernebelten sein Hirn. Er konnte nicht klar denken. Auch wusste er nicht, wie seine Beine reagierten, wenn er sich umdrehte und auf Angriff ging. Wenn er dann einknickte und hinfiel, war das Spiel aus. Und diesen Triumpf wollte er dem Schwachkopf nicht gönnen.

Sie gelangten in den Keller, gingen durch eine Tür, die derjenigen, die zum Notausgang führte, verdammt ähnlichsah. Dort bediente Gabriel einen Schalter und plötzlich wurde es so hell, dass sich Lukas geblendet fühlte.

Gabriel dirigierte ihn durch lange, weiße Flure, bis sie in einen gelangten, an dessen Ende sich die Zentrale der Klimaanlage befand. Dort lotste er Lukas hinein und sperrte hinter sich ab.

Hohe, weiße Gehäuse türmten sich rechts und links von ihnen auf. Über ihren Köpfen schwebten metallene Lüftungsrohre, die Lukas bekannt vorkamen.

„Klimaanlagen von innen sind dein Ding“, lachte Gabriel. „Ich sehe schon, wie du vor Begeisterung ganz große Augen bekommst.“

„Was soll der Mist?“, fragte Lukas. Gleichzeitig fragte er sich, woher Gabriel solche Details wusste. Doch Zeit zum Nachdenken blieb ihm nicht.

„Halt’ die Klappe!“ Sofort kippte die Stimme des Angreifers – und auch gleichzeitig die Stimmung. „Du wirst in dieses Gehäuse steigen – vor meinen Augen. Dann sehe ich zu, wie du zu Hackfleisch verarbeitet wirst.“

Wieder ein fester Stoß in den Rücken.

Lukas wehrte sich dagegen, in dem er mit dem rechten Ellenbogen nach hinten ausschlug. Das Ergebnis war ein harter Schlag auf den Kopf. Seine Beine gaben nach, ohne dass er es hätte verhindern können. Wie ein Sack landete er auf dem Boden.

„Du wirst schön mithelfen, ihn in diese Schleuder zu schaffen! Ich sehe doch nicht ein, den Kadaver allein zu schleppen.“

Lukas wusste nicht, mit wem Gabriel sprach. Es interessierte ihn auch nicht mehr. Er versank in einer tiefen Ohnmacht.

Theo stürmte durch das Treppenhaus in den 1. Stock und suchte dort nach Lukas. Spuren auf dem Betonboden verrieten, wo er entlanggegangen war. Theo folgte ihnen. Doch was er herausfand, hatte er bereits gewusst. Im Notausgangstreppenhaus konnte er den weißen Fußspuren entnehmen, dass Lukas bis vor die Tür mit dem Bullauge gekommen war. Von dort hatte er noch per Handy mit ihm gesprochen. Aber anhand des Kalks auf dem Boden, der sich genau an der Stelle großflächig verbreitete, kam er zu dem Schluss, dass Lukas genau hier überwältig worden sein musste. Das hatte gerade noch gefehlt. Pascal Bonnet hatte er stellen können. Uwe Clement baumelte im Treppenhaus auf der anderen Seite des Gebäudes. Damit fehlten immer noch zwei Männer und eine Frau.

Wie er den Kalkspuren entnehmen konnte, waren sie auf keinen Fall in den dritten Stock hinaufgegangen. Blieb also nur noch der Keller, denn im Erdgeschoss wären wie auf die SEK-Beamten getroffen. Aber den Kollegen war niemand begegnet.

Er hörte weitere Autos vorfahren. Ein Blick aus dem Fenster verriet ihm, dass der Gerichtsmediziner und Markus Schaller von der Spurensicherung eingetroffen waren.

Hastig kehrte Theo zurück ins Haupttreppenhaus, wo er auf mehrere schwarz gekleidete SEK-Beamte traf und berichtete ihnen von Lukas Baccus und den drei verschwundenen Geiselnehmern.

„Ich habe Spuren eines Kampfes entdeckt", fügte Theo abschließend an. „Sie müssen noch im Haus sein, sonst wären sie euch begegnet. Die Notausgangstür ist zurzeit verschlossen!"

„Okay! Wir verteilen uns im ganzen Haus und finden den Kollegen", beschloss einer der Männer und rief: „Polizeibeamter in Not! Wir durchsuchen das ganze Haus vom Speicher bis zum Keller." Dann gab er Anweisungen an die Anwesenden, wie sie sich verteilen sollten und nahm über ein Funkgerät Kontakt mit den restlichen Kollegen auf, die sich noch im Gebäude aufhielten.

Mit dieser Maßnahme fühlte sich Theo sofort besser. Er schloss sich der Truppe an, die den Keller ansteuerte.

Lukas spürte, wie er hochgehoben wurde, als sei er eine Puppe. Sofort wehrte er sich, was mit einem heftigen Schlag in sein Gesicht endete. Doch das konnte ihn nicht kampfunfähig machen. Wie ein Pferd trat er nach hinten aus und landete einen Treffer. Ein lautes Stöhnen drang an sein Ohr. Er drehte sich um und sah zu seinem Schrecken, dass Arthur Nasram, der Sumo-Ringer bei Gabriel war. Mit ihm hatte Gabriel also telefoniert. Den Dicken hatte er an seiner empfindlichen Stelle getroffen. Die Zeit, die der massige Mann brauchte, um sich von dem Schmerz zu erholen, musste für Lukas reichen, aus dem Kellerraum zu entkommen. Gabriel wollte ihn packen, doch Lukas konnte ausweichen. Er rannte durch den blechernen Tunnel, der die Zentrale der Klimaanlage darstellte und suchte verzweifelt nach der Tür. Am Ende des Tunnels ging es nur nach links weiter. Dort entdeckte er einen Tisch mit Arbeitsmaterial, Stühle, Werkzeuge und sonstiges Allerlei, das nicht in dieses Umfeld hineinpasste. Aber keine Tür. Wieder links von ihm verlief ein schmaler Gang. In seiner Not steuerte Lukas diesen an. Am Ende des Gangs wurde er fündig. Gabriel war verdammt dicht hinter ihm. Doch Lukas war schneller, er erreichte den Türgriff und riss daran. Verschlossen!

Ein summendes Geräusch zog plötzlich durch die Kellerräume, kaum, dass Theo und die Einsatzleute sie betreten hatten.

„Was ist das?“, fragte einer der schwarz verhüllten Männer.

„Ich vermute die Klimaanlage“, antwortete Theo.

„Wieso wird die jetzt eingeschaltet?“

„Ich befürchte, dass die Geiselnehmer mit Lukas genau dorthin gegangen sind.“

„Wo ist die Klimaanlage?“

„Keine Ahnung.“ Theo fühlte sich verdammt beschissen. Zwar wusste er jetzt, wo die Geiselnehmer Lukas hin verschleppt hatten. Das Geräusch hatte sie verraten. Aber er wusste nicht, wo sich diese Anlage befand.

Die Männer teilten sich auf und inspizierten jeden Kellerraum. Am Ende eines kurzen Flurs stießen sie auf eine Tür, die verschlossen war. Sie blieben davor stehen und warteten auf Theo.

„Ist das der Raum?“

Theo nickte, weil er das Geräusch nun auch wesentlich deutlicher hören konnte.

„Wir müssen die Tür aufbrechen – sie ist verriegelt.“

„Das ist eine Metalltür“, gab Theo zu bedenken. „Und sie geht zu unserer Seite auf.“

Aber der Einsatzbeamte ging nicht darauf ein, sondern wies ihn an: „Sie müssen jetzt Abstand halten.“

Eine Ramme wurde durch den schmalen Kellerflur zur Tür getragen, zwei Männer packten danach, nahmen Schwung und donnerten damit gegen die Tür.

Nichts tat sich.

Das Wummern an der Tür ließ alle drei für einen kurzen Moment verharren.

Lukas grinste, wusste er doch, dass seine Kollegen da draußen waren, um ihm zu helfen. Doch Arthur brummte mürrisch: „Bis die die Tür aufhaben, bist du Hackfleisch.“

Leider hatte er sich von Lukas’ Volltreffer erholt. Mit beiden Händen wollte er nach ihm greifen und zupacken, doch der schlanke Polizist wich ihm aus und rannte zur Rückseite des monströsen Gehäuses, das den turbinenbetriebenen Motor der Klimaanlage beherbergte. Der Durchgang war so schmal, dass Arthur ihm nicht folgen konnte. Lukas wunderte sich ohnehin, wie gut sein rechtes Bein doch funktionierte. Den Schmerz in der Hüfte spürte er kaum noch. Seitlich schlängelte er sich zwischen Wand und Klimaanlage hindurch, ohne zu wissen, was ihn am Ende erwartete. Doch kaum war er angekommen, sprang Arthur trotz seiner immensen Masse auf die Lüftungsrohre, die dort in Bodenhöhe verliefen. Mit einer erstaunlichen Geschwindigkeit steuerte der massige Mann auf Lukas zu, packte ihn mit seinen Pranken und zog ihn zu sich herüber. Lukas wehrte sich gegen den stählernen Griff, doch er hatte keine Chance. Hinzu kam, dass Gabriel dem Sumo-Ringer zu Hilfe eilte. Zwei gegen einen, das war unfair.

Einige Eisenstangen lagen auf den Lüftungsrohren. Lukas ergriff eine und schlug wild damit um sich.

„Was soll das werden?“, fragte Gabriel mit einem hämischen Lachen und fuchtelte mit seiner Makarow vor Lukas' Augen. „Einmal *peng* und du bist mausetot. Aber so einfach will ich es dir nicht machen.“

Lukas reagierte nicht auf das höhnische Geschwafel, sondern schlug weiter mit der Stange in Gabriels Richtung. Tatsächlich traf er auf dessen Hand. Der Mann verlor seine Waffe und hielt sich die schmerzende Hand fest. Lukas konnte sehen, wo die Makarow landete – doch Gabriel ebenso. Unter dem Tisch mit den verschiedenen Werkzeugen war sie zum Liegen gekommen.

Wie die Hyänen stürzten sich beide darauf.

Auf dem Boden rammte Gabriel mit dem Ellenbogen in Lukas' Seite, sodass ihm kurzzeitig die Luft wegblieb. Dabei sah Lukas, wie die Hand seines Gegners die Waffe ergriff. Sie kämpften miteinander, wobei Lukas mit Schrecken feststellen musste, dass Gabriel über erstaunliche Kräfte verfügte. Es gelang dem blonden Geiselnehmer sich aufzurichten und mit der

Makarow auf Lukas zu zielen. In seiner Not sprang Luka auf und warf sich mit seinem gesamten Körpergewicht gegen Gabriel. Der Mann taumelte rückwärts und fiel rücklings auf den langen, schmalen Tisch voller Werkzeuge. Er schrie laut auf. Gleichzeitig löste sich ein Schuss und Gabriel fiel der Länge nach auf Lukas. Der schaffte sich mühsam unter dem Körper seines Gegners hervor und schaute an sich herunter. Er war nicht getroffen worden. Zu seinem Pech Arthur Nasram auch nicht. Wie ein wilder Stier stürzte der sich erneut auf Lukas. In letzter Sekunde gelang es dem Polizisten, auf die Beine zu kommen und zur Seite zu springen. Doch Arthur streifte Lukas mit seiner Masse, presste ihn gegen die laut tönenden Maschinen und machte ihn somit bewegungsunfähig.

„Jetzt reicht es mir mit dir", brummte der Koloss. „Als Geisel hast du auf mich den Eindruck eines Volldepps gemacht. Ich habe echt geglaubt, dass ich es mit dir leichter habe. Welches Spiel hast du da oben getrieben? Hast du mit Pascal gemeinsame Sache gemacht?"

Erneut ließen die Beamten den Rammbock gegen die Tür schlagen. Theo stand abseits und beobachtete die Kollegen. Dabei überkam ihn das beunruhigende Gefühl, dass sich die Tür keinen Millimeter bewegte.

Seine innere Unruhe wuchs. Er ahnte, welches Szenario in dem Raum geplant war. Einen Menschen in eine laufende Klimaanlage zu werfen, wäre mehr als tödlich. Er würde als Hackfleisch enden. Lukas hatte bestimmt schon viele Angriffe überlebt. Aber in diesem Fall sah es verdammt schlecht aus. Es gab aus diesem Raum keinerlei Fluchtmöglichkeit. Hinzu kam, dass er nicht wusste, gegen wie viele der Geiselnehmer hinter dieser vermaledeiten Tür Lukas kämpfen musste. Die Tatsache, dass neben Gabriel weder Arthur noch Emma in der Zwischenzeit gefunden worden waren, machte ihn noch nervöser.

Theo stöhnte.

Der nächste Schlag gegen die Tür änderte auch nichts. Lediglich eine Delle bildete sich auf dem Türblatt. Aber sonst keine Reaktion.

Theo würde am liebsten zwischen die Jungs springen und sich selbst darum kümmern. Aber konnte er es wirklich besser?

„Okay, wir schießen auf das Schloss. Alle zur Seite, alle nicht Beteiligten verlassen den Flur. Es könnte Querschläger geben."

Das hatte Theo gerade noch gefehlt. Jetzt musste er auch noch den Flur verlassen. Schnaubend folgte er der Anweisung und wartete auf den Knall.

Lukas Kräfte schwanden. Arthur Nasram war zu stark für ihn. Der drehte die Arme des Polizeibeamten nach hinten und schob den schlaksigen Mann vor sich her, wie es ihm beliebte. Vor dem großen, runden Fenster des Gehäuses blieb er stehen. Durch das Glas konnte Lukas die laufende Turbine sehen.

Das war sein Ende!

„Wenn du da drin bist, bleibt von dir nichts mehr übrig", schnalzte Arthur in Lukas Ohr. „Das ist auch besser so. Wer will schon an dich erinnert werden?"

Er öffnete die Klappe. Den Moment, in dem er Lukas nur mit einer Hand festhielt, nutzte der verzweifelte Mann aus und strampelte sich mit aller Kraft frei.

„Scheiße", zischte Arthur. „Du bist ein verdammt zäher Hund."

Lukas rannte davon, stürzte, rappelte sich hoch, stolperte weiter. Da ließ Arthur sich mit seinem ganzen Gewicht auf Lukas fallen. Sämtliche Luft wich aus den Lungen des Polizeibeamten, sein Körper hing plattgedrückt unter dem massigen Mann. Mit der Stirn schlug Lukas auf dem Betonboden auf. Schwindel befiel ihn.

„Wenn du dich weiter so anstellst, dann zerquetsche ich dich einfach unter meinem Gewicht. Anschließend kann ich dich immer noch in die Turbinen werfen. Egal wie, Hauptsache, du bist unschädlich gemacht worden und nichts bleibt übrig, was an dich erinnert."

Wieder packte Arthur Lukas an beiden Armen und hob ihn hoch, als wäre er ein Fliegengewicht. So trug er ihn die wenigen Meter zurück zur Öffnung des Gehäuses, in dem sich die Antriebsmaschinen der Klimaanlage drehten.

„Ich wünsche dir eine gute Reise!" Arthur lachte, nahm Schwung und wollte Lukas in das Gehäuse schieben. Doch Lukas gelang es, sich so zu verbiegen, dass sein Kopf an der Seitenwand aufprallte. Der Knall tat ihm ebenfalls verdammt weh – aber Hauptsache war doch, dass er noch etwas spürte. Arthur brüllte auf vor Wut, zog den Körper des Polizisten zurück und stieß erneut vor mit einem Urschrei, der in Lukas den letzten Widerstand in Nichts auflöste. Er gab auf. Er hatte verloren. Gegen einen Mann, der dreimal so schwer und fünfmal so breit war wie er. Keine Schande für Lukas. Nein, ein ehrenvoller Tod. Trotzdem streckte er die Arme aus, die sich kraft- und saftlos anfühlten, stützte sich an beiden Seiten des Eingangs zur Turbinenkammer ab und drückte dagegen.

Die Turbine kam seinem Gesicht immer näher. Der Wind wurde immer kälter, ein Sog entstand und zog ihn magisch an. Fast schien es so, als wollte er unbedingt in diese Maschine hineingeraten.

Er schloss die Augen und nahm Abschied von seinem Leben.

Ein Knall donnerte durch seinen Kopf, dass ihm alle Sinne schwanden. So war es also, wenn man starb.

Ein einziger Schuss hatte es geschafft, die Tür zu öffnen. Mit vorgehaltenen Waffen stürmen die Einsatzbeamten in den Raum, dessen größten Platz die große Maschine der Klimaanlage einnahm.

Theo folgte ihnen auf dem Fuße. Die Angst um seinen Kollegen machte es ihm unmöglich, auch nur eine Sekunde zu warten.

Da sah er ihn auch schon. In den Armen des massigen Sumo-Ringers hing Lukas' hagere Gestalt und wirkte total hilflos. Arthur versuchte gerade, den Mann in die laufende Maschine der Klimaanlage hineinzuschieben.

Sofort war Theo zur Stelle – mit ihm mehrere SEK-Beamte, die Arthur mit nur wenigen Handgriffen außer Gefecht setzten. Theo packte seinen Freund und half ihm behutsam auf den Boden.

Lukas wirkte desorientiert. Seine Haare standen zerzaust vom Kopf ab, seine Gesichtshaut war gerötet und dunkle Hämatome bildeten sich an der Stirn und am rechten Wangenknochen.

„Bin ich jetzt tot?", fragte er.

„Nein, Lukas! Ich muss dich enttäuschen. Du liegst gerade in meinen Armen", antwortete Theo.

„Also doch tot und in der Hölle."

„Blödmann!" Endlich konnte Theo wieder lachen.

Die SEK-Beamten führten Arthur Nasram in Handschellen ab. Eine Krankentrage wurde hereingetragen.

Sofort war Lukas hellwach und auf den Beiden.

„Ich bin kerngesund", stellte er klar. „Ich brauche das Ding nicht."

„Bleib locker, Alter", meinte der junge Sanitäter. „Das ist

nicht für dich. Da hinten liegt einer, der wurde verdammt übel zugerichtet."

Genauso schnell, wie Lukas aufgesprungen war, sank er wieder auf den Boden zurück. Überrascht schaute er in die Richtung, in die der Sani zeigte und staunte, als er Gabriel dort liegen sah. Seit er in Arthurs Hände geraten war, hatte er keinen Gedanken mehr an diesen Kerl verschwendet.

Er beobachtete die jungen Sanitäter dabei, wie sie Gabriel auf die Krankentrage hievten und dann im Eiltempo an ihnen vorbei durch die aufgebrochene Tür nach draußen schoben.

„Dem hast du es aber gezeigt." Theo nickte anerkennend.

„Mit Gabriel bin ich fertiggeworden, das stimmt." Lukas nickte. „Aber Arthur war eine Nummer zu groß für mich."

„Trotzdem hat er dich nicht kleingekriegt", lobte Theo und schlug Lukas auf die Schulter.

„Oberkommissar Borg", schallte es durch die Kellerräume.

„Ja, hier!"

„Oberkommissar Baccus."

„Auch hier", krächzte Lukas.

„Wir haben im dritten Stock ein paar Leute auftreiben können, die sich dort verstecken wollten. Sie behaupten, die Besitzer des Studios zu sein und wollen unbedingt mit Ihnen sprechen."

„Wir kommen."

Theo und Lukas folgten dem Ruf des SEK-Beamten.

Als Lukas und Theo das Studio im 2. Stock betraten, herrschte dort Festtagsbeleuchtung. Dierk saß an der Theke und Lewin arbeitete am Kaffeeautomat, der sich anhörte – und auch so roch – als würde er gerade Kaffee zubereiten.

„Also einen Kaffee will ich jetzt auch", merkte Lukas sofort an, hinkte auf Dierk zu und setzte sich neben ihn. Urplötzlich schmerzte seine Hüfte wieder. Er versuchte es zu ignorieren – so wie er das im Keller getan hatte. Dort hatte es besser funktioniert.

„Meine Güte, wie siehst du denn aus?", fragte der Freund.

„Ich sehe aus, als hätte ich eine Kollision mit Arthur, den Sumo-Ringer gehabt." Lukas griente. „Aber du solltest Arthur mal sehen."

Die Männer lachten.

„Und wo ist dein Vater?"

„Auf dem Weg ins Krankenhaus", berichtete Dierk. „Wir sind – wie ich dir schon am Telefon gesagt habe – lange vor euch hier angekommen, weil wir die Schleichwege kennen. Als wir oben ankamen, saß Paps gefesselt auf dem Rudergerät. Also so, dass man ihn beim Eintreten sofort sehen musste. Wir haben ihn losgebunden. Gleichzeitig haben wir Geräusche im Treppenhaus gehört. Also sind wir über den Notausgang in den dritten Stock geflüchtet und haben uns dort hinter der Sauna versteckt."

„Hinter der Sauna?" Theo staunte. „Wie geht das?"

„Was weder Pascal noch die falsche Putzfrau wissen, ist eine schmale Kammer hinter der Sauna, in der manche Geräte über den Winter verstaut werden können. Zum Glück gab es genug Platz für uns drei."

„Genial! Aber warum muss dein Vater ins Krankenhaus?"

„Verdacht auf Gehirnerschütterung", antwortete Dierk. „Nicht jeder ist so hart im Nehmen wie ihr. Weder Jolanda noch Kurt haben den Unfall unbeschadet überstanden."

„Mein Auto auch nicht", erinnerte sich Theo. „Wie gut, dass ich die ganze Zeit nicht darüber nachdenken konnte. Aber jetzt fällt es mir wieder ein. Wo ist es überhaupt?"

„Bei der KTU", rief Markus Schaller, der das Gespräch mitgehört hatte, während er Spuren sicherte. „Keine Sorge, der hat das gut überstanden. Ein Audi A6 ist nicht so leicht kleinzukriegen."

„Ein Hummer auch nicht", hielt Theo dagegen. „Das ist schon kein Auto mehr, sondern ein Panzer."

„Dafür ist der Hummer spurlos verschwunden."

„Seltsam."

„Wie geht es jetzt weiter?", fragte Dierk. „Können wir das Studio wieder öffnen?"

„Leider nein. Das wäre noch zu früh!"

„Warum? Es ist doch alles aufgeklärt."

„So kann man das nicht sagen. Als wir hier ankamen, hing einer der Geiselnehmer im Treppenhaus weniger dekorativ an den dekorativen Seilen", meinte Lukas. „Wer hat den dort aufgeknüpft?"

„Warum guckst du mich an?", fragte Dierk entsetzt. „Ich kann keinen Menschen umbringen. Und schon gar nicht auf diese brutale Art und Weise. Als wir ankamen, hing dort keiner."

„Dann haben sich die Geiselnehmer untereinander gezofft. Ich frage mich nur, was da passiert ist."

„Von mir aus hätten die sich alle gegenseitig umbringen können", murrte Dierk. „Die haben in unserem Studio so viel Schaden angerichtet, wer weiß, ob das jemals wieder laufen wird."

„Das wird!", versicherte Lukas. „Nur müssen wir wirklich alles klären, damit uns nicht irgendwer irgendwann wieder irgendwas in dieser Angelegenheit um die Ohren haut."

„Was genau muss noch geklärt werden? Ich gebe zu, dass ich nicht durchblicke."

Lukas und Theo schauten sich an, zögerten eine Weile, bis Lukas antwortete: „Die falsche Putzfrau Emma Martin ist noch auf freiem Fuß. Weiterhin wissen wir inzwischen, wer den Drohanruf an dich getätigt hat. Und das ist noch nicht alles."

„Was denn noch?" Dierk stöhnte.

„Es muss einen Maulwurf bei der Polizei geben. Während dieser ganzen Aktion gab es zu viele Zufälle, was nur aufgrund von Insiderinformationen passiert sein kann."

„Zum Beispiel?"

„Unsere Vermögensabteilung war schon länger an der finanziellen Unregelmäßigkeit bei Ricci-Immobilien in Saarbrücken dran. Genauer gesagt schon seit vier Jahren. Und jetzt erst schlägt die Mafia zu. Das verstehe ich nicht. Vermutlich sind sie nur durch einen Tipp an diese Information gekommen. Aber warum erst jetzt?"

„Ist das alles?"

„Nein! Der Unfall! Wer konnte wissen, wann wir genau wo fahren werden?"

„Stimmt", gab Dierk zu. „Das klingt alles sehr mysteriös. Und was wollt ihr jetzt tun?"

„Ich hätte da einen Plan", meinte Lukas.

Theo schaute überrascht auf seinen Kollegen und fragte: „Lässt du mich auch wissen, was in deinem verbeulten Kopf vorgeht?"

„Mein Kopf ist nicht verbeult", murrte Lukas. „Nur mit Farbtupfern aufgepeppt. Kann ja nicht jeder so eintönig blass herumlaufen wie du."

„Ich bin nicht eintönig blass, sondern ebenmäßig. Du siehst aus, als hättest du deinen Kopf als Pingpong-Ball zur Verfügung gestellt."

„Blödsinn! Bunt ist modern."

Lewin servierte verschiedene Sorten von Kaffee.

„Wenn ihr nicht sofort aufhört zu streiten, trinke ich den ganzen Kaffee allein", sprach er als Drohung aus.

Ruhe kehrte ein.

Schon bald konnte die neue Erfahrung beginnen.

Ein Gefühl der Freude durchströmte ihren Körper.

Der Weg war gegangen, nun war sie am Ziel. Diese Erkenntnis traf sie mitten ins Herz und in die Seele, die fast zersprang vor Erleichterung.

Sämtliche Schleier der Störgefühle hatte sie ausgelöscht. Zurück blieb nur das Wissen, angekommen zu sein.

Alles hatte sich gelohnt – jede noch so unnötige Störung. Jetzt gab es nichts mehr, was ihren Siegeszug in Frage stellen konnte.

Geduld war nur noch ein Wort, das mit einem Lächeln hingenommen werden konnte.

Es gab kein Hindernis mehr, das zwischen ihr und dem Ziel stand. Sie hatte auch die letzte Prüfung bestanden..

Durch Intrigieren, Verleumden und Hintergehen hatte sie alle ihre Gegner in völlig undurchsichtige Verhältnisse entführt, in denen sich niemand mehr zurechtfand.

Nur sie.

Was oder wer konnte sie jetzt noch aufhalten?

Nichts und niemand!

Der letzte Schritt führte durch die Pforte ins Glück.

Alle zerbrochenen Seelen waren vergessen. Schall und Rauch. Sie waren nur ein kleines Übel, um ihren Plan zu verwirklichen. Und all die Leichen waren nur die Tritte auf ihrer Erfolgsleiter. Mehr nicht.

Ein Lächeln zauberte sich auf ihr Gesicht. Sie fühlte sich stark und unbesiegbar. Der Balanceakt zwischen Leben und Tod hatte sie herausgefordert und stärker gemacht. Die Demütigungen waren ihr eine Lehre gewesen, in Menschen nur das zu sehen, was sie brauchte: die Mittel zum Zweck.

Je grausamer das Erleben, umso konsequenter die Handlung.

Feinde gab es keine mehr. Nur noch Baden im Erfolg – auch wenn sie keine Gelegenheit bekommen würde, sich auszuruhen. Neue Aufgaben standen ihr bevor. Sie konnte es kaum noch erwarten, es anzupacken.

Das Gefühl, als Gewinnerin aus diesem perfiden Spiel hervorzugehen, war unschlagbar. Sie fühlte sich wie auf einer Wolke.

Kapitel 10

Pascal Bonnet saß im Vernehmungsraum und wartete geduldig.

Lukas und Theo standen auf der anderen Seite des Einwegspiegels und beobachteten den Mann, den sie für alles verantwortlich machten.

Allensbacher gesellte sich dazu und verkündete, die Vernehmung von dieser Seite aus beobachten zu wollen.

„Ich hoffe, Sie gehen mit Taktik an das Gespräch heran", mahnte er. „Ihrem Talent, eine Befragung im Keim zu ersticken, habe ich schon oft beiwohnen müssen. Hier wäre etwas mehr Geschicklichkeit angebracht."

Lukas und Theo schauten sich nur an, sagten nichts. Die Veränderungen, die in Allensbacher vorgegangen waren, kamen ihnen unheimlich vor. Plötzlich war dieser dicke, ewig schwitzende Mann zu einer Autorität geworden – etwas, was Lukas und Theo Wendalinus Allensbacher als Letztes zugetraut hätten.

Aber es war passiert.

Die Aussicht auf die Beförderung zum Kriminalrat hatte ihn zu einem anderen Menschen werden lassen. Nur leider zu einem von der Sorte, die Lukas und Theo nicht einschätzten konnten. Der Alte hatte ihnen besser gefallen. Da konnten sie hemmungslos ihre Späße treiben, weil sie wussten, dass es nichts zu befürchten gab.

Doch jetzt ...

„Wir warten auf Staatsanwalt Renske", erklärte Theo, als er bemerkte, dass der Dienststellenleiter hinter ihnen unruhig wurde.

„Wo bleibt er?"

„Er ist auf dem Weg hierher. Wir haben gerade eben telefoniert."

„Fangen Sie schon mal damit an, die persönlichen Daten abzufragen!"

Lukas und Theo gingen hinein.

„Endlich“, murrte Pascal zur Begrüßung. „Das hat ja ewig gedauert.“

„Was soll das heißen?“, fragte Lukas unfreundlich. „Nach allem, was du angerichtet hast, wirst du für den Rest deines Lebens noch verdammt viel Zeit im Überfluss haben.“

„Da wäre ich mir nicht so sicher.“

Lukas und Theo schauten sich fragend an. Die Dreistigkeit dieses Mannes verschlug ihnen die Sprache.

„Gestern im Studio wollte ich dir schon etwas mitteilen.“ Damit sprach er Theo an. „Aber du hast mich einfach nicht beachtet, hast so getan, als müsstest du gerade die ganze Welt retten.“

„Nein, ich musste meinen Freund und Kollegen retten, der durch dich in Lebensgefahr geraten war.“

„Nicht durch mich. Ich hatte keinen Einfluss auf das, was dort passiert ist.“

Die Tür ging auf und Staatsanwalt Renske trat ein.

„Ihr habt schon ohne mich angefangen?“, meinte er zur Begrüßung. „Das führt dazu, dass ihr alles wiederholen müsst.“

Lukas schaltete das Aufnahmegerät ein, begann endlich die Personalien der Anwesenden aufzuzeichnen und stellte dann seine erste Frage: „Arbeiten Sie für die Mafia-Organisation *Domanda d'onore*?“

„Ja und nein!“

„Was soll das heißen?“

„Ich arbeite nur verdeckt als Mafiamitglied. In Wirklichkeit arbeite ich für die Carabinieri in Italien und für das BKA in Deutschland.“

„Wie bitte?“ Die gegenüberliegende Seite rang nach Atem.

„Das will ich euch beiden doch schon die ganze Zeit sagen.“

„Moment mal!“, unterbrach Renske. „Sie sind Polizist und jagen 21 Kollegen in die Luft?“

„Das war eine bitterböse Fehlplanung“, gestand Pascal. „Nichts lief bei dieser Geiselnahme nach Plan. Alles verzögerte sich kolossal nach hinten, sodass ich den Überblick verloren habe, wann die Bombe hochgehen sollte. Ich hatte mich eindeutig verrechnet, denn ich glaubte, sie ginge erst dann hoch, wenn alle das Gebäude verlassen haben."

„Wie lange arbeitest du schon als verdeckter Ermittler in dieser Organisation?", fragte Theo.

„Fünf Jahre."

„Wir wissen von einer Geiselnahme in Sizilien. Zwanzig Geisel sind in einer Bank vier Tage lang festgehalten worden. Die Ähnlichkeiten zu unserer Geiselnahme sind uns aufgefallen", erwähnte Renske.

Pascal nickte.

„Waren Sie das?"

„Ja! Das war sozusagen meine Aufnahmeprüfung."

„Und die haben Sie bestanden?"

„Sieht so aus. Deshalb wurde ich auch für den Einsatz im Saarland ausgewählt."

„Unsere Drogenabteilung hat dich vor vier Jahren bei einer Drogenrazzia hochgenommen", erwähnte Lukas. „Damals nanntest du dich Pascal Martin. Wie bist du aus dieser Sache wieder rausgekommen?"

„Ganz einfach: Die Gebrüder Satori haben mich freigekauft."

„Das geht so einfach?" Lukas staunte. „Hier bei uns?"

„Ich bekam den besten Anwalt und der hat mich rausgehauen."

„Warum nanntest du dich damals Pascal Martin?"

„Ich musste mit Emma Martin zusammenarbeiten als Ehepaar. Deshalb."

„Und das BKA hat den Zusammenhang mit dir nicht erkannt?"

„Sieht so aus." Pascal grinste. „Ich habe mir alle Mühe gegeben, meine Undercover-Rolle bei den *Domanda d'onore* richtig zu spielen. Ich hoffe nämlich, so lange dort zu bleiben, bis ich den Laden ausgehoben habe. Ich bin schon so weit, habe inzwischen das Vertrauen von wichtigen Männern gewonnen. Das würde ich ungern aufs Spiel setzen."

„Dann arbeitet Dieter Marx besser als das BKA." Lukas nickte anerkennend. „Er hat es nämlich heraufgefunden."

„Das muss ein verdammt guter Mann sein", lobte Pascal.

„Du hinterlässt hier eben mal 21 tote Polizisten – besser gesagt 22, die Kollegin im Keller des Hauses der Familie von Westernhagen nicht zu vergessen ..."

„Das ist das Werk von Uwe Clement."

„... dazu noch zwei getötete Verbrecherkumpel und machst weiter, als sei nie etwas geschehen?" Lukas staunte über die Kaltschnäuzigkeit dieses Mannes.

„Zwei getötete Kumpel?", wiederholte Pascal. „Wer außer Uwe ist noch gestorben?"

„Gabriel Mathieu", antwortete Lukas. „Er ist heute Nacht im Krankenhaus seinen Verletzungen erlegen."

„Nicht schade um ihn. Den wollte ich von Anfang an nicht dabeihaben."

„Darüber darfst du also nicht bestimmen?"

„Leider nein!"

„Wer denn?"

„Die Satori-Brüder! Sie verlangten, dass Gabriel dabei ist. Ich vermute, dass sie ihn testen wollten."

„Und was hat dich an ihm gestört?"

„Gabriel fing an, Zweifel in unsere Truppe zu sähen. Leider habe ich das gestern im Motivitas erst zu spät begriffen. Die Jungs haben mir eine Falle gestellt", rechtfertigte sich Pascal. „Die Stimmung zwischen uns war schon länger angespannt. Dieser paranoide Gabriel hatte den Verdacht geschöpft, dass mit mir etwas nicht stimmt. Ihm ist aufgefallen, dass ich alle Morde nur in Auftrag gegeben, aber nie selbst einen durchgeführt habe. Damit habe ich mich bei ihm verdächtig gemacht."

„Und dann hängst du so ganz nebenbei Uwe Clement auf und rennst mit geladener Waffe hinter dem nächsten her." Theo schüttelte den Kopf.

„Das mit Uwe war ein Unfall. Diese verdammten Stricke als Dekoration dorthin zu hängen ist in meinen Augen fahrlässige

Tötung. Das Seil hat sich um seinen Hals gewickelt – ich weiß selbst nicht, wie das passieren konnte“, gestand Pascal.

„Der Mann ist qualvoll erstickt, also hing er eine Zeitlang dort. So sieht ein Unfall nicht aus.“

„Das tut mir leid.“ Pascal zuckte lässig mit den Schultern, was seine Aussage Lügen strafte.

„Warum glaubst du, dass die Jungs dir eine Falle stellen wollten?“, fragte Theo weiter. „Es hat bis dahin doch alles nach Plan geklappt.“

„Eben nicht. Ich wurde angerufen, dass Kurt von Westernhagen im Studio sei. Also bin ich dorthin gefahren. Aber anstelle dieses Mannes treffe ich Gabriel, Arthur und Uwe dort an. Das stank doch zum Himmel.“

„Kurt von Westernhagen war wirklich im Haus“, offenbarte Lukas. „Nur hat deine süße Informantin, die ihn mittels eines Unfalls dorthin verfrachtet hat, nicht bedacht, dass ihr Plan durchschaut worden war. Wir konnten uns aus dem Auto retten und Hilfe anfordern.“

„Das heißt, dass Kurt von Westernhagen die ganze Zeit im Studio war?“ Pascal bekam große Augen.

„Genau das! Aber er hat sich vor dir versteckt.“

„Ich hätte dem Mann nichts getan. Im Gegenteil! Ich wollte ihn selbst in Sicherheit bringen. Doch leider waren die anderen Jungs schon da, als ich ankam. Vielleicht wollten sie es auch einfach nur darauf ankommen lassen, dass ich den Mann vor ihren Augen erschieße. Die Androhung, mich beim obersten Boss anzuschwärzen, war schon mehrfach ausgesprochen worden.“

„Wenn du hier verdeckt ermittelt hast, wie ist dein richtiger Name?“, fragte Theo.

„Christian Satori“, antwortete Pascal. „Ich bin tatsächlich mit den Satoris der *Domanda d'onore* verwandt. Mein Vater stammte aus dem parasitären Haufen. Meine Mutter war Deutsche. Auf mich hat sie immer den Eindruck gemacht, dass sie nicht freiwillig in diese Familie eingeheiratet hat – wobei ich das Wort Familie nicht passend finde.“

„Dann agierst du gegen dein eigenen Vorfahren?“

Pascal nickte.

„Warum?“

„Ich schäme mich dafür, ein Satori zu sein. Lieber lebe ich unter dem Namen Pascal Bonnet. Damit bin ich anonym.“

„Wer hat dir den Namen gegeben? Das BKA?“

„Nein, ich agiere unter meinem richtigen Namen bei den Domanda d'onore. Schließlich bin ich mit ihnen verwandt. Sie wissen nicht, dass ich ein doppeltes Spiel spiele.“

„Das erklärt, warum das BKA nicht spätestens dann eingegriffen hat, als die Bombe hochging“, funkte Staatsanwalt Renske dazwischen. „Diese Aktion hat nämlich mit Sicherheit jegliches Maß an Selbsteinsatz übertroffen.“

„Kann man so sagen“, gab Pascal zu. „Es lief leider nichts, wie es geplant war. Niemals wäre uns in den Sinn gekommen, dass Kurt von Westernhagen ausgerechnet an dem Tag in Urlaub fährt.“

„Solche Unwägbarkeiten müssen aber mit einkalkuliert werden“, stellte Renske klar. „Das war grobe Fahrlässigkeit, der sich auch das BKA schuldig gemacht hat.“

„Kann man so nicht sagen. Mit dem Namen Pascal Bonnet konnten die Kollegen des BKA nichts anfangen. Den bekam ich vom obersten Boss. Und die Idee mit der Zeitbombe kam von mir. Heute bereue ich, dass ich eine echte Bombe dafür genommen habe.“

„Warum haben Sie das getan?“

„Damit wollte ich mehr Glaubwürdigkeit erreichen, sobald die Bombe nach erfolgreicher Übergabe von der Polizei entdeckt worden wäre – oder hochgegangen. Mit einem Spielzeug bestand die Gefahr, dass sie sich bis nach Italien vorwagen und dort alles auf den Kopf stellen.“

„Die italienischen Kollegen sind an einer Zusammenarbeit mit uns nicht interessiert“, meinte Lukas.

„Nein! Die haben Angst vor der Mafia. Aber eine unechte Bombe könnte dort die Ordnung, die von den Gebrüdern Satori hergestellt worden ist, durcheinanderbringen.“

„Und jetzt glaubst du, dass wir dich einfach gehen lassen?" Lukas staunte.

„Genau das! So grausam es für euch klingen mag, so habe ich mit dieser Geiselnahme etwas Entscheidendes erreicht: Durch die vielen Toten – was mir wirklich unendlich leidtut – bin ich in der Achtung der *Domanda d'onore* gestiegen. Gabriel, Arthur und Uwe können zum Glück nicht mehr gegen mich agieren. So kann ich tiefer in den Kern dieser Organisation vordringen und sie irgendwann von innen sprengen."

„Wir haben Emma Martin noch nicht gefasst."

„Sie weiß nichts von meiner Doppelrolle. Sollte sie wieder in Italien auftauchen, ändert das gar nichts."

„Haben Gabriel, Uwe und Arthur nicht mit ihr kommuniziert?"

„Kaum. Emma Martin wird von den Satoris bevorzugt behandelt. Das mögen die Jungs nicht so. Auch bei der Mafia gibt es Hierarchien und Missgunst."

„Zuerst musst du dich aber dem hiesigen Gericht stellen", meinte Theo dazu. „Das könnte ein paar Jahre dauern."

„Halt!", rief Staatsanwalt Renske dazwischen.

Er steckte sein Handy in die Jackentasche zurück und meinte: „Gerade habe ich mit dem zuständigen Mann vom BKA gesprochen. Es ist so, wie Pascal sagt: Sie wollen nicht, dass er festgenommen wird. Das BKA und die italienische Polizei wollen, dass er weiterhin verdeckt eingesetzt wird."

„Seht ihr!" Pascal verzog sein Gesicht zu einer Grimasse. „Ich werde zurück nach Sizilien fliegen und dort weitermachen, wo ich aufgehört habe. Die Nachricht, dass Kurt von Westernhagen beim Unfall verstorben ist, ist mein Freifahrtsschein."

„Diese Nachricht allein reicht schon?" Lukas staunte. „Dann musst du aber ein großes Vertrauen innerhalb dieser Mafia-Familie genießen."

„Tue ich. Und in diesem Fall habe ich alle Erwartungen erfüllt – wenn nicht sogar übertroffen. Und nun noch die Nachricht, dass der Delinquent tot ist – besser geht es nicht."

Seit einigen Minuten saßen Lukas und Theo in Allensbachers neuem Büro. Inzwischen wusste jeder, dass er die Beförderung zum Kriminalrat bekommen würde. Nur war es noch nicht amtlich. Aber den Umzug in Ehrlings ehemaliges Büro hatte er keine Sekunde hinauszögern wollen.

Hier saß er zwischen gediegenen Mahagonimöbeln. Der Schreibtischstuhl glich eher einem Sessel aus braunem Leder. Der Schreibtisch selbst glänzte in perfekt poliertem Holz. Die Rückwand bestand aus einer Bücherwand. Nur ein Fenster zierte den Raum, was Allensbacher zugutekam. So blieben die Temperaturen kühl, ganz in Allensbachers Sinne.

Ohne den geringsten Tropfen Schweiß auf der Stirn saß er vor den beiden Beamten und begann zu sprechen: „Sie brauchen sich um Ihre Planstellen in dieser Abteilung keine Sorgen zu machen, wenn ich zum Kriminalrat befördert worden bin."

Lukas atmete innerlich auf, obwohl er den Sinneswandel nicht ganz nachvollziehen konnte.

„Sie haben in diesem Fall gute Arbeit geleistet – und tun es noch. Ihre Idee, den Vater des Studiobesitzers, Kurt von Westernhagen, offiziell für tot zu erklären, ist ein geschickter Schachzug. So können Sie in aller Ruhe das Fitnessstudio überwachen, bis sich auch die letzten Mittäter selbst verraten haben."

„Die Kolleginnen Jasmin Hafner und Monika Blech sind heute schon im Einsatz", berichtete Theo. „Bis jetzt gibt es aber keinerlei Reaktionen."

„Wir werden in dieser Angelegenheit wohl Geduld mitbringen müssen", meinte Allensbacher. „Vermutlich wollen die Verdächtigen auf Nummer Sicher gehen, indem sie abwarten. Unsere Falschmeldung, dass Kurt von Westernhagen tot sei, lässt sich nämlich nicht unbegrenzt aufrechterhalten. Ich hoffe, Sie haben für diesen Fall alle Sicherheitsmaßnahmen getroffen."

„Haben wir", versicherte Lukas. „Das Ehepaar von Westernhagen wurde in einen Flur im Krankenhaus verlegt, der für Besucher nicht zugänglich ist. Dort werden sie nur von eingeweihtem Krankenhauspersonal ärztlich versorgt und von ausgewählten Kollegen überwacht. Weder Familienangehörige, noch irgendwelche andere Polizeibeamte dürfen den Flur betreten. Auch wir nicht. Es ist jede Vorsichtsmaßnahme getroffen worden."

„Offiziell ist das Motivitas-Center *wegen Trauerfall* geschlossen", fügte Theo an.

„Das klingt alles gut durchdacht." Allensbacher nickte. „Dann entlasse ich Sie nach Hause, weil für Sie beide die Schicht im Fitnessstudio in der Nacht beginnen wird. Dafür müssen Sie ausgeruht sein."

Lukas und Theo bedankten sich artig und verließen das Büro.

Draußen auf dem Parkplatz angekommen, auf dem ein Leihwagen für Theo bereitstand, meinte der: „Allensbacher wird mir unheimlich."

„Mir auch", gestand Lukas. „Er hat uns gelobt. Das ist in unserer gesamten Laufbahn hier noch nicht passiert."

„Aber an Lob kann ich mich gewöhnen." Theo grinste. „Wer weiß, vielleicht wird es ja ganz okay mit ihm als Kriminalrat."

Alles lag in Finsternis und Stille. Lukas und Theo tasteten sich im Treppenhaus die Stufen nach oben. Sie wollten ihre Taschenlampen nicht einschalten, weil die Lichtkegel verräterisch sein könnten.

Im 2. Stock angekommen traten sie durch die Glastür ein. Ihre Augen hatten sich inzwischen an die schwache Beleuchtung der Sicherheitslampen gewöhnt, sodass sie Umrisse erkennen konnten. Unfallfrei passierten sie die Theke und betraten das Büro, in dem die Kolleginnen Jasmin und Monika bereits auf ihre Ablösung warteten.

„Ist das langweilig, wenn nichts passiert", maulte Jasmin. „So eine Überwachung habe ich mir anders vorgestellt."

„Ihr habt es ja geschafft", meinte Lukas besänftigend. „Am Tag war nicht wirklich damit zu rechnen, dass etwas passiert. Aber leider müssen wir das Studio rund um die Uhr bewachen."

„Keine Sorge. Wir kommen morgen früh wieder." Jasmin grinste schief.

„Ihr könntet uns doch ein bisschen Gesellschaft leisten."

„Keine Chance", kam nun von Monika. „Ich sterbe vor Hunger. Für mich gilt jetzt nur noch eins, nämlich nach Hause fahren und den Kühlschrank erobern."

„Oder mit mir essen gehen", schlug Jasmin vor.

„Vorsicht, liebe Monika", funkte Lukas dazwischen. „Jasmin ist Veganerin."

Die beiden Frauen lachten und Monika meinte: „Das weiß ich längst. Das weiß im Haus eigentlich jeder – nur du anscheinend nicht."

„Mist! Wieso habe ich das verpennt?"

Jasmin zwinkerte Lukas zu und wollte gerade ihrer Kollegin durch die Bürotür nach draußen folgen.

Da hörten sie es alle laut und deutlich: Die Haupteingangstür fiel krachend ins Schloss.

„Es geht los!" Leise wie Katzen huschten sie zurück ins Büro, zogen ihre Jacken aus.

„Wir sollten uns aufteilen", schlug Theo vor. „Hier alle vier auf einem Haufen ... so können wir wenig ausrichten."

„Okay!" Lukas nickte. „Die Mädels bleiben hier und wir beide verstecken uns in der hinteren Ecke hinter der Notfalltür. So haben wir das Studio von beiden Seiten im Blick und unter Kontrolle."

„Dann beeilt euch aber", riet Jasmin. „Die sind gleich oben."

Lukas und Theo öffneten die Bürotür und verschwanden lautlos in der Dunkelheit des großen Studios.

Die Schritte im Treppenhaus kamen immer näher.

Dann geschah nichts.

Die Tür wurde nicht geöffnet. Die Schritte waren verstummt.

Lukas lugte vorsichtig um die Ecke herum. Außer Schwärze sah er nichts.

„Was hat das zu bedeuten?", fragte er.

„Klappe! Sonst werden wir bemerkt."

„Wenn das nicht schon passiert ist."

„Ssch!"

Die Tür ging auf. Fiel wieder zu. Es dauerte einige Sekunden, bis leise Schritte zu vernehmen waren. Plötzlich wurde die Theke in helles Licht getaucht. Der Rest des Studios blieb im Dunkeln.

Wieder schaute Lukas um die Ecke. Deutlich erkannte er sie. Birte Klein.

„Sie ist allein", hauchte er mehr, als er sprach.

Theo schwieg.

Sie beobachteten Birte eine Weile. Nichts geschah. Allein stand sie hinter der Theke und machte den Eindruck, als wartete sie.

Die Zeit verging.

Lukas gab seinen Beobachtungsposten auf und ließ Theo an seinen Platz. Aber auch der bekam nur zu sehen, wie sie dastand, gelegentlich auf die Uhr schaute und wartete.

Es war schon Mitternacht, als endlich ein weiteres Geräusch dazukam. Die Tür zum Haupteingang war wieder ins Schloss gefallen.

Endlich wurde es interessant.

Lukas und Theo waren aufs Äußerste angespannt.

Mucksmäuschenstill lauschten sie in der Ecke. Leise Schritte vernahmen sie aus dem Treppenhaus bis an ihren Standort.

Dann öffnete sich die Glastür. Nur die Silhouette war zu sehen. Daran konnten Lukas und Theo nicht erkennen, wer sich dahinter verbarg.

Es war, als bliebe die Zeit stehen. Der Schatten bewegte sich nicht. Stand einfach nur da.

Lukas befürchtete schon, entdeckt worden zu sein. Sein Adrenalin stieg in ungeahnte Höhen. Sie waren kurz vor dem Abschluss ihrer Ermittlungen. Jetzt durfte nichts mehr schiefgehen, denn dann gäbe es nie wieder eine Chance, den Verräter aus den eigenen Reihen zu entlarven.

Die Regungslosigkeit zog sich weiter in die Länge.

Dann – mit einem Ruck – bewegte sich der Schatten auf Birte hinter der Theke zu.

Lukas und Theo trauten ihren Augen nicht: Es war Andrea Peperding.

Die beiden ungleichen Frauen fielen sich in die Arme und schluchzten, wobei sich Birte tief bücken musste, um ihren Kopf auf Andreas Schulter legen zu können. Dann sagte Birte: „Wir haben es geschafft! Bald können wir das Studio selbst betreiben."

„Ich kann es kaum noch erwarten", kam es von Andrea. „Du glaubst nicht, wie froh ich bin, wenn ich den beschissenen Polizeiapparat nicht mehr brauche."

„Anfang des neuen Jahres mache ich meinen Bachelor als Fitnessökonom und dann können wir den Laden selbstständig führen. Dann sind wir auf niemanden mehr angewiesen."

„Und was ist mit Emma?"

Lukas, der gerade aus seinem Versteck herauskommen wollte, legte hastig wieder den Rückwärtsgang ein. Emma Martin, die falsche Putzfrau hatte er fast vergessen.

„Was soll mit ihr sein?", fragte Birte zurück.

„Ich weiß, dass du etwas mit ihr hattest." Andreas Stimme klang messerscharf.

„Das war nötig, um ans Ziel zu kommen."

„Was macht dich da so sicher?" Andreas Argwohn war bis ans andere Ende des langen Raums zu spüren. „Musstest du gleich ein Verhältnis mit ihr eingehen?"

„Sonst hätte sie mir nicht vertraut."

„Und wo ist sie jetzt?"

„Sie ist zurück nach Sizilien geflogen."

„Woher willst du das so genau wissen?"

„Sie hat es mir selbst gesagt. Sie kann und will nichts anderes, als für die Gebrüder Satori arbeiten. Ein Fitnessstudio ist nicht das, was ihr für die Zukunft vorschwebt."

„Ich habe alle Flüge nach Sizilien überprüft. Es war keine Emma Martin dabei."

Stille trat ein.

Die beiden Frauen standen sich gegenüber wie aus Stein gemeißelt. Es dauerte eine gefühlte Ewigkeit, bis Birte zu schluchzen begann.

„Hey, was soll das?", herrschte Andrea die große Frau an.

„Ich hätte nicht gedacht, dass du mich überprüfst."

„Und ich lasse mich nicht gern hintergehen. Wenn wir dieses Studio eröffnen, will ich dich mit niemandem teilen müssen."

„Das musst du auch nicht", schniefte Birte. „Emma kann uns nicht mehr schaden."

„Erklär mir das genauer!", befahl Andrea. „Und dieses Mal bitte die Wahrheit."

„Emma hat den Hummer gestohlen. Sie war es auch, die in das fahrende Auto hinein gerast ist. Wir sind ausgestiegen und haben Kurt vom Rücksitz getragen – selber laufen konnte er nicht mehr, denn er war ohnmächtig. Dann haben wir ihn hierhergebracht und den Jungs mitgeteilt, dass der Mann, den sie suchen, im Studio auf sie wartet."

Andrea nickte ungeduldig. „Soweit weiß ich alles. Wie ging es danach weiter?"

„Hinterher bin ich den Hummer gefahren", setzte Birte ihren Bericht fort. „Wir hatten uns im Auto schon die ganze Zeit darüber gestritten, wie es jetzt weitergehen soll. Emma wollte mich unbedingt mit nach Sizilien nehmen. Aber das war nicht mein Ziel – wie du weißt. Da bin ich einfach vom Weg abgekommen und auf die Kiesgrube von Schoeneck zugerast wie eine Irre."

„Wie das?"

„Ganz wie bei *Thelma & Louise* – nur mit dem Unterschied,

dass ich aus dem fahrenden Auto gesprungen bin, bevor es die Abbruchkante erreicht hat."

„Wow!"

„Den Absturz hat sie niemals überlebt."

„Und ihre Leiche?"

„Keine Ahnung ..."

„Weißt du überhaupt, von welcher Kiesgrube du sprichst?", fragte Andrea weiter.

Birte schüttelte den Kopf.

„Dort haben unsere Kollegen vor Jahren ergebnislos nach der Leiche des verschwundenen Pascal gesucht. Du weißt doch, der unaufgeklärte Kindermord im Saarland."

„Oh weh! Diese Leiche werden sie aber bestimmt finden. Sie liegt in einem riesengroßen Auto vergraben."

„Aber warum hast du mich vorher versucht zu belügen?"

„Weil ich nicht stolz darauf bin, dass ich jemanden getötet habe."

Plötzlich ging die Deckenbeleuchtung an und tauchte das Studio in taghelles Licht.

Lukas und Theo traten gleichzeitig mit Jasmin und Monika aus ihrer Deckung heraus.

„Du hast nicht nur einen getötet, Birte! Die Toten kann man schon fast nicht mehr zählen, die du auf dem Gewissen hast", meinte Theo süffisant. „Dein hübsches Gesicht und deine grünen Augen haben mich ganz schön an der Nase herumgeführt."

„Das ist nicht war", versuchte sich Birte zu verteidigen. „Ich habe niemanden angerührt."

„So kann man sich auch rausreden ..."

„Und Andrea Peperding ist der Maulwurf", merkte Lukas dazu an. „Sollte mich das überraschen? Ich glaube, nein!"

„Was mich überrascht ist die Tatsache, dass ausgerechnet Birte den Geiselnehmern zugearbeitet hat", sprach Theo weiter. „Die Frau, die zur Belohnung von einem von ihnen vergewaltigt worden ist."

Birtes Gesicht wurde hochrot.

„Scheiße, warum hast du mir das nicht gesagt?", platzte Andrea ungeachtet ihrer prekären Lage heraus. „Wer hat das getan? Den Arsch bringe ich um."

„Der *Arsch* ist schon tot", mischte sich Lukas ein. „Das Verbrechen brauchst du nicht auch noch zu begehen."

„Lass mich raten", sprach nun Jasmin. „Das war Gabriel Mathieu."

„Wie kommst du sofort auf ihn?", fragte Lukas überrascht.

„Er hat wegen Entführung und Vergewaltigung einer Frau gesessen", antwortete Jasmin. „Hat wohl nichts dazugelernt."

„Nicht schade um ihn", mischte sich Theo ein. „Er wollte meinen Kumpel hier schreddern. Das nehme ich ihm übel."

„Schade, dass er es nicht geschafft hat." Diesen Kommentar konnte sich Andrea nicht verkneifen.

„Welch Wunder, dass dieser nette Kommentar ausgerechnet von dir kommt." Lukas lachte. „Ärgern kannst du mich damit nicht mehr, denn du hast dich selbst ausgeknockt! Besser hätte es für uns nicht kommen können."

Laute Schritte ertönten im Treppenhaus. Die Kollegen waren eingetroffen, um die beiden Festgenommenen abzuholen.

Wendalinus Allensbacher thronte auf seinem Ledersessel hinter dem großen Schreibtisch und erwartete von Lukas und Theo den abschließenden Bericht. Seine altgediente Sekretärin Josefa Kleinert war inzwischen in den wohlverdienten Ruhestand gegangen. An ihrer Stelle tauchte eine rothaarige, junge Schönheit auf und brachte dem Kriminalrat eine Tasse mit dampfendem Kaffee.

„Mit Milch und Zucker, wie Sie es wünschen."

Sie warf den beiden Beamten einen koketten Blick zu und verließ das Büro wieder.

„Wow! Hier geht es aufwärts", stellte Lukas anerkennend fest.

„Lenken Sie nicht vom Thema ab", ermahnte Allensbacher. „Klären Sie mich über die noch fehlenden Puzzlesteinchen in dieser schwierigen Angelegenheit auf!"

Lukas nickte und begann zu berichten: „Birte Klein ist die Tochter der Kandidatin für den Posten des Ministerpräsidenten des Saarlandes im Jahr 2017, Adele Klein. Sie ist ein uneheliches Kind. Mehr war öffentlich darüber nicht bekannt. Nun fanden wir heraus, dass Birtes leiblicher Vater der Geschäftsführer von Ricci-Immobilien, Francesco Locatelli ist."

„Interessant."

„Sie konnte Buchungen vornehmen, ohne dass es jemand hinterfragt hätte", sprach Theo weiter. „So hat sie die Summe auf mehrere kleinere Buchungen verteilt, damit es nicht auffällt. Dadurch war es ihr möglich, ihren anonymen Hinweis bis heute hinauszögern."

„Warum geriet sofort Kurt von Westernhagen in Verdacht, das Geld unterschlagen zu haben?"

„Weil diese Fehlbuchungen zu der Zeit stattfanden, als er noch Buchhalter in der Firma war."

Allensbacher nickte. „Und weiter!"

„Birtes Ziel war das Motivitas-Studio. Sie wollte erreichen, dass die Familie von Westernhagen den Laden aufgeben muss. Mit der Million Euro, die sie ja immer noch zur Verfügung hatte, hätte sie ein gutes Startkapital gehabt."

„Warum musste es Motivitas sein?", fragte Allensbacher.

Lukas antwortete: „Als die Planungen für das Studio begonnen haben, hat sich Birtes Mutter dafür eingesetzt, dass ihre Tochter den Laden unter Vertrag bekommt. Doch der Besitzer dieses Gebäudekomplexes hat sich für die Familie von Westernhagen entschieden."

„Wir war es möglich, dass 50.000 Euro in Kurt von Westernhagens Haus gefunden wurden?"

„Die falsche Putzfrau, Emma Martin, war auch als Putzfrau

für Kurts Haus und für die Wohnungen von Dierk und Lewin eingestellt worden. Sie war im Besitz sämtlicher Schlüssel. So konnte die Putzfrau das Geld bei den Eheleuten von Westernhagen deponieren. Außerdem war es dadurch auch möglich, dass Uwe Clement in Kurts Haus trotz Überwachung eindringen konnte, ohne bemerkt zu werden. Sie hat ihm den Schlüssel gegeben."

„Und das Geld? War das Bestandteil der Million Euro, die Birte für sich auf die Seite gelegt hatte?"

„Genau das!"

„Das erklärt wohl auch diese lächerliche Summe von 50.000 Euro", sinnierte Allensbacher. „Sie war wohl nicht bereit, mehr von dem Geld zu opfern, um Kurt von Westernhagen noch weiter in Misskredit zu bringen?"

„So sieht es aus." Theo nickte.

„In der Kiesgrube bei Schoeneck wurde tatsächlich eine Frauenleiche in einem Hummer gefunden. Dabei handelt es sich zweifelsfrei um Emma Martin", berichtete Allensbacher. „Der Hummer ist auf dem Weg zu unserer KTU. Dr. Stemm schlägt sich noch mit den Kollegen auf der anderen Seite der Grenze herum, wer nun die Leiche obduzieren darf. Ihm liegt offensichtlich viel daran, da diese Frau auch ein Puzzlestein zu dem tragischen Fall darstellt."

„Unser guter Dr. Stemm", sinnierte Lukas.

„Ihr habt gute Arbeit geleistet, Jungs", fügte Allensbacher ohne jede Vorwarnung an.

Das zweite Lob für Lukas und Theo. Die beiden wagten nicht, etwas zu erwidern. Der „neue" Allensbacher war ihnen fremd.

Epilog

Lukas Baccus, Theo Borg und Helmut Renske sahen sich im Spiegel in der zweiten Etage die letzten Stufen nehmen. Dabei wirkte einer erschöpfter als der andere.

„Nach der Erfahrung als Geisel habe ich beschlossen, dieses Training durchzuziehen, bis ich meine lästigen Pfunde los bin“, wetterte Renske gegen sein Spiegelbild. „Der Spruch *Vorwärts du Fettsack! Was hat einer wie du überhaupt in einem Sportstudio verloren?* hat mir die Augen geöffnet.“

„Dann war die Geiselnahme für dich nicht umsonst“, griente Lukas. „Nichts ist so schlecht, dass es nicht doch noch für etwas gut sein kann.“

„Hör auf mich zu verspotten“, mahnte Renske. „Es ist mir Ernst.“

„Mir auch“, beteuerte Lukas. „Ich finde deinen Vorsatz klasse.“

Sie betraten das Studio.

Laute Musik schlug ihnen entgegen. Nelly Furtado trällerte gerade ihren Song „Cold Hard Truth”.

Hier und da trainierte jemand an den Geräten. Gesichter, die die drei Neuankömmlinge nicht kannten.

Hinter der Theke stand eine junge Frau mit langen, dunklen Haaren. Das Namensschild verriet, dass sie Jessica hieß.

„Hey, Jessica“, meinte Lukas zur Begrüßung. „Ist einer der beiden Chefs da?“

„Ja! Beide sind da. Ich rufe sie.“

Als Jessica die Theke verließ, sahen sie ihre schlanke, sportliche Figur. Leichtfüßig ging sie zum Büro, klopfte und kehrte wenige Sekunden später zusammen mit Lewin Poppa und Dierk von Westernhagen zurück.

„Ach nee!“, rief Lewin. „Sagt nur, ihr wollt hier trainieren?“

„Nein! Wir wollten das Studio übernehmen“, flachste Lukas.

„Zurzeit könnte es sogar sein, dass das klappt", meinte Dierk mit langgezogenem Gesicht. „Viele haben gekündigt. So ziemlich alle, die mit uns als Geisel hier festgehalten wurden, sind inzwischen in alle Winde verstreut. Von ihnen ist uns nur eine treu geblieben, nämlich Estelle Fournier."

Lukas klopfte Theo auf die Schulter und meinte: „Du hast einen Fan."

„Und Silvio Donati nicht vergessen", erinnerte Lewin. „Er arbeitet weiterhin bei uns. Von der Sorte Mitarbeiter müsste es mehr geben."

„Wie geht es deinem Vater?", fragte Theo.

„Er erholt sich von der Gehirnerschütterung. Und zwar richtig. Zusammen mit Jolanda macht er eine Kur am Bodensee."

„Das hat er verdient", meinte Renske. „Eine solche Beschuldigung kann einem das Leben zur Hölle machen. Zum Glück konnte nicht nur alles geklärt, sondern auch der tadellose Leumund deines Vaters wiederhergestellt werden."

„Der saarländische Rundfunk ist inzwischen auch bereit, das Dementi auszustrahlen." Dierks Augen leuchteten auf.

„Da wir jetzt alle so glücklich und zufrieden sind", schaltete sich Lukas ein, „schlage ich vor, dass wir mit dem Training beginnen."

„Dafür müssen wir neue Verträge machen."

„Warum das denn?"

„Wir haben alles erneuert. Alle alten Unterlagen sind vernichtet worden. Außerdem sind sämtliche Sicherheitsmechanismen im Studio ersetzt worden. Alle Schlösser ausgetauscht. Wir wollen auf Nummer Sicher gehen."

„Recht hast du", pflichtete Renske bei. „Dann schlage ich vor, wir machen die Verträge neu und besiegeln sie anschließend mit einem kräftigen Schluck Johnny Walker".

„Einverstanden", kam es aus allen Mündern gleichzeitig.

ENDE